文学宁夏

"文学宁夏"丛书编委会名单

主　　任：崔晓华
副主任：庚　君　　雷　忠　　郭文斌
编　委：漠　月　　李进祥　　闫宏伟
统　筹：吴　岩

行行重行行

季栋梁 著

作家出版社

季栋梁，中国作家协会会员，宁夏作家协会副主席。出版有长篇小说《奔命》《胭脂巷》《上庄记》《野麦垛的春好》《海原书》《苍声》《深风景》《锦绣记》及短篇小说集《先人种树》《黑夜长于白天》《我与世界的距离》《吼夜》、散文集《和木头说话》《人口手》《左手功名右手美人》《从会漏的路上回来》《活着即天堂》等。作品先后荣获五个一工程奖、《小说选刊》《中国作家》《北京文学》、《北京文学．中篇小说月报》、首届"朔方文学奖"、宁夏文艺一等奖及中国好书、大众喜爱的 30 种图书等奖项。散文集《和木头说话》和短篇小说《吼夜》分别入围第三届、第五届鲁迅文学奖，多次入选中国小说学会排行榜、中国当代文学最新作品排行榜、小说选刊排行榜等排行榜及中学课本，并被翻译国外和改编成电影、电视剧。

文学是这块土地上最好的庄稼

崔晓华

塞上金秋，天高云淡，风清月明，"稻花香里说丰年，听取蛙声一片"。在这诗情画意的美好季节，我们满怀喜悦的心情，迎来宁夏回族自治区成立六十周年。

宁夏地处祖国西部，是中华远古文明发祥地之一、丝绸之路重要节点，优秀传统文化遗存丰厚，自然历史内蕴丰富多样，历朝历代文人墨客留下数以千计的诗词文赋，譬如人们耳熟能详的"大漠孤烟直，长河落日圆""蝉鸣空桑林，八月萧关道"等，表达了诗人或豪迈或忧伤的爱国情怀；宁夏是革命老区，1936 年，红军长征途经这里，留下灿烂的革命文化，毛泽东书写了脍炙人口的光辉诗篇《清平乐·六盘山》。古往今来，文学的特质、精神的象征、家园的意识，深刻地嵌入其中，并且流传至今，仍在流传。"长风破浪会有时，直挂云帆济沧海。"岁月蹉跎，沧桑巨变，伴着九曲黄河悠远的涛声，我们回顾自治区走过的历程，一幅幅画面徐徐展开：艰辛、曲折、繁荣、辉煌。"思理为妙，神与物游"。宁夏大地半个多世纪所发生的翻天覆地的变化，回汉各族人民日新月异的生活，以及改革开放四十年，特别是党的十八大以来取得的新成就，让我们感慨、激动、振奋。对于宁夏文学，对于宁夏作家，这既是记忆，也是现实，更是根植人民、观照时代、承接历史、面向未来，而"出人才出作品"是最丰盛最具正能量的"活性因素"。

文艺的春天阳光普照。二十世纪八十年代之初，宁夏文学事业步入繁荣发展的快车道，宁夏文坛开始呈现人才辈出的可喜局面，其显著标志便是——"宁夏出了个张贤亮"（著名评论家阎纲语），脱毛之隼搏击长空，成为享誉中国和世界文坛的著名作家。与此同时，以张贤亮为代表的一代作家，用自己的成就和影响有力地带动和促进了宁夏的文学创作，以及宁夏作家群的形成，这是一支颇为壮观的、以青年作家为主力军的队伍，并且呈现出良好的势头；他们的作品给文学界增添了异彩，给广大读者留下了深刻印象；他们突破地域的局限，向全国文坛迈进，终于实现了宁夏当代文学的跨越式发展。

2016年5月，中国作协主席铁凝以《文学照亮生活》为题，将公益大讲堂的首课放在宁夏西吉县。原因是宁夏西吉县是中华文学基金会命名的全国首个"文学之乡"。宁夏的作家，有相当部分出自西吉，形成密集之势。西吉的作家们有这样一句话：文学就是西吉这块土地上生长得最好的庄稼。铁凝主席掷地有声地补充了一句：文学不仅是西吉这块土地上生长得最好的庄稼，西吉也应该是中国文学最宝贵的一个粮仓！表明了中国作协对宁夏文学的高度关注和重视。

生活滋养文学，文学照亮生活。

关于宁夏作家的成长，很有必要进行一次简要的回顾。宁夏作家大多数来自基层，出生于二十世纪六十至八十年代。众所周知，那时的农村和乡镇偏远落后、艰苦寂寞，长期生活在这样的环境中，经历的困苦和磨难充满了他们的记忆，在这样的记忆里，似乎是苦难多于欢乐，乃至重叠着父辈们流浪、迁徙的背影和脚印。但是，他们也有独特的优势，脚下是历史文化积淀深厚的塞北大地，这样的地气会潜移默化地影响他们的性格和气质，后来伴随着解放思想、改革开放的步伐，他们又接受了良好的文化教育，强烈地产生了精神生活的基本需要和诉求，而这种需要和诉求必须通过心灵劳作得以实现，他们因此怀有宗教般神圣和虔诚的文学梦想。于是，从二十世纪九十年代开始，宁夏青年作家经过多年的艰苦跋涉和磨砺，终于营造出一道亮丽的文学景观——以其朴实的生活经验和历史记忆、独特的生命感悟和言说方式，发出本真的、诗性的、充满灵智的声音，显露出文学突围的意义和价值。改革开放以来，宁夏的中青年作家，一方面由于长期浸淫于西部的人文气候和特殊的历史文化环境，另一方面本着对传统文学资源的信仰和坚守，使得他们的作品在书写和表达上，继续保持着古典文学特有的诗意，以及民族语言特殊的美质。尤其重要的是，在全球化语境下，宁夏作家不跟风、不时尚、不焦躁，内心安静，他们通过带有浓厚的地域性、本土化的写作，以及对西部整体的文化关怀和持续不断的挖掘，呈现出来的是西部大地上的传统与现代、历史与现实、敏感与顽固、苦难与信念、理想与追求，是西部人的宽厚、隐忍、执著、抗争、牺牲，等等。同时，他们的作品由于客观、真实的叙写，因此又有着社会学、历史学、民俗学的意义和价值。正是他们对传统文学资源的坚守和继承，从而取得了令人瞩目的文学成就。宁夏作家群的形成和崛起，以及他们的人文立场、精神向度、情感因素和创作风格，不仅预示着西部文学的广阔前景，也不断丰富着当代中国文学的意义系统。

概括地讲，这六十年是宁夏经济社会发展取得辉煌成就的六十年，也是宁夏文学不断繁荣兴盛的六十年。作家队伍生机勃勃，新人不断涌现；文学创作空前活跃，高潮迭现；文学作品硕果累累，产生了一大批记载历史、见证变迁、叙写西部、反映时代、宣传宁夏的独具特色的优秀作品。

庆祝宁夏回族自治区成立六十周年之际，我们编辑了这套二十卷本的"文学宁夏"丛书。这套丛书的出版，是宁夏文学事业的一件大事。宁夏文联高度重视，几经酝酿，广泛征求意见，本着好中选优的原则，给予确定。入选该丛书的作家系"60后""70后"和"80后"，既有作家、诗人，也有评论家，他们创作的优秀作品情厚境美、韵味深长，具有浓郁的生活气息、地域特色和时代特征，有的荣获鲁迅文学奖、少数民族文学创作"骏马奖"、庄重文文学奖、茅盾文学新人奖、《人民文学》奖、《诗刊》奖、《小说选刊》奖、《十月》文学奖等重要奖项，有的多次荣登中国小说学会年度排行榜；有九名作家作品集入选中国作协"21世纪文学之星丛书"；大量优秀作品被国内有影响力的期刊和选本发表、转载和选入，还有相当部分作品被翻译成多种文字推介到国外。这套丛书的出版，是宁夏中青年作家的又一次集体亮相，也是对宁夏文学成就的进一步展示，旨在精要地反映宁夏文学的优秀成果，以便读者能够比较全面地了解宁夏文学创作的基本面貌，为研究者提供较好的选本。这套丛书的出版，也是给宁夏回族自治区成立六十周年的献礼。总之，这套丛书的出版，意义重大。

　　"好雨知时节，当春乃发生。"宁夏地处西部，西部是中国文学的广阔沃壤。人民是大树，作家是小鸟，小鸟只有栖息在大树上，才能够自由地歌唱。在此，真诚地祝愿宁夏作家们以社会主义核心价值观为统领，秉持以人民为中心的创作导向，绽放更加绚烂的文学之花；真诚地祝愿宁夏文学沐浴着古老黄河的神韵，乘着新时代的强劲东风，向着中国文学乃至世界文学的浩瀚大洋奔流而去……

（作者系宁夏文联党组书记、副主席）

目录 CONTENTS

行行重行行

1

"你驴日的以后还活人做事？"三舅的指头剋着八碗的眼窝，不是八碗把头躲来躲去，那指头就剋到眼珠子上了。三舅咳出一口痰来，呸到地上，把三百元装进衣袋，顺手又把八碗拿出来招待的纸烟连盒装起来，气哼哼地跳下炕，一只鸡正在啄三舅呸在地上的痰，三舅踢了鸡一脚，鸡扇着翅膀，一阵尘飞土扬。八碗始终赔着笑脸，躬着身子送三舅出门，到了大门口，三舅一只脚都踏在大门外了，回头吼了一句："别送了，以后家里过事，别请姑舅，这门亲戚就断了。"

"看舅说的，这是钢刀割不断的亲戚，咋能说断了呢。"

八碗说着往村巷露了一下头，见扎了一堆人说笑抬杠，他迈出门槛的脚又缩了回来。

"那三舅你慢走，我还着急出门办事哩。"

八碗声音很大，既是说给舅舅听的，也是说给街巷里的人听的。

八碗把大门杠了，三舅的吼骂声就从墙头撂了过来：

"驴日下的，卸磨杀驴哩。"

八碗想三舅这话是连自己都骂了。

　　按说八碗应该把三舅送出村口，娘舅家人是骨髓主儿，不敢轻慢的，可他知道自己一出门，回来时就会跟进来几个甚至十几个借钱的人，那就全得罪下了。

　　八碗回到窑里，感觉就像给人抽走了筋骨。娘舅那边现在是三舅主事，娘舅家人这回是得罪下了，好在娘已去世，不然娘去世抬埋时舅家请不来人，娘是埋不到土里去的，硬埋了舅家人会生事的。至于儿子结婚，舅家能请动就请，请不动也没办法，眼下他顾不了长远只能先顾眼前了。

　　坐在炕沿上，八碗看了婆娘一眼，婆娘就像丢了魂，茶呆呆地坐在炕沿上，两手卷着衣襟"咯儿咯儿"地嗝气，眼泪像豌豆一粒一粒滚落在衣襟上，就像雨点落在帆布棚上"嘭嘭"有声。八碗心里就越发的泼烦，可他有火发不出来，不让婆娘哭，眼泪会把婆娘憋死的。眼看一个月了，婆娘泪水没干过。八碗张张嘴想说点啥，却又不知说啥，转身出来，想想便进了驴圈，爬进了驴槽。两头驴卧在槽跟前，冲他翻翻眼，懒得动弹，只是昂头冲他"昂昂昂"地叫。驴槽底子很平，八碗扒下两只鞋往头下一枕，躺下去。虽是仲秋，天气已经有些寒凉了，但驴圈背风向阳，还是热烘烘的。夏天他经常躺在驴槽里晒太阳，让太阳把骨里蓄积的阴寒逼出来。人老了，骨就寒了。

　　尽管半个月来他没睡一个囫囵觉，可还是睡不着，咋能睡得着呢？八碗装了一锅子烟，"吧嗒"起来。老黑进来，两只前爪和头搭在槽沿，黑幽幽的眼睛盯着他。八碗没理会，老黑把脖子往里抻抻，吐着腥气红的舌头想舔舔他的手或脸，这是常规动作，可八碗越看越泼烦，对老黑龇龇牙，老黑却不走，依然趴在槽沿，舌头耷拉着，八碗在老黑脑顶敲了一烟锅，老黑"呜哇呜哇"叫着跑出去了。

现在八碗在这世上宁愿白干一个月两个月的活，也不想得罪一个人。在这老埂坪，别人得罪了人不是个啥事，他把人得罪下就把仇冤结下了，让你在老埂坪寸步难行。也不是他软弱，而是无奈。他们一家是个外来户，解放前他爹一直在老埂坪拉长工，解放时均了老地主家的一孔窑洞，十几亩地，也就落户在老埂坪。大集体那年月，拼的是成分，抓阶级斗争，开批斗会，运动一个接一个，大户里四类分子多，他家的成分是贫农，爹在运动中很积极，当过民兵营长，大户不敢欺负，日子也就平平顺顺过去了。可后来社会变了，成分不讲了，运动不搞了，批斗会不开了，包产到户后日子各过各的，大户的元气渐渐恢复了，就霸道起来。张家是老埂坪大户，占到了80%。店大欺客，户大欺孤，大户欺负小户家常便饭一样，鸡毛蒜皮的事都起群，小门小户的人家就受气了。张万寿就说过，张家人一人一口唾沫，小户人家就发洪水。这话是实话，唾沫淹死人哩。几户和他们一样拉长工落在老埂坪的外乡人受不了欺负，都陆续回了老家。爹回了老家一趟，可是包产到户地都分了，爷爷已经去世，只有一个叔叔，窝囊得鼻涕都吸不起来，人前头说不起话，谁会把自家的地分一点出来给你？回老家连顶片瓦的地方都没有。

娘又金贵地只生下他一个。独子都是有脾性的，也是年轻还没把形势看清，好争个强，有一回开玩笑开过火了，张家弟兄几个一起上，好汉还怕四只手，"叮咚哐啷"地他被摞翻，断了两根肋骨，支书、村长都是张家人，谁给他处理？那年划分林地，办林权证，腐败明眼人都看得明白，他压不住说了话。大晌午的，他正捧着饭碗蹴在门槛上扒饭，一盆子屎尿就泼了过来，接着他就被几个人打倒在地。人都端着碗在村巷里扒饭闲谝，他为大家说了话，却没一个人站出来为他说话，张龙踢着他吼：啥世道了看不明白，在老埂坪有你放的屁？不给你点厉害，不知道爷三只眼。他睡了一个多月，想明白了，惹不起躲得起，从那以后他学乖了，老实了，蔫了，木讷了，少言寡语了，低眉顺眼了，他学会装了，夹着尾巴做人，石头大了弯着走。但他在心里攒着一股劲，鼓着一口气，他给婆娘说咱们生一个生产队，毛主席说人多力量大，到时候谁敢在咱们头上动土，咱们一个生产队跟狗日的干。李后家和他家情况一样，也是拉长工落户在老埂坪，可李后婆娘能生，生了十四个娃，十二个儿子，儿子们一个个大了，只要跟人生事，十二个儿子拧成一股绳，打虎亲兄弟，上阵父子兵，连张家人都怯，成了老埂坪的第二大势力。可婆娘才生了宝顺、宝凤，国家计划生育了，婆娘东躲西藏地又生了宝蛾、宝明，尽管罚得他家里连席子都没得铺，也改变不了他生一个生产队的决心，可那回婆娘生了宝明还在月子里，就让堵在羊圈里扎了。宝娥还上小学时遇上闰河发洪水被卷走了。谁能想到大儿子又这么没了，靠生养在老埂坪不受人欺负已经没有半点儿可能。

可是，现在他给逼住了，过不了得罪人这个坎儿。昨天晚上回来，今早来借钱的人就没断过。从早晨到现在，已经得罪了七个人，个个都是气势汹汹地走了，有些还出言不逊，倒像是他做下啥短理的事，他硬是没说出一句硬话来。他从没想到自己会活得这么窝囊。

二十万是多么大的一疙瘩钱，来借钱的人都张着血盆大口，成千上万地借，再多的钱也经不住借。也不是他小气，日子都不容易，谁家里没有事，不借钱日子里的坎儿过不去，他也借过钱。也不是担心不还，只是一个个家里的穷坑大得吓人，钱借出去猴年马月才能还回来？还的时候也是今儿几百明儿一千，二十万是一整疙瘩，你借他借的就打散了，成了零钱，就抵不上钱用。问题还在于在人们看来他这钱眼下是闲钱，宝顺的媳妇说下了，彩礼也上齐了；现在宝顺没了，媳妇续给宝明，他家就再没啥大开销，这是人人看得明白的一步棋。因此只要借到手都会拖着欠着不还，当然还有些人借钱就打着不还的主意。

何况二十万从拿到手的一刻，他已经想好了用处。给宝明把这门亲续下来，宝明娶媳妇就再花不了几个钱了，二十万在县城按揭一套房子，把宝明安置在县城里，他们家也就从老埂坪拔了根，再也不用看张家人的脸色活人了。至于他和婆娘，还能有多少年的活头，都已是大半截身子入土的人了。因此，钱，他是铁定了主意不借。不借，待在家里那就把人都得罪下了，唯一的办法就是躲了，躲出去谁都不见。想到这里，他打定主意明天就出门。

"村长回来了"的话翻墙进来，八碗浑身抖了一下，"霍"地坐起来，磕了烟锅，翻身下了驴槽，决定立马出门，家里一时也不能待了，再待下去就等于自己给自己以后的日子挖坑。

八碗回到窑里，女人还在抹泪，他说："别哭了噻，赶紧给我收拾一下，我得出门，家里一时都不能再待了。"

婆娘看他一眼，"咯儿咯儿"打着哭嗝说："出门？你、你要去哪达？这阵子走哪达都撵不上站口了。"

八碗说："不走？不走等着上吊、跳窑？真是！"

婆娘抬起胳膊，用袖子揢了眼泪，从箱子里拿出掉了漆皮的人造革包往里塞东西，八碗说："当我是走亲戚逛集？真是。"

婆娘的手停住了，看着她，八碗就来气了，说："我是出门躲难哩，你当我是出门享福？"

婆娘说："能躲到哪达去？"

八碗说："出去揽活。"

婆娘说："眼望着就冬天了，天寒地冻的。"

八碗没有说话，又装了一锅子烟。婆娘取来蛇皮包塞塞窀窀往里塞东西。

蛇皮包是拆开几个尿素袋缝制的，"尿素"两个大字墨黑墨黑的。婆娘把被褥塞进蛇皮包，又丢了魂儿一样坐在那里嗝气，八碗说："把冬衣也装上，咋也得躲过这个冬天。"

婆娘说："过年也不回来？"

八碗说："能回来么，过年出门的人都回来了，借钱的人还不把门槛踢断了?！"

婆娘装了冬衣，又装了二毛皮卡衣。八碗找了塑料绳将蛇皮袋子捆扎好，绾了一个肩套。这都是熟活，不用去试，背起来肯定是合适。不过，他还是背上试试，毕竟几年没出门了，一试有些松，就觉得自己这几年缩了不少。人说人老了会缩的，他有些恍惚，他这就开始缩了。他是五十六岁上从城里回来的，进城打工的人太多了，人家挑年轻力壮，就像挑牲口，就差掰开嘴巴看牙口了。他虽然五十六了，但干活不差劲，能跟年轻人拼着干，可是人家就是不要，也怕下苦人年纪大了身体里藏着啥大病，到时牵连了人家。他就回家务劳庄稼。

婆娘又说："眼看着黑了，走哪达时辰都不够了，非揣夜不可。"

八碗没有说话，从窑门洞往外看，日头已经坐在马大山上，昏黄的光苦盖了村庄。

婆娘说："要不你连夜赶到亲家家吧。"

八碗说："收拾你的，不说话能憋死？去亲家家，给老麻子送上门去？老麻子给三儿子婆媳妇逼得狗上墙哩，他借钱，借不？不借，亲家还做不？"

这时间出门，八碗确实发愁，婆娘说得没错，这阵能走哪达去呢。八碗从箱盖上拿过几个本子，那是儿子写过的作业本。他几页一折，撕成二指宽的烟票。从墙上取下一大一小两个烟荷包，装满了烟叶。烟荷包是婆娘专门为他出门缝制的，绣着喜鹊登梅。烟叶是他自己种的，阴干的烟叶金黄金黄，有一股香气。要说出门在外用烟锅方便，烟装进烟锅里就能嘬了，用烟票卷烟很麻烦。可是用烟锅吃烟，人家就把你的年龄看大了，找活时就嫌弃你。纸烟太费吃不起，最便宜的纸烟一包也得一块多，有一种"工"字牌卷烟倒是一包几毛钱，可是经常断货买不上。

老黑在院里叫了几声，又来人了，八碗一哆嗦说："赶紧出去，来谁都说我出门了，我在拐窑藏一下。"说着便提了包钻进了拐窑。

窑是上百年的老窑了，窑掌里左右各挖了个拐窑。山大沟深的，乱世就多土匪，老埂坪一带家家挖窑洞时都在窑掌挖了拐窑，连着通向村外的窨子洞。拐窑窑口只容一个人爬进爬出，往里走很阔绰，藏得下十来口人，还能藏粮食和水。外面备着一堆柴草，人钻进去后，拉柴草将洞口隐蔽起来。土匪围村不走，人就通过窨子洞逃向村外。解放后社会太平了，拐窑就闲了，家家封了与窨子洞的接口，里面堆放杂物，反倒成了老鼠的窝，里面老有欻拉欻拉的声音。

拐窑没有窗户，漆黑一团，有一股呛人的霉味，又闷又憋。老鼠不时从脚背上蹿过，八碗浑身一哆一嗦的。八碗是害怕老鼠的。八碗对于老鼠的恐怖记忆来自小时候挖鼠仓。鼠仓是老鼠的老窝，除了储藏粮食，还生儿育女。因此挖鼠仓时最容易挖出成窝的鼠崽，鼠崽一窝有六七只十来只，通体粉红色，有着稀薄的金黄茸毛，就像刚刚出生的娃娃，眼睛都是闭着的，未睁开眼睛前见光一会儿就死了。挖出鼠崽，大鼠会拼命地护崽，疯狂地跳跃着扑咬人，把锹头咬出咯吱吱的声音。有一次，一只大鼠就从他的裤腿钻进去，连抓带咬，他的大腿裆部被抓咬了个稀烂。他是隔着裤子将老鼠捏死的，掏出来时老鼠那小眼睛睁得那么大，那么凶恶，他吓坏了，回家就大病一场，从此再不敢挖鼠仓了。他常梦见那只死老鼠，恶狠狠地盯着他。其实老鼠更害怕人，八碗装了一锅烟点着，闻着烟味，老鼠就会远离。

2

"八碗，八碗哪？"

是二鬼，八碗头皮就发麻，他屏住了呼吸。

"出、出门了。"

"村巷里蹴着那么些人，都说没看见出去。"

"怕、怕是他们呆了个迈眼晃过去了。"

"他是鬼还是风？那么多人都呆了个迈眼，说得能的，藏起来了吧？"

"没、没有，没遭啥事，有啥藏的噻。"

"那你说出门去哪达了？"

"去他大舅家了，他大舅九十了，放命哩。"

八碗暗暗赞许女人脑子够用，大舅九十，真是三天两头放命哩。

"那咋没和他三舅一达里走？我碰上他三舅了。"

"……"

"跟我藏闷闷？给我来这一手？烟味儿还没散尽哩！"

"我吃的。"

"为你家的事，我把荒山都跑成白路了，躲起我来了？"

"……"

"没有我这个村长出面，你们这么容易就把钱拿上了？"

八碗在心里"呸"了一口，二鬼这话他不但不认，而且一提说满腔仇恨。

宝顺在煤井里被瓦斯炸死后，二鬼不知咋就知道了，去确实去了，给他说宝顺是我们老埂坪村的村民，我是村长，不出面谁出面，我代表的是村上，知道不，一级组织哩。他心里说，村长，不怕把牛吹死了。那年张万寿的村长给撤了，说是要选，一直没选，村里走得没人了，会都开不起来。二鬼是村委会班子里的，受不了苦，没出门就在村里游荡，像个鬼魂，镇上有个啥事就找二鬼，但也没明确二鬼是村长，二鬼却自称村长。不管咋说二鬼能代表村里来他很感动。二鬼说他跟矿长谈了，争了个脸红脖子粗，矿长答应给十二万，这算是高的了，就是在城里给汽车轧死，给人打死，最高也就赔这个价，咱们跟城里人不能比，农村人命贱，赔偿标准低，明儿协议送过来，赶紧把字签了，手印摁了，我把村上的公章一盖，就是板上钉钉的事。说着打开夹在胳肢窝里的小皮包，掏出公章让他看。要说这十二万，和他下井挖煤的时候死了人相比是高的了，但他不信二鬼。晚上在宾馆里他看到楼梯口蹲着一个和他一样的老汉吃烟，鼻涕眼泪都收不住，就知道老汉和他一样也遇上这事了。煤矿老板很贼，他问就死了我儿子一个？老板说就你儿子一个。他不相信瓦斯爆炸就死了他儿子一个，他挖煤时发生过瓦斯爆炸，很厉害的，死了七个人哩。老板说生死由命，富贵在天，别到处乱说，谁问起你儿子就说在外地打工，我们会赔偿得让你满意。他走近了觉得老汉有些脸熟，递给老汉一根烟过去，老汉说你不是改喜的公公么。改喜是宝顺定亲的媳妇。他说你是？老汉说我是改喜的姨父，你亲家的挑担，改喜定亲的时候咱们喝过酒。两人就格外亲切。老汉说你儿子也出事故了？他抹了一把泪，说你知道这次死了几个人吗？老汉说光我们村就三个。他说老板跟你们说赔偿的事了么？老汉说还没说。他问那你们打算要多少钱？老汉说我们村上一搭里出事的强娃，他哥走南闯北的见过世面，一口咬定二十万，你要了多少？他说我也要二十万。老汉呜咽着说，唉，就是给座金山，儿子也没了。两个人就蹴在那里呜咽呜咽地哭。

晚上，他在屋里流泪，门敲响了，他拉开门看到是老汉带着一个小伙子进来，老汉说这是强娃的哥。小伙子很精神的，递给他一根烟说，叔，这些狗日的老板贼得很，不告诉咱们死了几个人，是怕咱们互相串连，我弄清楚了，这次一共死了六个人，咱们要团结起来，一口咬定二十万，少了不接受，一次死六个人是大事故，传出去上面知道了就得关井，矿就开不成了，他们怕着哩，我们一定要拿硬。他说我听你们的。强娃的哥又说，叔，你们那村长不是个东西，他给你说的价你不要应承，他给矿长说给你十二万，剩下的事咱们好说。他说你咋知道的。强娃的哥说矿上有我一个朋友，是老板的司机，他了解实情。

两个人走后，他抽了自己一个耳光，二鬼因为鬼大，人都叫二鬼，他还把他当成恩人了，真是个猪脑子哩。第二天一早，有人敲房间的门，他从门镜里看到是二鬼，恨不得扑出去捅狗日的几刀，但还是忍住了。二鬼叫他的名字，他憋声静气没有张声，二鬼骂骂咧咧地走了。一上午他待在房间里不敢出来，二鬼又来了一次，他还是没开门。晌午了，服务员把饭送到房间里来，二鬼像个鬼从服务员背后冒了出来。二鬼说你躲我做啥，给你办事哩，害得我楼上楼下跑了多少趟？说着拿出一张纸来说快签字，字签了就能拿上钱。这时门又敲响了，他开了门，却是强娃的哥，后面还有两个人，强娃的哥说我盯了你狗日的一早晨了，还是村长，这么给村民办事，命钱你都想薅一把啊，不怕头上响炸雷。二鬼说咋了，不是我跑上跑下，你当老板会痛快赔偿？强娃的哥说滚你妈的，小心老子一封信让你狗日的吃不了兜着走。二鬼说你他妈的嘴巴干净点。强娃的哥说咋了，想动手？来试试，老子不把你揍扁了不姓王。二鬼说你狗日的等着。骂骂咧咧地走了。

赔偿二十万，老板钱给得利索，直接办了卡，带他们到银行验了卡，改了密码，但约法三章：尸体不能回家，就地掩埋；家里不能举行祭奠仪式，念经超度；要有人问死者就说在外打工联系不上，事从谁身上烂包（张扬出去）了，现在拿多少钱到时就退回多少钱。老板说这次赔就是按国家赔偿标准，经了公光税要上多少？还动情地说希望你们也替我想想，你们是来我矿上挣钱的，不是我冒着风险开矿，你们哪里挣钱去？做人要讲良心，把我的矿关了对你们有啥好处？我答应，你们一家可以再来一个人到矿上工作。还能说啥？就都签了字。

"躲我？癞瓜子躲五月五，长虫躲六月六，躲过今儿能躲过明儿？一辈子不见人了？"

"……"

"有本事别再在老埂坪闪面，把地方买到城里坐去呀。"

"……"

八碗急得恨不能出来替婆娘回话，婆娘回不上话来，会让二鬼觉得他就是藏起来了，要是搜肯定会从拐窑里把他搜出来。

"村长，你、你炕上坐，我还要喂牛去哩。"

"躲我做啥，我找他有事，好事哩，让他去我屋里一趟。"

二鬼高喉咙大嗓门的，哪里是给婆娘说话，分明是说给他听。二鬼分明断定他就在家里。

"钱放在你们手里就是死钱，放在我手里能亏了你们？给八碗说，两分钱的利，二十万一个月该是多少钱，好好算算。"

脚步声出门去了，八碗还不敢从拐窑里出来。二鬼鬼得很，会像狗一样一猛子又扎回来。

婆娘在拐窑门口说："走了，走了，你出来噻，里面不透风，你不憋呀。"

"你、你去看他走远了没，把大门杠上。"

婆娘出门去了，一会儿回来说："走远了，进自家门了。"

拐窑子实在太憋闷了，八碗出了一身汗，从拐窑子出来，他拿笤帚扇着说："你看凶险不，他这口开得大不？二十万想一爪子都打了去，让他堵在屋里了得，一时都不能待了。"

婆娘说："他说是好事，给咱利哩。"

八碗说："猪脑子，这是给咱挖啥坑哩，钱到他手里能要回来？公家给咱们补的钱都不好好往咱手里发。"

八碗抢起蛇皮袋背在身上，婆娘说："这阵出门非让他堵住不可，巷子里人扎堆哩。"

八碗说："那就天黑下来再走。"

"我给你做饭吧。"

"做吧。"八碗又往拐窑里钻。

"你又钻进去做啥，里面不捂闷？"

"那狗日的鬼得很，万一再闪进来呢？"

"门我杠上了。"

"他不会翻墙？他翻墙比狗都利索，啥脑子，赶紧做饭。"

"你想吃啥？"

"吃啥？啥时候还问这？真是，啥快做啥。"

婆娘搭火才没一阵，大门又敲响了。

门都敲过三遍了，婆娘没有去开门，继续做饭，八碗说："敲门着呢，你聋了。"

婆娘说："能有啥好事，不开。"

"你啥脑子，不开门不是告诉人家我在么。"

婆娘端着一双面手去开门，是老瞎子。

婆娘说："没在，出门了。"

老瞎子说："他三舅走时没见出门送呀。"

婆娘说："你瞎着哩能看到？"

跟老瞎子说话，婆娘利索多了。

"我就在家门口坐着哩，还没瞎到人从眼前过认不出来。"

"村长也找他哩，没在么。"

"村长说就在家里呢。"

"那你找噻。"

八碗恨得牙根直痒痒，跟老瞎子客气啥，话拿硬一点，还让找，找还不把他找出来？

"我可真找了。"

"你、你找。"

老瞎子嘿嘿一笑说："我找啥，我又不是派处所的抓赌哩，这窑里除了拐窑子，还哪达能藏个人？人又不是老鼠，还能一辈子钻在洞里不出来？"

这话分明又是说给他听的。

老瞎子走了，婆娘插上门进来说："村长又在巷道里坐着哩。"

婆娘和好面，站在拐窑门口，八碗说："不做饭站着等啥，胀呆呆的。"

"面刚和上，总得让醒一会儿。"

"还醒个尿，胡乱做点吃了。"

婆娘的锅灶上麻利，一时三刻雀舌面做好，问在哪里吃，八碗说："在拐窑吃。"

"拐窑老往下下碱土，土尘落到碗里了。"

"啥时候了还管尿喔，你到院子里听着点。"

婆娘又提了油壶过来往碗里浇了些香油。

八碗吃了三碗，在拐窑里看不到天色，问婆娘天黑尽了没？

婆娘说："马大山峰影子才倒过来，人都在巷道里坐着胡谝哩。"

八碗说："不能待了，翻墙走，从驴圈上翻过去，谁也看不着。"

驴圈墙外就是田野。

婆娘嚅嗫了一会儿说："你就在家里蹴着，能咋？"

八碗说："能咋？昨儿回来到这阵得罪了多少人，再蹴下去，人就得罪光了，孤门寡户的，在村子上还活得下去不？"

"唉，你这阵走能往哪达去？"

"路上有场窑、塌窑、麦摞、柴火垛啥的，哪达凑合不了一夜。"

"夜霜大，天气寒凉，你的腿……"

"死不了人。"

八碗掏出二十块钱塞到婆娘手里，婆娘说："你给我钱做啥，我又不花钱。"

八碗瞪了婆娘一眼，背着蛇皮袋子出了窑门，顺着墙根来到驴圈墙根下。年轻力壮的都进城打工，村里就剩下了老人娃娃，闭不住贼娃子，明偷暗抢的事就多了，他把院墙往高里加了三尺，翻起来就困难了。他的腿已经不行了，关节炎越来越重，像一群蚂蚁在咬，酸困不得力，踩在墙窝子上就像踩在棉花包子上。他在一片新开垦的土地干了五年浇水灌溉的活。那是一片荒滩，一年四季风不息，又一直跟水打交道，所有关节都变了形，当时没觉得啥，老了病就找上来了。他试了几次没有成功，只能搬来梯子。八碗爬上梯子，临下时，骑在墙头对婆娘说："别忘了明儿是宝顺的二七。"

话说出来，又觉得多余，婆娘怎么会忘记呢？

虽然身子还算敏捷，可落地时踩在一泡屎上，八碗摔了个坐蹲，腰和腿、脚腕都疼，他坐了好一会儿才起来，忍着疼痛猫着腰跌跌撞撞小跑着往村外走。他闻到一股屎臭味儿，跋跋鞋底，可还是闻到屎臭味儿。他就这样带着一股屎臭味儿出了村。不远处就是闰河河谷，只要进入河谷，沟沟坎坎的隐得住人，他就不急了。

3

闰河的水很小了，河道很阔绰，风走的是水的路，河道就成了风道，浮土随风像水一样流淌。天地间飘着米黄色浮光。傍晚总是伴着风，风从山坡上刮下来，跟头流星地汇入河道，又给河道一夹，有一股猛劲，顶得八碗走得很吃力，扬起的沙尘打在脸上针剌一般。

过弯断头时，八碗站了一会儿，泪水扑簌簌流下来。宝顺的坟就在弯断头。坟是座空坟，衣冠冢，只埋了儿子的一绺头发和一些用过的东西。宝顺是十几天后给挖了出来，腐烂得连个眉眼都看不出来了，骨头白森森的露出来。人家只让他看了一眼就开始填埋，他大叫一声"宝顺——"就昏死过去。他被唤醒后，儿子已经被埋了，一个好心人给他留下了儿子的一绺头发。他捏着宝顺的一绺头发，一路上"宝顺哎——回家了，宝顺哎——回家了"这么呼唤着。他连夜给儿子起了个衣冠冢。八碗深信宝顺的魂魄跟着他回来了。人死了是要一七一送，七七送到坟上就在那世安了家，这世就没了牵扯。他这一走不知啥时才能回来，给儿子送七就送不了了。原想着七七给儿子过一下，请三个阴阳念三昼夜的经，别人问起就说是给父亲念十周年的经，现在看来只能等周年了。

八碗站在风里，望着儿子的坟堆，风硬撅撅地带走了他的眼泪，却带不走他的悲伤。暮归的老鸹顶着夜风发出"哇——哇——"的叫声，凄凉而悠远。

黄昏越来越深，天光越来越暗，四野渐渐模糊了。八碗匆匆赶路。他怕遇到人。按说这阵山野该不会有人了，可是这几年封山禁牧，羊不让出圈，只要赶到山野里来，见着抓了就罚款。白天羊出不了门，到了晚上就都偷偷赶出来，村里人叫放夜，公家人叫偷牧。

当八郎山顶最后一点阳光被夜晚吞噬，已在天空像张白纸飘了一个下午的月亮就有了光芒，闰河蜿蜒曲折的细流像碎银子一样闪烁着光泽，只有无风的夜晚上，整个世界都睡了，才能隐约听见闰河叽叽咕咕的水声。风越刮越猛浪，戗得八碗歪斜着走，八碗只能从河谷爬上来，沿着田野间小路走。深秋的田野就像老了的人，黝黑而粗糙，在风中长吁低叹。

月光再明，也不及白天，八碗高一脚低一脚，一口气跌跌撞撞走出十几里地，这才慢下来。走了一身汗，风灌进去冰凉浸骨。他拔了几根芨芨，拧了根草绳扎在腰里，整个人就像一个上了箍的水桶。又走出几里，依稀辨出前面的村庄是章台子村。章台子村有好几家熟人，跟婆娘娘家沾亲带故的，八碗不敢进村，怕亲戚跟他开口。在周当山的娘舅家人都知道了，章台子村这么近，人们当然是知道了。再往前走，就要过十里沟，这沟一上一下十几里，处处悬崖绝壁，这几年村里蹦蹦车多了，经常拉人去跟集，抓发菜，出门揽活，一车拉三四十人，在这沟里没少出事故，去年一辆蹦蹦车翻到沟里去了，几十丈深，十八个人死了，活着的几个都残了。平常日子难住了，赌气了，也都往这沟里跳，沟里聚满了孤魂野鬼，邪乎劲大，都等着拉替死鬼转世。都说午不过坟，夜不翻沟。

路边有一个麦场，麦草垛就像一个个馒头，老麦秸垛是灰黑色的，新麦秸垛是金黄色的。八碗选了一个新麦秸垛掏了个洞钻进去。新麦秸有一股清香。他想好好睡上一觉。可哪里睡得着，宝顺就在眼前晃来晃去的。他又从草垛里钻出来，靠着墙根点了根烟，泪水又落下来，他啜泣着说，宝顺呀，你不是来给我当儿子的，你是来还债的，前世你到底欠了我的啥债，这世非要用命来还啊。

他一直把宝顺念书当希望供着，宝顺考上大学，光宗耀祖的不说，家里有一个公家人，张家人也会看风使舵。只要宝顺考上，他砸锅卖铁也要供养出来。可宝顺高中毕业没考上，老师传他，他去了学校，老师说差三分，复读一年肯定能考个一本，重点也是有可能的。他对宝顺说你复读么，我打工供你。宝顺说我不上了，让宝明念吧，宝明比我聪明，咱们家能供养出一个大学生就不错了。他说宝明还没上初中，能看出来个啥。宝顺说，爹，你看我爷这病不知哪天能好，我哪还有心思复读，就是考上了也念不下来。他长叹一声也没再坚持，那两年家里真是不顺的，先是煤矿嫌他年纪大不要了，接着便是娘得病，治了一年多，娘走了，爹胃上又得了病，手术做得不成功，睡在医院里吸氧，一天一两百地花，最后买了个氧气罐放在家里吸。

宝顺从学校回来才十六岁，就要下煤矿，他说下井挖煤那是挣阎王爷的钱，干别的活照样能挣钱。宝顺说那么多下井的人，出事才几个人，咱家没亏过人，你挖了多少年煤，大小事故出过多少回，也没咋，怕啥？咱家在世上没行下亏。自宝顺下井来，他就一直担心。每听到矿上出了事，他都瘫坐在地上半天起不来。父亲走了，他对宝顺说上井吧，干别的活。宝顺说再干两年，把家里的账还完了，我娶媳妇的钱挣下了就上井。宝顺就是这么懂事，话说得就是这么实。也怪自己，他也想着下井挖煤能挣，四五年工夫宝顺娶媳妇的钱就挣下了，等宝顺媳妇一娶，就让两口子到城里打工过自己的小日子去。可现在啥都一年一个价，一个媳妇彩礼涨过了十万。宝顺挖了整整八年的煤，才挣够一个媳妇钱。

婚事定了，彩礼上齐了，他跟儿子说正月里把婚宴摆了，就分家另过，你们去城里打工过你们的小日子去。宝顺说急啥，等给宝明上大学的钱挣下了我再结婚。他说彩礼上齐了，早娶早了一桩事，免得夜长梦多，现在这世事都不讲规矩。宝顺说那就娶了先不另过，等宝明大学毕业了再另过。他没和宝顺再争，想正月里给宝顺把婚事办了，就让两口子进城打工。腊月里跟宝顺一说，宝顺说等宝明高考完了，要是考上大学喜事一起办，多热闹。宝明已经复读了两年，一年比一年差，他没抱多大希望，可宝顺坚持，他想也就半年时间，谁知就遭了这么大的难。

野地里鬼火一闪一闪的，风刮来就像往身上浇冷水，他往起一站，头晕目眩，忙蹲下，好一会儿才慢慢站起来。他感到嗓子鼻腔里辣辣的，掏出用塑料袋包着的药片，吃了两颗阿司匹林。他随身装着药，去痛片、阿司匹林、安乃近，浑身疼痛乏力，鼻塞咳嗽，随时吃几片，害病对他来说就是灾难，好在这些药都不贵。

好不容易睡着了，草垛欻啦欻啦的就像有人在撕草，八碗浑身直打哆嗦。麦草被扒开了，一双火焰般的眼睛对着他，电视上说这几年生态好了，有人见着狼了。他"妈呀"一声大叫，那东西给他的叫声吓着了，奔蹿而去，到了远处，"汪汪汪"地叫起来，引得村庄的狗四面八方地叫，他长出一口气，这狗叫倒像是一种安慰。瞌睡又没了，风扑着麦草垛悠长而匀称。麦场有几棵树，栖在树上的鸟儿耐不住寒冷，睡得不实落，不时鸣叫几声。

从内心他真是感激儿子宝顺，如果宝顺结婚了再出事，这钱他未必全能拿到手，儿媳妇给分不分？儿媳妇还不知道是个啥样人，就是儿媳妇好，亲家能罢休？开始他觉得亲家是个实诚人，一年的接触看来并不是这样。

4

到了县城，八碗先去了里固的"天堂纸活店"。里固以前和他一起下过几年煤窑，老人去世得早，家里平顺，攒下了点钱就不下煤窑，把家里的土地院落卖了，开了家纸活店，背地里做盗卖女尸配阴婚的生意。毛主席说死人事是经常发生的，里固常挂在嘴边。里固动员他一起干，说咱下一年井还挣不上一万，一个尸体就能卖两三万。他说这损阴德哩。里固说这咋是损阴德的事，这是做好事哩,佛爷都说宁拆十座庙,也不毁一桩婚,咱们配阴婚把单的拉成双的,不是神佛的意思?可他还是不能接受。

里固现在已买了门面房,下面两间,上面两间。上面一间住人,一间用纸活布置出人死后在那世的庭院、房间,庭院阁楼,小桥流水,雕梁画栋,还有仆男侍女,家丁护院,真像皇宫哩,要是那世真能这样,这比那些领导家可高级多了。他心里说里固真是胆大,这不是与死人为邻么。

八碗问:"这一套多少钱?"

"一万二。"里固说,"阴阳做得哪有这好,现在都只请阴阳念经,纸活全在我这里做。"

八碗呃了一声,里固说:"你家里……"

八碗忙说:"是一个亲戚,在外面……车祸。"

他不知道里固知不知道儿子死了的事,矿上出了事故,能瞒得了多久,煤矿离县城不远,眼看跟县城连成一体了,里固这几年都活成人精了,消息灵通得很。可不管里固知不知道,他怕消息是从自己嘴里露了。

里固呃了一声。

八碗问:"现在配个阴婚一个女娃多少钱?"

里固说:"根据成色、年龄、时间,价钱不一样,年纪小的过三万了,刚死的肉身、囫囵的要价五六万哩。国家打击得厉害,风险大,价钱就高了,国家打击啥,啥肯定涨价么。"

八碗说:"这、这么贵。"

里固说:"这还贵?我经手的一个女尸卖过六万。有一回一个客户催得急,有消息说五年前猪头山埋了一个女的。五年了,按说这肉身肯定没得看了,只剩骨头架就不值钱了,可是挖开一看,你猜咋了？"

八碗听得毛骨悚然说："咋、咋了？"

"那女的水灵灵的，哎呀就跟活着睡着了似的，把人都吓坏了，妆扮后就像新娘子，那尸首卖了六万哩。五年了肉身不坏，你说那坟风水不好？后来阴阳把他家先人的尸骨埋到那坟里去了。"里固说，"以前说风水，我老觉得都是拿死人的事哄活人的钱，现在我信了，慈禧知道不？墓不是也让盗了么，尸体都让人奸了，说人好好的，你说风水重要不重要。"

八碗就想要是给儿子能配这么一桩婚，该多好。可现在他还哪有精力顾死了的儿子，眼下的事还顾不过来哩。

八碗说："配一个阴婚得多久？"

里固说："这就难说了，有的动婚快，十天半月就有对象了，有的婚硬，难配得很，一年半载的等哩。"

里固散给八碗一根烟说："年龄多大了？"

八碗说："年龄小着哩，还没结婚。"

"想配个啥年龄的？"

"当然越小越好，没结婚的最好了。"

"那就得三万，不过你来了，咱们一达里下井几年，那可是虎口里掏食，给你少两千，要是亲戚远，两千你得了。"

"我回去商量商量，配阴婚的多不？"

"多，现在死了人，只要是出事故的，多少都能赔点，也都不亏死人，你这位亲戚车祸赔了多少？"

八碗说："没盯下人，没得上赔偿么。"

里固说："唉，那就是前世欠人家一条命，不然跑不了的。"

里固手机响了，躲到一边去接电话，八碗就进另一间屋。这间屋里摆着棺材，配阴婚当然得有口棺材。棺材人叫老房子，就摆在地上，几个人就骑在老房子上打牌，一胖子接连放了几个大屁，一个小伙子笑着说你这是棺材头上放屁，给死人胀气。见他进来了，胖子捏着一把牌拍着老房子说："仔细看看，秦岭上的柏木造的，这板材，这做工，不敢往远里说，这方圆你打听打听谁不知道我们老房子是最好的。人活一世，要走了咋也不能亏待自己你说是不？"

八碗细看，那活可真是不敢恭维，板子薄得透亮，而且活做得太粗糙了，摸上去楞楞岗岗，铆也套得少，多的是拿胶粘，有的地方还使了钉，这是最忌讳的，人骂人缺德都说你给死人棺材上钉钉哩，一句话就骂人到骨头里去了，老房子是不能见铁的，要使钉也是木钉。那富贵牡丹和金童玉女也不是凿刻出来的，而是烫出来的，影子一样。八碗想胖子可能是里固的儿子，虽然里固瘦得跟一条龙一样，这胖子能分两个，但眉眼是像的。

老房子一般的是"荒二五"，最好的是"四五六"，都是指板子薄厚说的，就是天、帮各按二寸五、二寸下锯破板，荒板推净不足二寸五或二寸的，就叫"荒二五"。"四五六"是天六寸、帮五寸、底四寸。八碗让胖子两种都用柏木料算算。胖子吧嗒吧嗒按着计算器，报了价，他吐吐舌头，自己请木匠这价格能做四副，心里说太黑了，挣死人钱都这么心狠。屋顶上垂下些绳子，挂着一件件老衣，他看看那些老衣，针线粗得没法细看，针脚一寸多长，到处都是线头，要样式也没个样式，直筒筒的就像麻袋，木板上摆放着的鞋子就是一个鞋垫子上了个帮子，一圈下来没过十针，针脚大得大拇指都能伸进去。从棺材铺出来，八碗长叹一声，真是糊弄鬼哩。一样花钱，就得花得有所值么。

里固打完电话，八碗告辞，里固说："你给打捞着点，听到有死了的女的，给我传个话，一个我给你二百块钱，这叫信息费哩。"

八碗呃呃呃地应着，里固说："你有手机没？把我手机号码存一下。"

八碗摇摇头，里固就给了他一张名片说："装好，别丢了。"

八碗看看名片，心里说都用上名片了。

里固说："你说你这人，要是跟我一起干，现在啥光景。"

八碗想里固显然还不知道儿子没了，心里就实落了些。拿了老板家二十万，他也不想老板出事，咱是在人家那里挣钱哩，死了人家还赔钱，要说也够可以了。

里固说："我电话二十四小时开着的，你随时给我打电话，要不有了对象我哪里去找你。"

5

离开里固的"天堂纸活店"，八碗直奔建设工地。从宝顺被挖出来确定死亡，满七七还有一个来月时间，他需要找一份活计。宝顺的七七一过，他就去矿上把宝明带着去亲家家提说续亲的事，把宝顺的媳妇给宝明续下来。赔偿的时候，矿长说了，每家可以来一个人顶替岗位。虽然下井挖煤是要命的事，可是毕竟挣钱多，钱不拖不欠，开得也利索，下井挖煤的活就很紧俏。宝明高考比去年还差了四十几分，就要顶替宝顺下井挖煤，他死活不同意，煤窑就是一张吃人的大口，他已折了一个儿子，剩下一个儿子，日子也没有过不去的坎儿，再不能下井了，可他拦不住，宝明还是去了矿上。

想到续亲，八碗觉得宝顺之死就是天意。宝顺媳妇改喜比宝顺小六岁，正与宝明同岁，都属猪，合婚得很。宝顺没了，彩礼想全退肯定是退不回来的，就是能退一点，亲家也一时半会儿拿不出来多少，改喜的彩礼亲家已经给二儿子娶了媳妇，最好的结果就是把亲续上。

赔偿办完后，八碗从矿上回来的路上，拐了个弯去了亲家家。他想事情亲家的挑担知道了，亲家肯定也知道了，再说就是这事给谁不说都行哩，给亲家是必须说一声的，牵扯到续亲的事。亲家看来已经知道了。他没提续亲的事，这时间怎么能提呢，儿子尸骨未寒，提续亲的事再急也得等着宝顺过了七七。按说续亲的事该等宝顺一周年后再提，可是他等不到宝顺一周年，他怕亲家那边有变故。亲家四个儿子，那就是四个债主，娶了两个还有两媳妇把家刮了几遍，难保不会在女儿身上打主意。亲家也没提说，但他想亲家应该是明白他的意思，因为他给亲家带的礼物很重，烟酒糖茶齐全，还买了羊腿，都是成双成对，是按照提亲的规矩备的礼物。

县城到处是建设工地，脚手架密匝匝的，盯着脚手架走就能找到工地。可八碗撵着脚手架走了整整三天，走了几十家工地，也没找上活。身份证上他已经六十三了，人家一看就摇摇头，嫌他年岁太大了。其实他才五十八，因为是个独苗儿，爹想早报孙子上户口时报大了五岁。这话他也给老板说了，老板还是头摇得像拨浪鼓。

八碗发愁了，找不上活挣不上钱不说，住就是个大麻烦。天寒地冻的，在外面睡是不行了，只要找上活，挣多挣少不说，至少会有工棚可住。想来想去他只能去找大锤。他想大锤该不会知道宝顺的事，就是知道了也不会跟他借钱，大锤这几年给老板领工，回去都是坐着小车，混得像个人物，哪能找他借钱？

大锤倒没架子，说："八碗叔，你家里都有几十万了，还打工？"

八碗慌张了，强撑着说："哪、哪来的几十万。"

大锤嘿嘿一笑说："跟我也装？这事要说别人你还蒙得过去，连我也蒙？我是谁？咱县地盘上没有我不知道的事。"

装是装不过去了，八碗红着脸说："就是你兄弟的几个命钱，你可别到处说。"

大锤说："看叔愁得，我还能问你借钱不是？"

八碗说："那是那是，你哪里会跟我借钱。"

尽管大锤的话有些压量人，听上去很不舒坦，但八碗的心放下了，只要大锤不跟他借钱，话么想说啥都行，谁让人家有本事呢。

大锤说："叔，这都啥时间了你咋还出来打工，都剩下活把把子了，挣不了几个钱。"

八碗把一包烟塞给大锤说："你给安排一下，干几天算几天，挣个饭钱也行。"

大锤把烟推了回来说："我不吃那烟。"说着自己掏了一根烟叼在嘴上。

八碗脸红了一下，人家吃的是"中华"，一根能买他这几盒。

大锤给八碗安排的是筛沙子的活，但工钱每天比别人少三十。八碗心里不平，一起筛沙子的虽然比他年纪小，可活是一样地干，你一锹我一锹，一锹都不少。

大锤说："八碗叔，你别心里不平，你六十三了吧，要在城里都是退休的人了，退休是啥，懂么？就是做不了活了，工资自然要少了，我们老板聘了几个退休干部，工资比他们上班少了一半哩。"

八碗说："别人不知道你还不知道，我跟你爹同年同月，还比你爹小月份哩。"

大锤说："你也没个比的，跟我爹比啥呢？"

八碗忙说："那是那是。"

大锤说："叔，你那钱放着也是闲放着，在我们公司买房吧，现在买房就是投资。"

八碗说："你们房子啥价？"

大锤说："一平米四千一。"

八碗说："你宰叔呀，千面上广告的房子三千一二。"

大锤说："那得看地段、学校、医院、环境，你不懂这些的。"

八碗笑着说："这辈子买不起了。"

"叔，有宝顺拿命给你换来的钱，再贷点款，月月还么，城里人买房子都这样的。"大锤说，"要买房子记着跟我联系，你要买我给老总说说，能少两三百。"

大锤走了，八碗长长地叹了口气，也就把窝着的气出了。每当心里窝了气，他就长出气，长出几口气就顺畅了。要不是大锤给他份活，管吃管住的，他该咋办呢？算算吃住省下的，也不能说亏。他心安了。

安心了没几天，大锤来找他，递给他一根"中华"说："老板手头有些紧，你把钱拿来周转一下，不白用，一天按两分的利。"

八碗看着大锤，大锤说："你放心，我你还有啥不放心的，十几栋楼，这么大的工程能欠下你那几个钱？"说着给他点着烟，"叔，这烟你好好品哑品哑，一根顶你喔（那）几盒。"

八碗笑了说："你现在把事业干大了，哪能不相信你，只是钱在宝明手里呢么。"

其实钱在卡里，卡就在他身上，几辈子没见过这么多钱，他咋会让宝明管上呢？从矿上回来，卡放在家里都觉得不安全，就用塑料纸包裹了几层，让婆娘缝进贴身的防盗裤衩，防盗裤衩是他那些年在外打工买下的，厚牛仔的，穿上磨得肉疼，平时不穿，只有出外打工回家时才穿。打工到年底回家，贼娃子就泛滥了，一路上坑蒙拐骗连偷带抢的，有的人辛辛苦苦干了一年工，回家落了个鬼耍水，一分钱都没带回去。密码也只有他知道。到银行验完卡上的钱，人家让他改密码，并提醒他说别设家人的生日手机号啥的，那些都不保险，容易让人家盗走了。他原想设宝顺的生年八字，可想想不保险，就设了婆娘的生年八字。婆娘的生年八字连自己都记不清了。那年婆娘得了一场大病，担心就此要走了，因为送埋时阴阳要用生年八字，他问了婆娘的生年八字，婆娘想了半天才含含糊糊地说该是二月二，娘说正炒豆豆哩，把她生在灶火里了，二月二，龙抬头，家家户户炒豆豆，炒豆豆可不是二月二么。婆娘竟生在一个节日上，这就更好记了。

大锤说："你把钱当命哩，钱会在宝明身上？"

八碗说："你也知道我两眼墨黑，斗大的字不识半升，是宝明一手办的么。"

这话他已说了不知多少遍了，从结巴到顺溜，他才发现假话只要一直说，连自己都当成真的了。

大锤说："宝明在哪里？"

八碗说："在矿上。"

大锤说："那你抓紧跟宝明联系。"

八碗说："明天我就联系。"

大锤说："这阵联系，瞎事好事看不来，存到银行能给你多少钱的利？"

八碗说："宝明下井哩，这阵在井下哩。"

大锤说："抓紧联系，好事么，两分钱的利，二十万，你算算，没算过吧，一月就是六千，等于你干大半年。"

利算是高的了，可这钱不好挣，这是放高利贷，弄不好血本无归，这样的事他听说过不少，不要说两分钱，就是两块钱也不敢做。这主意他是拿稳了的。可不给大锤借这活就做不下去，再找活就难了，再说干了二十天，就此走了，苦就白下了。咋也得熬等这个月满了，把工钱领上再走。

第二日大锤来，八碗说："打了电话，宝明倒班了，白班。"

大锤说："叔，你咋这么磨叽，瞎事好事掂不来，你抓紧，我也是想着让老叔挣上一笔钱，你说一天黑水汗流的能挣几个？你咋算不来账？"

八碗说："这账傻子也算得来，我抓紧联系。"

"明天一定要联系上，想挣利的人多的是，有钱人都是拿钱挣钱，"大锤说，"你这么大年纪了，你看我爹现在啥都不干，就是听戏，捣罐罐茶。"

第三日大锤来，八碗说："联系是联系上了，可宝明把钱存了定期。"

这是他灵机一动想出来的。办卡的时候，那女娃动员让他存定期，给他一笔账一笔账地算，一口一个叔叫得他脸都红了，他没存。定期利息高，可是他眼下这钱不是闲钱。

大锤说："就是存十年定期能给你几个钱？一天两分钱的利，账不会算，咋都这脑子？难怪背个铺盖卷给人干活。"

八碗说："人家银行说了存了定期就不能取了。"

大锤说："那是哄你们这些瓜子哩，取出来就是利息上吃点亏，你去取出来，亏了的利我给你补上。"

八碗说："那我明天再找宝明。"

大锤说："抓紧嘞，你把人急死了，好事么。"

大锤在地上转了两圈说："你干脆去一趟矿上，车费我给你管上。"

大锤掏出一百块钱来塞给他。

八碗没接，说："你看你这娃，这是为叔谋好事哩，咋能要你贴钱。"

大锤又掏出一百，把两百块钱给他塞到手里说："打个的去，买上两包'中华'给银行的人，现在没有办不了的事。"

八碗接过来装上了，不装怕大锤生疑，他又说："我明儿再打电话联系，宝明不老实，别去了不在，白跑一趟。"

第四日大锤来，八碗说："宝明问了银行，银行说取也行，可得填表，等人家领导批了才行，手续麻烦得很。"

大锤说："填表就填表，麻烦都怕打，你们啥时候才能脱贫致富哟，你抓紧嘞。"

每天扯谎，八碗得绞尽脑汁，这让他苦不堪言。

第五日大锤来，八碗说："宝明说银行人说要取到下月五号后才能取。"

他不知道这谎撒得对不，但下月四号，他就干满一个月了。

他把二百块钱给了大锤，大锤说："你装着，到下月五号打的去。"

四号到了，一月满了，上午八碗领了工资，大锤多给了他一百。这他并不感激，因为他干的活跟别人一样，但他工钱少了整整五百，加上大锤给他的两百，还亏两百哩。八碗给大锤说他去矿上找宝明。他怕大锤看到他背了行李知道他一去不返，一直等到晌午。晌午大锤都是去喝酒的。大锤走后，他背了行李匆匆出门，往汽车站去了。

6

到了矿上，八碗先给宝顺烧了七七纸，然后到煤井口等着宝明。从井下上来的人都黑得一模一样，认不出来谁是谁。他只得"宝明宝明"地一拨一拨叫。叫了几拨人，没叫出宝明，心里就七上八下的。最后一茬上井人中，一个人走过来跟他打招呼，他才认出是福娃。他问福娃，福娃说宝明只干了几天就走了。他问去哪里了？福娃说跟着同学走了。八碗说哪里能找到宝明？福娃说我也不知道。八碗说你见到宝明留住他，说我找他哩，我这几天都在矿上等他。福娃嗯了一声。八碗走出老远了，福娃又撵来说，叔，宝明把下井的指标卖给我了。宝明给福娃说过不让说卖指标的事，但福娃还是说了。八碗骂了句这个驴日的。

宝顺的七七过了，宝明续亲的事就能提说了。续亲的事缓不得，一天都不能拖，可续亲得宝明同意，一些规矩要宝明亲自做。县城这么大，到哪里去找宝明呢？他去了二中，学校一片冷寂，大门紧锁。宝明在学校跟哪些人往来，能去哪里，他一无所知，宝明的同学他一个不认识，他就像个无头苍蝇乱撞。八碗走在街上，像寒风中的沙粒一样孤独无助。晚上他去了车站，车站很暖和，可到了九点，最后一趟车发了，就不让待了。实在没处去了，他就找了一家小旅店住了一晚，第二日起来又找宝明，到了晌午，他往亲家家来了。啥时候能找到宝明，他心里没底，他得先把亲家稳住了。

亲家正在起粪。八碗扒了棉袄，接过亲家手里的锹就帮亲家起粪，说你歇缓吃烟。亲家杀了只鸡让婆娘进去炖，继续起粪。亲家养着几十只羊，这几年种果树的多了，说是羊牲口的粪上果树果子好吃，羊粪现在也值钱了。八碗和亲家一起起粪，亲家说你靠墙缓着晒着。他说力气是尿孵，越挣越大。一直干到吃饭。吃完饭抽了几根烟，亲家说："我估摸着你该来了。"

他就把续亲的话说出来，亲家说："亲家，丑话说到前头，续亲我没啥说的，只是……"

亲家半晌不说话，八碗说："只是啥，你说么。"

亲家说："你说这事出的，要是宝顺娶改喜，我啥话不说，可宝明要娶我就不能不说，等于我一个女儿嫁了你两个儿子。"

八碗盯着亲家，亲家说："这……彩礼你得给涨两个。"

八碗心里说你这是要卖寡妇，按说寡妇也该我卖，嘴上却说不出来，只说："你说涨多少？"

亲家说："两万。"

八碗的手抖了一下。结亲时八碗觉得亲家这人明理，厚道，现在看来是不咋样的一个人，人不遇事是看不出一个人来的。八碗笑着说："亲家，这可不是涨两个，你咋不捎个大刀到鸦儿沟去截道呢？"

亲家说："要说也不能说我涨了彩礼，现在你给宝明娶个媳妇，彩礼也到十二万了，前几日我给三儿子说了个媳妇，彩礼十二万，一分不少。"

要说亲家说得也没错，彩礼一年一涨，今年彩礼是到了十二万，还有上十三四万的哩。可是这事不能这么做，按说他家把彩礼上齐那天，媳妇子就是自家一口人了，这就像买东西买死了一样，以后哪怕这东西涨十倍。

八碗胸口发闷，亲家说："你不要不高兴，也别多心，咱话往实里说，你这是掏一个丫头的彩礼娶了两个媳妇子，多么划算的事，要是改喜和宝顺结婚了，宝顺出了这事，二十万你能全花上？经了公公家也不会全判给你的。"

八碗说："做亲家了，话就要少说，说多了会伤人的。"

亲家嘿嘿一笑说："我说的是个理，姑娘大了，续亲就快点，老话说女大不中留，留下结冤仇。早娶事早了，你也没啥事了，宽心享福去，啧啧啧，你命好得很，你看我，还两个儿子哩，愁得昼夜没觉。"

八碗没想到亲家看上去蔫头耷脑，温温吞吞的，却这样能说。他快气炸了，恨死亲家了，可有啥办法呢，也只能往好处想安慰自己，人家没悔婚就不错了，要是悔了婚，彩礼能给你全退？就是退几个钱猴年马月才能拿到手呀。

亲家递给他一根烟，说："亲家，宝明的婚事也看着了，你也花不了几个钱，那钱眼下也闲着，借我两个周转一下，你看我这小儿子结婚，手头有些紧。"

八碗说："钱在宝明身上装着哩。"

亲家说："那么大一疙瘩钱你还不当命一样看着，会放在宝明身上？"

"钱是打到卡上的，我又弄不明白，是宝明一手办的。"八碗咬咬嘴唇，又说，"我已经在城里把房看下了，改喜和宝明结婚后，就让他们住到城里去，反正现在都是个打工么，到时候你们到城里浪去，也有个落脚的地方。"

他说的是实情，也是封亲家的口。

亲家迟顿了半晌说："你借不借先不说，先把两万彩礼给我上了，我等着用钱哩。"

八碗说："那我也得找到宝明。"

原本想在亲家家住上几天，现在看来也住不下去了，亲家送他出来说："你快点找宝明，抓紧把两万彩礼给我送来，早早把人娶过去，钱啊逼得人眼睛滴血哩。"又说："你想，我要耍赖，用改喜给三儿子换亲，我啥钱都不用花，啥心都不用操了。"

八碗心里呸了亲家一口说，这话你也说得出口。

上了蟒蛇岭，寒风吹彻，能把人叼上天，在避风的弯里他坐下吃烟，山一疙瘩一疙瘩的，天地间尘土罩得雾突突的，他能辨认出老疙瘩山，山下就是老埂坪。他双腿酸软疼痛，他多想回家，多想家里的热炕，可他不能回家，他得把宝明找到，就又向着县城来了。

县城这么大，上哪里去找？再说这狗食不定在县城，不是一天两天就能找到的。八碗心里恶恶地骂着宝明。他得找个活，挣钱不挣钱的先把住的地方解决了，不能坐吃山空。可已是腊月，工地都歇工了，连只管住的活也找不上。他只能去租房，可死贵死贵的，都是半年起租。他租半年房子做啥，只要找到宝明，他第二天就不住了，花那冤枉钱做啥？

天冷风大，飞沙走石的，八碗觉得是在冰窟中行走，关节一阵一阵地疼痛，钻心难忍，吃去痛片也不顶用，他只能去买药，买药出来，发现一间孤零零的房子，一扇破门半掩着。房子周围是蒿草、塑料袋、碎纸片和人屎，就想肯定是个孤房子。他走过去从门缝往里看，房子没有窗子，黑咕隆咚的，就像个缸。他推开门，里面什么都没有，四下看看，就开始打扫。他一直担心有人拦挡，可是没人过问，他悬着的心就放下了。房子收拾出来，感觉比外面还冷，他捡了些聚木板、碎木片、枯枝、柴蒿、纸箱、塑料袋，拢起一堆火，房里一下子就暖和了。火真是好东西，烤得浑身舒坦，关节疼痛大大减轻了。他又捡了两趟，生火的东西堆了一堆，他把火堆拢在门口，掏东西出来铺的时候，发现婆娘把狗皮也给他装上了，婆娘心细哩。

这一晚倒睡得实落，一觉醒来，已是红日高照。有了这个住处，心里就不慌了，八碗就一门心思找宝明。哪里是找，只能在街上晃荡去碰，县城就这么大，几条街他走啊走啊。

这天早晨，八碗从小房间出来，靠着避风的墙晒太阳，一个穿着中山装的老汉走过来，看了他两眼，走过去了，又回头走来。八碗以为他要赶他走，便满脸堆笑迎上去，递了一根烟。老汉没接烟，看了他半天说你……你住这房子里？八碗忙说我……我……老汉说我不是赶你走的，你知道这房子是干啥的？八碗说干啥的？老汉说你真不知道？八碗说我不知道。老汉说那算了吧。老汉掉头走了，八碗说老哥，咋的了，你这说半句留半句的，把人悬到半空了。

老汉又停下脚步，走回来掏出烟递给八碗一根说这……这是医院以前的停尸房。八碗抖了一下。老汉说你怎么住这里？八碗说工地都停工了，没处住了。老汉说那你咋不回家？家远？八碗说远么，大雪封山了，车不通了，再说一来回花销也大。老汉沉吟了一会儿说我不该给你张这个嘴。八碗说没啥，已经住了几夜，也没见啥怪事。又嘿嘿一笑说咱这穷家寒舍的，鬼拉替死鬼都看不上，鬼要拉也拉个富人哩。话是这么说，可晚上就害怕了，梦里全是鬼怪。他就念阿弥陀佛，梦里都念。

过了两日，老汉来了说你跟我走吧。八碗说去哪里？老汉说我给你找了个住的地方。八碗说老哥，我没钱。老汉说我知道，你要有钱也不会住这里。原来这老汉是三中的校长。他住进了三中后门旁边的一间小房子。老汉说看门老汉回家过年了，这锅灶你可以用，米、面、土豆你就做着吃了。八碗感动得泪水蒙眼，说老哥，有啥活……老汉笑笑说没啥活，你跟我去拉点煤过来。

八碗每天就在大街上走，要是夏天，街上还可捡些饮料瓶、酒瓶、纸片，这寒冬腊月的，大街上没啥可捡的，不过他倒把房价打听个明白，还看了几套房子。他看上了一套房子，每平米三千二，三室一厅，够宽敞的了。那姑娘给他算了价，每月还贷小两口打工背得起，不影响生活。那姑娘说赶紧买，年前买还打折，一套房能少几千块，翻过年还涨价哩。这话他信，房价就和彩礼一样年年都在涨。他真想就买了，可是他得找到宝明，找不到宝明，一切都悬在空里。

7

腊月二十三一过，年就轰隆轰隆地来了，满大街都是回家的人，街道两边摆满了年货。八碗心急如焚，心里默念宝顺你帮帮爹，让爹快点见到狗食宝明。真是有灵啊，第二日他就在街上碰到了宝明。宝明跟一帮子红毛黄毛的二流子走过来，酒气喷人。

八碗把儿子搀扶到学校门房里，儿子就像猪一样呼呼大睡。八碗又恨又心疼，咋能喝这么多么。儿子一身西装，还打着领带，他叹口气，心里说把你还打扮得跟个干部一样。忽然，一阵歌声猛地响起来，声音好大，把八碗吓了一跳，他以为是校园里有人在唱歌，看看外面，没人，竖起耳朵听，歌声在儿子的口袋里，他摸儿子的口袋，摸到了，是手机，拿出来，不唱了。

八碗恨得咬牙切齿，真想扳下鞋底狠狠揍狗日的一顿，可看着宝明头脸褐红，又心疼了。宝顺到死也没舍得买过个手机，他几次说现在年轻人都有，你买上一个吧。宝顺说，爹，两头子不见太阳，一下煤井，信号都没有，再说没用么，给谁打？咱又不是老板，人家老板拿这赚钱哩，咱拿这就是个花钱么。

手机又唱起来，歌是用老家这一带的话，唱得口齿清楚，他听得明明白白：

两只山羊嘛爬山着嘞

两个姑娘嘛招手着嘞

我想要过去吧那狗叫着嘞

我不过去吧那心痒着嘞

听见隔壁子那水响着嘞

一个丫头子嘛她洗澡着嘞

我想要过去嘛那门锁着嘞

晚上过去嘛那妈妈在家嘞

一只山羊嘛上山着嘞

一个姑娘嘛招手着嘞

我晚上睡不着我白天醒不来

我一天不见戏心烦着嘞

两只山羊嘛爬山着嘞

我的姑娘嘛招手着嘞

我想上去吧那狗咬着嘞

不想上去吧那我心痒着嘞

八碗看着宝明心里叹了口气，他太失望了。

宝明直到黄昏才醒来，揉揉眼睛看着他，目光怪怪的，坐了许久才说："你咋在这里？"

他们来到一家小馆子，八碗问吃啥？宝明说吃肉。宝明要了一个肘子，一盘猪耳朵，两碗削面，又要瓶啤酒，两包烟。八碗心疼，却说不出话来。啤酒拿上来，八碗说你中午喝成那德行了，还喝？宝明说喝啤酒醒酒。八碗嘴张了几张，只叹口气出来。宝明吃着肉，抽着烟，喝着啤酒，说爹，我找你找得好辛苦，你咋在这里？八碗没接话茬，他都懒得跟儿子说自己这几个月的辛酸。宝明说眼看过年了，我还说回家去找你哩，你咋还不回家？八碗说你不是也没回家么？宝明说我有事。八碗说喝酒逛街，跟个地痞流氓一样？宝明说你别小看那些人，都有背景的。八碗长吁一口气说你当我闲得逛街哩，我在找你。宝明说你找我做啥？八碗就说了续亲的事。宝明呼噜呼噜扒面说你……你说啥，把我哥的媳妇给我续上？八碗说咋咧？你不同意？宝明把筷子拍在桌子上说你……你这做的啥事？你也真会想。八碗说咋咧？改喜正好和你同岁……宝明说这事没一点可能。八碗压着气说彩礼都上清了，你不续亲，人家能给你把钱退回来？退不回来，还得拿钱给你找媳妇，现在彩礼都十几万了，这里出外进是多少，念了多少年书，这账不会算还要人教啊！宝明说我明确告诉你，这事墙上挂门帘——没门，你就死了这份心。八碗几乎给宝明一句话差点噎死，要是在家里，他早巴掌抡上去了。他说别当给你哥赔了二十万，就摸不着天高地厚了，咱家的锅大碗小你不知道？宝明说你别说了，我有对象了。八碗说你有对象了？宝明说是我同学，恋爱已经三年了。八碗火冒三丈，一拍桌子说你个驴日下的，老子打工供你念书，你倒找起对象来了。宝明说这是两码事。八碗说你妈个×，两码事，一心能二用么？宝明说你不懂，学校里哪个同学不找对象？八碗气得抖起来说那是他妈的×学校。宝明说你说话文明点。八碗说文明你妈个×。宝明伸个懒腰说算了算了，总之你不懂，别跟我争这些事。

八碗真想给宝明几个耳光，可他下不了手。宝明是惯坏了，本是老小，加上那年小女儿淹死，就都娇惯他。棍棒下面出孝子，老人的话说得实实的。宝明续了根烟说赔我哥的二十万你打算咋弄？八碗没有说话。宝明说别当命一样守着，你得让钱活起来，得让钱下儿子。八碗瞪大眼睛看着宝明，心里说你狗日的也打起这二十万的主意了。宝明说你把钱给我，我让它活起来，现在得靠钱挣钱。八碗说你咋让它活起来？像你一样满天飞？宝明说投资啊，说得细了你也听不明白，你把钱给我，保证一年我给你挣回二十万来。八碗眯着眼睛说投资啥？找对象？宝明说说深了你也不懂，你把钱给我就行了。八碗说看我儿子本事大的，啧啧一年挣二十万，就你跟那群男不男女不女的黄毛喝得天昏地暗的，挣回二十万？宝明说你种了一辈子地把脑子都种成地了，你不懂，把钱给我，等着看吧，我给你说昨天跟我喝酒的那两个，爹都是官，掌实权哩，能揽上工程，工程是啥，就是钱。八碗拍着桌子说老子不指望你那二十万，你把这门亲事续上了，就是最好的投资，最好的工程。宝明说续亲是没有可能的，给你说了我有对象……八碗一拳砸在儿子拿烟的手上说日你娘，一根接一根不怕把你狗日的抽死。宝明说你干啥，以后别动不动就爆粗。

八碗压着气，语重心长地说，宝明，爹给你想好了，把这门亲事续上，你结婚就花不了几个钱了，二十万给你按揭套房子，你们就到城里住去，反正现在都在外面打工哩，就再不用待在老埂坪受狗日的张家人的气了。宝明说我把话给你说死了，续亲一点可能都没有。八碗手抖着说你都过二十的人了，咋就不懂事么我的活先人。宝明说再说我现在还不想结婚。八碗说不想结婚你找啥对象？宝明说找对象就得结婚啊？给你说你也不懂，你别跟我说这些事。八碗说老话说儿子欠老子一副棺材板，老子欠儿子一个媳妇，把这门亲事续了，给你把媳妇一娶，我这辈子的事就交代了，以后你发多大的财那是你的事。

宝明手机又响起那首歌来，宝明接了电话，站起身说我哥这二十万，就是咱家翻身的资本，你把钱给我。八碗吼道休想。宝明说我是你儿子你还有啥不放心的？八碗说你当你是成才的东西？宝明说你咋这么个死脑筋，那你先给我几百块钱。八碗说你个驴日下的，卖指标的钱已经糟蹋光了？宝明说咋是糟蹋，我这不是做大事呢么，你当跟人家拉上关系光靠嘴皮子？八碗说滚，滚。宝明气势汹汹地走了。八碗一结账，花掉了两百二十块，手抖得都抽不出钱来。

第二日，宝明带了个姑娘来，那女子一开口就把八碗叫了声爹，差点把八碗叫了个跟头。

女子粉白粉白，眼圈子乌黑乌黑，眼睫毛有一寸长，还往上翘着，一股浓郁的化妆品气息熏得八碗不停地打喷嚏。八碗思谋了一晚上，攒了一肚子气，因为这个姑娘说不出话来。

宝明说："爹，你好好端详端详。"

八碗心里说画得花里胡哨的，简直像个野狐子，端详你妈个×。

这才上午十点刚过，那女子坐在那里不住地打哈欠。八碗失望极了。

宝明说："好好，不跟你说这些，我还不是给你们减轻负担，四年大学得多少钱，少说也得七八万……"

八碗拍着桌子说："你只要考上，老子不说尿话，砸锅卖铁也供你念。"

宝明说："念书，念书，你当念书出来就光宗耀祖更换门庭了？满大街都是大学生，卖红薯的都有大学生哩，你没听人家咋说，大街上走着十个人，掉下来砖头砸死了九个都是大学生，昨天跟我们一起的就有两个大学生，毕业三年了，吃的是我的饭，喝的是我的酒。"

八碗啧啧啧地说："看我儿子本事大的，你驴日的挣了几个钱？说这话不害臊？"

宝明说："念大学没前途，还耽误四年光阴，有这四年……"

"少谝你妈的，念大学没前途，大老板、当官的谁不把娃往学校送，人家谁不比你懂得多，就你看得透？没前途，你会两年的复读？！"

"跟你说你也不明白，事实会让你明白一切，现在要钱挣钱，钱放在你手里是死钱，有我哥二十万的命钱，咱们……"

"你驴日的少打这钱的主意。"

"你能不能文明点？"

"老子就不文明了，羞你先人去。"

那女子说："走走走。"

宝明说："不可理喻。"

八碗一个巴掌就甩了过去，宝明愣了，说："你打我？！"

八碗说："要在家里老子用赶猪的棍子揍你驴日的哩，下了三天井就跑了，把下井指标卖了，就你也是个发财的？一天穿着西装，打着领带，装个手机，你当你是干部，你能干了个屎，还投资哩，投资个屎，少打那钱的主意，跟老子回去，快点跟改喜结婚！"

八碗虽然不文明，但没这么粗暴过，他这么发火是给那女孩看的，他要把他们搅散了。

宝明揉着脸说："那你给我十五万，你不是说老子欠儿子一个媳妇么？你给我十五万就等于给我娶了媳妇，我的事你再别管了。"

八碗说："媳妇家里给你找下的你不要，老子把责任尽到了，想娶狐狸精那是你驴日的事，有本事自己挣去。"

那女孩起身抢得风吼走了，八碗踢了宝明一脚说："滚你妈的 ×，一对狗男女，滚得远远的。"

把两个人赶走了，事还得解决，一天都误不得，八碗想宝明还会来找他，可宝明却再没来。他后悔只顾着生气发火，没把宝明手机号要下。

8

大年三十这天，八碗回到家里。他是在闰河河道的一个山洞里待到夜里才潜回家中。他试图从后院墙翻进院子，试了试没有可能，便鼓足气力将行李举得高高的，扔进了院子。婆娘听到行李落进院子的声音，隔墙问谁？他悄声说没看行李是我的。婆娘说你溜到大门前，我把大门开了你溜进来。八碗溜进大门，反身杠上门，一进窑门，羊叫狗咬的，婆娘"哇"的一声哭起来。

原来，家里的二十几只羊被偷走了一半。贼娃子是把婆娘反扣在屋里，消消停停地赶走羊的。八碗叹口气说："已经偷走了，你哭能哭回来？"

婆娘说："肯定是庄子上的人干的，要是外面的贼还不连群赶走了？我在街巷里骂了几个来回，没人出来吱声。"

八碗说："那你还哭啥？"

八碗上了炕，脱去棉裤，把双腿埋进毡下，说："有啥吃的？"

婆娘说："我给你做饭。"

八碗看看锅台，啥都没有，说："过年哩，你咋啥都没做？"

婆娘说："你说不回来，做了谁吃？"

八碗说："我不回来还有你和宝明哩，不过年了？"

婆娘说："你走了，宝明回来一趟，找你哩，说过年也不回来。"

八碗叹口气，一股悲凉涌上来，说："我们不回来，你就不过年了？"

婆娘说："一个人年有啥过的。"

婆娘做了雀舌面，八碗坐在炕上吃，婆娘在锅上欻啦欻啦忙活，八碗说："你忙活啥呢？"

婆娘说："我和点面炸油饼，再做啥也来不及了。"

吃过饭八碗就说了宝明的事，恨恨地说："都是被你惯坏了。"

婆娘啜泣着说："你比我还惯哩，说我？从小我看他就是个狗食。"

八碗说："这几天多留神，把拐窑子收拾一下。"

婆娘说："躲啥躲，躲也躲不出个好来，人家还是照样祸害你。"

八碗一想也是，再说他有谎言垫底，于是也不躲了。

几天来，人索索不断地来，他便一副悲愤的样子说钱在宝明身上，可这个狗食找不到了，唉，失算了，这个狗日的啊。许多人不相信他会把二十万给儿子装着，也有人劝他说可要抓紧时间找，现在外面传销厉害得很，进去了人财两空。

八碗等着宝明回家过年，可宝明没回来。初七是人七日，人得在家里等自己的魂魄归来。初八八碗就进城了。薄薄的一张卡，却像一块老大的石头，带在身上越来越沉重了，这让他形成一个习惯，总时不时把手伸进裤腰里去摸摸。心老悬在半空，总是不踏实，得把这二十万妥善地安置了，他的心才能实落了。他决定去城里买房。

买的就是他上次看上的那套房，买房时八碗遇到了问题，交完首付，贷款要担保，要抵押。他找谁担保抵押呢？八碗想了许多人，最后觉得还是找姚记者。姚记者给过他一个名片，说以后有事就找他。名片他像宝贝一样和卡装在防盗裤衩里。

八碗与姚记者相识完全是个意外，也给他惹下了大麻烦。那年老天爷照顾，庄稼种到地里风调雨顺的，麦穗有指头胖，糜谷长得半人深，眼看麦子要开收了，却下了一场冷子（冰雹），冷子比核桃还大，还有鸡蛋大锤头大的，麦穗给砸进泥土里，糜谷打得平铺在地里，大地给人摆了一副残局，年成跌定了。人心乏了，但地不得不犁，歇好了明年再种，庄稼汉的日子一年指望着一年。那天他正套着一对牛犁地，来了一个小伙子，端着炮筒一样的照相机拍照。他以为是专门照相的。老埂坪的梯田远近闻名，农业学大寨那会儿是全省模范，这几年经常有摄影家来照相。小伙子爬坡上山地照了好一会儿，走过来递给他一根烟并点了，他说你来晚了，这荒凉得有啥照的，冷子没打前，庄稼长得齐刷刷的，一样庄稼一个颜色，一层一层的，那才是好风光哩。小伙子问遭了雹灾，政府的救灾款发了没，他说还有救灾款？听都没听说。小伙子说我听说发了半个月了。八碗一笑说要发了我诓你做啥？就是发也发不了几个钱，你看都看不到眼里，怕你抢了去？你手里那家伙都几十万哩。这他是知道的，来这里照相的背的家伙值四五十万的哩。

过了几日，镇上大车小辆地来了一帮人，给他发了五百块钱，却把他骂了个狗血喷头。张万寿更是羞先人道亡人的，恨不能把他像只蚂蚁一脚抹了。他才知道这小伙子是省报的记者，回去写了报道，标题就是《还有救灾款？听都没听说》，还把他犁地的照片登到报纸上。他解释说我又不认得记者，人家问呢么。镇上那干部说人家问你你就说了？他说问呢么，我不说说啥？张万寿说你给我老实点，我知道你不是平地里卧的兔。张万寿说去找记者，就说救济款发了，李镇长亲自下来发的。他才知道那给他发钱的是李镇长。他说我去哪里找？一个干部给了他记者的手机号码，他才知道这记者姓姚。他只能去镇上给姚记者打电话，把过程一五一十说了，谁知姚记者又写了篇稿子，标题是《去找记者说救济款发了，李镇长亲自下来发的》。更瞎茬了，张万寿给了他一个耳刮子，打得他头晕目眩半天。后来才知道张万寿的村长给拿掉了，李镇长也受了处分。尽管惹祸上身，惹了张万寿就是招了灾，但拿掉张万寿的村长头衔他心里还是很受活的。

一打电话，姚记者正好在县上。姚记者很帮忙，带他找了老板，又给县上领导打电话，房子总算卖给他了，一平米还少了一百。办手续的时候，八碗担心宝明把房子踢腾了，就把自己的苦恼跟姚记者说了，姚记者说："宝明不愿续亲你别强迫，续了亲过得不好，离了不照样啥都没了？"

八碗说："你看你说得轻松的，十几万块的彩礼，宝顺挖煤挣下的，亲只要续上了，结婚过上几年就顺溜了。"

姚记者说："这样，你把房子买在自己名下，他想卖房你不同意他就卖不了，就是以后往宝明名下过户得上点税，不过也不多。"

八碗思谋了片刻，觉得上税也比把房子直接办到儿子名下结果要好。

手续办完，八碗才掏了五百块递给姚记者说："帮了这么大的忙，人情都落到你身上了，你别嫌少，买条烟抽。"

姚记者笑笑说："这烟我要抽了，准会遭报应。"

八碗说："一平米省了一百哩，五百块钱不算啥，你拿着噻。"

姚记者摆摆手说："快找儿子吧，拿房子要挟他结婚。"

房子买下了，二十万花掉了，这副沉重的负担总算是卸了，八碗是长出一口气。可是另一负担随之压上来，每月房贷必须二号前还，他急需要把宝明找到，他打工没人要了，就是有人要也挣不了多少钱，得宝明打工挣钱还房贷。八碗急得像热锅上的蚂蚁，可他没有别的办法，只能在一条街又一条街上奔走，去碰宝明。

日子过得真快，眼望半月过去了，学校开学了，看门老汉回来了，八碗只能离开学校。街上背着大包小包拉着大箱小箱的民工像潮水一样，他越发着急，还剩下半月就到交款的日期，他不能这么耗下去，他得回家去，卖掉些陈粮，卖掉几只羊，先凑上一个月的贷款存到贷款折子上。他有些后悔首付交得太多，该留下点以备饥荒。想着有一个月咋也该找得到宝明，而且他断定宝明不会甘心，会找他的。只要找到宝明，宝明去工地上打工，还房贷轻松着哩。宝明如果不愿打工，他会明白地给他说我打工没人要了，贷款可是要按时按点还的，银行说得明白，违约了要罚收这钱那钱，可都不是小钱，几个月不还贷款，银行就把房子贱卖了还贷款，那亏就吃大了。他想宝明会给这事拿住的，下一步续亲就没多大的麻达。可这个狗食不闪面，真是害人没深浅啊。他又去了趟学校，对老汉说如果我儿子来找我，就说我回家了，让他回家。

去车站时他绕了个弯去了里固的"天堂纸活店"，他想问问为宝顺配阴婚的事，里固亥是知道了，纸里包火雪下埋人的事，能瞒多久呢？里固正蹴在树下拿手机和人说话。里固跟人说完话，回头看到八碗，一把扯过八碗说："哎呀，在我跟前也打埋伏啊。"

八碗说："你、你也知道了？"

里固说："能不知道？一下子死了六个，老板都给抓了，县城都震动了。"

八碗说："老、老板不让乱说么，事咋就没捂住？"

里固说："一家子公公不给儿媳妇分钱，儿媳妇找来娘家人，两亲家打闹起来，还伤了人，儿媳妇就告了。"

八碗心里就越发感念儿子宝顺，要是结了婚，这样的麻烦或许就会出在他身上了。

里固说："到处找你哩。"

八碗吃了一惊说："谁找我？做啥？"

里固说："公家正周查哩，县上、镇上的干部都找你哩。"

八碗掉头就走，里固说："你走哪里？二鬼还来我店里说让我见到你给你说，让你赶紧回去配合调查。"

八碗没理会，径直走了，里固追着说："你儿子配阴婚的事我给打捞着，一定给娃配个合适的，记着随时给我打电话。"

八碗知道这事公家会处理，钱也会赔的，可政府处理事都是有板有眼，一是一二是二，那得时间，问题是要是人家先让把钱退回去，钱已经买了房子，他拿啥退？再说能处理多少还难说哩。新闻上就说过一件事，一起上学的两个娃让车轧死了，一个娃是城里户口，赔了十八万，一个娃是农村户口，只赔了八万，农村人的命没有城里人值钱。不管怎么样，先躲着再说。家是不能回了，县城也不敢待了，熟人太多，给干部通风报信的多的是。去哪里呢？八碗简直是恨死宝明了。要是宝明懂事听话，房款他就不用操心，他随便去哪里躲着都行。思来想去，八碗决定去省城。省城大，建设工地多，活就多，人也生。宝明一时找不到，他得还贷款，那就得找个好活计，可离开县城找宝明就更难了。

9

坐上去省城的班车，八碗不能不想到女儿宝凤。一想到宝凤，他就有抽筋扒皮的痛苦。宝凤长得水灵，十五岁上处对象，提亲的很稠，他打定主意与张家结亲。在老埂坪生活，以后的日子他看得明白，他这辈子已活过半辈子了，可儿子孙子要在这里活下去，自己虽有两个儿子，还是势单力薄，只能走与张家结亲的路。张万寿来给三儿子张豹提亲，这他不意外，尽管这些年张万寿跟他家生过不少事，但女儿从小长到现在，听话能干，没惹下一句是非。与张家结亲，应该说张万寿家是理想的人家。老埂坪张家有几支，张万寿家这支人脉最旺，儿孙多，后世重，远的不说，光是张万寿就弟兄八个，个个都有几个儿子，张万寿就有五个儿子。毛主席都说人多力量大，仗着人多势众，张万寿在户族里就有号召力。张万寿当了村长，一家人就成了村霸，像螃蟹横行霸道。至于张万寿跟他家生过不少事，这口气他咽得下去，这个人他丢得起，唯一担心的是宝凤嫁过去受罪，但反过来又想嫁给家势衰弱的人家岂不更受罪。

可是，张万寿把事做过头，狗日的自己上门提亲。哪有自己上门给儿子提亲的，就是穷得揭不开锅，提亲也要请个媒人，父母之命，媒妁之言，这是老祖宗传下来的规矩礼数，张万寿不是请不起媒人，不是不懂规矩礼数，而是根本没把他当回事，分明是在羞辱他啊。张万寿说我看宝凤跟我家老三挺合适的，找阴阳看个日子把事办了。这哪里是提亲，倒像是在会上说给谁家多少救济一样。那口气，那眼神，就像他的女儿做下什么见不得人的事嫁不出去了。老话说不结亲是两家，结了亲是一家，这副德行结亲以后还不被狗日的气死，女儿嫁过去还能抬起头，还有好日子过？他说了句硬话：张万寿，我家庙小，接不了你这尊大神，你走吧。他拒绝了这门亲事，无疑是狠狠抽了张万寿一个耳光。张万寿要风得风，要雨得雨，哪能丢得下这个人，咽得下这口气？肯定会报复，他怕狗日的在宝凤身上打主意，就让宝凤进城打工，反正年龄还小。自拒绝了这门亲事，仇冤就结深了，张万寿一家与他一见面捎话带语，找寻着跟他生事，躲都躲不过，尤其是他无意中摘掉了张万寿的村长头衔，张万寿和几个儿子放出话来要让他一家生不如死，从他家院外经过不往院里扔块砖头吼骂几句就像自己吃了多大亏。

谁知宝凤进城就走了那条路，而且还传到村里来了。张万全的儿子在城里打工，去找小姐偏偏就碰上了宝凤，回来扬了一路风。张家人是看了他的大笑摊，张万寿一家就像鼓风机，传扬得要多难听有多难听。婆娘受不了就跟人家骂街，被人家打了不知几回。张万寿的村长给免掉后，一家人把他箍到村子里拳打脚踢，他忍无可忍说老鼠急了也咬手。张万寿说你好大的老鼠，还想咬老子的手，噢对了，你不是有个在城里卖屄的女儿么，叫回来把老子的屎咬了。那年宝凤回来，他狠狠地打了宝凤，并把宝凤赶出了家门，在村巷里发誓这辈子不认女儿，再敢回来就打折双腿。怎么可能一辈子不认女儿呢？不让女儿回来，也是想让女儿少受点污辱。

尽管女儿走了那条路他恨得差点把自己的舌头嚼了，可从心里他是疼女儿的。要不是没有办法，谁愿意走一条被人唾骂的路？一个十五六岁的女娃，进城之前连镇上都没去过，到了省城还不黑灯瞎火的，城里到处是陷阱啊，又长得那么水灵，有多少人挖陷阱让她往里面掉。他在城里打工上过多少当，吃过多少亏？再说现在笑贫不笑娼，女娃进城做那事的不稀奇，还有当二奶的，做小三的，一个个把家都拉帮起来了。女儿往家里寄过钱，他让婆娘专门去过一趟，告诉女儿不要再寄钱来，把钱存好，以后会有大用。能有什么大用呢？其实就是为女儿谋后来的日子。他为女儿想好了出路，攒点钱，去个遥远陌生的地方开店置业，嫁个老实人，给人说她是个孤儿，过隐姓埋名的生活。尽管笑贫不笑娼，只要是男人没有不忌讳这事的。走上了这条路，回家的路就断了，不过现在多方便，有手机，想了打个电话发个照片就等于见面了，隔个三五年他们会偷偷去看上一回。因此，这几年家里再难，如果没什么大事，他不去打扰女儿。他原本想着把宝明安置妥当了，就去找宝凤的，那个苦海早脱离早好。

到了省城，八碗盯着脚手架跑了几天，人家一看身份证就摇头。找不上活，八碗就拾破烂，电视上报道过拾破烂发家致富的事，他想试试拾破烂能不能供起房贷。拾了几天，才知道靠拾破烂是还不上房贷的，城里拾破烂的人实在是太多了。他想再坚持几天，实在无路可走，就只能找宝凤了。

这天，八碗拾破烂碰上了杨孝。他们一起干过几年活。杨孝问他咋在拾破烂，他说找不上活。杨孝说咋能找不上活，到处都是工地。他说人家一看身份证嫌年龄大不要。杨孝笑着说你办个小点的身份证么。八碗说公安给办？杨孝说你啥脑子么，公安给你办假身份证？墙上、地上到处办证的小广告，都绊倒人哩。小广告八碗不陌生，他还贴过小广告，可从没想过办假身份证。八碗说真能办？杨孝说只要有钱，现在啥办不了？杨孝指着路面贴着的一个小广告说你打这号码，肯定能办。八碗掏了一块钱给杨孝说你手机我用一下。杨孝说几年不见，拿一块钱耍笑我？打城里电话不要钱。打电话一问，果然能办身份证。

八碗按指定的路线，在城中村找到了一间很小的房子，办证的是一个瘸子。要价最低五百。瘸子说你要是办其他证，能便宜点，办身份证那可是犯法，说白了是跟公安局抢生意，冒险得很。瘸子问他办证做啥，他说扛工揽活。瘸子笑了，说还有为干活办假身份证的？我还是第一次遇上。八碗说干活干活，干着活着，不干活活不了。八碗死缠硬磨，磨掉了二十块，四百八。八碗身上只剩下二百块，跟瘸子商量揽上活挣上钱后给钱，把真身份证押下。瘸子说那等你挣够了钱再来吧。八碗就想到了卖血。他卖过几回血，第一次卖血是那年让老板坑了，白干了一年，到过年时连车费都没有，又想回家三个娃眼睛黑明黑明地盯着你，不给娃带个啥回去咋行，在街上走着，看到"血站"他立刻有了主意。后来，日子打住了，他就会去卖血。本检时他怕查出病来，提心吊胆的，结果出来血好着哩。卖够了五百，交了钱，瘸子问他要办多大？八碗说办四十六岁吧。瘸子撇着嘴说你猜我多大了？八碗说四十出头吧。瘸子噗地笑了，八碗说说大了？瘸子说跟你同岁，你像个四十六岁的？人家一眼就能看出过六十了。八碗说我们下苦人整日风吹日晒的，哪像你们阴凉瓦屋地坐着，当然显年龄小了，你看我腰不弯背不驼的，看我们这些人你要往小看十岁。

几天身份证就办出来了。八碗拿着假身份证试着找了几家活，都没被识破。还是建筑活能挣钱，他就在建筑工地很容易就找到了活。八碗是个老瓦工了，一个月能挣两千多。这样他就不心慌了。

　　工地附近有个小卖部，里面有部电话，八碗给里固打了个电话，不是要说给宝顺配阴婚的事，这事只能往后推，找到宝明了再说。他给里固打电话是让里固留点心，见到宝明让给他打电话，他告诉了瓦工二宝的电话。里固说你跑省城做啥去了，把人急死了，我满大街找了你几天了。八碗忙说我不在省城。里固说你现在鬼咋这么大，连我也哄？八碗说我哄你做啥。里固说没哄我，你打的电话不是省城的号码么。虽然远隔几百里，八碗还是脸红了，说不是都找我么，我怕露了没处躲，你见谅嘞。里固说给你儿子配阴婚正好有个茬口，一个女子跳后湖死了，尸体捞上来囫全，人长得水灵。八碗说你看……我焦头烂额的，还顾不上这事。里固说啥焦头烂额的，咋，不信？你跟旁边的人找个手机，把号码说给我，我把照片给你发过去。八碗说你发二宝的手机上。八碗给二宝说等会儿有照片发过来，收到了给我看看。里固把照片发过来，二宝看了一眼呸呸呸着吼骂起来，说八碗你弄啥，让人给老子发死尸，咒老子。扑着要打八碗，被人架住，八碗忙说对不起，这里固咋这号人，害人没个深浅。说着凑过去要看，二宝却念着阿弥陀佛已经删除了。里固再打二宝的电话，让二宝好一顿骂。八碗忙又找了公用电话给里固打过去，里固说那人谁呀。八碗说一块干活的。里固说他不死了，不做鬼了，他娘的骂老子。八碗说那事你听着啥风声了？里固说还调查哩，分管副县长都给撤职了。八碗就请里固留点心，见到宝明让到省城文化城建设工地来找他。里固说就是公家处理也不会少于二十万的，你怕啥，给儿子配阴婚的事你好好考虑考虑，娃拿命给你换了这么一疙瘩钱，这样好的茬口哪里撞去。八碗想想问里固得多少钱，里固说念在咱们是老交情，最低价两万二。

八碗说这太贵了。里固说姑娘才二十岁，年纪轻，又刚刚去世，还新鲜着哩，你知道这样的尸首多难遇上，现在多是遭了车祸的，得了怪病的，矿难死了的 火烧了的，哪有淹死的人全乎，要让别人知道了，价钱还会涨，现在人日子都好了，配阴婚的多，抢手哩，你快点。八碗呃了一声说不要说两万二，就是两百二我都拿不出手。里固冷笑说儿子拿命给你换了二十万，你连两万块钱都不愿意给他花，遇上你这样当老子的，娃真是上辈子瞎了眼，投胎到你家里来，也不知是做了几辈子孽的积修。八碗说不是我舍不得花，钱我买了房子了。里固说我不问你借钱，就把电话挂了。八碗又把电话打过去，说了半天，再次托里固给他留点心宝明，见了宝明就说他在省城快死了。

几个家伙把工地上的钢筋偷着卖了，结果二十几个干活的让人家全部扣起来审。八碗第一次与警察打交道，他很紧张。警察吼了一声身份证，他慌乱哆嗦，从防盗裤衩里掏钱包手抖得都掏不出来。因为两个身份证都装在钱包里，他怕警察发现，从钱包取身份证时他扭身背对着警察，警察一把把钱包夺了过去，一翻钱包，说哟嗬，你还两身份证。

在机子上一验，偶身份证就叫了起来。警察就像破了什么大案一样兴奋，八碗说就是为了打工找活。警察哪里相信，查有无命案在身，是不是什么潜逃犯，没查出啥事来，却不依不饶地像审贼一样地审，最后给他念道：依据《中华人民共和国居民身份证法》第十七条第二款规定：购买、出售、使用伪造、变造的居民身份证的，由公安机关处二百元以上一千元以下罚款，或者处十日以下拘留，有违法所得的，没收违法所得。最后决定对他罚款一千。八碗就像被人抽了筋一样，哀求的话说了几背篼，警察脸吊得就像门帘，他哭了，警察说不想掏钱也行，处十日拘留。八碗想处十日拘留也行，这月房贷他刚存了，拘留十天，还房贷还有二十天，不紧张。可是警察开了个会，又不拘留他了，一定要罚款。八碗说我没钱。警察说让家人拿钱来赎。八碗说我在这城里没家人，老家在山沟里，没电话。警察说跟我们要赖是吧，把我们这里当啥地方了。八碗说我真没钱，你们就拘留我吧。警察说我劝你还是接受处罚，我给你明说拘留不是那么简单，在里面不好过，再说我们还没有调查清楚你是不是拿着假身份证干过什么违法的事，工地钢筋被盗你有重大嫌疑，明白不明白？八碗吓坏了，把警察惹躁了，没事打三拳都打出事来，说不定真就把偷盗钢筋的罪名定到他头上了。他说能不能少罚点，我真没那么多钱。警察不理会他，他说那你们找老板要，从我的工钱里扣吧。警察笑了笑说你脑子挺好使的，让我们给你讨工钱？老板的钢筋被偷了，还等着跟你们算账哩。

八碗颓然蹴在地上，他闭上眼睛，警察说少给我们要赖，快点找人赎你。八碗不说话，他想你说要赖那我就要赖了，省下的就是挣下的，管吃管住地待十天，划算哩，交一千块钱出去，十天苦得黑水汗流，还挣不上一千。那个警察还在翻他的钱包，从小夹兜里掏出一张纸条，展开看看说沈宝凤是你啥人？八碗一惊说你咋知道沈宝凤？警察说你给我装，你们这些人最能哭穷装傻，赶紧给沈宝凤打电话。说着把纸条拍在桌子上。八碗来到桌前，看到女儿的名字，一阵头晕，忙扶着桌子蹴下去。他的记忆中是没有这张纸条的，当然是婆娘塞进钱包的，婆娘虽说木讷，但心细哩。

电话是警察打的，八碗听到女儿往这赶，硕大的泪滴噗嗒噗嗒落在水泥地上，像一朵朵秋菊绽开，好几年没见女儿了，见面却是在这样的地方，女儿会难过死的。

宝凤出现在眼前的一刻，八碗崩溃了，他就像箍着劲的一道大坝忽然坍塌，只觉得自己从悬崖上往下落，耳边声音都远了，远了，是宝凤的号哭把他唤了回来。宝凤哽不成声，他努力笑笑说："哭啥，哭啥么，爹又没缺胳膊少腿，一个囫囵人么。"宝凤依旧号哭。他就说："哭吧，知道你这些年攒下眼泪了。"

宝凤带着他到了一家饭店，八碗抬头看看，没有说话，跟女儿进去了。他不想阻拦女儿，这么高档的饭店，他知道吃顿饭得不少钱，但他想让女儿好好款待一下自己。但却不是吃饭，而是开了一间房，房间里啥都像新的一样，他都不敢碰。

宝凤说："爹，你洗个澡吧。"

他说："爹饿了。"他有些撒娇了。

宝凤说："爹，洗完澡咱们就吃饭。"

他笑了，宝凤教他开水关水，他说："你真把爹当成土包子了。"其实他真是不会的，那么多明晃晃的把柄，他一个都不会用。他哪里在这样的地方洗过澡，打工洗澡都是大澡堂子。

洗澡出来，在宾馆二楼吃饭。宝凤泪水不干，他嘴拙，不会劝女儿，只说："你别哭．快吃噻，菜都凉了。"

宝顺出事他决定先不给宝凤说，知道得越晚悲哀痛苦就越轻，可宝凤说："我哥好多日子没打电话了，我打电话矿上说没这个人，我去找了一趟，他们又说早不在煤矿上干了。"

八碗再也忍不住，眼泪喷了出来。宝凤趴在桌上嗷嗷大哭，说："老天爷咋这么不公，我哥多么好的一个人。"

八碗抹着眼泪说："别哭了，快吃吧，都是命。"

吃过饭，回到房间，八碗问宝凤有没有见到宝明，跟宝明有没有联系过。宝凤说前段时日我还见了，最近没见。八碗说你经常给他钱吧。宝凤说他手脚大哩。八碗说你哥肯定也经常给钱，你们好心做了坏事，把他害了。宝凤说那咋办，我也知道这么不好，可一家人惯下的么，他一个电话一个电话打呢。八碗说以后有了娃，千万要记着，娃娃给个好心不要给个好脸，娇惯出来的娃没出息。宝凤掏出一张卡说这是我攒下的钱，本想给你们在城里买房子，先把房子贷款全还了。八碗说不能还，得让宝明背着，把他往正路上逼，把亲续了，他的日子他过去，我和你娘也就没啥负担了。宝凤说指望宝明他续改喜他要干才怪哩，我见他带过几个女朋友，打工供房子他会把房子给你卖了的。八碗说那由不得他。宝凤说就是硬逼着结婚了，不出一年保证离婚。八碗说彩礼都给人家上齐了，现在能全给你退了？宝凤说能要回来几个算几个，还能咋？八碗说说得轻巧的，十二万哩，那家里穷得，一个媳妇子娶得把家刮了几遍，能要回来几个？宝凤说你想多贴几个呀，娶了回来不掏钱了？要离了婚彩礼钱还能讨回来？八碗就长叹一声。宝凤说爹，你听我的，宝明眼下你别管了，也管不了，混上几年再说吧。先把房贷还清了，剩下的钱把房子装修出来，你和我娘住进去。八碗说我们住进去，我们住到城里做啥，在家里养羊喂猪，务劳庄稼，一年就是不好总还有点收入。宝凤说还下苦？要是再苦出个大病来，你想哪么多哪么少，别再下苦了，饿不下你们，被张家人欺负了一辈子，那狗日的地方还没住够？八碗说气受得久了也就不是气了，就是仇了，我跟狗日的他们死磕哩，我就是一粒沙子，也要在他们眼睛里磨着。宝凤说那些猪狗不如的东西，你跟他死磕啥？八碗说人活一口气，佛念一炷香。

八碗长长吁出一口气，说宝凤，不说这了，爹想跟你说说你的事。宝凤说爹，你别操心我的事，我的事我有主意。八碗说你有啥主意？听爹的话，这种生活长久不了，这钱你拿着，找个遥远陌生的地方……宝凤打断爹的话说爹，以后咋活我有打算，你别管了，操心一辈子还没操心够，你听我的，明儿我和你回县上先把房贷还清了，那么大的利息哪背得起。

10

八碗一身轻松回到家，第二天就让人打了，是被张万寿的三儿子张豹打的。事情出在庄台子上。庄台子就是宅基地，老埂坪人叫庄台子。按政府规定，一个儿子一处庄台子。八碗两个儿子，该有两个庄台子。宝顺媳妇定下后，八碗批了庄台子，当然也是给二鬼宰了一只羊，烟酒成双成对的。选庄台子的时候，他选了好几处都有人出来挡，干脆选了远离大庄子的一个偏僻山沟，儿子不会回来住，他们搬过去，远离张家。现在人都住房，八碗没想过盖房，想着挖两孔窑，他没有想过儿子要在老埂坪待下去，现在年轻人都在城里过活，小两口结婚后在村上待的有几个，有些人家房子盖得像宫殿，都空撂着哩，宝顺头天结婚，他就打发他们进城去。挖窑只需要花个气力。他和婆娘闲下来就去开辟院落，把山坡劈出一个崖面，推出了平整的院落和果园，把院墙打了起来。他去县上购买了苹果、狗头枣、桃、梨、杏树苗，把树栽上了。上面提倡果园、果院、果山、果沟经济，上面按树苗给补助，人都回来圈山头捞补助，当然补助也是有关系才能要上。他倒也不是冲着补助去的，果树长大了，卖果子的钱也能补贴他和婆娘两个人零花、吃药。果树不像庄稼，庄稼要年年下苦才有收成，果树种上，虽不能说一劳永逸，但也有个十来年的寿命，务劳起来比种庄稼要省力气。果树栽上，他和婆娘开始挖窑，挖成了一孔，第二孔挖了半截，宝顺出事了，一切戛然而止。

八碗从省城回到家已是夜里，婆娘说宝顺的院落让张豹占了。第二日一早八碗去看，果然见张豹在他劈出的院落里忙活。他上前拦挡，却给张豹日娘喝爹骂得说不出话来。这狗日就是一头豹子，从不讲理，八碗就去找二鬼，二鬼靠着墙根听秦腔，抬眼看看他说："你不是躲出去了，准备往城里住呢么？"

八碗憋着气给二鬼递根烟，二鬼看了一眼说："我让收拾的。"

八碗盯着二鬼，二鬼停顿了一支烟的工夫才说："你大儿子不是死了么，庄台子就要收回。"

八碗说："这些年村上死了多少人，谁家庄台子收回了？"

二鬼翻了他一眼说："跟我讲理？那块庄台子批给张豹了，那座山也承包给张豹了，种经果林，国家提倡的。"

这么大的山野，哪达不能做庄台子，一占一个山头的人家多的是，况且这处庄台子位置本就不太好，偏偏看上他家的庄台子，分明是人家要跟他生事。八碗知道再说啥也没用，在老埂坪他找谁都找不响。他去了镇上，人家把他指到了镇长跟前，八碗一看有些眼熟，想想记起就是上次姚记者报道后给他钱的那个李镇长，他觉得日怪，不是说给处分了么，咋又成了镇长了。

李镇长说："啥事？"

八碗把事说了，李镇长说："你们村长没错，宅基地要根据实际使用情况。"

八碗脖子一根筋动了，他拧了一下脖子说："我们村没有村长。"

李镇长说："张套不是你们村长？"

八碗说："没有经过选举，也没人开会宣布过。"

李镇长就在身后的柜子里翻来翻去，拿出一个红头文件拍在他面前说:"自己看吧。"

八碗念了个小学,"任命张套为老埂坪村支书兼村长"那行字他是认得的。

停顿了好一会儿,八碗说:"这些年村上死了多少人,没见收回一处庄台子。"

李镇长说:"那是过去。"

八碗说:"前年去年都死过人,都是年轻人,没结婚,都有庄台子。"

"你的意思是我不公了?你不是认识记者么,跟我说啥?"李镇长说完便一摆一摆地走了。

八碗回来的路上,胸口憋闷,喷了一口血,晕死过去,是山风把他唤醒的。

第二天,他去了庄台子,拦挡张豹,张豹吼一声就把他撂翻了。

八碗躺在那里,揩着嘴角的血说:"这庄台子我不要了,给你一家当阴宅吧,这块地方够埋你们一家了。"

张豹又扑上来说:"老子不把你劈了,跟着你姓。"

八碗把头伸过去说:"往头上打要命哩,老子拿这张老羊皮换你娃的羊羔皮哩。"

张虬跑来拦住,张豹踢了八碗两脚。

八碗说:"给你爹把话带到,毛主席说过,死人的事是经常发生的。"

"咒老子死,我今天就要了你的命。"张豹提着锹往来扑,被张虬死死抱住。

八碗回到家,气愤不过,婆娘说:"你跟人家争啥狠么,多大年纪了没个把握,你这老骨头经得起人家拆?"

八碗说："就是老了才跟狗日的斗哩，换他狗日的一条命，活得也值哩。"

浑身疼痛和内心悲愤折腾得八碗一夜吃了几回去痛片，直到鸡叫三遍才睡着。八碗起来已是晌午，婆娘已经煮好了饭，八碗趴在炕上吃饭，婆娘赶着羊去窖上饮。八碗吃了饭，忍着浑身疼痛，他把一头小猪宰了，接了一盆猪血，端着就来到了庄台子，他要给张豹来个猪血淋头的，可是张豹不在，他等了半晌，也没见到人。看看猪血都眼看凝成一块了，他就用猪血在院子里画了一个七星剑阵，这阵他见人画过，只是记得个大概，画得不知道准不准，里面的鬼怪也不太像，但这就是个意思，意思到了就行。有专门下七星剑阵害人的，那是要懂得邪术巫术脚踏阴阳两界的人来做，要念咒，他不会，他这么做是要激怒张家，杀人偿命，他要以命换命。他蹴在院里吃了一阵烟，不见张豹来，便用剩下的猪血把门墙都涂了。

黄昏，门外传来汽车喇叭声，老黑扑着狂咬，八碗从窑门一出来，就听到老黑"哇呜"一声没了声气，他看到老黑脑浆红红白白迸裂开来，紧接着张家四兄弟齐刷刷扑进院来。张豹吼道狗日的敢给老子下阵，活得不耐烦了。手里提着的锹把就抡在他的腰上。八碗就觉得自己断成了两截，扑通跌倒了。张龙吼道狗日的敢去乡上告状了，打死狗日的。拳脚棍棒像雨点一样倾泻在他身上。婆娘号叫着扑上来，又被人家打倒在一边。八碗只有出的气没有进的气了，弟兄几个还不饶。还是张虬扑进来吼着说够了，真要让人家的老羊皮换羊羔皮，跟他弄个啥么，欺负他做啥，当本事的耍呀。张豹一拳将张虬打了个仰面朝天吼道你个没出息的货，你把书念到狗肚子里去了。张豹踢了气息奄奄的八碗骂道你不是有个卖屄卖出本事来的女儿么，叫回来把老子的尿咬了。张虬说都很厉害是吧，厉害得过毒鼠强么？电视上报道的没看啊。八碗挣扎着说这娃倒提醒我了，从今儿起，把你家的水窖守紧点，命再大再硬也是几包老鼠药的事。

宝凤回来，八碗蜷缩在被窝里，吭吭哧哧地咳嗽，出口气都要抬着胛子。宝凤要送医院，八碗死活不去，说没大事，花那钱做啥。宝凤硬将他拉到省城，送进医院，一检查，肋巴断了三根，还是张龙弟兄几个上次打断的那三根。宝凤哭得一颗眼泪落八瓣。

医院开的液体吊兄，八碗就要回去，宝凤说："伤筋动骨一百天，你才几天。"

八碗说："那是说贵人，咱骨肉贱，没那么娇气，好好的了。"

宝凤说："住进来了就把身体好好检查检查，我挂了专家号，你把关节病好好治治，病放大了更花钱，出来就别回去了，住到县城里去。"

"不回去，那院子就给人家霸了。"

"占了就让占去。"

"除非我死了。"

"跟那些牲畜争歪使狠，吃亏的是自己，这些年了划不来，多大年龄了还没活明白。"

"这口气难咽啊，他们把我弄死了，还得抵命，我这张老羊皮换他张羊羔皮哩。"

宝凤咬咬嘴唇说："我听到宝明的消息，你把房子钥匙给我，找到宝明我带他去看看房子，他可能就动心了。"

"对对，一定要找到带他去看房子。"

"你住着，要听大夫的话，伤好了全身做个检查。"

宝凤没有宝明的消息，她去了县城，找了家装修公司装房子，又回家把娘接到省城，报了旅行团。八碗说："这不是胡闹么，七事八事旅个啥游，花那钱做啥？"

婆娘说："我想去哩。"

"你想上天屎还坠着哩，"八碗绷了一眼婆娘眼说，"家里撂了？"

婆娘说："天旱了，啥收成都没有，牲口都赶到我弟家了。"

宝凤说："团我都报了，钱也退不出来，你不去钱就等于白砸了。"

八碗说："你这娃，做事咋不跟人商量商量，还哪有心思散心噻。"

宝凤说："还去北京看毛主席哩。"

八碗说："那、那我们就去吧。"

旅游回来，八碗就着急要回去，说："一个多月了，地荒了明年种不了了。"

宝凤说："城里的房子已经装修好了，老家的东西都搬到县城了，回去住都没法住了。"

八碗看看婆娘，婆娘说："我、我不想回去，我怕回去你没命了。"

八碗号啕大哭说："这口气我咽不下去啊，欺负了我多少年，我忍了多少年，我从心里从没有放过他们……"

宝凤说："那也划不着拿命跟他们弄，恶有恶报，不是不报，时辰未到，你不是老说么。"

八碗像一只病鸡一样痉挛着说："我等不到，也看不到。"

婆娘长出了一口气说："你回去又能咋样呢？"

11

"呼——呼——"风疯狂地掀着槐树，像是要揪下柳树上最后的几片叶子。冬还不深，柳树还没有被冻硬，枝枝丫丫的还软活着，整个树头几乎被风压倒在地上，风"呼"地刮过去的空隙，枝丫纷纷弹回天空，风又扑上来压下去。枝头一只乌鸦蜷缩着脑袋瑟瑟发抖，随树枝起伏。风吹起它的羽毛就像个刺猬，它就是不飞走，像是个倔强的人跟人较劲。他跺跺脚，乌鸦不理会，他抓起木棍冲乌鸦挥了几下，说这么大的风不怕把你冻硬了？回窝去，回窝去。乌鸦还是不理会。他跳着用木棍捅乌鸦，乌鸦这才极其厌恶地"哇哇"地叫着飞走了。

立冬以来，风就一直这么刮着，枯叶、塑料袋、纸屑、沙尘都被风扫干净了，现在刮过的就只是风了。街上行人已经绝迹了，除了各种车辆来回穿梭，整个大街都空了。八碗穿得厚实，军大氅，里面还穿了二毛皮坎肩，羊毛棉裤，帽子，围脖，暖鞋，整个人就像个大猩猩。他怀里还抱着一个热水袋，胃里一灌冷风就做，像浆水窝得久了一样泛酸。可他还是感到刺骨的寒冷，这寒冷来自骨头里，关节像有针在扎。怕是要下雪了，天要变他的关节炎比天气预报还灵验的。专家开了大包小包的药，吃上能顶点事，可遇上这样寒冷的天气，就像一点作用都没有了。这时他就特别想老家。要说山里风比城里还大还刁，冬天比城里还寒冷，一入冬就大雪封门，但钻在窑洞里，把窑洞门窗捂严实，炕煨热火，围坐在炕上，冬天就不冷了。

小炭炉里的炭火快要灭了，爆米花的锅摇把闪着寒冷的银光。下班、放学都好一会儿了，有人要爆米花也早该出来了。但还有一批顾客，那就是出来锻炼身体的老头子老婆子。人老了这病那病的，专家说要多吃豆子，就都常来买些爆得酥软的豆子。这么大的风大概是不会出来了。人老了就脆了朽了，会被风刮折的。前天一个人就是让风刮倒再没起来。不过，他还是想等等，天还早，说不定会有人来。

宝凤把房子装得跟宫殿一样，住进去真是享福哩，可是八碗明白他们住在里面就只能靠宝凤养活了，就成了宝凤的拖累。他多么希望女儿早早脱离苦海，过上正常人的生活。八碗回了趟老埂坪，女儿把家里处理得连根草都没留，一派人走了的破败寒凉，家是回不去了，他在院儿里坐了许久。回城的时候他去了亲家家。给宝明续亲是不行了，一提续亲这个狗食就像是要他的命，既然没有希望，他就想把事说开了，改喜年纪不小了，别耽误改喜的终身大事，至于彩礼就看亲家了，能给多少算多少，还能咋样呢？改喜没结婚，不是寡妇，再找个对象，照样能收姑娘的彩礼，今年的彩礼都十三四万了，但他没指望亲家会从改喜的彩礼中拿出多少给他，亲家的老三都二十四五了，还没说下媳妇，老四跟着起来了。他不能不感叹，宝顺出事了，倒解了亲家的燃眉之急。亲家的热情里带着巴结，要宰鸡，他拦了，说还有急事。亲家就落泪了，说亲家，你体谅体谅我，你看我还有两个债主，老三、老四枪杆一样起来了，唉，改喜的彩礼我认着，等我手头宽裕了……他打断亲家的话说有你这话就行了，我过来是想给你说一声，改喜你就操心着给另寻对象吧。告辞出来，亲家捉了两只鸡硬让他提着。

从老埂坪回来，八碗就贴了楼房出租的广告。日子是算账的事，把楼房租出去，租一小间平房，这样一月就能有几百元的收入。楼房租出去后，搬家的时候，婆娘抹着眼泪说这么好的房子还没住几天给别人住了。他说定吃定坐，靠女儿养活？把女儿往死里害？他想找个活，还是找不上，就拾破烂，碰上临工一天也能挣个几十块。

隔壁租住的是老万。老万带着一个痴儿子爆了一辈子米花。忽然一天儿子倒地就那么死了。老万说的第一句话竟然是你总算知道心疼你爹了。从始至终老万没掉一滴泪。老万说都是前世的冤孽，跟到这辈子讨债来了，生他他娘死了，连累了我一辈子。埋了儿子，老万说我要回去了，这摊子东西你接过去吧，虽说这两年生意不好了，但比拾破烂强。八碗问那你呢？老万说漂泊了一辈子，我都忘了年岁了，该回去了，我怕哪天也这么死了。他给了老万钱，就把爆米花一摊子接了过来，老万带了他几天。老万临回，婆娘炒了几个菜，他们喝酒，他把自己的事说给老万听，老万说以前我跟你一样，想着一辈子活出结果来了，现在才明白人活的就是个过程。

风把三轮车都想掀翻似的，八碗只能坐在三轮车上压着。三轮车上摆着隔成小方格的木板，盛着各种豆子，他用塑料薄膜盖着。塑料薄膜被撕裂了，八碗找胶带贴，胶带才找出来，塑料薄膜已被撕裂出个口子，豆子被刮得随风四散。他慌忙将大衣脱下来盖在木板上，撅着捡豆子。卖红薯的老董过来帮他捡豆子。老董说快把大衣穿上，豆子刮走事小，要感冒了，没有几百好不了。

豆子在风中就像羊粪豆一样奔跑，没捡回来多少，老董说："回吧，这么大的风，鬼都不出来了。"

八碗说："回，回。"

老董把烤好的红薯装了一半给八碗，八碗给了老董一袋豆子。老董不要，八碗硬放在老董的车上。老董说："你这人，红薯烤出来卖不掉放不到明儿就坏了，你这豆子明儿能卖。"

八碗笑笑说："我买红薯吃不照样得花钱么。"

八碗蹬着三轮往回走。风很噎人，他得偏过头去大口大口换气。回到住处，婆娘裹着被子坐在床上，火炉子也死着，屋子冻透了，就像冰窖。

八碗说："你是个死人呀，连炉子都不会烧。"

婆娘说："又没活干，费炭得。"

八碗长叹一声，婆娘从床上下来架火炉。

吃过饭，吃了几锅子烟，他裹得严严实实出门，婆娘说你又去哪里，这么寒的天。

八碗没有说话。八碗要去里固纸活店。儿子周年了，他要给儿子念周年经，原想着念周年经时把阴婚给儿子配了，里固倒也找了几个女的尸首，可都年龄太大，儿子周年就过了。咋也得在年前给儿子把阴婚配了。爆米花的摊子离县医院不远，他一天耳朵竖得长长听着，有哭声传来，便让老董帮他看摊子，跑过去打听。

一出门就碰上里固。里固说好茬口，好茬口，李上庄死了个女的，上吊的，年纪跟宝顺也相当。李上庄离老埂坪不远，隔座山，八碗问谁家的，咋的了上吊？里固说李成全的儿媳妇，去年结婚的，为啥死的我也不知道。八碗呃了一声，里固说配不配，你给个痛快话，我给你说别老想着儿子没结婚，得要个姑娘身，除非你不想给儿子配阴婚。八碗说配，咋不配。里固说那说定了，你明早早早过来，可别耽误我的事。

八碗收拾了一下，连夜去了李上庄，他要去打听打听。人一沾上生意就不诚实，里固越来越不诚实了，上次介绍了一个，都快五十了，孙子都有了，亏得他去打听了。去李上庄走是走不到的，八碗去找老顾，老顾开着一辆蹦蹦车（家用三轮），从县城往煤矿上拉人。到了李上庄，他找到了李远山，也是一块儿下过煤窑。死了的女的确是李成全的儿媳，不过跟里固说的有出入，不是去年结婚，结婚六七年了，男的一直在外打工，女的在家里种地，结果男的在城里跟一个女人同居，娃都生下了，女的想不开，不是上吊了，是喝药了，年龄倒不大，跟宝顺同岁。

价钱比去年高出五千，里固说啥不是年年涨，今年找对象能跟去年一个价？八碗咬咬牙给儿子定下了。里固说你别乱说，偷偷摸摸地埋了就行了，别让张家人跟钻空子生事，国家知道了人财两空可别怪我。八碗还想着风风光光地给儿子办个"婚礼"，他说请了阴阳念经也不行？里固说你周年才给娃念的经，这当口念啥经给人咋说？要念三周年再念吧。八碗说你说现在成了啥世道了，做啥都跟做贼一样。他只能偷偷摸摸地把那尸体埋进了儿子的空坟。

八碗离开儿子的坟，回了趟村上。看了看老院子，看了看土地，又去给宝顺批的庄台子那里看看，到处都插了树干干。他蹴在山梁上吃烟，看到李后往地里拉粪，他就撵过去，两人在避风的崖下坐了，他递给李后一根烟，指着那些树干干说："这就是狗日的种的树？"

李后说："种他爹的锤子，插些树干干子，哄国家补贴哩。"

八碗说："我那院落、土地你要不？"

李后说："我还能苦几天，我还比你大两岁哩，自己的地都种不过来，要下谁住谁种？虽说我有十二个儿子，可哪个在我跟前待着，都在城里漂着哩。"

八碗说："这我知道，不是卖给你，是送给你。"

李后呃了一声说："我明白你的意思，我给你守着，你啥时回来就啥时给你，你放心张万寿连你一寸地一块胡基都占不去。"

野麦垛的春好

1

春好站在桃花坞前，望着对面高楼。对面新起了一栋高楼，四十多层高，楼顶装了射灯，因那光柱，天空就显得更加高远了。春好在想那光柱能射多远，是不是打到了天墙上。爷爷说天上有天宫，玉皇大帝就住在宫里，那肯定是有天墙了。

春好正看得出神，忽然一个身影从身边急慌慌擦过去，春好本能地往后闪了一步，收回目光盯了一眼，这个身影是那么熟悉，她张口就能叫出名字，却又怕走眼错认，这世上人像人实在太多了，不要说背影，就是脸膛一模一样的也不少，于是就紧随上去。可那身影一路小跑，春好只能也小跑着跟上去。

到了灿灿小屋前，那身影慢了下来，春好方才追上。那身影一只脚已经跨进门去，春好叫了声张生哥，一把将张生扯了出来。因为太过用力，张生几乎被扯了个趔趄，不是被春好扯住，定然摔一个跟头。灿灿小屋里的小董冲了出来说小云，你咋也做起这种事来，咱们可是最好的姐妹。

小云是春好在胭脂巷用的名字。姐妹们从来不用真名。有个姐妹看《李卫当官》，就自己叫了顾盼儿。小时候，春好常坐在山顶看云，云多自由，想去哪儿就去哪儿，还会变这变那的自己玩，待腻烦了，乘着风就飘走了。春好那时的愿望就是变成一朵云。到了胭脂巷后，她就给自己起了小云这个名儿。

春好说小董姐，他是我哥。小董说他是你哥，我还是你姐哩，给姐也来这一手。春好说他真是我哥，叫张生。小董嘻嘻一笑，说我还叫崔莺莺哩。说着拽住张生另一条胳膊往屋里拽。春好说小董姐，小云胆子再大也不敢抢你屋里的人。小董说小云还用得着抢人？今儿却有些奇怪了。张生甩脱小董的手，盯着春好说你咋知道我叫张生，你认得我？春好说哥，我是春好。张生说你是春、春好？你往亮处站让我看看。春好往亮处站站，张生睨了两眼，掉头就走。春好追了上去，小董问真叫张生？春好回头说是呀，谁哄你做啥么。小董说还真叫张生。

春好紧追几步，挽住了张生的胳膊问哥，你吃了么？张生说吃、吃过了，你忙你的去，我走了。说着就抽出被春好挽着的胳膊。春好又一把拽住张生的胳膊说哥，我有事跟你说。张生迟疑了一下，脚步慢了。春好一时有点慌乱，想不出该去哪里，抬头看到冰点咖啡屋，说哥，咱们进去坐坐。

进了冰点咖啡屋，找了个位置坐下，春好打了铃，服务生过来，春好说一杯果汁，一杯炭烧咖啡。张生垂着头，两只手紧攥在一起，粗重的呼吸都听得见。春好掏出烟来递给张生一根说哥，你抽烟。张生接过烟，掏出火机点烟时手抖动得像箩筛，春好看着心疼，真想捉住那手，可她知道要捉住那手，那手会抖得更加厉害。

春好发现带张生走进冰点咖啡屋是个错误。这里都是一对一对的情人，搂肩贴面，卿卿我我，尤其是斜对面的一对一阵一阵接吻，还整出响声来，更讨厌的是他们接吻后还盯着他们看，就像接吻是表演给他们看的。张生的头垂得就更低了。

春好想把张生带到一个僻静地方，可是哪儿僻静呢？这时间的城市越是僻静的地方越是满座。她想到了宾馆，一些有身份有地位的人嫌弃胭脂巷的小屋不干净，气味重，不安全，常带她去宾馆开房，又想起小董说过洗澡能缓解人的情绪，她决定带张生到宾馆去，让张生好好洗个澡，或许能缓解这种尴尬难堪的情绪。

春好买了单，对张生说哥，咱们走吧。张生霍地就站了起来，往外就走，一出门就说春好，你忙去吧，我走了。春好一把拉住张生说哥，我有事跟你说。说着一扬手，拦了一辆出租车。到了欣欣宾馆，春好开了房，又要了啤酒、瓜子和烟。进了房间，春好到洗澡间把水调试好，对张生说哥，你洗个澡吧。张生说你洗，你洗，别管我。春好顿了一下说哥，你先洗，洗完我洗。张生说你洗你的，别管我。春好咬咬嘴唇说哥，那我也不洗了。张生说你先洗，我、我后洗。春好说哥，那你喝啤酒抽烟，我洗完你洗。

怕冷落了张生，春好冲了个澡就出来了，张生已不在了，追出门去，没了张生的影子。茶几上压着二百元钱。春好扑在被子上啜泣起来。

2

余树接到任务，遣返春好。往时扫黄打非网住小姐后，上几堂教育课，罚款放人。可这次行动因为受到北京"天上人间"事件的影响，为了营造声势，请了多家媒体随行采访，因此第二日新闻报道就铺天盖地的，省、市及中央媒体都刊发了大量报道。市长读完省报头条来了劲，直接在报纸上连批三个好，加了三个感叹号。上午七点半就召集专门会议，研究决定对小姐实行遣返，本市籍小姐大张旗鼓送回社区、村，交给主任、村长，让他们管好自己的人，别再败坏风俗丢人现眼。外省市小姐，监督其登上火车、客车返乡。目的在于矫正消除公安部门扫黄打非就是谋福利发奖金的恶劣影响。其实都知道这样遣返是没有意义的，以前也遣返过，头一天遣返第二日就回来了。这么做无非是为了给新闻找个噱头，因为媒体都候着后续报道。没有绯闻的明星算不得明星，没有新闻的领导算不得领导，辛辛苦苦做一件事，不能没有新闻效应。

每次收网后，小姐都是集中在银杏树宾馆。银杏树宾馆是公安系统的一个老宾馆，建设于上世纪八十年代，墙厚窗小，通道又少，易于防止逃逸。余树赶到宾馆时，小姐们已被集合到停车场。狭小的停车场乱得像民工市场、火车站。车开不进去，余树只能将车停在外面，走了进去。

小姐们给关了一夜，浓妆艳抹的花容经过一夜蹂躏，在明丽的晨光下个个花里胡哨，疲沓倦怠，仿佛监狱里放风囚犯，五个一攒，七个一伙，有许多不是第一次被捉，都是老油条了，叽叽喳喳嘻嘻哈哈，毫无遮拦地大张嘴打着哈欠。各种浓酽的化妆品气味混杂扑人。余树一进去，一个小姐就凑过来说大哥，是来领我的么？先给根烟抽，实在困得撑不住了。余树极反感地扫了一眼没理会，穿得露，脸皮厚，凭经验判定至少有十年以上从业经历。

余树高喊一声余春好。没有人应答，又连续喊过几声，还不见有人答应。他掏出身份证扫了一眼喊野麦垛的余春好。一个小姐举着手跑过来说我是春好，余春好。余树阴着脸子说叫你几声了？春好低声下气地说许久没人叫这名字了，自己也忘记了，不说野麦垛还真一下记不起。余树皱着眉头端详了两眼，春好嘴唇抹得艳红，给人血淋淋的感觉，假眼睫毛至少有五公分长，眼影是泛蓝的那种，耳朵上吊着两只圆形大耳环，像单杠上的两个吊环，手和脚指甲涂抹成了黑色。银灰色无袖紧身Ｔ恤捆绑在身上，胸脯给捧得很高，领口则又低又松，乳沟很夸张地摆露出来。尤其是那仿皮的短裙，实在是太短了，上露肚脐眼，下露大腿根。但不能不承认春好五官端庄清秀，身段纤巧高挑，只是过分的妆扮让她妖惑媚俗了。要说最本质的还是眉眼，天生的柳叶眉，疏朗细长，没有描画过，也没有栽种的痕迹，眼神也还算清澈单纯，不那么黏糊轻佻。余树说跟我走。

余树打开车门，将后面车座上女儿的东西清理了一下，想让春好坐在后面，可春好已坐在了副驾驶位置上，余树也就没说啥。上了大街后，余树问还有什么东西要拿吗？春好说大哥，有。余树说别叫我大哥。他的声音很高，也很突兀。其实按年龄来讲，叫大哥是合适的，可大哥这个称谓让余树浑身起鸡皮疙瘩。

扫黄打非这类活动余树经常参加，尽管他也知道小姐大多是偏远地区出来的，有着各种各样的辛酸与无奈，但扫的次数多了，一些小姐的老油条气息和不自重让他对小姐没了好感。一些小姐胆子很大，被网住后还敢借机勾引警察，交换出路，逃避惩罚。有一次行动中，他在宾馆阳台的窗帘后搜出一个小姐，那小姐却直扑进他怀里，说大哥，你长得好帅耶。说着一把就把裙子撩起来，竟连裤头都没穿，说大哥，我给你免费服务。他怒吼一声说你给我自重点。那小姐却死乞白赖地说大哥，我给你免费服务，你把我放了，咱们都得好，我给你留电话号码，以后你啥时打电话我啥时为你提供免费服务。他再吼一声说你给我老实点。小姐依然纠缠说大哥，何必这么认真，抓我们不就是为了发福利奖金，我交的罚款轮到你能分几个,我把钱直接给你,你把我放了。从那时起,他连大哥这种称谓也厌恶了。

对于警察,春好还是很害怕的,她轻声说那我该叫你啥?余树说叫我叔叔吧。春好说叫叔叔?余树皱皱眉头说咋?不愿还是不配?春好说愿意么。余树说怎么走?春好说啥怎么走?余树加重语气说去你住的地方。春好说噢,胭脂巷。

胭脂巷昔日就是烟花之地,一条曲里拐弯的巷子,里面还套着几条不规则的巷中巷,就像迷宫一样,隐蔽性很强,据说设计者就是为了让人们有偷情的感觉。上世纪五六十年代胭脂巷被改造成普通市民居住区,八十年代初形成了日杂百货市场,八十年代末,随着洗头房、歌舞厅的盛行,胭脂巷骨子里的本性立刻就透了出来,老货铺、小卖部、老货店、小饭馆、粮油店、皮货行一夜之间变身成洗头房、歌舞厅、按摩房、KTV、小茶馆,还原成了烟花柳巷,被人们私下称为红灯区。胭脂巷的建筑多是二三层高的小隔间楼,居民大部分都已搬走,一间间老房子里租住着小姐。搬迁改造的话题不止一次扯起,往往是才起了个头,保护者以文化传承的名义应声而起,双方吵了又吵,最后不了了之了。

曲里拐弯地行了一段,春好说到了。余树停了车,春好下了车,余树也跟着下了车。在楼门口,春好回头看了余树一眼,余树迟疑了一下说快点,我在楼下等你。春好点点头,进楼梯时,余树又说老实点,别耍花样。春好嗯了一声。

余树点了根烟,深吸一口。其实,这样最容易溜掉了。这些小阁楼都经过私自改建,互相通着,余树在胭脂巷追捕过嫌犯,三个人硬是没有围住一个嫌犯。虽然身份证押在你身上,可小姐用的身份证基本都是假的。可今天一方面余树感觉春好不会跑,他很相信自己的感觉；一方面他想跑了就跑了，遣返实在是一个无聊作秀的过程。不过他还是侧耳听着，三楼左边的门响了一声。

一根烟抽完了，春好还没出来。余树想想就进了楼门。梯阶牙牙碴碴，扶手断断续续，纸片、塑料袋、酒瓶满楼道都是，墙壁上画得不堪入目。到了三楼，左边的门虚掩着。余树敲敲，推门进去，一股浑浊的气息扑面而来，很有些熏人。余树皱皱鼻子。窗户极小，加上玻璃不知道多久没擦，乌涂涂的，一根尼龙绳子从客厅这头拉到阳台的窗框上，上面搭满了各式各色的内衣、裤头、乳罩，竟然还有几件小孩的衣裤。光线本就很暗，又给晾着的衣服一遮一拦，就更暗了。客厅里到处是乱丢的鞋袜、衣裤，茶几上、地板上到处是瓜子皮、花生皮、烟屁股、方便面桶、啤酒瓶、塑料袋，地上铺着红一方白一方的人造地板革，多处皮面都磨损掉了，黄乎乎的像洇了一坨一坨尿渍，一台18英寸电视蒙着一层脏兮兮的污垢。客厅本来就不大，摆沙发的地方摆了一张高低床，被子未叠，凌乱不堪。

余树没想到小姐住得这么龌龊不堪，他以为小姐至少住得应该舒适一些。他看过一篇内部调查，说小姐收入高得吓人，举例说某市因传言要对小姐征税，一日之间小姐出没集中的开发区几家银行都被提空了。调查说国家在小姐身上每年流失税收多少多少，呼吁国家规范管理，对小姐进行征税。

叔叔来了，找个地方坐，马上就好了。春好的声音是从一间屋里传出来。余树说你快点收拾。春好说叔叔跟你商量一下。余树阴着脸说没商量。春好说叔叔，关了这么长时间，身上都臭了，不怕路上把你熏晕了，我洗个澡，半个小时就行。余树迟疑了一下说洗澡得半个小时？春好说二十分钟也行。

　　春好洗澡出来，余树眼睛一亮，简直判若两人。没描眼线，没画眼影，没上睫毛，只是涂了浅浅的唇膏。两个大耳环也换成了纤巧的麦穗耳坠。手指甲的黑色也清理了。半截黑色无袖体恤，一圈窄细的腰身，晶莹洁白，一条浅色紧身牛仔裤，让身材显得苗条高挑，鞋也换成了粉白相间的旅游鞋。整个人一下子就清纯起来，完完全全一个正经女孩。余树感慨地想春好这时出现在任何一个人面前，谁会想到她是一个小姐呢？说她是个大学生，谁又会不相信呢？从衣着、鞋、皮包以及拉的旅行箱，余树觉得春好还是肯为自己花钱的，这些东西都是品牌货，价格不菲。

　　春好脸红扑扑地说叔叔，我收拾好了，走吧。余树回过神来，伸手拉过春好的大旅行箱，说这里住多少人。春好说八个。余树说怎么还有小孩的衣物。春好说有一个大嫂。余树说大嫂也、也做小姐？春好说，那有啥，还有大妈哩，都四十多了。余树说大嫂多大了？春好说二十二三岁吧，男人打工腿给砸折了，孩子三岁，过不下去就出来了。

　　上了车，余树说你早点没吃吧？话出口了，余树觉得奇怪，对小姐他从来都没好声气的，对春好却怎么就有了一份耐心，想想或许是春好也姓余，让他动了恻隐之心。头儿交派他任务的时候笑着说考虑到她也姓余，王百年前是一家嘛，就由你去遣返了，人不亲姓亲嘛。头儿还笑着给他讲了个段子，说有一对傻兄弟，妹妹要出嫁了，弟弟怎么也想不通，就对哥哥说，你说爹咋这么傻，咱们都没媳妇，他却把妹妹嫁人了。哥哥说你才傻哩，妹妹是自家人，自家人不能弄自家人。弟弟说噢。他知道头儿是半开玩笑半在提醒他。以前遣返小姐，发生过警察和小姐搞到了一起把小姐放了的事，坊间传得沸沸扬扬的。

春好看了余树一眼，眼里也露出惊讶，说没、没吃，你吃了吗叔叔？我请你吃个早点吧。春好一口一个叔叔叫得余树很别扭，他皱皱眉头说我吃过了，你吃啥？春好说吃拉面吧。在一家拉面馆门前余树停了车，说去吃吧，别打歪主意。春好选了窗前的桌子，隔着玻璃还冲余树笑笑。余树看到她还要了一小盘牛肉。

出了城，余树问家有多远？春好说两百多公里。余树说这么远，路好走吗？春好说一百多公里的柏油路，五六十公里石子路，还有二三十公里土路。余树在路边的加油站加满了油，买了两瓶水两盒烟，递给春好一瓶，说多大了？春好说二十三了。春好回答得太顺口，余树产生了怀疑，他知道客人经常问小姐这样的问题，她们的回答都是职业性的。余树皱皱眉头说说实话。春好吐了一下舌头说上个月才过的二十岁的生日，身份证不在你身上么。余树掏出身份证看了一眼，春好说我的身份证是真的。余树说出来几年了？春好说不到半年。余树说你怎么老不说实话？春好又吐了一下舌头说十五岁就出来了。余树想想把身份证还给了春好。

3

白天春好在胭脂巷的桃花坞坐台，晚上就去各大娱乐场串台。姐妹们互相传递信息，她们就像一群飞翔在城市里的夜莺。春好做小姐已经五年了，这还是她第一次被扫住。遭遇过几次扫黄打非，春好都逃脱了。有一回，她是塞给服务员五十块钱，穿了服务员的衣衫逃脱的。这次被扫住，完全是发呆导致的。

自和张生意外相逢又被张生走脱，一个多月，春好盯着脚手架把建筑工地几乎跑遍了，没找到张生，她的神思就恍惚了。这天晚上，春好在帝都坐台。坐了两台，做得都心不在焉，客人很不爽，骂骂咧咧的。春好不在乎，这种生意不是开餐馆摆摊铺，不用考虑回头客的事。因为心里老想着张生，帝都的暗铃响起，并没有立刻引起她的警觉，等反应过来，已没了退路。

其实张生不是春好的哥，也不是表哥，他们虽是一个村上的，但没啥亲戚关系。不过，春好一直把张生叫哥，也是她最牵挂的一个人。春好十岁那年，家里遭了变故。春好不知道事情到底是咋样的，传到村里就有几种说法，有说爹去耍小姐，让娘知道了，娘就不守妇道跟了人。也有说先是娘学坏跟了人，爹才出去找小姐的。总之两个人闹得一塌糊涂，后来就都没了音信。出事前，家里日子也还是不错的，爹和娘在外打工，虽然几年不回来一趟，但会按时寄钱回来。哥哥在镇上读书，春好在家伺候爷爷。爹常写信回来，对哥说一定要把书念成，出人头地，一家人扬眉吐气。也对她说好好在爷爷跟前替爹娘尽孝，这孝里也有你一份，尽孝就是积德，积修个好女婿，过个好日子，活个好人。

出了变故后，爹和娘再没寄回过钱来，哥哥的书念不下去了，背着铺盖卷儿直接从学校进城打工去，一走也没了消息，春好和爷爷的日子就那么搁住了。爷爷托人从集上买回个口罩，说是要拾起种地的活儿度日。家里多年不种地，啥工具都失佚了，牲口、套绳、犁、耧、锄、胶轮车、打气筒……种地啥都得借。其实，爷爷已经种不了地了。爷爷下了一辈子苦，苦下了一身子病，老来见不得风，一见风就咳，一咳就是半晌，厉害时咳出血来，整个人弓成一把镰刀。可山野哪有没风的日子，爷爷连窑门都出不了，地里的活计自然做不了，人都叫活死人。何况地多年不种，都生了荒了，没有几年挼整种不了，借东西只是个借口。爷爷总是在饭口上指派春好去借东西，赶在饭口上，人家好赖能给碗饭吃，也会想着活死人，让她给爷爷捎些吃的。如果没有剩饭，活死人就安顿春好借米借面，其实哪里是借，就是要。渐渐地村上人也都明白活死人的用心，春好赶上饭了就吃一顿，给爷爷捎一碗，赶不上饭就会给一碗米或一碗面。村子是个小村子，就二十几户人家，去得勤了春好就不好意思，跟爷爷说别的村子上也能去，可爷爷说到别的村子上去，就没了借这借那的借口，那就真成了讨吃，日子再难也没难到当讨吃的地步，不能坏了家风名声，你爹你哥迟早要回到村子上来活人，咱爷孙当了讨吃，他们回来就抬不起头来了。春好一想也是。

可是春好怕去借，倒不是她脸皮薄，村子上有的人家也曾这么渡过难，这不丢人。春好怕的是晌午去借，晚上就得去还，这就要翻一道大沟。村子被大沟劈成了两半，村子里人家大多都住在沟南，沟北零零散散住着四五户。春好家不是村子上的老户。解放前爷爷走货郎讨生活，走到这张家庄赶上解放，就落户在了张家庄，在沟北打了孔窑洞。沟不宽但很深，一上一下十里路，就叫十里沟。晌午去借，翻十里沟春好不愁，缓上几缓也就翻过去了，可晚上去还，十里沟就阴森森吓人。山里人家太阳落山了才从地里回来，鸡猪羊牛驴骡饮过喂过，人才吃饭，往往是八九点，夜已很深了。有月的夜晚，月光下一切都很鬼魅，啥东西都走了样，山、沟、峁、梁、树、山嘴、洞穴，啥都借着月光变幻成了野兽鬼怪，张牙舞爪的。没月的夜晚，一切统统黑得像铁块堆垒起来，在天的微光里，更是阴森恐怖，日里走得熟熟的路也不熟了，脚底下像总有啥东西想绊倒你，走得跟头流星的。沟坡上鬼火扑闪，时隐时现，尽管哥哥说鬼火是一种自然现象，叫磷火，可春好还是很害怕，觉得就是孤魂野鬼打着灯笼在走。更可怕的是各种声音，像有人在哭，有人在唱，又像有人唤你，背后老觉得喊出喊出欻啦欻啦的有啥跟着，一棵蒿秆在风中都能发出鬼魂的呜咽声，沟沿上不时落下胡基来，就像有人站在沟沿上拿胡基撂你，忽然轰隆一声，忽然哇呀一声。最可怕的是村子上的狗像看到啥了扑着追咬，一直扑追到沟沿上来，就像把啥野东西追到沟里来了，站在沟沿上疯咬。猫的叫声本就阴森，到了夜晚越发像被啥逮住撕咬在一起，叫声尖厉凄惨。不要说十岁的她，就是大人晚上翻十里沟也输胆。村里人说午不过坟，夜不翻沟，春好简直怕死了。

张生家就住在沟沿上，翻沟的路就从他家门前经过。春好每次经过的时候就想如果张生家出来个人答个声，或者养只狗冲出来对着她咬上一会儿，哪怕是屋里灯亮着，她翻沟也就没这么害怕了。可张生家院子老是黑乌乌的，就像一座古弃了的院落。张生家的情况春好是知道的。张生爹当过些年村长，曾经日子过得火焰一样，是村子里唯一住瓦房的人家。后来张生爹村长落选了，当村长年长日久把人逛懒了，地旦的活一把也拾不起，家道就败落了。张生爹整日又是耍赌，又是喝酒，一喝醉就打女人，一输钱也打女人，说是女人坏了他的运势。结果张生的娘受不住就跑了。张生爹更不着家，张生一直住在镇二的姑姑家念书，高中毕业没考上大学，就出门打工去了，一个好端端的家就这么黑灯瞎火了。

忽然一天，张生家的灯亮了。张生爹半身不遂地被人送回来了，瘫在了炕上。说是喝醉了摔了一跤摔成这样，又说是耍赌输了钱还不上让人家打成这样。凡事到了村子上都有几种说法。张生只能从城里回来伺候瘫在炕上的爹。张生家没养狗，但灯亮了，春好翻沟心里就多了一份依赖，也多了一户可借东西的人家。

春好第一次走进张生家，张生正拿着一本书看，春好站在那里好一会儿，张生才发现她，合上书嘻嘻一笑说啥时进来的，悄声哑气的，你是仙女下凡还是狐狸精现形？虽然春好跟张生没见过几次，但却一点也不生疏，说你知道人家是谁就这么乱说话？张生说所以我才问你是仙女还是狐狸精。春好说你真不知道我是谁？张生说春好，多好的名字，像春天一样美好，谁叫过都记住了。春好笑了，还是有人第一次这么说她的名字，心里就很高兴。张生端了一碗饭来说吃吧，还热着哩。春好接过碗来就吃。春好吃了一半就说吃不下了，这半碗我装回去了。她看得出来，张生家也就这一碗剩饭。张生在她头上摸了一把说你吃吧，吃了我给你装些米面回去给爷爷做。她就吃完了。张生给她装了两碗面，两碗米。春好说一碗就够了。张生送春好出门后，说黑咕隆咚的，翻这沟你不怕？春好眼里就有了泪，从来没人对她说过这样贴心的话。张生说我送你过沟吧，就拉着她的手，一直把她送过沟送进了家门，张生说以后晚上过沟，叫我一声。从那开始，每个晚上张生都蹾在大门口，等着送她过沟。张生种着几十亩地，一天五更起半夜睡的，春好心里过意不去，就说你不用翻沟，就站在沟沿上唱歌给我壮胆，你也苦了一天。张生笑着说不怕旮旯里忽然伸出一只黑爪子把你拉了去。春好说呀，你坏死了，知道人家怕死了，还吓人家。上沟坡的时候，张生会一弯腰说上来。春好一蹿就上了张生的背。过上几天，张生就会给她装几碗米面。有一天，张生赶着驴驮了半口袋面半口袋米送到家来，说春好，你别东家进西家出的，你和爷爷的口粮我管了。春好说其实庄子人都挺好的。张生摸了春好头说你和爷爷能吃多少，日子不是吃穷的。

别看那时间春好才十一岁，心里想的事不少，她想不沾亲带故的，咋能给人家添负担，张生也不易，爹要吃药，自己还要攒钱娶媳妇，这房子也快塌了，都是等钱的事儿。因此，她还是过沟去东家借西家还的。一个晚上，春好过沟去还东西，天阴得像扣了一顶黑锅，伸手不见五指，春好知道要下雨，就想赶在雨前翻过沟去，可才到沟边，雨就来了。雨一来就很猛，噼里啪啦的。春好就往张生家跑，跑到张生家才发现张生家大门锁着。就在大门洞里避着。雨下过一阵，猛然收住了。整个世界都死了，一点声气都没有。春好从门洞出来，疯了一样往沟里跑。雨还会下，她想在雨前过沟去。顺着沟坡没跑几步，忽然一个炸雷，就像从天上扔下一个巨大的碌碡，砸在山头上，又滚到山沟里来了，轰隆隆震得地面都在颤抖。这炸雷还没滚远，又一个炸雷来了，更加厉害，咔嚓嚓咯吧吧的，就像把一棵多少年的树身生生掰开。炸雷一个赶着一个，闪电一个接一个，大地瞬间一片白亮，一切东西都怪异了，谷壕里的洪水像一条条鳞光闪闪的巨蟒往沟谷蹿来，风拽着树在狂奔，雨点像流星，银光灿灿落在池上激起一阵尘烟。就在瞬间的亮白里，春好看到路上有几条蛇，被闪电耀得一片银白，慌乱四窜。春好想起爷爷说炸雷是在殛东西，闪电是在劈东西，世上一些东西活得年限长了，就成精成怪了，祸害人间，老天爷就派雷公电母来收了。春好掉头往回跑，在张生家屋后的柴垛上掏了个洞钻进去，用草把洞堵个严实，在里面抖缩成一团……等她醒来发现睡在张生家炕上，张生坐在炕上抽烟，看书。她扑进张生的怀里就哭了，两手捶打着张生说你干啥去了么，你干啥去了么。张生长叹一声说唉，你咋就跟我一样苦命噻？张生给她烧了姜汤，化了蜂蜜。春好病了三天，张生给她喂药做饭，还给爷爷送饭。春好好了后，张生说反正我也没妹妹，你给我当妹妹吧。春好扑通就跪下了，咚咚咚地磕了三个头，叫了一声哥哥。张生一把拽起来说不怕把脑壳磕碎了？春好说结拜兄妹，得心诚。张生说鬼丫头，现在咱们是兄妹了，以后别再借来还去的，让人家笑话我这个当哥的。

冬天到了，春好没有过冬的棉衣，裹着爷爷的一件老羊皮袄，虽然暖和，但又笨又重，穿上像个皮袍子，半截在地上拖着，重得走一步都吃力。张生给春好买了件羽绒服，紫红的，正是她喜欢的色儿。还买了件棉裤、棉鞋。春好一试刚好，说你该买大一点。张生说为啥？春好说这东西一年两年穿不烂，我正往大里长哩。张生摸摸她的头说，穿烂了哥再给你买。张生还给她买了雪花膏和棒棒油，说把脸好好抹抹，手好好润润，你看你这脸和手都给风吹坏了。过年，张生又买了一身衣裳，给了她二十块钱，还给爷爷买了两瓶酒，打了十斤肉。春好哭了。张生说哭啥，我是你哥。

春好不知道能为张生做啥，学着给张生做了双鞋。六岁娘就出门打工了，没人教她针线活，这是她的第一件针线活。张生嘿嘿一笑说你才多大，会做针线了。张生穿了两天就帮子是帮子，鞋底是鞋底了。张生拿着鞋底拍着鞋帮子直乐，春好说你别笑话人家噻，人家才学哩，没人教噻。后来，春好说我给你做饭吧。张生说会做么。春好说小瞧人，都做了几年了。张生说也好，免得你心里老装个事。春好也不见外，做饭时连爷爷的饭也做上了。张生的爹说不出话来，但脾气还大，眼睛一翻怪吓人的。春好也不害怕，送吃喝倒屎尿的也不嫌弃。一年里张生给春好买了四件衣裳。春好不要，张生说这是你挣下的，当是我白给你的？春好知道张生怕她心里不好受才这么说的。闲了张生老拿书看，春好说哥，不上学咋还念书。张生说谁说不上学就不念书了？书是好东西哩。张生看书的时候春好会捣乱，拿个麦穗糜翅挠张生的耳朵，挠脚掌心、胳肢窝。

张生赶集逛庙会的时候也会带着春好去，买这买那的。

这样的日子过了四年。一天，张生下地干活回来不见了爹。张生顺着爬行的痕迹一直找到沟沿上，发现爹直接爬到沟里去了。在沟底找到爹，爹已是面目全非了。抬埋了爹，张生收了这一年的粮食，打碾完毕，给春妤送去了两口袋面，两口袋米，一桶油，又给了春好两百块钱，春好不要。张生说拿着吧，你是给我磕过头的妹妹。春好咬咬嘴唇拿上了。张生伸手去摸春好的头时，春好头一偏说人都是大人了，你还摸人家的头。张生嘻嘻一笑说世上有十几岁的大人？春好把头伸过去说哥，你再摸一下我的头吧。张生笑笑，就摸了一下她的头说哥得去城里打工了，哥不走，这日子实在是恓惶得过不下去。春好说哥，你走吧，别扯心我，我爹捎话马上就回来了，再说我也十六了。爹没捎话回来，春好也把自己大说了两岁，她不想张生哥牵挂她。

张生进城打工后，在爹的头周年上回来上坟，给春好带了四身衣裳，一双皮鞋，润脸油、头巾、发卡啥的，装了一大包，又给了春好五百块钱。春好没有推辞，日子实在是离不开钱，她在心里说等我长大了，一定好好报答张生哥。这一年，她给张生做下了六双鞋。张生穿上正合适，连蹦带跳地试试，鞋很结实，张生笑着说学出来了，针线不错，以后嫁了人女婿不缺鞋穿哩。春好开心地笑了。

4

余树觉得两百公里路程，不说话可就太寂寞了，也容易犯困打瞌睡。他斜了一眼春好说想啥呢？咋不说话？春好说不知道说啥么。余树说说说你自己吧。春好说我有啥好说的。余树说你说你十五岁就出来了？春好说那年，有人来提亲，给我哥换亲。余树说换亲是咋回事？春好说就是两家都有男有女，对茬口，摆一桌宴席，请几个有头脸的人主事，一调换就行了。余树说咋能这么做。春好说换亲多是家里条件不好的，这样两家都不用掏彩礼，家里有钱没钱婚事都能办，公平着哩，也不逼人。我哥到娶媳妇的年龄了，家里拿不出钱来娶媳妇，没办法么。余树说你哥多大了？春好说十八了。余树说十八岁，你十五岁，还不到国家规定的结婚年龄，能领上结婚证？春好说现在谁领结婚证？领了结婚证计划生育的麻烦就跟着来了，酒席一摆就算结了，够年岁了都不一定领结婚证，到了娃上学的时候才花钱找人领结婚证上户口。余树说就没人管？春好说山大沟深的，上头人几年都不来一回，再说现在都在外面打工，人都找不着，就更管不上了。余树说十五岁就结婚？春好说那有啥稀奇的，十五岁生娃的都有。

余树点了支烟，说咋能换亲？你哥咋不出门打工？打几年工还挣不回来个媳妇？春好说打工几年挣回个媳妇钱？你当娶媳妇是几个钱的事？光彩礼就得五六万；还有五金，就是金项链、金耳环、金手镯啥的，现在都说克，有一百二十克的，一百克的，八十克的，最少也得五六十克，少不得两三万；缝纫机、摩托车、电视机、手机，还有五身穿戴，不得个两三万；现在娶媳妇都不住窑洞，咋也得盖三间房，大立柜、梳妆台、沙发，还得几样家具，不得个四五万；媳妇到跟前，得个老牛钱，离娘钱、押箱钱、花红钱，待客钱，杂七杂八的也得一万多，一个媳妇子没十几二十万娶不回来。我哥就是到南山窑背五六年的煤，也不一定能娶回女人。可到南山窑背煤那多危险，老出事，不是死了，就是残了。我爹可就一个儿子。有女儿，换亲是最保险的，要不咋说生个女儿就是财富，生个儿子就是账债。余树说不是说女儿是赔钱货么？春好说那就是句话，现在彩礼一年一个价，前几年才一万两万，去年都涨到五六万了，十万的彩礼都出过哩。

余树说结婚了还出来做这事？你男人……春好说没结婚，结婚了出来做这行男人还不把你千刀万剐咧。麻雀还有瓜子大的脸哩，别看我们那里穷，男人可计较这事了。余树说你不是说你换亲了么？春好说我没同意，那男的耳背，跟他说话好挣人哩，得吼着说，再说他身上有狐臭，气味好大，跟我见了几面，熏得我连饭都不想吃，走了几天了，家里还有那味儿，结了婚一起要过一辈子，我可不想找这么个人。我跟爹说我出去打工给哥挣娶媳妇的钱。爹不同意，说你一个女娃，一年能挣多少钱，啥时才能挣够给你哥娶媳妇的钱？我说爹，我挣，哥也出去挣，几年就挣够了。哥也帮腔说我和春好一起出门打工挣。我哥也不同意这门亲，那女子又矬又胖，哥看不上人。可爹还是不同意，怕夜长梦多，这几年定了亲的到了城里打工反悔的多的是，结了婚离婚的也多，换头亲保险，互相能拿住。爹只想着用我给哥换个媳妇回来，他这一辈子的大事就了了。我也倔就说你不同意我出去打工，我头天嫁过去第二天就跑，让你们找都找不见。爹怕这一招，你想我跑了，人家女子肯定也不在家里待，还要赔人家损失，这是当着有头有脸的人说下的，而且立了字据。爹没办法才同意了，这么我就出来了。

余树说一出来就、就做了小姐？春好说说啥呢，刚出来还不晓得小姐是干啥的，做小姐是一年后的事。我刚到城里是在酒店当服务员，老板老想占我便宜，我就换了一家。可这老板更坏，动手动脚的，答应给我双倍工资，买衣裳，买电动车，让我做收银员。可我害怕，不敢和他黏。一起干活的一个姐妹就跟老板黏到了一起，结果让老板娘带人打了个浑身青，脸上划了几刀，都毁容了。我又换了一个女老板，可那女老板心黑得要命，整日吊着一张黄瓜脸，把人当驴一样使唤，连个好声气都没有，动不动扇我们踢我们，工钱老拖着不给，还找碴子克扣。一年换了七家餐馆，换得越勤越挣不上钱。

春好停顿了一下，深吸一口气，说有一个和我一起干过的姐妹熬不住，出去当了小姐，她劝我也去，对我说你模样长得俊俏，肯定客人都会喜欢你，说不定还有人包了你，给你安排工作，那你就跌进福窝窝里了。我不想干那活，干了那活一辈子都抬不起头来，连村子都回不了，嫁都嫁不出去，嫁了人也是个受气筒子。她说当小姐一年能挣这里十几年的钱，把钱挣下了，咱们就能好好嫁人好好活人了。她说有一个小姐就是挣下了钱，还嫁了个城里干部，户口都转来了，有一份正式工作，就像城里人一样上班下班。我还是不想干，那么丢人的活，可她一句话把我吓坏了，她说他们不会放过你的，迟早会把你给收拾了，你想躲是躲不掉这些狗日的，看他们见了你那馋相，当心哪天给你下药，把你蒙翻你不知道就让人家睡了，还白睡了。这事发生过，有一个姐妹和我一样大，让老板带到舞厅去唱歌跳舞，不知给喝了啥，啥都不知道就让人家糟蹋了，哭得死去活来的，家里来了几个人闹过一场，人家给了几千块钱打发了。她说这些狗日的都是小老板，让这些驴啃了就等于白糟蹋了，想花他们的钱就像抽他们的筋要他们的命，婆娘一个比一个厉害，还不如当小姐。这一年回家我只拿回去了两千块钱，我哥打工也不好好打，跟一个小姐谈对象，挣下几个钱全让小姐骗去了，没拿回来一分钱，爹又拿换亲的事逼我。过了年进了城我就做了小姐。

余树长长吁了一口气，春好说叔叔，我能抽根烟么？余树说你也抽烟？春好说有些客人非要你抽，你不抽他就不高兴，老板就会找麻烦，有时心里泼烦了，抽上一根能解泼烦哩。春好从包里掏出一包中华，抽出一根递给余树，自己点了一支。余树说平时就抽这烟？春好说叔叔真会笑话人，客人撂下的，我不买烟抽。

春好点烟时用的是一种进口火机，打火时有清脆悠扬的回声，余树知道这火机是真正的美国货，价格不菲。春好一点不避讳，说一个客人给的，有些客人挺好的，很大方，还送你个纪念品。有一个老板给我法国香水，他约我就让用那香水。叫啥名儿来着？对，香奈儿。味儿好，名字也好。我有许多回头客哩。

余树皱着眉头，他不想听这些，春好却说这火机送给你吧，你拿上才配哩。我不要。余树声音很冲。春好吐了一下舌头，将火机放回包里。余树说这包也是老板买的吧？春好嗯了一声说我哪能买起这么名贵的包，一个老板带我去参加一个宴会，场面好大的，来了好多当官的，他就给我买了这包，其实我不喜欢他给我买这么贵的包，像我背上这么贵的包，谁会当是真的呢？这种包假的百十块钱就能买上，我喜欢他把买包的钱给我。

余树说经常跟他们出去？春好说嗯，出去吃得好，住得好，挣得多么，能带你出去的都是大老板，高兴了一天几百一千的不在乎，打麻将扎金花赢了会甩给你一沓，数都不数。也不是人人都能出去，他们挑人眼光高着哩，不过，嘻嘻，他们总能挑上我。余树说小姐被人带出去老出事，被图财害命的不少，跟他们出去你就不怕？春好说咋不怕，啥样的人都有，刚出去的时候害怕哩，后来想命贱么，死了把孽脱了，也就不怕了。余树说你家里人知道你做小姐吗？春好说第二年爹知道了，过年回去狠狠捶了我一顿，捶得我睡了几天才起来，后来就再没回去过。唉，穷么，日子逼得慢慢也就认了。

　　春好的手机响了，响了两声断了。春好看了手机，将手机装进包里。不一会儿，手机又响起来，依旧是响了两声断了。春好叹了口气。余树说回头客？春好说是我哥，等我打过去哩，怕花钱，我打过去他接听免费。余树说你告诉你哥今天要回来？春好说还告诉他我回来？他才不想让我回去，他婆媳妇连日子都没给我说，人都顾面子哩，做了这行，就再也回不到村子上去了。余树说你哥结婚了？春好说我做了小姐第三年就娶了，现在娃都有了，幸福着哩。

　　余树叹了口气，点了根烟递给春好说你哥媳妇也娶了，你就不该再做小姐了，好好找个工作，再找个对象，小姐能做一辈子？春好说我还有个正念书的弟弟哩。余树说你还有个弟弟？春好说我爹又娶了一房，后娘带的。余树呃了一声，春好说我弟好厉害着哩，老师可看得起了。余树说你弟怎么个厉害？春好说学习厉害啊，我弟在他们学校全高中拔尖，老师们都把他当宝贝，说将来一定能考个重大哩。余树笑笑说是重点，不是重大。春好嘻嘻一笑说你别笑话人家噻，人家没念过书。又说老师说了，最差也能考个省大，我听了专门去省大看了一趟，真漂亮哩，那么高的楼，操场绿绿的，学生娃快活得跟鸟儿一样，在那里面念书真是享福。我弟人长得排场，现在就一米七八了，咋也能长过一米八，大眼睛，国字脸，可福态咧，看上去就是个有福人。余树看了春好两眼，春好脸上阳光明媚。

5

　　她只能这么说，更多的委屈对着余树她是说不出口的，那是家丑，她懂得家丑不可外扬。做小姐的第二年，哥哥就把对象看下了。彩礼人家要了六万。高是高了点，按行情四万合适。可哥哥看上人了么，她也就认了，娶媳妇是一辈子的事，随心中意最重要了。彩礼上齐了，女方家提出来要新屋，新屋建成才能娶人。爹到镇上打电话跟她商量，她眼睛都没眨就应承了。她本就打算起新屋，把家从窑里搬出来，村子上好些人家都起了新屋不住窑洞了。娶媳妇盖三间瓦屋也就行了，女方家也没提出啥要求。她咬咬牙说起五间吧。爹就一个儿子，哥哥娶了媳妇当然是要和爹一起过的，养儿防老，天经地义的事，多起两间，爹住进去也宽敞。再说这些年爹一直背运，娘又跑了，日子过得有皮没毛的，人前短着一口气，这事上也该长出一口气了。一砖到顶的五间新房，又续了两个耳房，院子都用砖墁了，院墙也用砖砌了，家院一下子就气派了。日子都定下了，女方家又提出来要离娘钱。离娘钱是规矩，你不提男方家也要给准备的，一般离娘钱五百一千，她预备下了一千，这钱到了娶人那天才给，都是有规矩的。可女方家提出离娘钱要两万。两万，这还是离娘钱么？她不同意，事就在这儿卡住了。

爹只想把自己的责任尽完了，嘴嘟成包子不说话，哥哥却说一头牛都赶走了，还拽个牛尾巴？她气咻咻地说两万块是个牛尾巴呀，买头牛还长个牛尾巴哩。哥哥说那咋办？牛犊子还在人家槽上拴着哩。她恼怒了，吼着说退亲。哥哥说事都到这地步了，谁退亲，谁吃亏，六万彩礼咱可都上齐了，现在咱们提出退亲，没理么，彩礼人家会全退给咱？你掂量掂量哪么多哪么少。听话听音，锣鼓听声，哥哥一屁股坐在人家炕上了。她说你当我是摇钱树，你不拿硬点，由着她家，他们恨不得把咱家的房子拆了搬到她家去哩。哥哥却说要不是我给爹说咱俩出来打工，你就给我换了媳妇了，那个聋子，又有狐臭，还能有今天的好日子？她气得半晌没说出一句话，甩给了哥哥两万。

临近结婚，哥哥带着未过门的嫂嫂来城里，说是来看她，其实是来买衣裳的。哥哥抬举她是城里人，见的世面广，他们是山棒，看东西不知瞎好，让她陪着去买衣裳。定亲时衣裳说了五身，钱都就高不就低地算好给了哥哥，可到了卖场，衣裳看上了，就是躲着不付钱。她只能付了。衣服买全了，哥哥嗫嚅半晌说你嫂子想要个手机，我有事出门联系方便，再说不还有你么，落这么远。她说咱那里有信号？哥哥说大疙瘩顶上信号强哩，我老到大疙瘩顶上打电话，听得清得很。嫂嫂毕竟还没过门，她咬咬牙就给买了一个。吃饭的时候哥哥又说你嫂子娘家户大，说要多来几桌客，喜事么过的就是个人，人多了热闹，也让野麦垛的人看看，咱家多有势。她知道哥哥和嫂嫂串通好了变着法儿在套钱，男方家给女方家待客礼钱是女方家收的，最多三桌，这也都是有规矩的，去多了惹人笑话。定亲的时候人家就破了规矩提出来六桌，爹打电话跟她商量，她很痛快地答应了，山里席么一桌也就五六百块钱。现在又提出来多来几桌客，她装作没听出话里的意思，说行啊，让祝家庄大人娃娃都来，你也风光，爹也有面子。哥哥停顿了一下又说怕得多带五六桌。她笑笑说十五六桌都行，尽管让来，你待就成了。哥哥嗫嚅了半天说钱……她说噢，我也没钱了，嫂子还没娶进门就花了快二十万了，你当我是摇钱树，摇两下踢两脚就往下掉钱，我得挣。这样吧，你和嫂嫂在城里住上十天半月，我接客给你挣去，你在旁边等着收钱，收够了你们再回，咱也得把面子给你撑圆，行不？哥哥憋了半天没说话。

哥哥嫂嫂在城里住了五天，她一直在等哥哥的一句话，叫她回去参加婚礼。当然，她不会回去参加哥哥的婚礼，她有自知之明，做了小姐回家的路就断了，还红白喜事上回去显摆？爷爷去世了，爹给她打电话，她要回去，爹说你就不要回来了，打点钱回来也算尽孝了。她哭着说得多少钱。爹说一万五就够了。她给了三万说棺材要柏木的，念五昼夜黄经，纸活要全套的，席要二十盘的，响器要两班。后来她听说爷爷的葬礼是最寒酸的，一昼夜的经，八大碗的席，纸活就三大件，一班响器都没请。可回去不回去在她，但这句话她要。哥哥不说，她就故意问喜日子没啥变动吧。哥哥憋了半天，说凤娇家人说了，我们结婚你就不要回去了。又说爹也是这意思。她差点哭了，可她把眼泪憋回肚里，笑着说我知道我是个烂货，咋能让你脸上没光，不用你们提醒，你娶你的媳妇，就当我死了。送哥哥到车站，哥哥又给她一个存折，说你以后每月给爹的生活费就打到这个折子上，爹那边还有个折子，他能取上。她看着哥哥半晌，说你是儿子还是我是儿子？哥哥竟然脸一点都没红。

哥哥结婚后，她想着家里也没啥事了，长长出了一口气。可还没过一年，爹就来城里找她了，穿得破破烂烂的，脸上灰沓沓的，胡子拉碴的，眼泪汪汪的。她才知道爹还住在老窑里，每月打过去的钱爹也一分没花上。她问爹吃咋吃？爹说还能咋吃，随了人家，看人家的脸子活人么，做个啥吃个啥，给个啥吃个啥，就差给我一碗老鼠药了。

她肺都快气炸了，掏出手机就给哥哥拨电话。爹说你别给打电话，你一打电话，他又说我告状，回去更难活了，你嫂子不是个善茬，你哥就像几辈子没见过女人，把他妈惯的。又说一块儿是过不下去了，他们没想养活我，和他们一起过，吵吵闹闹的受气不说，也惹人笑话，我想另起炉灶。她看着爹，爹又说我想把老地方拾掇拾掇。她给了两万块钱，说你回去拾掇吧。爹拿了钱，又说我想盖三间新屋。她就明白爹有别的想法。爹喜欢喜婶，她小的时候爹常因为喜婶和娘吵架，爹给喜婶又是挑水，又是犁地，偷着送这送那的。喜婶的男人两年前去世了，一双儿女都成家了，也没啥负担。爹也才五十出头，她想少者夫妻老了伴儿，正好，也算了了爹的一桩心事。就又向姐妹借了三万，凑够了五万，说起三间砖瓦房，再找个伴儿吧。她又办了张银行子母卡，每月给爹往回打钱。

爹走后，她就试着给哥哥打了电话，一打还通了，哥哥说我刚上大疙瘩顶，正准备给打电话哩。她不容哥哥插嘴骂了半晌，哥哥说你别见风就是雨，他穿得破破烂烂的，就说我不给他穿，你给他买了多少衣裳，他没穿的？就凭这一点，还看不出来他心瞎到啥程度了?！胡子拉碴的，他自己不会刮，要我给他刮么？你装了一脑壳糨糊呀！倒把她说了个没说的。

爹回去后，不到半年，房子盖起来了，伴儿也找下了。哥哥打来电话大发脾气，说你在外面躲心闲，给我找累赘，你是不是成心的？她也没好声气，说你不孝敬老人，还有脸说这话，按说这都是你当儿子该操心的事。吵了半天，她才明白，爹找的不是喜婶。哥哥说他要娶一个狐狸精，三十出头，你说咱把她叫姐还是叫娘啊，你当他是找伴儿哩，他就是个好色之徒，老毛病又犯了。她说你积点口德，小心让雷劈了，爹还靠你传宗接代哩。哥哥说那狐狸精拖着个十三岁的油瓶，不供养读书，不给娶媳妇，我给你说那狐狸精就是冲着你能挣钱来的，你给他娶了，你就养活去，我这就去找他另家。

婚后爹带着后娘和小油瓶来城里浪过一次。后娘长得面善，不知道人品到底咋样。小油瓶倒是像前世有缘，一见面就跟她亲，一双毛茸茸眼睛对着她骨碌碌地转。从心里她是很不待见小油瓶的，可她只能跟他亲，不亲又能咋样，小油瓶已上了初中，听后娘说在学校学习拔尖，可要把书念成，那就是个花钱的事，一个寡妇供养起来难着哩，后娘比爹小二十岁，图爹的啥，哥哥说得对，嫁给爹还不是为了小油瓶冲着她来的。对小油瓶不好，后娘肯定不会对爹好。

把爹安顿妥当，原想着家里的事了了，就剩下个小油瓶了，那也是几年后的事，她能松口气。可第二年，爹又来了一趟，一脸哭相说你婶儿娘家侄儿娶媳妇还差两个钱，我答应帮人家的。她问差多少，爹嗫嚅了半天说差三万。她说三万那是两个钱么？你不识数儿呀。爹说这是你娘第一次跟我张口，我咋好回绝，一起过日子呢么。她又气又恨，话却说不出来，只能认了，不认又能咋？她说这几年家里七事八事的没消停过，我也没多少钱，我给你借去，你回去给她说，她儿念书眨眼就到花钱的时候，娘家的事她掂量着点，别当家里开银行哩。

小油瓶初中毕业，上高中划片区招生招到草店中学。草店中学虽然也在县城，却是个二流学校，是城边草店镇划归市区后带过来的。小油瓶说那学校就是培养流氓二流子的学校，哭喊着要上县一中，后娘当然力主上县一中。是啊，谁不想上县一中，县一中是全省重点中学，一年全县所有中学考上大学的学生加起来也比不过县一中考上的。可要上县一中就是个花钱的事。爹打来电话跟她商量。有啥商量的，无非是问她要钱。她能说啥。光转学花掉了三万，每个月还要给小油瓶五百元的生活费。

要说让她感到安慰的还就是这个小油瓶。每次收到钱都会打电话给她说姐，谢谢你，我就是姐的个拖累。还会说姐，你别打那么多，钱还多哩，不信你查一下，密码没改，就是你给我设的那个密码。这话让她心里舒爽。这些年了，谁花她的钱跟她说过这样贴己的话。越是这样，她越不会少打，对小油瓶说别太抠了让人寒碜。她还常买衣裳鞋袜给小油瓶寄过去。有一回小油瓶来省城参加竞赛，她去接小油瓶，小油瓶竟给她提了四碗酒饭。她眼泪在眼眶里转圈圈，这是她最爱吃的，城里没卖的。爹和哥都来城里找过她，谁给她带过？她摸着小油瓶的头说你咋知道姐爱吃酒饭？小油瓶说我还知道姐好多喜好，你还爱吃马茹子，可这时间马茹子败了，等明年马茹子熟了我给姐揪些送来。她拉着小油瓶的手说给姐说想吃啥。小油瓶说姐，饭他们管，不花钱吃哩。她说，咱不稀欠那顿，姐带你吃好的。小油瓶说姐，老师不让乱跑，我得回宾馆去，晚上老师还讲题哩。她问比赛啥，小油瓶嘿嘿一笑说是奥林匹克竞赛。她说你是赛跑、打篮球，还是踢足球？小油瓶说姐，奥林匹克不光是运动比赛，也有别的竞赛，我参加的是数学竞赛。她问来了多少学生？小油瓶说五个。她说你们学校那么多学生，就五个？小油瓶说全县就五个。她大张着嘴说你这么厉害呀。小油瓶腼腆地笑笑，她说你一定要好好学习，给姐念成个状元，把自己念成个城里人，那咱家多风光。小油瓶点点头，她掏出两百块钱塞给小油瓶，小油瓶不要，说姐，我带钱了，再说也不用钱，啥费都是学校出。她说你拿着，想买啥就买啥，算姐对你的奖励。小油瓶说我装上怕让人掏走了，你给我攒着吧，我考上大学了，你要花大钱哩。她说比赛完了给姐打电话。第二天，她等啊等，小油瓶的电话来了，说姐我回去了。她说你着急啥，省城从没来过，姐带你好好逛逛。小油瓶说学校统一带队，再住一天他们就啥都不管。她说他们不管姐管。小油瓶说姐，我回去还学习哩，等我考上大学再来看你。小油瓶又说姐，你不要再给家里钱了，我对娘说了，你再问姐要钱，就再不要见我的面了。她哭了。第二年马茹子熟了，小油瓶真给她送了马茹子来，艳红艳红的。

中午时分，到了一个小镇。余树在一家门面稍好点的馆子前停了车。吃过饭，春好去结账，余树掏出钱来，说用我的钱结。春好迟疑了一下，一把夺过钱，说我知道我的钱脏，比狗尿还脏，比猪屎还脏。余树愣了一下，说我不是这意思。春好说你就是这意思，你就是这意思。说着呜呜咽咽地哭着走了。余树看着春好气势汹汹的背影，怅然若失。结完账春好把找回来的钱拍在他面前，直接出了门。余树出来，拍了一下春好抖动的肩膀，说叔叔真不是那个意思，叔叔的意思是你挣个钱不容易。春好抹着眼泪不看余树。余树说这么远的路送你回家，也不买水，你要渴死叔叔呀。春好手一伸，说给钱。余树尴尬地笑笑说你脾气还蛮大的。春好说我的钱买下的水脏，叔叔里里外外可都是个干净人。春好买了水、水果，提上车扔在后座上，上了车脸朝向车外。

出了小城，余树说给我削个苹果吃。春好却说这苹果不削也比我干净多了，你就吃吧叔叔。余树点了支烟，递给春好，春好接烟时，余树发现她还在流泪，就说你看窗外那些树啊草啊的，晒得可怜的，咱们下去浇浇树吧。春好瞪了余树一眼，说拿矿泉水浇？那得多少？余树说你那么多的眼泪，还不浇个几十棵树。春好扑哧笑了，在他的肩膀上狠劲捶了一拳头，说你坏死了，比黑蛋还坏。余树说黑蛋是谁？春好说小时候的伙伴，说话就像你这么说，可有意思了。余树说黑蛋说话咋有意思？春好嘻嘻一笑，说有一次我们一起放驴，一头小叫驴性子大，人骑不上，黑蛋玩缠了半天总算骑上了，可没跑几步就让驴给摞下来，摔得半天起不来，起来了说看看，把沟蛋子摔成两半个，一摸又笑着说噢，没血，旧茬么。你说笑人不笑人。余树也噗地笑了。

走了三十多公里，就是石子路了，两边的山越来越密集起来，大地就像个蒸笼，山如一个个馒头。虽然树木稀少，但却碧草如毯，窗口钻进来的风不再溽热，清新芬芳起来。余树问那银白的是什么？春好趴在窗口说野麦，野麦长得这么歪，看样子今年雨水广，庄稼肯定是成收了。余树说野麦能吃么？春好说能吃，灾荒年靠这活命，就是面涩，吃上屙起来难，一次不能多吃，吃死过人哩，也寡得很，吃上不扛饿。说到这里，春好眼泪又在眼眶里打转。好一段日子她和爷爷就是靠野麦活命。从别人家讨来米面得顾及以后的日子，不能一次全做了，就常掺些野麦面，就这也没多余的。

大片大片的银白在风中水波一样闪烁、滚动，风从山底往上刮，山就像大海里翻滚的浪山。余树情不自禁地说真美啊，应该开发旅游，一定会火起来。春好眯着眼睛说你眯着眼睛往远看，像不像大海？余树说你见过大海？春好说一个老板把我带到海南岛，住了半个月哩，那老板可有钱了，人也好。余树使劲拍着方向盘，喇叭声大作。春好看了余树一眼说路上没人没牲口的，你按喇叭干啥？

6

喇叭声惊动了草丛里的鸟群，麦鸟、野鸡、呱呱鸡、鹤子、鸽子、小婆娘一群一群飞起来，天空中就飞扬起一片鸟鸣。野兔、黄鼠、地串串、黄鼠狼就在那草地上扑跃，像一朵朵踊跃的浪花，有的从草地扑出直穿公路。余树减慢了车速。

有一种鸟随着车飞行，大有扑啄车的意思。这种鸟比麻雀大，比鸽子小，通身黑色，眼圈褐红，头顶有冠子，像戴顶礼帽，尾巴剪刀形，像着燕尾服。余树说这是什么鸟？春好说小婆娘。余树说长得挺漂亮的，我看倒像个绅士，咋就叫了小婆娘？春好说你听听，比麻雀还爱叽叽喳喳，最像个小婆娘了。余树说这家伙想乘车。春好说不是，它怕偷它的蛋，它护蛋护得可厉害了，这时间野麦地里鸟蛋最多了，那时候我们常到野麦地捡鸟蛋，其他鸟儿就在头顶旋着叫骂，小婆娘最凶，会猛扑下来啄你，啄上可疼了，能啄下一块皮来。

余树说这地方来打猎的肯定多吧，这么多的兔子和野鸟。春好说以前有，后来说是国家保护起来不让打了，又收过一次枪，就少了。不过，能捉上，雨水广的年份，野麦籽儿饱实，兔子、呱呱鸡吃得胖乎乎，最是好捉。余树说赤手空拳地捉？春好说当然赤手空拳，哪能像你们有枪。余树一笑说守株待兔？春好说那是骗人的鬼话，有巧道哩，捉兔子你得箍着兔子往下坡跑，才能追得上，兔子后腿长，前腿短，往上坡跑，狗都追不上，往下坡跑老栽跟头，几个跟头就栽晕了，人说上坡兔子是狗的舅舅，下坡狗是兔子的舅舅。捕呱呱鸡要箍着往上坡追，呱呱鸡笨，起飞时要顺坡往下跑，借个高坎子才能飞起来，追得跑不动了，呱呱鸡就抱个胡基压在身上藏起来，呱呱鸡和土地一个颜色，细心找就能找到。余树说你捉住过？春好嘻嘻一笑说我哪里能捉得住，得有男娃在，男娃有耐劲儿，再说女娃就是捉住了也不敢往死里弄，当然狗也能帮上忙。

余树将车速放得越来越慢，他痴迷窗外的风景和春好的讲述。在春好的叙述中，余树眼前出现了一群孩子，像冲浪一样在草地上欢蹦乱跳的情景，他们追逐着，嬉笑着，叫啸着，牛羊散落在碧漾漾的草地上，云白水亮的，狗在追逐着兔子……

春好说捡了鸟蛋，逮住呱呱鸡、兔子，就架一堆柴火烤着吃。鸟蛋用野葵花叶包了，烤得稍微过一点，耐嚼。呱呱鸡、兔子肉都自带调料，味道才叫好哩，那才是真正的烧烤，城里那算啥烧烤。余树说你说得我都闻到香味了。然后张口大嚼。春好咯咯咯笑着说你和黑蛋一样有意思，他也老这么对着空气张口大嚼，还说越嚼越香。

春好说黑蛋最能跑了，鞋一脱提在手里，腰往前猫着，一天捉过三只兔子四只呱呱鸡。有一回我说鞋我给你提着，你两条腿都跑得这么快，两只手也当脚，肯定跑得更快。黑蛋就把鞋给我提了，趴在地上跑，跑了两步说不行，还是站起来跑得快。我就笑，他也笑，说我知道你骗着骂我是狗哩。我说那你还那么跑？黑蛋说为了开心么，我最不喜欢发愁，就喜欢开心。他那人大方着哩，捉到兔子、呱呱鸡，我们就烧着吃，不像有些人捉住就提回家去了。都说有苦同吃，有难同当，黑蛋说有肉同吃，有酒同喝，捉到啥就烧着吃啥，个个都吃得嘴油嘟嘟的。没酒么，就把水当酒喝。喝过水，他们就装醉打醉拳。

余树说你们玩过家家么？春好说耍呢么，我们这里叫娶媳妇，小呢么，就知道个耍。余树说黑蛋是不是老娶你当媳妇？春好咯咯咯一笑说多半儿是，耍完了，该回家的时候还要离婚哩。余树说离婚咋离？几个娃娃开会举手表决？春好说哪有那么麻烦，你轻轻扇我一下，我轻轻扇你一下，就算离了，你说笑人不？就是个耍么。余树笑了，春好说有一回离婚我狠狠扇了黑蛋一巴掌。余树说为啥？春好说人家都把我们往一起推，他一点不用劲躲闪，故意往人身上挨，娃娃坏着哩，要让新郎新娘子吃老虎，嘻嘻，就是亲嘴，他真在我脸上亲了一下，离婚时就狠狠扇了他一巴掌，五个指头印红红的。叔叔，你说有意思么？余树说真有意思啊，黑蛋现在干啥呢？春好说还能干啥，肯定去打工了，他比我大一岁，好些年没见了，不晓得他都长成啥模样了。余树说应该娶媳妇了吧？春好说肯定没有，黑蛋弟兄三个，他是老三，没姐没妹，儿子都是账债，他娘生他的时候盼个女儿，生下来一摸就晕了，从小不待见他。

余树忽然说你去找黑蛋嫁给他吧。春好叹了口气说走不到一起了，他又不瘸不拐，个头也高，就是穷点，可再穷也嫌弃我这样的人。余树说那也不一定。春好说肯定的，我有一个姐妹就走了这条路，嫁给了小时候的伙伴，最后还是离了。其实男人倒没啥，可人嘴杂着哩，你说他说的，心就乱了，难着哩。男人没有不忌讳的，要我我也忌讳。春好又说其实人不长大多好，长大了事就多了，烦恼也就多了。我老梦见小时候的事哩。

翻越一道山岭时，春好情绪低落下来了，余树就知道野麦垛快到了。春好点了两支烟，递给余树一支，狠狠抽了几口，说这道岭叫野鸡岭，翻过岭就是野麦垛了，叔叔，我求你一件事，你能答应不？余树噢了一声。春好说别送我回去，就把我放到野鸡岭，盯着我走着回去。余树没有说话。春好又说要不你把我送进村，别交给村长。

余树停下车看着春好。春好垂下头说这种事在村里暗着哩，虽说都能猜出来我在城里干啥，可苦着一层布，隐着哩，你们这一遭返，声势就大了，再交给村长，这层布就揭掉了，我就扬了名。我倒没啥，反正还是个走，这么遭返回来就更得走了，在外面死死活活一辈子也回不来了，可我爹我哥还有我侄儿长大了在村子上还咋活人？他们都要在村子上活一辈子哩。人活脸，树活皮，可怜人也要脸呢么，和别人一犯口舌，让人家当短揭，唾沫星子都淹死了。

余树趴在方向盘上许久，掉转车头往回开。春好趴在窗口说其实翻过那道岭儿，就能看到野麦垛了。余树看看春好，春好的神情迷茫，脸上挂着泪水，说自从爹打了我，我就再没回来过。余树又掉转车头，春好说哥，咋又掉头了？你还是要把我遣返回去？余树说回你们村里去兜兜风，看看你们野麦垛。春好摇摇头说算了吧。余树说咱们到村里绕一圈，不下车，车贴了膜，外面看不到车里。春好高兴地拍着手说这么最好，这么最好。

翻过山岭，一个村庄就出现在眼前，四周全是山，村子不大，房子七零八落散落在坡上，窑洞不少。山坡上的田地一块一块的，色彩斑驳，蓝的、红的、粉的像一幅幅油画，劳作的人缀在山坡上，就像嵌在画框里。余树少年时学过油画的，可最后考上的却是警察学校。他想如果背了画框，定能作幅好画。

春好指着两处院落激动地说这就是我家，你看多齐整，气派不气派，敞亮不敞亮？比村长家的还漂亮，我还没看到过，今儿总算看到了。余树说到门前转一圈。春好说到不了我家，那条大沟拦着，这车过不去，就在这梁顶上看看算了。余树说你给家里带东西了吧？春好点点头说药、烟、酒、衣服，一箱子都是。余树说我们到沟沿上，你偷偷回去一趟吧。春好说那沟深，再说遇上人就不好了，还是到城里给他们寄吧。余树掉头的时候，春好又说要不咱从村巷里穿一趟，你开快点，千万别停。余树说好。

进入村庄，春好贴着窗玻璃说今年好收成哩，你看麦垛大的。村巷里除了几只狗追着车咬外，人都倚街门而立，表情呆滞而警觉。春好说他们害怕这种车哩。余树说害怕这种车？春好说村里人把这车叫日儿车，边闪灯边日儿日儿地叫唤么，计划生育、捕人都是这种车，反正这车进村没好事，不吉利。

经过一栋砖瓦房时，春好说这是小凤家，小凤也和我一样，比我早两年进城，房子盖得早了点，旧了些。旁边是一家院落，没有房屋，只有窑洞。春好说这就是黑蛋家，还住在窑里。余树看了一眼，院落里有些荒凉。唉，他家要翻身难哩。春好说。

出了村庄掉头的时候，春好说咱们去沟沿边，你怕还没见过那么深的沟。余树说好。去沟沿边从张生家门前经过，春好想看看张生是不是回家来了。到了张生家门前，春好说你把车停在这儿，去看看这沟，一上一下十旦，叫十里沟。余树说你不看？春好说我从小就翻这沟，还看啥，够够儿的。余树下了车，春好说离沟沿远点，沟沿边虚悬着。余树往沟边去了，春好跳下车，到张生家大门前一看，大门锁着，锁子都锈成红榔头了。门板掉了几块，看进去院子都让荒草掩了，房子已经塌了一间。一会儿余树回来说这沟真深，看得人眼晕腿抖的。

回到山梁上，余树停下了车，春好把窗子打开趴在窗子上指着说你看，那些山包包像不像场上那一个个麦垛？余树说所以就叫野麦垛。春好说山里人没文化么，像个啥叫个啥。

余树在野麦里浪着走，野麦穗和小麦穗不一样，麦穗是散开的，挂着一串银色的小铃铛，他揪了一大把，嗅着野麦的清香，对春好说近处没人，下来伸伸腰吹吹风吧，这风能把一切烦恼都吹走。

春好下了车，也在野麦地里浪来浪去，她把两个麦穗挂在耳朵上，说好看吗？小时候我们就把麦穗挂在耳朵上当耳环，风一吹，能听见麦铃儿丁零——丁零——的声音。余树也掐了麦穗挂在耳朵上。

远处梁峁上，传来粗犷的歌声：

　　客未走，席未散，四下寻郎寻不见。
　　急猴猴，新郎官，刚进洞房盖头掀。
　　我的个小乖蛋！
　　定神看，大麻脸，塌鼻豁嘴翻翻眼。
　　鸡脖子，五花脸，头上虱子接半碗！
　　我的个小乖蛋！
　　丑新娘，我的天，龇牙往我怀里钻。
　　扭身跑，不敢看，二蛋我今晚睡猪圈！
　　我的个小乖蛋！

　　春好咯咯咯地笑起来，说老不死的还活着，该有重孙的人了，还这么唱骚曲儿，我小时候，他就这么唱哩，唱了一辈子还没唱够。又说，唉，像他这么唱着活一辈子也挺好的，唱歌解烦忧么。
　　余树说你也会唱吧，给叔叔唱一首。春好嘻嘻一笑说我可真唱了，你别笑话。余树说别唱流行歌曲。春好边揪野麦穗儿边唱起来：

　　满天的花哟满天的云，
　　细箩箩淘沙半箩箩金，
　　妹绣那荷包一呀针针，
　　针针都想的是心上人。
　　我前半晌绣后半晌绣，
　　绣一对对鸳鸯常相守，

沙濛濛的水呀留不住，

哥走天下拉上妹妹手。

7

回城已是九点钟了，余树说该吃饭了，你掏钱还是我掏钱？春好说我掏钱，咋也得谢谢大哥，真的，没见过你这么好的警察。余树说叫叔叔。春好说有些客人喜欢叫他叔叔哩。余树绷了春好一眼，春好说你叫完叔叔，他们就会说，来，叔叔抱。嘻嘻。余树喷笑出来，说不要再提客人。春好说这不说到跟前了么，谁愿提，你当人家愿意提，有些人就是驴。

在福运楼自助火锅一人一个小火锅，余树说这是青春饭，能吃一辈子？没规划一下自己的未来？春好说咱们这号人还哪有未来，有啥规划的，走一步看一步，谁知道路上还有啥事等着哩。

也不能说春好没有规划，只是她没有把自己的想法当成规划。哥哥和爹安顿妥当了，现在就剩下张生和弟弟了。张生已过了三十，还没娶媳妇，她希望能帮帮张生哥。弟弟明年高考，上大学四年，这四年她能把张生哥帮个差不多，然后就安顿弟弟。等张生哥和弟弟都妥当了，她就为自己挣点钱。小姐做不了一辈子，而且她也烦这活计。将来干啥，她有两个打算，一是开个水果铺子，一是开出租车，她留心打听过，这两样活计都能养活自己。至于嫁人，她也想过，那就看缘分了，遇不上合适的，一个人过一辈子也挺好。这能算啥规划，说出来还不惹人嗤笑。

余树说我给你介绍个工作吧。春好说半大的字识不得半升，我能干啥呢？余树说并不是所有的活都要有文化。春好说挣钱多的工作人家都要学历，没学历的挣不了几个钱，眼下我得给弟弟挣学费，现在上大学贵着哩，花销跟娶个媳妇差不多。张生的事她不想给余树说。余树说要能考上重点大学，花销不会太大，真要考个状元，就不用掏钱，大学抢着要，企业也喜欢赞助。春好说，那谁能说准呢，总得准备宽裕点，考上大学不容易，再说还要安家娶媳妇，现在大学生找工作也不易，靠那点工资在城里安家娶媳妇难着哩，我不操心就是我爹的苦楚，人老了怕的就是受罪，叔叔，你说对不?！余树说别叫叔叔，也别叫大哥，就叫余树吧。

分手的时候，余树问春好，你早晨咋不跑？其实有许多机会能跑掉的。春好说我想回趟家。余树心里就酸酸的，嘴上却说你把警车当成专车了，把我当成你的司机了。春好笑笑说谢谢叔叔。余树说叫余树，你把我的手机号记下吧，有啥事找我，大事帮不了，小事说不定能用上。

春好回到胭脂巷，姐妹们有两个被遣返了，其余的都不在，这阵正是坐台的时候，春好不想出去，就打开电视，这时手机又响起来，春好接了。哥哥说呀，你咋接了，挂了，挂了，给我打过来。说完就挂了。

春好没有立刻回拨电话，她知道还是钱的事，不然哥哥怕是一辈子都想不起给她打个电话的。结婚几年来，哥哥每年总要找借口从她这里套钱。第一年说是要养鸡致富，需要三万元，她给了两万元，结果根本就没养鸡。去年又说要买个四轮拖拉机，现在种地都不养牲口了，四轮拖拉机种庄稼又快又好，她又给了两万。前不久，小舅子娶媳妇差钱，说是要借五万，她没理会，一是她没那么多钱，二是那就是个无底洞填不满，她也不想再惯哥哥的这种毛病了。哥哥打过几次电话了，哭兮兮地说借不上钱，你嫂子闹得鸡犬不宁。她说那就把鸡犬都杀了。哥哥说没五万，你借个三四万也行，这钱是借又不是冲你要的。

春好在地上走了两圈，看到还有半箱啤酒，全拿了出来，一瓶一瓶撬了盖儿，在茶几上摆了一排，然后坐在床沿上，腿子搭在茶几上喝酒。电话响过两声又挂了，她还是没回拨。喝过三瓶，打了几个酒嗝，晕晕乎乎的了，这才拨通了哥哥的电话。

那一头粗声大气地说打了多少个电话，你不接，发了多少条信息，你不回，害得我一天往大疙瘩顶上跑了多少趟。春好咯咯咯笑了，说哥，你辛苦了，这么热的天要一天几趟往大疙瘩顶上爬。那一头说你知道辛苦就行，上回给你说你嫂子她弟结婚，手头不方便，差几个钱，你打过来五万，转个手，年底就给你还了，钱你给准备得咋样了？春好提起一瓶啤酒又咕嘟咕嘟灌完了。

那一头说你在干啥，咋不说话？春好说我在喝酒吃肉哩。那一头说看把你享福的，啧啧啧，我的话你听到没？春好说你是余志兵，是我哥吧。那一头说你喝醉了？连我的声音你都听不出来？春好说余志兵，得五万块是吧？那一头说是五万，准备得咋样了？急得火烧眉毛哩。春好说余志兵，你知道五万块钱我要和多少个男人睡觉才能睡得来么？要在村里，咱家的麦场都站不下，嘻嘻。那一头说你喝醉了？春好说没有啊，喝醉了还能给你打电话？才喝着哩。那一头说没、没喝醉你，你这么……跟哥说话？春好说咋，难道我的钱不是跟男人睡觉睡来的？难听了？我卖 × 的钱你花得这样舒坦，这样的福你都能享，这话还听不下去？！那一头说你、你喝醉了，不说了，明天再说？春好说你听我像喝醉了么？那一头说有、有你这么跟哥说话的？春好说你还知道你是我哥啊。那一头说挂了，明天再说。春好说挂了？你不借钱了？那一头说那钱、钱准备下了？春好说那是你妹妹卖 × 钱，你是不是觉得花妹妹卖 × 钱花得很舒坦很光彩很风光很气派很有脸？！那一头说我不跟你说了，挂了。春好吼叫一声说你给我听着！

那一头没声音了，但电话没挂。春好说余志兵，我给你找了个活，半年就能挣五六万。那一头又来了精神，说啥活来钱这么快？春好说和我一样啊，你也来城里卖吧，这城里男人也有卖的呢，比女人收入高多了，你也来卖着花吧，我看你天生也是吃这口饭的人，你一米八的个头，人也长得不差，生意肯定做不过来。我当鸡，你当鸭，你说咱兄妹风光不风光。那一头说的声音弱了，说算了，不说了，不说了。

春好抓起酒瓶摔到地上，说不说了，余志兵，你这阵才想着不说了，你往起站一下。春好吼起来，往起站一下。那一头说我、我站着哩。春好说我还当你骨头都柴了，站不起来了，你捏捏你的骨头还是骨头么？这几年我算是把你看透了，就是骨头流脓的种！那些年的书都念到狗肚子里去了，你咋就出息到这步田地了，丢先人当喝凉水！我和爷爷差点饿死在家里，你在哪里？老人不养活老人，妹妹不关照个妹妹，你白披了一张人皮，你活个啥意思？你咋就不一头撞死？！靠着你妹妹卖 × 的钱，你是不是觉得很风光了，你聋了瞎了，听不到人家咋说你，看不到人家咋看你？你靠着我能活一辈子么？你不要脸我还要脸哩，我是个婊子，你连个婊子都不如！你要是个男人，以后别再给我打一个电话，就当我死了。那一头说春好……春好吼道把电话给祝凤娇。那一头喊凤娇，凤娇，过来接电话，春好找你说话。

春好又灌了半瓶啤酒，说嫂子，手机还好用吧？那一头说好用，就是打起来吃力，得爬到这大疙瘩顶上来打。春好噢了一声说打回电话爬那么高的山，嫂子你够辛苦的。那一头说不辛苦，这算个啥辛苦。春好说一天能打能接几个电话？那一头说几天打不了一个电话，亲戚大多都没手机么。春好说你给余志兵打么。那一头说一天就在眼前戳着，打电话？春好说面对面你们也拿手机说话么，多风光。那一头咯咯一笑说妹子说话笑死人了。春好说那你把手机挂到驴呀牛呀的脖子上，给它们打么。那一头说妹子越说越笑人了。

春好点了一根烟，双腿交架起来，说你弟要娶媳妇差钱是吧？那一头说对，对，妹子你准备下了？春好说嫂子，对不起你了，我还没给你挣下，这两年家里的情况你也知道，挣得没有花得快么。那一头说还有些日子，再等等也行哩。春好咯咯咯笑了半天说娶你的时候不是从我家弄走十亲万呢么，还不够？噢，对了，那钱是不是给你爹娶了小婆了？那一头没声气了，春好说嫂子，你说我该叫你嫂子呢，还是叫你啥呢？我没想到你这么的不要脸，有句话我觉得就说你哩，树不要皮，必死无疑，人不要脸，天下无敌，你的脸让猪啃了？你把不要脸的药连纸包包子都吃了，羞你家先人也不撒泡尿看看你是个啥东西？看看人家跟你们前前后后结婚的，哪个不在外面打工扒光阴，你们待在家里想方设法咋从你卖×的姑子这里往去弄钱，一人一个手机，有多少的事？是老板还是村长，当本事的显摆？给驴打还是给猪打？老人不养活老人，不怕死了让蛆拱了。你配给我当嫂子么？我卖×挣钱咋就娶了你这么个不要脸的东西。

春好把空酒瓶哐当摔到地上，说祝凤娇，不对，我该叫你嫂子，你嫁了我哥，就是我嫂子，你看这日子，不是你缺钱，就是你们家缺钱，靠我一个卖供不上花么，我想过了，你娘家这么缺钱，又指望你过日子，我哥就是个吃软饭的东西，你跟着他干啥？他养活不了你一家的开销，你又好吃懒做，你干脆到城里来吧，咱嫂子小姑子一起干，你都不要脸到这个地步了，干这活有啥难的，这活来钱快得很，往床上一躺，腿一叉，钱就哗哗地来了，不要说你弟娶媳妇，就是你爹你先人娶小婆你都给他们娶得起的……

春好"咣""啪"把酒瓶全摔碎了，把手机摔到沙发上，号啕大哭……

8

春好又打算去建筑工地，一个姐妹劝她说也不一定就在建筑工地，街边铺砖，货场搬货，小区保安，垃圾填埋，修剪草坪，啥样的活计都有，你盯着脚手架就能找见，不是白费工夫？春好一想可不是。一个大盖帽从窗前走过，春好忽然想起了余树，心里说咋把他给忘了，找警察当然是有路子了。

拨通了余树的电话，春好把声音憋得细细的说叔叔你好。余树说你是谁？春好说叔叔你真坏，把我都忘了，还说有事给你打电话。余树说你是小光？春好说小光是谁？余树说那你是谁？春好说你猜？余树说再不说挂了。春好就笑着说我是春好，野麦垛的春好。余树说有什么事快说，正忙哩。春好说叔叔……余树说好好说，叫余树。春好说帮我找个人。余树说谁？春好说张生。余树噗地笑出声来，说张生，你到《西厢记》里去找呀，再不你找崔莺莺，找着崔莺莺就找到张生了。春好说《西厢记》在哪里？余树咯咯咯笑起来，春好觉得自己被耍笑了，把手机扔在沙发上。

手机响起来，春好看了一眼是余树，嘟着嘴没有接。手机响了一会儿停了，过了会儿又响起来，春好一看，还是余树。还是没接。春好心里想，要再打来她就接，事不过三。可电话再没打来。春好生了一阵闷气，心里说你当你是谁，把你拿作的，跟人家置气。正准备再打电话，余树发来短信说正出警在现场，忙完给你电话。春好就开心了，回了信息。

第二天上午余树才打来电话，说发生了一件凶杀案，忙得焦头烂额的，有什么事？春好就把情况说了。余树笑了说还真叫张生啊，你知道全城农民工有多少吗，几百万，又不登记，如何找？春好说想想办法么。余树说只能是碰了。春好说碰要碰到啥时候，你得上个心找。余树说你们啥关系？春好说审案子呀。余树说我给处理农民工案件的同行说一声，让他们遇到农民工留心问问。

挂了电话，春好就往灿灿小屋来了。灿灿小屋是小董经管的。在胭脂巷小董经管着五六家这样的小屋。小董是个大学生，不知道咋就走了这条路，春好挺替小董惋惜的。读下书的人脑瓜子就是好用，三下五除二就把老板摆平了，老板便把所有小屋全交给小董经管了。

小董想靠上跟春好来往的一个老板。那老板曾想包养春好，春好也想被包养了好。被包养了未必有做小姐挣得多，但会有一份固定收入，也比这么要干净些。可是正赶上那段时间爹的婚事，用钱跟流水似的，心也静不下来，怕对不住人家，最后没成。小董让春好把她介绍过去，春好倒也介绍了，可这老板很怪，不想包养小董，理由倒不是小董没她漂亮，而是因为小董是大学生。春好以为老板认为小董的大学毕业证也是假的。许多客人都希望找大学生陪，这使得姐妹们都花了几百块冤枉钱买了大学生学生证、毕业证。春好告诉老板人家可是正经八百的大学生，毕业证不是买的，人可聪明了。老板说正因为她是正经八百的大学生，也正因为她太聪明了。春好说为啥？老板说我的宝贝，她要有你这么天真单纯就好了，她心思太重了。这话她当然没有给小董说。两年了，小董还不死心。其实那老板已经去了美国。春好藏了个小心思，没告诉小董。

见到春好，小董高兴地说想通了，到姐这里来做，姐不会亏待你的，你来待上几天，我就把店交给你经管。小董一直想把春好挖到灿灿小屋去，春好有好些回头客，回头客会带来一些人，这就是人气。现在这行业竞争也很激烈，没几个台柱子，小屋生意就做不起来。春好摇摇头说老板对我挺好的，等过一阵子吧。小董说我对你会比她好上一百倍。春好不接话茬，拉起小董的手说我有个问题想讨教你。小董说什么讨教，说吧。春好说张生和崔莺莺。小董说张生不是你表哥么，那你就是崔莺莺。春好说不开玩笑。

小董给春好讲了《西厢记》的故事，还从电脑上搜出中央电视台2010年播的电视连续剧《西厢记》。春好离开小董后，去了柳树巷南头，这一片还没改造，有许多平房。她曾看上了一间小房子，想租下来，最后还是心疼钱没租，张生要是找见了，就肯定得租了。说到房子，春好心里就很失落，如果不是家里七事八事的，她也该有一套自己的房子了。好多跟她一起开始做甚至比她还迟的姐妹都买了房子，有的还不止一套房子。这几年房子一天一个价，买了房子的姐妹都赚大了。小房子还在，不过租金又涨了。房东还记得她，问你到底租不租，错过了就再找不到这么便宜的了。她说租，得过两天，钱不凑手。虽然托了余树，可谁知道啥时间才能找到，现在租下来就浪费了。

还真让余树碰上了。工地上连续几晚丢钢筋、水泥、铁皮，老板报了案，二十几个民工都成了嫌犯。工地就在余树的辖区。老板提供的名单里有张生这个名，把身份证要来一看，是野麦垛的。余树给春好打电话，春好说我这就过去。可转念一想，去见了怕路上又走脱了，就对余树说你给他说我遇事了。余树说你遇啥事了？春好说你说我遇事了就行，把我的手机号给他。春好捏着手机等着张生的电话。手机响了，是余树的号，春好一接却是张生，她就哇一声哭出来。张生急了，说出啥事了，春好，你别哭，说个地方我这就去找你。她说了个地方，不一会儿，张生就打的来了。

春好二话不说，拉着张生上了出租车往驾校来了。春好已经为张生设计好了，让张生学驾照开出租车。她经常打的，问过出租车司机的收入，旺季每月能净挣六七千块，均摊每月也在四五千块。城里有许多出租车司机都是乡下来的。有的干了三年，就按揭了一套房子，对象也找下了。

到了驾校，张生一把拉住春好，春好说哥，你别怕，驾照好考得很。张生说我不是怕，跟你商量个事。春好说哥，有事你尽管说，啥商量不商量的。张生说眼下正挣钱哩，冬闲了我再学，我也想学驾照。春好说早拿一个月驾照，早开一个月车，开出租车一个月能挣五六千，不比你卖苦力挣得多？张生停顿了一下，说我弟刚上大学，我存下点钱都给交学费了。春好说你又哪来的弟弟？张生说我娘在胡家生下的，去年胡家老汉不在了，我娘就没势了，前房生下的几个儿子都不管，让我弟退学回来打工，说就是考上也没人供养。虽不是一个爹，可毕竟一个娘，我弟书又念得好，我就接过来供养念书，争气，一次就考上了。春好说学费你别愁，回去我就给你。张生说学费已经交了，今年找了个活儿好，老板也痛快，做两个月学车的钱就有了，你挣个钱也不容易，家里事又多。春好说就当我借给你的，你把驾照考出来，挣上了还我。张生说春好，这我懂，只是……春好说啥都别说了。

复印张生的身份证时，张生又说春好，跟你再商量一下，我想学个 B 照，能开大卡车的那种。春好说开出租车 C 照就行了，也好学。张生说还是报个 B 照吧，学一趟多学一门总没坏处。春好说行。

交了报名费，手续办完，春好对张生说从明儿你就天天来学车。张生说春好，我到工地干七八天再学行不？春好忽然有了脾气，说你看吧，学不学在你，学费都交了，你不学也退不出来，就当那钱白砸了。张生说你看说的不是把瓜话么，几千块都交给人家了，不学不糟蹋了？我知道你为我好。春好噘着嘴，张生说我没别的意思，再有七八天这个月就满了，工钱就能领上了，不然，二十多天的苦就白下了，你看这样行不？你把我的身份证押着。春好咬咬嘴唇，说那我可就真要押了，哥，你别多心，我……张生一笑说看你说的，哥咋能多心，感激都来不及哩，哥谢谢你。

从驾校出来，春好带着张生去买手机。张生说咱又不是生意人，就一个下苦的，买那东西做啥？春好说驾照学出来开车就得用，迟早得有。进了手机店张生选了过时的老手机，三百元。春好否了，没再征求张生意见，直接买了两千六百块返话费的诺基亚，办手续的时候说你要打，不打返的话费就全作废了。买了手机又带张生去买衣裳，张生说这衣服好好的。春好说哥，这些教练可势利着哩，看穿得不好就故意刁难哩。张生说那咱去批发的地方，这地方太贵。春好说也好。来到服装批发市场，给张生从外到里内裤袜子皮鞋买了几套，又买了床单、被罩，又买了锅碗瓢盆，还给张生买了一个包，直接到了那间出租房。

春好交了租费，说你去把铺盖卷儿拿到这里来。张生长长吁出一口气来说我听你的，这月工资一发就搬过来。春好掏出一张卡说哥，这里面有一万块，你先拿着。张生说第一年学费我已给交齐了，第二年学费还有一年哩，不急。春好说你拿着，有个啥事也方便。张生说没啥开销的，我装着容易丢，你装着，用钱我找你拿。春好说就当我借你的行 不？张生说我又不用钱借啥？春好说哥，你嫌弃这钱？她知道张生不是嫌弃，而是怕给她添负担，这么说是在逼张生。张生说你越说越没道理了。春好把卡拍在桌子上走了，到门口说，密码是你的生日。张生嘿嘿一笑说你咋知道我的生日？春好说那几年你过生日还是我给你做的寿面哩。张生拍拍脑袋说你看哥这记性。春好停顿了一下说哥，千万别为难自己。

9

做小姐生意大多都在晚上，睡得晚，遇上难缠的客人，一夜都睡不了觉，又说睡眠能美容，因此整个上午，大家都是赖在床上。春好也一样，直到饿得实在睡不住了这才起来。一包方便面也是一顿，让人捎一袋酿皮、凉粉也是一顿，甚至一个苹果也是一顿，再不就是麻辣烫、辣串串、小火锅，胡吃乱喝一起子。如果没有姐妹吆喝逛街，就又回来躺在床上看电视，或者到店里去。有时上午也会有客人。

张生干满一个月，领了工钱就搬了过来，开始天天学车。春好就不能赖床了，当然吃喝也不能像以前那样凑合了，她得给张生准备一日三餐。她要是凑合了，张生肯定舍不得下馆子，也就凑合了。七点起床，洗漱后买了早点提到张生这里。吃过早点，张生学车去了，她收拾收拾屋子，洗洗衣服，出去买菜，没有冰箱，菜得一天一买，回来就到了做午饭的时候。午饭吃过，怕影响张生睡午觉，匆忙洗涮后就借故出去了。到了两点，估摸张生走了，又回到租房里来，她会眯一小觉，醒来后准备晚饭。老家的饭菜她做得很好，但她还是从电视上学了几道城里的菜。

　　春好有好几个固定客人，虽然他们没告诉她是干什么的，但她知道他们都是有点身份或地位的人，他们一般会在白天约她。除了做那事，他们会带着她去爬山、游泳或者打球、唱歌啥的，一出去就是一上午或一下午甚至一天。现在，她把这些客人也找借口推了。白天她不想出去，就想待在这个房间里。尽管房子很老旧，但她收拾得很温馨，有家的感觉，重要的是这房间里有着张生的气息，老家的气息。做好饭她躺在床上安静地等着张生的归来，这会勾起她的回忆，过去的时光就在回忆的过程中呈现出来，让她体验到一种久违的温馨。春好都想搬过来跟张生住，城里男女拼租房子很正常，可她怕张生会觉得别扭。晚上她都不想出去，可不出去没办法，家里的事这些年就没消停过，她没存下多少钱。张生的弟弟在上大学，她的弟弟在上高中，都是需要钱的，而且，张生驾驶证拿到手，就得承包一辆出租车，那是要交押金的，至少得三万元。她得挣钱。

　　张生按照她的设想开始了生活，春好郁积在心里许久的一件事就化解了，日子一下子清爽起来，心情好了起来，生活也有了规律，就像一个正经上班的人。以前她的胃总是泛酸，现在也好起来了。她开始用心收拾了。她要用心打扮，打扮出来是很迷人的。可春好从不用心收拾自己，上妆就像戏子，粗粗拉拉地抹一层气味厚重的化妆品，上睫毛，抹眼影，涂口红就完了。衣服、胸罩、鞋袜都是针对乡下开的批发市场上买来的。多数姐妹是要精心收拾打扮的，她们不但在脸上要花功夫，而且在身体上也要花功夫，尤其是过了二十七八三十的姐妹，得把垂下来的胸箍得挺起来，得把突出来的肉缠裹着箍回去，一层一道地加箍，就像老家的箍匠箍裂缝的盆漏水的缸一样。姐妹们说你天生丽质，不妆扮都行，我们资质差，再不妆扮就很难惹人招呼。其实有些姐妹资质也是不错的，只是她们喜欢打扮，用她们的话说爹不疼娘不爱的，自己再不善待自己，这辈子就白活了，化妆品、衣着、包、鞋、首饰都是很贵的，打扮起来很用心，热衷美容保健。春好心里说都是些逢场作戏的人，头一天跟你搂搂抱抱指灯明誓的，第二天街上碰见了单怕你认出来，用心打扮上给谁看？

春好有几身好衣裳，包括乳罩、内衣、内裤、皮鞋，甚至身上洒的香水，一套一套的。最贵的一套是黛安芬牌子的，是一个老板买给她的。老板给她买的时候，她并不知道黛安芬这个牌子，只是看看那店面，她就知道很贵，后来才知道那是黛安芬牌子的。那老板对她很好，原本打算让她给他生儿子，一开始她也有兴趣，老板用智力题测过她。通过了测试，可她却改变了主意。生下儿子，人家就不会让你再见儿子，那就是一份扯心，一辈子心不得闲。有一个姐妹就给老板生过娃，娃一落地就没见过面，连老板也消失了。尽管挣了一笔钱，可一提起儿子就哭。春好不想做扯心一辈子的事。这几身好衣裳她才舍不得坐台时穿着让那些人揉搓，只有那老板来的时候才穿戴，姐妹说你穿上也过时了。春好说过时了也是贵的。那天被遣返的时候，她穿戴上了，多少年她没回过家了。现在，春好把那几身好衣裳拿出来，一天换着样穿。

房间里有张桌子摆在窗根，窗外是一棵杏树，叶片上镀着灿灿阳光在风中翻转着，像一个调皮的娃娃翻转着碎镜片。春好和张生就坐在窗前头对头吃饭。这几乎复原了他们在老家的那段时光。张生家屋里窗根也摆着张桌子，不同的是张生家窗外是一棵李树，不过杏李不分家么。张生从地里回来，他们就坐在窗前头对头吃饭。春好知道张生也会因此想起那段日子，原以为这样张生慢慢就会忘记那次意外相遇的尴尬。可是，张生不但没有从那次意外相逢的尴尬里走出来，反而显得更加局促、尴尬、压抑，甚至表现出了寄人篱下的小心。吃饭的时候闷着头，就像和饭菜有仇大口扒饭吃菜，偶尔会抬起头对她笑笑，但很快又垂下头去。她把目光投向窗外，能感觉到张生投过来的目光，当她回过头来时，张生迅速把目光摆开了，脸上的表情转瞬即逝。这让她也感到压抑、郁闷，想故意表现得轻松自在些，没话找话说，问这问那的，张生只是嗯嗯地应着，有时答非所问。那时候张生多么活泼，甚至是调皮，边吃饭边弹她一个蹦儿，刮一下她的鼻子，拧一下她的耳朵，从她碗里搛菜吃。她也会猛不丁拧张生的大腿，撅张生的指头，会猴在张生的背上，双手拧着耳朵，嘚啾嘚啾像骑驴。张生会操着普通话说小鬼今年多大了，饭菜做得这么可口，还会边吃边给她讲有趣的故事。两个人叽叽喳喳就像一对快活的麻雀。

想起那次意外相遇，春好真是后悔死了，实在不该在张生都跨进灿灿小屋了，冒冒失失把张生拽出来，谁都知道那个时候走进胭脂巷的小屋要干啥，把张生从里面拽出来就等于把那事挑明了，端到面子上了，那就是一种羞辱。现在想来她该在门口盯着，等张生从灿灿小屋出来，尾随着出了胭脂巷，再装作不经意碰上了叫住张生。其实用不了多长时间。因为害怕、害羞，也从没想过要在这里得到疼爱，打工的都做得快，完事后都不回头看你一眼，就像做贼偷盗，不像城里人，事前在你身上捏来揣去，又亲又咬的，事毕还要搂抱揣摸，就像不这么做自己就吃亏了，一个字，就是贪。更可笑的是要和你谈情说爱，搂着你摸着你劝你从良。可是，张生出现得太突然，她哪里能想这么多，生怕错过时机再也找不见张生了。爹的事安排妥当了，她就开始找张生，已找了一年多。这些年没回家，她跟老家的人都失云了联系。她让哥哥打听过，哥哥说张生这些年没回来过，也没手机。她知道哥哥没用心找过。

春好想其实这有啥呢？城里好多人媳妇就在身边，还老出来偷腥。张生三十过了还没娶媳妇，难道就不能想这事了？不说城里人，就说山里人，也都能理解的，有一个打工的就给她讲过，老婆知道一年难熬，准许他一年找四次小姐，一季度一次，后来把冬季那次扣掉了，因为到了冬天他就回去了，省一个是一个。听上去就像个黄段子，可她笑不出来。这些话她又怎么能和张生说呢？

春好想能把那事说破了说透了，就都不尴尬不隔了。可他们就像两个人捧着一个又大又薄的气球，都在小心呵护着，谁也不敢去碰，单怕稍一碰就破了。她有时候都想给张生坐一台，这样或许能打破他们之间的尴尬。就像是夫妻闹仗打架，一个恨不得把一个杀了，一觉睡起来怨消恨散又有说有笑的了。可是，她在张生跟前又怎能主动，再说真要和张生那啥，她也害羞哩。有一回她就梦见和张生那啥，都羞醒了，醒过来还脸烧得像喝了苞谷酒。

一天下大暴雨，张生没出车，春好精心炒了几个菜，买了两瓶酒，想把张生灌醉了。张生开始很局促，喝了点酒慢慢放开了，开始贪酒，一杯一杯地喝，一瓶光了，张生舌头就大了，说春好，你别笑话哥，哥把人丢大了，恨不得一头撞死。春好说哥，我笑话你做甚？我是啥人，哪有资格笑话人。张生说春好啊，你是生活逼得没办法，哥是人品问题，是乍风问题啊。春好说哥，你都三十过了，别那么想。张生说咋能不想啊，那次碰上你后怕再遇到你，我想到别的城市打工，可弟弟上学等着用钱，怕人生地不熟要不来钱，这里几个老板也都熟了，又觉得这城这么大，哪能就端端地碰上，唉……春好说哥，这能算啥事，好多娶了女人的人不照样在外面寻花问柳的。寻花问柳她是从小董那里学来的。张生忽然拉住春好的手说春好，这不是一辈子的营生。春好说哥，我知道，我有打算。小时候做梦都想吃水果，欠死了，一个苹果切成牙牙吃，都不敢嚼，嘬着吃，等我弟书念成了，我攒点钱开个水果店，挣钱不挣钱的，先把馋瘾解解。春好尽量把话说得轻松，希望张生彻底放开，甚至抱抱她，可张生撒开手说春好，哥这一辈子在你跟前是抬不起头了。说完，拉开门就出去了，外面的雨还在下着。

春好以为这事算是说破了，说破了就好了。第二天，张生各样水果买了十斤回来，显然张生还记得昨日的情形。她说你傻呀，买这么多。张生说吃吧，你爱吃，也没几个钱。春好说这么多，吃不了几天就坏了。张生说那你就加油吃么。吃饭的时候，张生端着碗蹴在院子里吃去了。

看看一个月过去了，张生还是那么的局促、尴尬、压抑、小心翼翼，春好只能在心里叹气，她明白自己伤着张生，而且伤得很深。有一天，春好来后发现张生没上班，在屋里唱着，旋着身舞着，还站在镜子面前打量自己，咧嘴搐鼻，挤眼吐舌，喜怒哀乐，做着鬼脸，是那么开心、快乐、放松、自然。她进去之后，张生立刻就像换了个人似的，最后借故出去了。她才明白，自己在这屋里，对于张生来说就是一种折磨。

10

春好没想到小董竟找到她租下的房子里来。读下书的人眼光就是毒，一进屋就看出名堂来了，她也就不瞒小董，把她和张生的事说了，小董鼻涕一把眼泪一把地说你真是个苦命的娃儿。

擦干眼泪小董说即使是这样，你也不能对他动心，我们这样的人怎能有这样的奢望。我给你说，越是恩人、旧情人、前对象越不能动这样的心。一句话，千万别打熟人的主意。做了这一行，熟人最后都会成为冤家。这就是一条通往陌生的路，只能往前走，不能往后退，越走越生越好。

小董说知道我为啥走上了这条路么？大三那年，我爹惹上了一场官司，法院判案可轻可重，就看你花钱不花钱了，家里哪有钱花，一个老板答应给我一笔钱解决我爹的官司，要我给他做三年小，没别的选择，我答应了，挣了一笔钱，把我爹的事了了。后来我谈了对象，是同学，在大学里疯狂追我。他海誓山盟的，我也爱他，当然我也考虑到他也是个二婚，我们就结婚了。居家过日子么，哪有不生气的，嘴和舌头那么好还咬得流血哩，一生气他就揪这事，一生气他就揪这事 一句话就能把你噎死。给人做小总比做小姐名声好吧，话说实一点就像结过一次婚，他不也是个二婚？可照样把那当短揭，还理直气壮的。

小董说退后一万步说，就说张生真心喜欢你不在乎，结婚后和他家的亲戚、朋友、熟人你们还来往不？他们也不在乎？以后有了矛盾，淘气生事的，人家就会拿这当短来揭，堆到面子上，他受得了受不了？一个人的承受力是有限的，天长日久的不把气撒到你身上来？

其实，小董还是没读懂春好。张生离开村子的时候，春好把自己许给了张生，可做了小姐后这份心就死了。她觉得嫁给张生就是辱没了张生，张生是要娶个干干净净的人，咋能娶她这样的人呢。

她只是心疼张生，想报答张生，想帮帮张生，他们都是命苦的人，命苦的人就该帮命苦的人。张生心里有她，同时心里还有男人的事。张生给她说过我爹是他们逼死的，害死的，等着瞧，我要让野麦垛的人知道我的厉害。她知道张生是憋着一口气，他爹当村长那么多年把人惹下了，现在人家都看着他家的笑话。张生娶了她，回家的路也就断了，这仇恨就永远报不了，那会在心里憋一辈子。春好心里不愿装，她也不希望张生心里装事。

春好拉着小董的手说谢谢小董姐，那份心早就死了。小董说那就更不能这样了，你这样待他谁都会以为你是在养他，虽然你们以兄妹相称，可那不是亲兄妹，再纯洁别人都会怀疑，这会给他以后的生活埋下祸根，他将来找对象结婚一旦传到媳妇耳中，肯定会影响他们的关系，哪个女人不在乎这种关系呢？真要为他好，早脱离开比晚脱离好，免生后患，听姐的话，姐不会害你，因为你单纯善良。

这话提醒了春好。读下书的人把啥都看得很透，咋也不能为张生以后的生活埋下祸根。从此，每天她连早点也不送了，午饭晚饭做好也不吃，借口有事就匆忙离开了。饭不做不行，她不做张生肯定舍不得下馆子，回来又懒得做，胡乱凑合那会把身体搞垮的。

一个半月张生就把驾照拿上了。春好从交通音乐广播电台里记下了几个雇司机的电话号码，打过去一问，都是同样的回答：驾龄至少三年以上。春好傻了眼，想了想只好给余树打电话。春好嘻嘻一笑说我是野麦垛的春好。余树笑笑说你还当野麦垛是大地方哩。春好说有事找警察对么，是不是叔叔？余树笑了说叫余树，再叫叔叔不理你了，我有那么老么？春好说给张生找个活。余树说刚学出来驾照，活不好找。春好说你认识老板多，给老板开车也行。

余树喷笑出来，说还给老板开车，老板比谁都怕死，没有十年驾龄休想。春好说反正我不管，有事找警察么。余树说这样吧，你让他明天来开我的车接我上下班，先说明管吃管喝没工资。春好说你搞腐败啊，白使唤他，不让他挣钱会要他的命的。余树说他刚拿到驾照，城里车这么难开，总得让他跟着我熟悉熟悉，要不介绍个活出个事就更没着落了。春好说谢谢叔叔。余树说叫余树。

因为张生持 B 照，半月后，余树给张生介绍了一份工作，给建筑工地开大车运石料，一月加上补助收入过了四千。春好就开始实施下一步计划，张罗着给张生找对象。张生虽没家底，可一月四千多也不算低，许多城里人也未必能挣这么多，开车又是个技术活，到处都是招司机的广告，不会失业，而张生人长得俊，打扮出来一表人才，这些条件应该是不错。城里人也并不都在天堂里，因为长相不好，家庭条件又不行，剩下的姑娘也大有人在，都叫剩女。打工的娶了有工作的剩女也是有的。张生要能找上这样的媳妇，当然最好了。虽然在这座城市已经六七年了，可春好的圈子很小，认识的这些人是不适宜托付给张生介绍对象，就又想到了余树。春好请余树吃饭，余树盯着春好说给张生介绍对象，有一个非常适合的。春好说那就抓紧约一下，我订桌饭。余树说远在天边，近在眼前，你不就是最适合的？春好说你说啥呢，他是我哥。余树说你没想过要嫁给他？春好说以前想过，现今不想了。余树说为啥？春好说换了你，你会娶我么？一句话倒把余树给噎住了，春好说他可要娶个干干净净的人哩。余树说话不能这么说，或许你认识有偏差，要不我给你们介绍介绍，拉茬拉茬，把事说透了。春好慌了，说千万别跟他提这事，会把他为难死的。余树说同意就是同意，不同意就是不同意，有啥为难的。春好说别给他犯为难，你提出来他还以为是我让你提的，咋回答你？他宁愿伤自己也不愿伤我。余树说说实话，你喜欢不喜欢张生？春好说喜欢不喜欢都不能提说这事。余树说或许你想错了。春好说他就是眼前有点困难，可再困难还没到要娶我的份上，你就给他好好介绍一个，工作好一点，人长得好一点，人品好一点，条件好一点……余树说得了，你当城里姑娘全剩下了。

　　过几日，余树给张生介绍了一个，春好先远远地看了，说你至少介绍个看过眼的，那两个肿眼泡都快挂不住了，还那么胖。余树说你和张生都要端正思想，这是找对象，不是卖花瓶，人品好是第一位的，她是个吃公家饭的，房子也有，心地很善良的。安排两个人吃过饭，回来，春好问张生，张生说不适合么，人家是大学生，又是公务员，反差太大了。春好说哥，慢慢适应，她看你的眼神看得出来很喜欢你的。张生说人家几辈子都是城里人，能适应得了？结了婚肯定出问题。春好说其实也没啥反差，她长成那样……张生打断春好的话说你别为我操心了，我的事不急，我有打算，你该想想自己的事。春好说我有打算，你的事解决了……张生又打断春好的话说你不是想开水果店么？我觉得这想法挺好的，现在就该着手了。说着便走了。后来余树又介绍了两个，张生都推了没见，余树说有你在他跟前，他能看上谁？！

　　从乡下到城里做生意的，摆摊卖衣裳的，开铺子的，还有城里失地农民的子女，春好认识一些，虽然也熟，可她知道自己出面给张生介绍对象不合适，一是平时交往中，她觉察到她们还是很看不起她的。二是小姐做媒，谁不忌讳，虽说她和张生以兄妹相称，可不是亲兄妹，哥这个词就很暧昧。不过，她想到了秀花。秀花在服装批发市场有一个摊位，她常去那里买衣服，也带姊妹过去。秀花从山里出来一个人闯荡，脑瓜好使，做得不错，有了一个固定摊点，还按揭了一套房子。普通长相，当然比余树介绍的几个要强多了。她的情况秀花是知道的，秀花还说咱们都是苦命人，不瞒你说，我差点也走了这条路。春好把张生的情况给秀花讲了，秀花听得眼泪汪汪的，说也是个苦命的人。擦了眼泪，秀花开玩笑说妹子，你跟他没事吧？春好说我们要是有事，我能跟你张这个嘴？我你也不信？秀花说，那你咋不跟他？春好说他可是要娶个干干净净的人儿，我这样的人嫁了他不是辱没他么？你说是么？再说我们是磕过头的兄妹。

一起吃了几顿饭，两人互留了电话。过了一周，秀花对春好说他咋不跟我联系，我联系他他老说忙着。吃饭时春好试探着问张生，张生说你别跟她交往，几顿饭都是你掏钱，这么抠的人你跟她交往个啥？春好咬咬嘴唇，叹了口气，说秀花是个过日子的人，手紧点以后过日子没问题。张生说手紧点对着哩，可别人请你吃几顿，你请一顿也行么，大道理都不通么。她知道张生不是计较一顿饭。秀花说我知道他没看上我，有你在他面前，他咋能看上我呢，要是我我也看不上，你也没个掌握。又说妹子，你们成了吧，他心里有你哩。

11

余树告诉春好张生出远门一时半会儿回不来的时候，春好咬咬嘴唇，她知道张生走了，竟然有一种轻松的感觉，就像被千百道绳索捆绑着，忽然那绳索一下子全断开了。她只是心里不甘，张生正在最需要帮助的时候，对张生她还没做到自己能做到的地步。现在，家里的事暂时都安置妥当了。就剩下一个弟弟，明年考大学。她打听清楚了考上大学一年各种费用两万多，这不影响她解决张生的终身大事。她打算用三年解决张生的终身大事，她有这个把握。张生的终身大事解决了，心里也就不牵挂了。如果凭张生自己，再有两年时间也解决不了自己的终身大事。

张生走了，抽走了春好一段快乐用心的日子，一时间春好心里空落落的。日子又回到了以前，春好一天睡到饿得睡不住的时候才起来，头不梳脸不洗，就出去胡乱吃上一点，回来躺在沙发上看电视，看着看着又睡了过去。张生走了，春好没立刻退了租房，自己搬过来住了。这房子她一个人住是有些浪费，可春好懒得考虑这些问题。心空了，身子也飘了，一下子懒了，连骨头都懒了。

春好又恍惚了。每完结一件事，春好都会恍惚一段时日，就像迷路了一样。每当她恍惚的时候，总是需要一件很具体的事情提醒她，给她一个很现实的目标。哥哥成了家，她恍惚了，直到爹要盖房娶后娘的事来了。后娘娶回了家，她恍惚了，直到弟弟要上县一中的事来了。弟弟上县一中，她恍惚了，直到碰上了张生。这种恍惚是一种失去目标后的身无着落、困惑，就像断了线的风筝无望无助地漂泊。每一件具体的事都是一种寄托、精神来源，让她踏实下来，认真做事。

这次把春好从恍惚中提醒的是弟弟考上重点大学来城里看她。送走了弟弟，春好就彻底从恍惚中清醒过来。弟弟的学费倒不高，供起来不吃力，可是四年后弟弟面临结婚安家，弟弟考上大学，咋也不可能把家安在老家。考上大学，名誉上好听了，其实出来找不上工作的大学生太多了，许多大学生跟没上大学的一样也都在打工，靠弟弟自己在城里置家娶媳妇难着哩。四年时间，眨眼就到了，时光不等人。春好又想到了张生，张生这一走，或许他们这一辈子也见不上面了，但张生的终身大事没解决，在她心里终归还是一件没了结的事，她得给张生准备一笔钱。

一口气就这么接上了，春好又振作起来。现在看来，这间房子自己还是奢侈不起，就把房子退了。因为时间不到，余下的房租房东不退，当时合同也是写得清楚的。缠磨了半天，房东不退，既然退不了，她想还不如住着，可房东又说要退咱们可以商量嘛。这么说着，在她屁股上捏了一下。她笑笑，心里骂老驴。房东要和她讨价还价，她说你把我当小姐了，我只不过是给日子困住了，生活没办法。房东说良家妇女啊，我就喜欢良家妇女。这样她把房租全退了回来。她又说房子退了你明天就租出去了，而且现在租金又涨了，你赚着哩，就这么占我的便宜。房东又怜香惜玉地给了她二百，还留下了她手机号，说日子打住了就到我这儿来。

从这间房子里搬出来，春好就彻底回到了以前的日子里去了，彻底回到了原来的日子，以前断了的几个老关系春好也都一一续上了，春好说家里出了个事，她回去了一段时间，他们还都表示了慰问。闲暇的时候她会想起爹和哥哥来。每月打回去的钱爹都会在第二天取走，这让她知道爹正常地生活着。哥哥嫂嫂自从被她骂过，就再没打过一个电话，没发过一条信息，不过有弟弟传话，哥哥出门打工去了，嫂嫂又怀孕了。看来是顺着过日子的路上走了。自然也会想到张生，张生常发短信来，不过都很简短，总是春好，我很好，不要挂念，你要多保重，善待自己。她甚至怀疑张生把这个短信储存在手机里，过几天给她重发一遍。她回的信息也简单，你要保重，我也好着哩，别挂念。她还会发一个笑着的图案。她拨了一下那号码，手机显示号码是青海的，就知道张生在青海。她没给张生打电话，打电话又能说些啥呢？张生不声不响不辞而别肯定有自己的打算。她打听过，在青藏高原上开车，收入高得吓人，而那里花销很低，要置个家也容易，有一个姐妹是青海来的，说那边女人多男人少，彩礼也少，不要彩礼的也有。她想或许张生已经成家开始了新生活，就怕打扰了张生的新生活。小董说得对，这就是一条通往陌生的路，越走越生越好。

余树还常跟她联系，尤其是这节那节的，肯定是少不了信息。她也就回一下，很简短。余树时不时会约她吃饭，她也都拒绝了。余树的老婆她远远见过，长得不算漂亮，但身材很好，很有气质；女儿很漂亮，一头金发，像个玩具娃娃。她不想给人家造成误会，人家有人家的生活。余树给她找了份工作，挺不错的，坐办公室，一个月有两千多块的收入，还交这金那金的，她也想干那份工作，可眼下她还不能贪恋这份工作。余树急了，说你到底啥时候才走正道呀！她说等他们都成家立业了。余树长长吁了一口气，再没问过。

其实，春好并没有离开张生的视野。虽然张生在千里之外，但他通过余树将春好置于自己的眼前。每个周末的晚上，张生都通过信息和余树聊上一阵。张生：春好还好吗？余树：你不会打电话问她？张生：我怕她哭。余树：发信息问呀。张生：我还是怕她哭。余树：那边钱好挣吗？张生：好挣，玉树大地震重建，国家投的钱很多，只要吃苦就能挣到钱。

余树知道张生给他发信息的时候，正浑身酸困地躺在青藏线路边某家小旅馆散发着男人混合气味铺着羊皮褥子的小床上。余树在青藏高原当过兵，是汽车兵，在青藏线上奔波过六年。海拔四千米以上的青藏高原上，无尽长路，除了虔诚的信徒，几乎见不到人。

公路两边全是那种简陋的路边店，专供跑车的司机歇脚。

张生走的时候专门请余树喝了顿酒，张生说我把顾老板那里的活辞了。按说顾老板这里挣得不算少了，活不重又安全。余树说顾老板克扣工资？张生说不是，有你罩着，再克扣谁的也不会克扣我的，他对我挺好的。余树说那为啥？嫌挣得少？张生说我要去青海玉树，那里挣得更多，国家投的钱多哩。余树说那里海拔高，路不好走，太辛苦了。张生笑笑说天生就是受苦的个命，还怕下苦？你给顾老板解释解释，挺对不住人家的。余树说这没关系。张生说先不要给春好说。余树说为啥不让她知道？余树说告诉她我肯定就去不成了，那地方路不好走，不安全，以前又出过大事，电视都报道了，她还跟我说万一要走郏里，你就装病不去。余树说春好挺通情达理的。张生说我不想她为我担心，她心里太苦了，家里的事一件跟着一件，就让她心宽上些日子吧。余树说你不声不响地走了，不怕伤她的心？她的心能宽？张生抱着头长叹一声说这我知道，可她知道了我肯定就走不成了，她拗劲儿大，就像学驾照，我原本想冬闲没活了再学，她说不行，而且做主就把事定了，该告诉她的时候我会告诉她的，现在告诉她会坏了我的计划。余树说你什么计划？张生没有回答，余树说这城里活也多，顾老板这里收入不行，咱再找活。张生说这城里再能挣也没那边能挣，那边一个月能挣一万多哩。余树说不必那么着急，想一口吃个胖子。张生说着急不着急只有我知道，没事打扰的话，这计划我去那边实现起来也快。

尽管春好再三说过不让余树问张生，但余树还是问张生你愿意不愿意娶春好？张生说春好让你问的么？余树摇摇头说不是，是我自己。张生说拿啥娶？让她跟着我受罪？她罪受得还不够？她太苦了。余树就很直接地问你嫌弃她吗？张生说你听你这话说的，她是我妹妹。余树说别提她是你妹妹，你把她当个姑娘看。张生叹口气说你当她是自愿的，她家那些人把她当摇钱树哩，我恨不得给下一锅老鼠药，这样的人活着有啥用，唉，不说了。余树说先结婚再奋斗，日子也不是过不下去。张生说我一弟她一弟，都等着用钱，我娘呢是个药罐子，身体很差，我担心身体里藏着啥大病，要是哪一天发病了你说看不看？她还有爹娘，家里的窟窿大着哩，我得把基础打好了。张生倒了三杯酒说我敬你一杯，也替春好敬你一杯，她遇上啥事，你给打理着，就当你的妹妹，她也姓余，人不亲门亲么。又说，你帮我好好看顾着她。

12

余树接到张生电话的时候，刚刚跟春好通过话。连续出了两次命案，都发生在色情娱乐场所，市委市政府也召开会议布置，在全市内大范围集中开展一次扫黄打非，对色情娱乐场所进行清理整顿。余树已经是副队长了，想来想去，还是到公用电话亭给春好打了个电话。

张生问了春好的情况后，沉默了一会儿，说谢谢你。余树说你有事吗？张生说没事，没事。就把电话挂了。余树感觉张生有事，因为张生两天前才和他短信聊过。想了想，余树又拨通了张生的手机，说你说吧，啥事？张生说我没事。余树说你有事，说吧。停顿了一会儿，张生才说不好张口，我说了你别为难。余树说咱们什么关系了你还这么见外。张生说我想借钱，不知你手头方便么，先说明带利息的。不等余树开口，张生又说，咱们不沾亲带故的，你凭啥相信我，算了，算了，你别笑话，挂了。余树说别挂，得多少？张生停顿了好一会儿说我先给你说我借钱干啥，我看上了套门面房，交首付差几万块钱。余树说在青海西宁？张生说西宁海拔太高了，人也少，在西安。余树说其实咱们这里也挺好的，房价还便宜。张生说在咱们那边买当然好了，有你看顾，可是她在那城里那么多年，还是远着点好。余树说差多少钱？张生说四五万块。余树说你把卡号和开户行发给我。张生说你准备好，我回去一趟，给你打个借条，利息我按3给你算，或者5也行，我把户口本押给你，身份证我跑车还得用。余树说不用，抓紧时间把房子手续办妥当。张生说别跟她提说我跟你借过钱。

过了几日，张生给余树打电话说房子已经买下了，你给春好说让她把那边该处理的事处理一下，我去趟玉树，回来就接她过来。挂了电话，余树正要给春好打电话，春好的电话打进来，说闲着吗，我们见个面。余树说那就一起吃饭吧，我请。春好说也好。余树说你想吃啥？去王子酒店涮火锅咋样？春好说你中彩了？那么贵的地方。余树说就算中彩吧。

春好到了王子酒店，余树把菜都点好了。余树说有啥事？春好说先吃，这么贵的地方一定要吃好。两人一起子猛涮后，春好往后靠靠说吃扎实了，缓缓再吃。余树笑笑，点了根烟，春好从包里掏出一个银行的布袋，推到余树跟前，余树说张生跟你说找我借钱的事了？春好说他跟你借过钱？余树迟疑了一下，笑着说没有，没有，我都不知道他在哪里。春好一笑说我知道你跟他一直有联系，他有回发信息把给你的信息发给我了。余树说我们偶尔联系一下，互致问候。春好说他借你多少钱，这是十万，够不够？余树把钱推回来，说钱你先拿着。春好说你收着吧，放到我这里也没用。余树说你先听我说，下午张生给我打了个电话，你想知道他给我说了件啥事么？春好盯着余树，没有说话。余树说你不是打算开个水果店么，张生把门面房给你买下了。

余树拨通了张生的电话，把电话递给春好，春好抱着电话号嗬大哭。余树说哭吧，好好哭一场，以后将是笑容灿烂的好日子。春好痛快淋漓地哭完，去了洗手间。余树把钱袋塞进春好的包，春好回来掏出来说就当我替他还你了。余树推回去说开水果店还需要流动资金。春好说你收着，需用的时候我再找你拿。余树生气了，说你怎么这么生分？春好已经起身出门了。余树说这样吧，借我的五万我收下，这五万你拿着呀，还有，张生让你把这边的事处理一下，这两天他回来接你过去。春好说我这阵出门背着这么多钱你觉得安全么？你先替我背着，明儿我找你来拿，你是警察么。分手的时候，春好说谢谢你，余树。余树说咱们一姓，以后叫我哥吧，像叫张生一样叫我。

几天后，张生回来了，给春好打电话，春好的手机号成了空号。张生以为是拨错了，调出来仔细看看，是春好的名字春好的号码。再拨，依然是空号。张生拨通了余树的手机，问春好是不是换号了？她手机号码咋成了空号了？余树说没有呀。张生又说那是不是把手机丢了？余树说没听说，你等等，我让片警去问问，你在哪里，等会儿我们一起吃饭。

两个人进了烧肉馆，菜刚上来，片警电话来了，说春好前天就走了，老板也不知去了哪里。

张生嗷嗷号哭起来，说让你给我看顾着，你咋看顾的么，人都不见了。

余树劝慰说不会不见了，找得见，找得见。

找不见了，她走了，就再也找不见了，找不见了，呜呜……张生背起包就走。

余树说你去哪里？

我去找春好。张生说。

当梦想成真

　　现在，我正在寻找儿子王小虎的路上。几天来我们把省城盘遍了，只能像自行车轮上的辐条，从省城这个轴心向周边城市辐射。我已四天没睡一个囫囵觉了，依然没有睡意，孤独、愤懑、茫然、无奈、悲伤，我还顾不上理会这些纷至沓来的情绪。我要去的这座城市是一个地级市的首府，有一个和小虎一起耍了五六年的伙伴，或许找他去了。

　　出了什么事呢？我就说说我的遭遇。到我要去的这座城市有两百公里的路程，我希望能说完我的遭遇。其实，有啥可说的呢，对于我们这样的人，遭遇这样的事没有什么奇怪，我之所以要说说，没有别的意思，是因为只要我处于讲述的状态中，我就不至于打盹，把皮卡开到排水沟里去了。

　　就从我住进湖景水郡开始吧，因为我认为事情就是从这里发生的。

　　湖景水郡，呃，多么烂俗的一个名字。省城缺水，这几年却大打水牌，挖了许多湖，倚湖而建的小区这湖那海的名字也泛滥了，西湖、南湖、湖景华庭、滨湖小镇、临湖雅舍、观湖，甚至叫什么呱哇海景、台岛、澳海、水城威尼斯之类的，据说还有小区取名中南海、珍宝岛、钓鱼岛，被主管者否决了。尽管有些所谓的湖其实就像个大水塘，但倚湖而建的小区房价涨了几倍。

尽管名字俗不可耐，但湖景水郡的内里却十分的不俗。首先是地理位置绝佳。描述起来有些费事，干脆打个比方，如果是在北京，那么站在我家窗前，天安门、故宫、国家大剧院都尽收眼底。其次是真的有湖。绝对不是水塘，是在一个水塘的基础上新挖掘的一个容得下许多水上游乐设施的湖，假山、曲桥、回廊、广场，既古典又时尚，眼下正在搞音乐喷泉。第三是绿化档次高。树都是从深山老林移植过来的参天大树，且多为名贵品种，挂着身份牌；草皮种植的是挪威草，密匝匝如地毯，可任意坐卧踩踏，依旧坚挺茂盛。第四是生活圈服务功能齐全优质。医院是医科大学附属医院分部；银行、商场、菜市场等一应俱全，都是最现代化的模式。最重要的是名校五中、二小牵手过来，在小区周边建了分校。你可千万不要以为分校 OEM 产品是贴牌货，据内部消息，老师都是母校拔尖的老师，校领导都在这里办公。要说最不俗之处在于你有钱不一定住得进来，实话跟你讲，湖景水郡不是商品住宅小区，通俗而准确的说法是政府家属大院，属于分配安置性质，不对外销售。硬要拿钱买，一平米的价钱能把你吓个坐蹲，伤了你的尾椎骨，当然，我是站在我的角度说的。

那么我是一个什么状况呢？高中毕业，我连续参加了三年高考，分别离二本差九分、三分、一分。班主任像前两次一样极力鼓动我上三本，说二本差一分，三本能上顶尖学校，三本顶尖学校比二本普通学校要强得多，专业都是热门专业。我明白班主任的用心，一是为我着想，对于一个正是读书年龄的青少年，有学上总比没学上好。一是为他着想，老师是要追求升学率的，这是跟奖金、职称、名气等等挂钩的。三本我是不上的，要是上，第一次高考我就上了。三本我们不叫三本，叫自费。像我那样的家庭，读书就是投资，投资就得讲求回报，三本上出来就是再节省也得花七八万，还要搭进去四年时间，有这四年时间，打工卖体力还能挣几万块，加上上学四年的花销，里出外进十几万没了。十几万对我家那是个天文数字。更为重要的是不要说三本，重点大学毕业生都找不上工作，在小公司打工，三天两头被炒鱿鱼，有的在街面上摆摊设点讨生活，跟进城打工的没啥差别，我舅的儿子重点大学毕业，找不上工作，干脆就在街上摆了摊饼摊点，每天起早贪黑的，挣的还没有在工地上搬石摞砖的多。这些状况我都了解得很清楚。上三本对于我那等于是烧钱。因此我的目标是一本，二本还要看录取的学校和专业以及收费。班主任又极力鼓动我复读。我这个分数复读吃香哩，班主任说以你的底子，复读一年，考个重点希望存焉。

"你自己看，要读，我们供你。"

从班主任办公室出来，父亲说。

他把选择权交给了我，这表明他内心很挣扎。

我内心也很挣扎呀。差一分，这在许多人看来就等于是准大学生了，复读是不二的选择。"复读一年，考个重点希望存焉"，我明白班主任说的这种可能性是有的，但也只是有可能，我已经被差几分诱惑着耗费了两年的时间，我再不忍心赌命一样地复读了。

我的父亲只有一条腿，不，应该说是只剩下一条腿。1975年农业学大寨，县上提出要把蟒蛇山全修成梯田，建成全省的样板工程，为了赶进度，就放炮炸山，父亲勇当炮手，有一次一炮延后爆炸，炸飞了父亲一条腿。一个农民失去一条腿意味着失去了一切。那时父亲还没结婚，他一条腿不认命地挣扎了几年，最终只能娶了母亲。我母亲小时候在麦场上玩耍，草垛着火了，她躲进了场窑里，虽然烧伤不重，但一双眼睛被浓烟熏坏了，只剩一丁点儿视力，从此她的世界就是一片模糊，干活只能凭感觉和经验，常常是跟头流星，碰得到处伤痕。

　　要说我父亲不能说命运不济，就在父亲出事的前一年，轴承厂招了一批工，父亲当过兵，有幸被招进去。轴承厂是国家三线建设时期建起来的，就建在大山深处——要说三线建厂都是利用了荒山空谷，不挤占农田的，哪像现在，全是在良田上建厂设区。父亲进厂后分在四车间，四车间是专门往轴承里填钢珠的。据父亲讲，他走进车间，看到一排师傅坐成一条线，头不抬眼不睁地往轴承填钢珠，一个，一个，一个，钢珠填进轴承的声音就像蚕吃桑叶，雨过荒田。一个工人都睡着了，还在准确无误地填珠。一个工人告诉父亲一天要填一万个钢珠才算完成工作任务。父亲深深吸了一口气，又长长吁出来，要这么填一辈子钢珠，简直是不可想象，哪有在土地上那么洒脱自在。他又背着铺盖卷回来了。事实上后来我想，填钢珠太枯燥不是父亲放弃这份难得的工作的主要因素，要知道我们那个地方，山大沟深，十年九旱，是看老天爷脸色吃饭的地方，而他能招工还是因为我的爷爷善待过一位下来劳动改造的右派积下的福缘，并不是人人都可以有招工的机会的。真正让他放弃那份工作的原因在于他那时间是大队民兵营副营长，他正在争表现，想做大队长、支书，那可就牛气了。然而，回来的第二年，他就失去了一条腿。因此每说起这件事，父亲就拿拳擂头，说要不是这件事咱们早就是城里人了，扑进公家的怀抱吃粮票，月月有个麦子黄，哪会受这烂杆土地的气。农民潮水一样往城里涌的时候，父亲曾去城里揽过活，他希望能找一个填钢珠或类似于填钢珠的活计，可谁会用一个一条腿的残废，而轴承厂已经从山里搬到了城里，工人都下岗了，只能回来。

　　我们那里人家主要的经济来源是养羊，家家都有一群羊。后来政府为了恢复生态，实行封山禁牧，羊群不准出山，只能圈养。天干地枯，缺草少料，圈养养不了几只。可不养羊怎么生活下去？父亲养着一群羊，拄着拐偷偷赶着羊群晚出早归放牧，除了被守山人追赶罚款，还冒着被狼吃掉的危险。这几年人都进城打工，山里走得没人了，狼开始有了。母亲的眼睛越发不济了，摸揣着在地里劳作。

　　事实上在我们老家，不要说我们这样的家庭，许多人家孩子都是念完小学就不念了，十三四岁那就是一个劳力了，能分担生活的负担了，十六七岁就进城打工了。可父亲执着地供养我和弟弟读书，他把改变命运的希望寄托在我和弟弟读书上，也是为追悔自己因愚昧而葬送了成为一个城里人的美好生活而付出着的努力。

　　残疾夫妻百事哀，长期的苦累、惆怅、忧烦和悲伤，日子煎熬得他们全身都是病，每天都要吃药，倘若有钱，他们需要吃好几种药才能保证没有痛苦地活着，可因为贫寒，他们只吃得起两种药，无论啥痛都吃去痛片和安乃近。后来我知道这两种药成分差不多，都是镇痛药，对头痛、牙痛、风湿性痛、肌肉痛、关节痛及其他各种慢性钝痛有治疗作用，但毒副作用很大。

　　老话说穷人的孩子早当家，我是长子，该担负起供养弟弟上学的义务，至于让父母锦衣玉食地生活那是不敢想的，但至少我得保证他们能对症多吃上几种药。

　　"我不念了，让我弟念吧，他比我学习好，有前途。"我说。

　　我这样说是为了不让父母因我失去上大学的机会而心里难过，村上成绩比我差的同学上三本的上三本，复读的复读，毕竟这是一条可以改变命运的光明大路啊。

父亲说："那还鼻子都吸不起来，谁能指望得上。"

我弟才上初中，我不知道他们当时咋想的，我都上小学了才生了我弟。

我说："你要相信你们的遗传，他一定能考上大学的。"

父亲还想说什么，我说："啥也别说了，咱家能供养出一个大学生就不错了。"

进城打工要经过学校，我提了一桶胡麻油去感谢了班主任，班主任感叹地说你给误了啊，要是在县中上，考一本没麻达（问题），最不行上二本稳稳当当的。班主任是真诚的，我也是这么认为，因为我上的马场中学是一个乡镇级农场中学，每年高考升学率只有百分之几。不是学生的智商有问题，而是因为好老师、好学生都被县、市、省里的学校挖走了，这样的状况就是学校老师学生再努力，也无可奈何啊。一度上面要撤了马场中学的高中，可是撤了马场中学的高中，学生不要说去省里、市里的学校上高中，就是去县中，开销要大好多，许多学生就不上学了，政府得控制辍学率，这才保留了下来。

进城后我就像追逐花丛的蜜蜂追逐那一片片脚手架林立的建筑工地，和灰、筛沙、砌砖、拧钢筋……干了两年，我有了理想——哦，不能说理想，像我这样的人还哪里说得上理想呢，我曾经有过多少理想，都被现实湮灭了，只能说打算吧。我要学一门手艺。家有万贯产，不如一技身，老话都是经过岁月验证的真理，错不了。我拜了师傅，干起水暖。之所以选择水暖，是因为水暖就像城市的血脉，关系到千家万户，更为重要的是那时候假冒伪劣的水暖配件充斥市场，这中间利润就大了，那些野鸡装潢队打一枪换一个地方，活一干完你人都找不到，售后服务就是个名词。我打算水暖手艺学精后，依托手艺开个水暖配件店，既卖手艺，也卖配件。

从给师傅背管钳配件开始，我用了四年学成了能看懂图纸独立解决疑难杂症的水暖师傅，租了一间六七平方米的门面房，开了水暖配件小店。我印制了一面带胶的名片，刻成方章，贴、盖在楼道、门框、门板、杆柱、公交站台、公厕的墙壁及路面、门阶上……这么说吧，凡人员密集的地方就有我的小广告，你想不看到我的大名都不行。其实说个心里话，我也和大家一样讨厌这狗皮膏药一样的小广告，我每天开店门的第一件事，就是铲除清理店门、台阶、墙壁上的小广告，然而一夜过后，小广告又贴满了。我很无奈地把一首诗改了：离离小广告，一日一枯荣，红袖铲不尽，傍夜又春生。红袖可不是夜读书时添香的红袖，而是戴着红袖箍的城管、义工、志愿者。生活就是这样让你没办法，谁又能保证自己不做连自己都讨厌恶心的事呢。起初每天傍晚，我都出去贴印小广告，后来干脆交给制作小广告的小公司，他们是从制作到张贴一条龙，能把小广告贴到严禁贴小广告的地方。

我已进城十几年了，不能说没有成绩，我自己娶了老婆——你可千万别小看这事，彩礼十二万（这是当年的行情，这些年价钱涨得最快的，在城里是房子，在农村是彩礼），加上黄金首饰衣帽鞋袜结婚照离娘钱以及在城里摆喜宴的花销，二十万出头了，家里是帮不上我的，父亲的另一条腿因为经常跑山，长期遭受山风的侵蚀，已经不能见风了，羊也就无法再养了，两人就守着点薄地。

我老婆叫张小妮。我们是初中同学，她上完初中就进城打工了，我们再没见过面，倘若不是碰上了，我都想不起她了。我是在一家面馆吃面时遇上了张小妮，她当时在饭馆里做服务员。她把一碗刀削面端到我面前，一张口就叫出了我的绰号"八窍"——人有七窍，说的是头上有七个窟窿——双眼、双耳、双鼻加一张嘴，我左耳上有一米仓，多了一个窟窿，同学就叫了我"八窍"。上学时她还是个毛脸小姑娘，头发黄黄的，就像受了旱的麦苗儿，可能是营养不良（吃不饱呗），脸也黄得像屁打了。现在当然已长成个大姑娘了。女大十八变，又给城里的泡泡衫、乳罩、超短裙、长筒丝袜、高跟鞋、唇膏、眼影、烫发、染色的一收拾，看上去洋气多了，别有风情。

要说上学时她给我留下的最深刻印象是她的名字。她的名字和我的名字一样，都是直接把小名做了官名，没有一点寓意和寄托——呃，对了，我叫王打春，我是立春那天生的，老家人把立春叫打春，我的小名就叫了打春，上户口时就以小名为官名，很纪实，也很土（以前我是这么认为的）。我曾埋怨过父亲，人家都叫鹏程、志远、仕科、耀祖、邦荣之类的名字，没说给我起了个有想法的名字，父亲说几辈人没一个识文断字的，有个名字叫就不错了。又说老子要有文化，能吃那么大的亏？现在也是吃粮票的城里人，能落这么个下场？他对自己当时决策失误一直是耿耿于怀，扯起话头能说一天。

张小妮对我最深刻的印象竟然是我跟朱大肠打架。朱大肠当然不叫朱大肠，而叫朱大扬。他爹当过兵，转业在乡政府开车，成了吃粮票的公家人，因此朱大肠就很霸道，啥都想他说了算。打架的事我都模糊了，张小妮却记得清楚，"你抢到了篮球，朱大肠让你传过去，你没传，自己投了，朱大肠就扑过去要打你，你一拳就把朱大肠打了个兔儿蹬天，鼻口喷血，我们都没想到你还能打架"。说完嘎嘎嘎地笑。朱大肠就这蔫行，不抢球——他也抢不到球，个子太小，又没劲，给人一扛一个狗吃屎，抢不到球就问人要球，谁抢到球就让传给他，他投篮。我以前老给他传球，后来就不传了，因为学校经过多次模拟考试，我是定下来的苗子，校长老师都爱护我，我就得势了。

我们就处上了对象。当然，决定娶她的主要因素还是张小妮的能说会道——那涂得艳红的两片小嘴说起话来像嗑瓜子，话语就像瓜子皮飞舞，重要的是听上去还句句占理，这证明她不是糊脑子。我开着店，娶了她她当然得站店，站店就得脑子活络，嘴头麻利，形象赢人，以我那时的条件，张小妮无疑是理想的对象。

虽然我和张小妮也是像城里人，经过了出电影院进咖啡屋旅行吃西餐的花前月下式的自由恋爱，但各种开销都是按农村的规矩一分没少花。喜宴本打算是在老家摆的，用老家人的话说原汤消原食，以礼钱包开销，这样的话多花不了多少，何况父母做了充足的准备，鸡成群，蛋成筐，油成缸，猪羊喂得肥壮（这是他们为我唯一能添补的，他们多么希望能为我尽份力，在他们看来为儿娶媳妇是必尽的义务，老话说儿子欠老子一副棺材，老子欠儿子一个媳妇），可张小妮提出喜宴在城里摆，她的理由是：老家走得都没人了；一起耍大的朋友、同学、亲戚现在都在城里；进城十几年了，城里的朋友不少，我们都没少出礼；一辈子就结一次婚。这些理由哪条都站得住脚，重要的是张小妮的终身大事从始至终一切都是哥哥包办做主，她一开口她哥就凶她，有你插的话？有你插的话！何况在彩礼上，她跟家里是闹了不愉快，她的意思是十万，她哥不同意，说我不多要，就按市场价。她说就是卖牲口也还讲价哩。她哥就吼把你养大了，由了你不成？！她说十二万也行，我们先拿一半，欠下一半五年给清。她哥说那就成了镜儿里的钱了，不要做那样的白日梦。她父母跟哥哥在一起过，啥话也说不出来，只是扑腾扑腾翻眼睛。在城里摆喜宴待乡下的客，礼钱是乡下的礼钱，凭礼钱是包不圆的，要贴补好几万，可这是张小妮为自己的终身大事唯一提出的愿望，何况张小妮提出来后眼巴巴盯着我说要不行就算了，我听你的——要说张小妮长得最美的是眼睛，双眼皮，毛茸茸的，而且她很会眨，一下一下地，就像蝴蝶的翅膀在扇，扇得那么柔情，你能感觉到一阵一阵微风吹拂着你的心。我怎能不答应，再给她添堵。父亲长叹一口气，起羊拉猪要去镇上卖，我说能卖几个钱，留着吃吧，大夫的话忘记了，跟疾病做斗争也是个体力活，营养跟不上，病就往死里欺负你。为了让父母心里好受些，我跟饭店谈了个条件，摆喜宴才用了父母喂的几十只鸡和三只羊。

事实证明我没看错，张小妮站店真是不赖，不仅把水暖配件卖出去，还能把活揽回来，用客户的话说她能把死的说成活的。难能可贵的是她不贪图享受，像许多守着小店的女人，一天就是个吃吃穿穿，遍闲打麻将，她渴望金钱，她要学干水暖，她说得挣钱，不然有病了咋办，有娃娃了咋办，老了咋办。我说要想会，跟着师傅睡。一年后，她就能单独干水暖了——当然不是她聪明我笨，师傅带徒弟，不会立刻给你过窍，总是要用你几年为他挣钱，我是她的师傅，那就不一样了，我恨不能一天就让她出徒。当然，她缺乏经验，遇到疑难杂症，我在电话里指导她，要还解决不了，我就过去解决。

不过，在日后的生活中，我也认识到一个女人太能说而且喜欢讲理不全是好事，有道是贫贱夫妻百事哀，事实是更多时候是贫贱夫妻百事非，日常生活中有许多事似是而非，你较不得真，张小妮却爱较真，咬住理喋喋不休咄咄逼人，而我们这样的小人物在社会上受一些气是再正常不过了，张小妮是绝对不受气的。我说你怎么这么傻啊，生活更多的时候是不讲理的，有些气是我们必须受的，你讲理不受气，就是跟自己过不去。张小妮就是转不过这个弯，她性格中疾恶如仇的分子还很活跃。跟她讲社会，讲为人处世，她认为你是和稀泥，我说这个社会人人都在和稀泥，不和稀泥天天硝烟弥漫。日日面对这样一个讲理的人，淘气肯定是经常性的。不过，我这样安慰自己：权不倾朝野，钱不压泰山，你还想选妃子，能娶上媳妇就不错了。我们吵闹后进入冷战——她能搞冷战，因为她老觉得自己是正确的，所以拿得很硬，十天半月，甚至一月，跟我不说话，我可不想两个人整日就像阶级敌人，搞得心情都不好，因此，我会在两天之内解决这个问题——最佳解决方案是强暴她，那是很疯狂、刺激的，做爱做得像角力打架。这一招真管用，第二日便风平浪静，阳光明媚了。我会感慨地说以后你多惹我生气，生气后干比平日干可是天上地下的差别。她骂我耍流氓，我说生活就是耍流氓。她就嘎嘎嘎地笑，看来她是认可的。

婚后第二年，张小妮就给我生了个大头儿子。我给儿子取名小虎，张小妮嘴撇得像个老太太，啧啧有声地说埋怨老人起名土得掉渣，动不动说你高考差一分，给儿子起这么个名字，站在老家的村巷里叫一声小虎，家家都有人应声哩。张小妮要改，她也准备了好多名字，什么朝阳、旭日、东升、志高、耀祖甚至是建国、前进之类，我坚决不改，说这些比小虎还俗。我说没听说跟着狼吃肉，跟着虎还不吃人，虎头上有"王"字哩，现在只准生一个，没有帮手，叫小虎，虎虎生风，龙腾虎跃，称王称霸，免得以后受人欺负。张小妮颇不以为然，一脸不屑。我们就对峙起来。我拿出杀手锏，开始卖弄学问，我说这名字一点都不土，风流才子唐伯虎，著名爱国将领杨虎城，咱们市长牛小虎，多大人物，声名显赫。这几只虎张小妮当然知道，我们谈恋爱时看的第一部电影就是《唐伯虎点秋香》，而杨虎城是我们去西安旅游钻捉蒋洞时张小妮知道的。牛小虎张小妮更知道了，他是我们这座城市的市长，他动不动就在电视上讲话，有一次还去我们租住的锦绣调研。我本身还想说城管干部杨小虎，那是离我们最近最牛的一个人物，一天耀武扬威骂骂咧咧的，张小妮反感得要命，也就罢了。叫了小虎，还真应了这名字，小虎真长得虎头虎脑，虎虎生风。

对于一个从山沟沟里进城的打工者来说，最大的梦想是什么？百分之九十九点九的人会回答：在城里有套房子。然而，在城里双职工买房都背负贷款骂娘的情况下，靠打工在省城想买套房子有多难啊，因此才叫梦想，而对于许多人来说，这梦想几乎是一个永远醒不了的梦魇。我跟张小妮结婚后，把结婚拉下的账债还清，我们就有了买房的梦想。从国家、省、到市、县甚至镇、村都有五年规划、十年规划，我们在做了精细的预算后，也做了十年规划，除去吃喝、房租、孝敬父母、资助弟弟以及小虎即将上学的各种开销，一年能攒下买五平米的房钱，倘若老天爷不给我们添麻烦（家人不出意外，不得大病），十年后就能在省城三级地带买一套五十平米左右的两室一厅的房子，当然前提是十年后房子还是现在的价（这怎么可能呢，从我进城到现在，房价已经涨了几倍了），能掉下来当然最好了。虽然还很遥远，很不确定，但终归是有了计划，而且已付诸实施——我们办了一张卡，开始月月往里存钱了。如果能按规划实现买房的梦想，我们的小虎就能像城里孩子一样上学了。

知道了我的状况，你就该明白，不要说在湖景水郡买房，就是在三级地带买房，于我们也还是很遥远的事。那么，我又是如何在规划买房后的第二年就住进湖景水郡的呢？俗话说马无夜草不肥，人无横财不富，不错，我是发了横财，用俗话来说就是交了狗屎运。在锦绣——搬进湖景水郡之前，我们租住在锦绣。锦绣名字华丽富贵，其实是个城中村，锦绣的原住民靠拆迁卖地早都住进高楼大厦了，把锦绣的房子像搭积木由原来的平房搭建成了三五层的楼房，边等待拆迁补偿边租给像我们这样进城讨生活的人——一日多收入三五百元，那就算交狗屎运了，可我这狗屎运交得大了。我买彩票中了奖，虽说不是几百万上千万上亿元的大奖，但除去税费和捐助后，净得五十八万。"忽如一夜春风来，千树万树梨花开"，用中学背过的一首诗中的两句来形容我的转运那简直贴切。

　　彩民们有句话：知识不一定能改变命运，但彩票能！我深信。从进城的第一天起，我就一直把买彩票作为改变命运的抓手，十多年如一日地牢牢抓着。从开始买彩票的第一天起，日常生活中一切开支我都会首先考虑能否节省出一张彩票钱。抽烟我从五块一包的"黄山"抽成两块一包的"兰州"，这样两包烟就能省出三张彩票，为买彩票我曾戒过烟，但像我这样的人，生活中烦恼事多，哪能少得了烟，我像离不开彩票一样离不开烟；去干活路途不超三公里，除非水漫金山，沙尘蔽天，我是不会坐公交更不会打的；买菜时我会因几毛钱而耗费许多唾沫，买衣服等物品，就更费唾沫了。结婚后，我的讨价还价连张小妮都觉得过分，说跟你上街真丢人。然而，幸运之神没有关爱我，日复一日年复一年地见不着回头钱，张小妮经常讥讽说全世界的数学家都不会去买彩票，你知道为啥么？我说愿闻其详。她撇着嘴说因为他们知道，在买彩票的路上被汽车撞死的概率远高于中大奖的概率。我反唇说有几个数学家是世界500强企业的老总呢？梦想还是要有的，万一要实现了呢？张小妮说不要说是万一，就是一万要实现了，也不会是你，白日做梦。我就此把网名取了"白日做梦"。

十几年过去了，买彩票事实上连我也麻木了，已失去最初的激情，以至有时买了彩票，倘若那几日忙得没开电脑，连开奖信息都忘记查看了，哪像刚开始买彩票，每天守候着开奖，就像自己一定能中奖。虽然失去了激情，但彩票依旧天天买，就像抽烟买烟，被张小妮骂为恶习。

那个晚上，和以往的任何一天没什么不同，张小妮看韩剧，我上网，只要不出诊——我们把修水暖叫出诊，我们的生活基本上是这样的。以前为争电视我们没少置气，自从购置了电脑，她电视，我电脑，和平共处，互不侵犯。关电脑前的最后一项永远是查询中奖信息，就像歌里唱的"从来不需要想起，但永远也不会忘记"，这已是植入我记忆的一个程序。一查询，妈呀，我中奖了。

我的胸膛里滚进了一个火球，火辣辣的憋，我感觉要休克了，忙连续做深呼吸，又点了一根烟，狠狠吸几口，平稳平稳心绪，拿着彩票盯着号码又对了几遍，这才大叫张小妮，张小妮。张小妮没应答，我又大叫张小妮，张小妮。张小妮很不耐烦地说叫魂呀，魂没丢。我说快来，快来。张小妮说咋了，又中奖了。张小妮这样的反应不奇怪，因为我常会这样一惊一乍地欺骗张小妮。我又叫了几声，张小妮才过来，我大叫中了，中了。后来当我回想当时的情景时，我想我大叫"中了，中了"时，一定像《范进中举》中范进高喊叫"中了"时的情形，因为我当时真是手舞足蹈，就差疯疯癫癫跑到街上去了。张小妮说那还不快去包二奶。张小妮显然不信，她拧了我一把要走，我一把扯住说真的中了，真的中了。张小妮一脸狐疑，她拿过彩票趴在桌上核实信息，核实完她一跃上了椅子骑在我的背上，宝贝宝贝地叫着，扭过我的脸狂亲，她真敢下口，把我嘴唇都咬烂了。我说你干啥，想吃人呀。她脸红了，给我擦着嘴唇上的血说没把住噻，这么大的事。

"万家墨面没蒿莱，敢有歌吟动地哀，心事浩茫连广宇，于无声处听惊雷。"我朗诵出了这首诗，这是高考前模拟试题里引用的鲁迅的诗，老师说极有可能考，我们背得滚瓜烂熟，结果没考。别人交了好运，我会感慨地说天上老不掉馅饼，好不容易掉了一次馅饼，咋还掉到狗嘴里了，没想到这回天上掉馅饼竟掉到我嘴里，而且这个馅饼大得劈头盖脸把我砸晕了。

我们很快清醒下来，赶紧查阅兑奖规则程序。电脑真是个好东西，它告诉我们首先到省福彩中心办理验票兑奖，验票无误，奖金在十个工作日内一次性划拨到市福彩中心，市中在五个工作日内通知中奖者携带盖章的中奖彩票及本人有效身份证件到市中心领取奖金。我专门画了简明的程序用手机拍了下来。

我们担心验票会出问题，因为屡不中奖，彩票买到后就和零钱窝在一起，皱巴巴的。张小妮埋怨着我，要把彩票往展里弄弄，我说别弄，越弄越有问题。她说要不拿熨斗熨熨。我说千万别，它像处女一样娇气的，就让它这样着，别弄破了膜。我把它夹在书里。

我们像打了激素一样亢奋，喝酒，做爱，半夜我们就饿了，又做饭。张小妮简直有些神经了，卖萌，挑逗，按住我又要做爱，我说别高兴过头，钱拿到手才算真正中奖。她说这白纸黑字的难道他们会赖账？我说现在啥状况都会出。生活的经验让我们怀疑所有的事物，钱没拿到手，我们不敢肯定我们中奖了。我们一夜没睡，熬等天明。

第二日一早，我们就赶到省福彩中心验票兑奖。验票员是个姑娘，她接过彩票，皱着眉头说你看你把彩票揉成啥了。我们的心狂跳起来，跳得我们气短胸闷。我看到验票员脸上晃过难以捉摸的笑意，我想来兑奖的人大概像我们这样的人不少。随着验票员"哐"盖上公章，我立时觉得像虚脱了一样瘫软。

回到家里，我刚躺下，张小妮拿出一双长筒袜往我头上套，我说你干啥，晦气，拿开，拿开。张小妮说没穿过，新新儿的。我说新新儿的也晦气。张小妮说那你说咋弄，总不能这样去领奖吧。我笑了说你还真当电视上说的那样，电视看晕头了，那我还不如胸前塞两个馒头打扮成个女的。张小妮竟然说对对对，那样最好了，不用塞馒头，你把我的乳罩戴上。我噗地笑喷了，摸着她的脸说好个屁，人高马大的，装个女人不更引起别人的注意?!

睡了一觉起来，我们上街置办行头。我们当然怕人打劫了，现在的社会啥状况都会出的。经过挑选，我买了这样一身行头——一顶像《水浒传》上武松戴的圈帽，一身军队迷彩装，一双战地旅游鞋。当我穿戴好站在镜子前时，我自己都不认识自己了。女人还是心细，张小妮说你的手不能露在外面。我的左手食指在一次干活时被砸掉了一截，这无疑将成为我最显著的一个身份标识。我说到时候双手插在口袋里，更酷。张小妮说你没有手往口袋里插的习惯，万一忘了呢? 她买了一双皮手套，我说还是仲秋，戴皮手套? 她又换了一双蛇皮色的薄手套，那是一副女式手套，因为男式手套都是过冬的。

与被打劫比起来，我们更怕人借钱了。打劫只在我们的臆想中，借钱却是我们必须面对的现实。倘若被人们知道了，借钱的会像讨债的排成长队。要知道像我们这样的人，生活圈子里都是差钱的人，娶媳妇，看病，上学，买房，做生意抈手的……放开借再中一次奖都不够。尽管不是白借，他们会出比银行高点的利息（我们这样的人贷款人家是不给贷的，要抵押，要担保，这都是我们没有的），但是借钱的时候说捅个手，等借到手谁知道猴年马月才能还回来，还不回来你还能把他儿子拉出去卖了？为了要钱翻脸骂仗打捶，成了一辈子的仇人也不鲜见。问题在于几十万那是一个能干件大事的整体，你借他借的就溃不成军了，还的时候今儿几个明儿几个就像吃流水席，几十万就成了零钱了，干不了大事。可不借怎么能行呢？都是一起生活了多年的街坊邻居，低头不见抬头见的，我们手头不方便的时候也是经常问人借钱的，而且我们的业务（哪里能说得上业务呢，你别笑我，应该说是生计）都是互相关联关照的，不借可就全得罪了，无疑自断生计。

因此，我必须教育张小妮，我对张小妮说一个字都不能说，别整天扛着一张嘴到处嚷嚷，就像下了蛋的母鸡单怕人不知道。张小妮盯着我看了半晌，忽然踢了我一脚说把我当瓜子，二百五呀。我说你敢踢我？张小妮嘻嘻一笑说谁让你那么说我。我说再敢踢我我就包二奶。张小妮又踢了我一脚说就你那点出息，二奶太老了，咋不当干爹，养个小嫩逼。我就把她按住了做事，张小妮却心不在焉，我拍着她说想啥呢？张小妮说我们不说出去别人就不知道了？仇志城中奖，没出三天人就知道了。是啊，张小妮说得没错，不要说彩票中奖，多少事包括国家机密，都是不许传说的，还不都大街小巷传得沸沸扬扬？张小妮说还怕人借？钱一到手就买房，谁问我们借我们还找他们借哩，你说是不？我没有说话。买房的事我不是没想过，不招惹来借钱大军的上上策就是尽快把钱花出去，而能一把花掉几十万，当然只有买房了，但我有别的想法，我想办个公司。我没跟张小妮说，一说她就会讥笑我裤裆都没缭严，就想当老总雇小姐。我曾经想过办个公司，有公司我们就能直接揽工程活，不用再吃别人的剩菜残羹了，可一问注册资金五十万，我掉头就走了。第二日我找几个熟悉的老板，咨询谈办公司的事，几个小老板说了同样的话：上头没人，手头没钱，千万别办公司，你揽不上活的，每个有实权的后面都跟着一群老板，没钱你插不进去。看来只有买房了。

买房我们需要做出抉择，像我们买房，买门面房当然是最划算的，有了自己的门面房，我们就再不用掏房租了，这就意味着一年省下了几万块。省下的就是挣下的。买门面房，仅凭奖金是不够的，不过加上够付门面房的首付，积蓄够简装修，这样我们需要每月还房贷。尽管我们抠着细算的结果是房贷每年的利息比租金还多，但还房贷和掏租金有着本质的不同，还房贷是还自己的房贷，掏租金是还别人的房贷。

然而，最终我们决定买住宅，因为小虎再有两年就要上学，这已是我们眼下的头等大事，我们已托人走关系了（像我们这样的人孩子上学，提前两三年就得找关系办理），等人家吐了话就给人家上钱。这不是一笔小开支，因为我们不想让小虎上那些为农民工子弟专设的学校（这你懂的），当然我们也不敢奢望那些名校，我们的目标是中等偏上的城里孩子上的学校，那就要花钱，而且还存在风险，钱花了不一定能办成，钱未必能收回，我们生活圈里不止一次出过这种事。买房有政策，可以带户口，有了户口小虎就能像城里孩子享受划片区入学，就不用花钱走关系，这笔钱就省下了，何况求人办事那是多么的下贱。

虽然我对自己没把书读下去从未后悔过，但不可否认，没上大学是我人生的一大缺憾，小溪是大海的起点，种子是希望的起点，沙砾是高塔的起点，大学是人生的起点；大学是象牙塔，是人生在黄金的殿堂，是梦开始的地方……这些高中时代被我们写于笔记本的话语，现在依然记得，我曾经有过各种瑰丽的梦想，现在我有时还做上大学的梦。而我那些上了大学的同学虽然未见得比我过得好，聚会多数是我买单，可他们在我面前依然口气优越，姿态傲慢，就像没落贵族，好像我活得有多么的不值。一位同学公务员考了几年，还没结婚就谢顶了，考上了立马就神气起来了，一副壮志已酬前程远大的气概，我请客他毫不客气往主席位上一坐。因此，我弟上高中，我就想方设法把他转进了县中。我弟很努力，拿下了全市高考状元，上了北大。我弟上完了大学就想就业，我说缺了你的吃穿还是少了你的花销，考研究生，能念到啥程度就给我念到啥程度。弟弟争气，就考上了研究生，已读到博士后，我用赵本山小品的话开玩笑说你得给我往博士前整。弟弟腼腆一笑说博士后是最高的。我给他一拳说真把你哥当土包子，我高考只差了一分，我是让你往博士后的前面整。这让我很有成就感，小虎自然要念书，要把书念好，因此，我对张小妮说小虎就是我们的想象，他一定要把书念到念书的尽头。

因此，住宅小区周边的学校条件成为我们选房的首要条件。

翘首以待领钱的日子真是一个煎熬的过程，一日长于百天啊。终于熬到了领钱的那天。到了领钱的地方才发现那是一个普通得不能再普通的地方，根本没我们想象的那么神秘。一切手续履行完，那姑娘问我要不要捐点出来做公益事业，我说我很穷。她说这一下你就富了呀。我咬咬嘴唇说一定要捐吗？她说没有硬性规定，但一般都要捐的。那小伙说这样的意外之财就是横财，你还是好好捐点吧，行善积福，捐款慷慨的人都会再次中奖。我知道他是在威胁我在诱惑我，也明白不捐一点好像是不行的，我咬咬嘴唇说捐一千吧。姑娘抿着嘴笑，但却笑出咕咕声来，我浑身发毛说那就捐两千吧。姑娘撇着嘴说比你奖金少的人，捐款最低都是一万。我说我跟人家不能比。她说咋不能比？我怕纠缠说好好好，就五千吧。她问我想捐给哪类人，我想到父母，就说残疾人养老吧。扣税和捐款算完，姑娘说零头也捐了吧。我说好吧。结果他们把四千一百四十元都扣了，我说这、这也算零头？我说的零头是四十块。他们笑了说中奖过百万，一万都是零头。我说你们这里的零头可真大，那就捐了吧。他们很快开出一张支票，让我们去工商银行转账。整个过程顺利，没有任何险情，倒是去银行把支票往卡上存时有些可怕，银行人很多，一进去人都看我，连银行职员、保安都瞪大眼睛警惕地盯着我，毕竟天气还没到穿成这样的季节。更可笑的是张小妮，她像影视中那些隐藏于暗中的保镖，贼眉鼠眼地左顾右盼。

穷人发财如受罪，老先人总是把话说得一针见血。我大病了一场——把钱存到卡上了，我又修改了密码，悬着的心终于实落了，我们才彻底亢奋起来了，我和张小妮进了酒吧，一人提一瓶啤酒"嘭"地拉开瓶盖对吹，吹得天旋地转的，我们又去歌舞厅包了一间雅座飙歌，做爱，直折腾到凌晨三点半，出来迎上了第一场负责扫落叶的西西伯利亚寒流，中奖的爆热是抵抗不了那入骨的西西伯利亚寒流的。好几天我昏昏沉沉处在恍惚中，总觉得轻飘飘的，像是一朵蒲公英的种子不由自主地飞，我问张小妮我是在人间么，张小妮说正在去天堂的路上。病刚刚轻了点，我们驾驶长城皮卡马不停蹄地奔走于雨后春笋般的楼宇之间。

省城的名校我们如数家珍。从考虑小虎上学开始我们就没考虑过名校，现在我们也不会考虑。名校周边的房子叫学区房，简直就是天价，我们背不起。我们理想的学校是中等偏上，师傅领进门，修行在个人，只要小虎好好学习，将来也能像他叔叔一样。县中在我们县上是名校，到了省城就啥都不是了，他叔叔不照样拿了市上的状元，上了北大。可是中等偏上的学校周边的房子也贵得像抢人。房子越偏远越便宜，这笔钱能买一套相当不错的房子，连简装修的钱也有了。可是越偏远学校越差，且没有选择余地，有的还没有学校。

几日奔波看房，越看我们内心越纠结，越悲愤，张小妮喋喋不休骂得几乎没有停嘴。最终我们无奈地做出决定：在偏僻地方买房，省下的钱为小虎买好学校上。这样一来接送小虎上学就很辛苦，至少要比别人早起一两个小时，但像我们这样讨生活的人，三更灯火五更鸡又算个啥呢？

有道是运气来了门板都挡不住。就在我们做出决定要付诸实施的时候，天上又掉了一次馅饼砸在我们头上。这真是紫气东来福祉盈门啊。

那天老拐子请大家过天阴。3月5日雷锋纪念日，一所学校的学生来锦绣学雷锋，老拐子的小笼包子比往日多卖了一百多笼，更让老拐子高兴的是双胞胎儿子上小学的事终于办妥，便请大家过天阴。

过天阴是我们锦绣的习惯。谁发点小财，都会请大家喝顿酒，说法是财不打尖留不住，越打尖运气越旺；谁办妥了一件难事，也会请大家喝顿酒，算是庆贺吧，也有好运气大家都沾的意思。当然大都是在阴雨天，我们可没有好天气可以拿出来摆桌子喝酒，好天气我们还要干活。要在老家，阴雨天那是难得的好天气，雨露滋润万物壮，那是福气，可到城里许多东西都反过来了，阴雨天于我们就是坏天气了，因为我们干不了活。我们是没有假期周末的，阴雨天是老天爷给我们放的假，所以我们叫天假。这两年阴雨天越来越少了，我们也在天气晴好的日子摆酒桌，但依然叫过天阴。

喝着酒大嘴就长叹一声说唉，人家都有几套房子了，国家还给分房子，湖景水郡多好的地段，分给人家，房子比十八里店的还便宜，那些干部哪个不有几套房，不住的人一分钱不掏，转个手就弄十几二十万哩，难怪都把头挤破了要当干部。大嘴是美家装修公司的装修工。美家装修公司这几年有了名气，湖景水郡这样小区的活都能揽到，大嘴知道的就比我们要复杂隐秘得多。

这个话题立刻引发了大家一致的声讨。要知道我们的酒桌是我们发表意见发泄不满释放怨怼的平台。往日我可是意见领袖，因为我读的书多嘛，又经常上网，知道的当然要多，发表意见能击中要害。可这日我没有像往日那样踊跃地参与激情声讨。

晚上我去找大嘴，把想买房的意思说了，大嘴撇撇嘴说房子嘛我知道的倒是有一套要卖，你别妄想了，人家要一次付清哩，要不是一次付清，这房子有几百套也早抢光了。我说我想想办法嘛。大嘴眼睛绷得像小时候弹的玻璃珠子，看了我半晌说你想办法？抢银行？大嘴的眼睛绷得老大，眼珠滚得滴溜溜的说对了，前两天广播上播寻物启事，说一个人把六十多万丢在公交车上了，你捡到了？这话可太吓人了。大嘴的嘴并不大，甚至有些小，还窝了进去，可他装不住话，什么都敢往出喷，人们才叫他大嘴，倘若真像他说的一个人把六十多万丢在公交车上了，他一张嘴乱说，传出去会是个很大的麻烦。不说实情是不行了，我实话实说，反正我们要买房了，大家知道了也无所谓。大嘴张着嘴半晌说你……嗬，这么大的事都窝得住，你……你原来是个闷肚子财主。

湖景水郡大家都知道了，通俗而准确的说法是政府家属院，房子是政府分配给干部的，政府给干部的价格我们当然是买不走的，除了房价我们要给房主十五万。回来跟张小妮一说，张小妮就炸锅了，说为啥要平白无故给他十五万，我们辛辛苦苦多少年也没攒下十五万。张小妮简直是怒不可遏了，狂拍着床说为啥？为啥？这不公平！我也愤怒啊，但我的脑子早转过弯来，因此对张小妮的愤怒我很有些鄙夷。我说头发长见识短，你咋不这样想，即使加上平白无故给人家的十五万，我们还是省下几十万，这等于是拿最偏远小区的房价买下城市中心圈的房子，而且是政府家属院。张小妮说可可……我说可啥，要说这只是十五万的事吗？人家哪个不是几套房，还给分房，这就公平了？张小妮恍然大悟似的说对呀，对呀，为啥，为啥？我感慨地抚慰受伤的张小妮说公平是相对的，不是绝对的，你要找绝对的公平，那就是找死，人只有死才是公平的，这不是我们该生气的事，我们等于是占了便宜。

当然要考察一番——不能说考察，我们只能说了解——这么大一笔投资是万不敢轻率的。看房的结果，满意程度当然大大出乎我们的意料。让我们意外惊喜的是住进湖景水郡，小虎就可以享受划片区招生进二小和五中读书了。我恍惚了，这是真的吗？因为老朱说出来时是那么的轻描淡写。我心里不实落，结巴着说孩子真、真能上这两所学校？老朱说划片区招生，报纸、电视都报道了，你们这些人怎么连政府重大决策都不知道？湖景水郡的子女就划片在二小和五中招生范围内，为什么不能上？难道政府的政策是一纸空文？老朱得了理似的咄咄逼人。我多次用"一纸空文"对一些政策发表意见，可我哪敢在老朱跟前发表什么意见。如果真像老朱说的，这便宜占大了，我按捺不住狂喜在心里狂叫一声。

老朱就是卖房人，一身名牌，皮鞋黑亮，夹个皮包，大腹便便，稀疏的几缕头发被摩丝什么的定在头上，油光油光，一句话官员的气场很强。这种形象的人平时见我们都是一副高高在上的姿态，不正眼瞧我们的，而他们老跟我们过不去，不是罚款，就是吼骂，我们怵他们，惹不起躲得起，敬而远之，只有在背地里才会恶语相向。

老朱从包里掏出一包软"中华"，抽出一根，我以为要给我，正诚惶诚恐地欲接，老朱却插到自己肉嘟嘟紫乎乎的嘴里。我心里骂妈的，姑且不说烟火不分家，现在我们是在做买卖，你官再大，只要是买卖双方，大家就是公平的，讲究的是烟火搭话。

老朱拿出协议，我看后才知道房子五年后才能上市买卖，也就是说五年后才能归我名下，五年内还在人家名下，重要的是老朱还不是房主。真是晴天霹雳，我立时就想到了圈套，一房两卖三卖这样的咄咄怪事新闻报道过不少，有人的房子像被拐卖儿童，拐卖了两次三次自己还不知道。世上没有免费的午餐，这话几乎天天都在说，却总是有人上当。我很愤怒，却不敢跟老朱发火，硬着头皮说你……你是房主的啥？老朱说你啥意思？我哆哆嗦嗦地说这么大的事，我、我得跟房主见面。老朱笑了说想见房主，你以为你是谁？我心里说狐狸尾巴露出来了吧。老朱说要买就买，不买就拉倒，好大的事。老朱转身就走，我着慌了，真要不是圈套，这房子丢手了，那无疑是遭遇了天大的灾难。我忙拉住老朱说对您来说是芝麻粒大的事，可对我们来说就是天大的事，您别多心，我没见过世面嘛。老朱非常生气，甩开我扯着他的手说才几个钱，我们会设圈套黑你的钱，想啥呢你？湖景水郡住的都是些啥人？干部官员，说穿了这是政府家属大院，政府你总该相信吧。

我还是不敢轻易相信，倒不是不相信政府，而是不相信干部，林子大了什么鸟都有，干部队伍也什么鸟都有，跟我们经常打交道的干部里有几个我就觉得不是好鸟。我忙说您别生气，我们有点钱不易。老朱说才几个钱，婆婆妈妈的，一看就是成不了大事的料。老朱在嘲笑我，我依然得赔着笑脸点头哈腰。老朱走出门了，又回头说你去调查吧，三天内回话，别以为房子卖不出去，说实话我还没看上你这个买主！老朱走了，我站在那里长叹一口气，后面这句话他完全没必要说嘛，老话还说买卖不成仁义在哩。

我哪里认识政府部门的人，找谁去调查，但这难不住我，有道是"内事不明问百度，外事不明问谷歌，房事不明问天涯"，我对这个世界、这个社会的了解以及工作、生活中遭遇的疑难杂症基本走的就是这条路子，网络就是最敬业的老师。上网一查，回答明了，政府给干部分配的房子都是这样，因为许多干部不止一套房，分到房子转手就倒卖了，等于是卖指标。悬着的心实落了，至于五年才能上市买卖，不要说五年，就是十年二十年有啥关系呢，我们还哪有能力倒腾房子，没有不可抗拒的意外，恐怕会住上一辈子。

然而，问题又来了，五年间这房子在人家名下，我们的户口就落不进来，小虎上学咋办。老朱说多大的事，到时给我打电话。这句话一下子让我觉得老朱是那样的平易近人，和蔼可亲，我讨好地笑着说我打电话您接吗？老朱没直接回答，说小学上完，房子也就到了你的名下了，户口也落过来了，上五中就是自然而然的事了。

协议签了，一切手续都是老朱办的，两天就办妥当了，倒省了我不少的事，我去办哪会这么简便，不跑十天半月才怪哩。在银行完成了转账手续，我听到老朱在另一间房里打电话说厅长，房子的事已经办妥，您放心，不会有事的，是个水暖工，底细我摸清楚了，没什么前科，也没有贩毒吸毒的记录，钱是买彩票中的奖金。

他详细地说出了我的出生地、家庭状况，尤其是提到我弟在读博。我觉得脊梁骨凉飕飕的，这是谍战片里的情节啊，人家活做得多细，把我的底细挖得比我自己还清楚。不过，我的心彻底安了，厅长我知道是多大的官，人家哪能看上设圈套弄咱这几个钱。

老朱掏出一串明光锃亮的钥匙，在递给我时又攥回手里，说管住嘴，不要到处乱说，到处卖派，当隐私一样呵护着。我说那是那是，还很幽默地说我们只在心里偷着乐。老朱没笑，眼睛像钉子一样钉住我又说这是政策不允许的，如果到处卖弄张扬，说出事来可别怪我收拾你。老朱的指头像小鸡啄米一样啄我，这是他们跟我们说话时常用的手势。尽管他克制着没有啄在我的额头上，但我感到额头隐隐作痛。老朱表情沉铅，庄严肃穆，很有些吓人，就像已经出啥事了。老朱又说住进来，你要知道左邻右舍都是领导干部，你要谨言慎行，我再警告你如果你到处张扬，到时候你的孩子别想上二小、五中，这房子你也休想再住了。这话让我打个冷战，他忽然猛拍我一巴掌说别像个乡巴佬到处敲门浪亲戚，见谁跟谁套近乎，你们这些人毛病我知道的，最善于逢迎巴结，投机钻营。我赔着笑脸说知道知道，我们进城也好些年了，早学会夹着尾巴做人了。

当我接过那一串沉甸甸的钥匙时，我又恍惚了，梦想就这么成真了？当梦想成真的时候，别人会有什么样的反应我不知道，但我是觉得这个世界缥缈了，虚晃了，一切都模糊了。我恍恍惚惚出门来，站在十一点钟的阳光下，觉得自己轻飘飘的，像是一滴水在一点点地蒸发，而坚硬的水泥地面软乎乎的。张小妮在门外等我，她说走啊，快走啊，有活还等着哩，人家打了几次电话，说水把家都淹了。我觉得那声音好不遥远，好不缥缈，我说我有点飘，脚下有些软。张小妮狠狠地说出息！

　　第二天我们就马不停蹄地忙装修了，除了想住进自己房子的迫切心情外，早住进去一天，就少交一天房租，我们过的是精打细算的日子，还是那句老话，省下的就是挣下的，除了会挣，还得会省啊。这套房子虽然价格上占了大便宜，但却超出了我们预算要买的面积，吃掉了奖金和我们所有的积蓄，装潢只能东借西赊，好在水暖工也是装潢的一部分，平时都是互相交叉利用着，我们赊材料，赊人工，换人工，当然也借了钱，自己出苦力——搬沙子、水泥、板材等，能干的我们都是亲力亲为。人忙得上气不接下气，张小妮依旧不停地唠叨，她对那十五万耿耿于怀，一有空闲就絮絮叨叨说如果他不问咱们多要十五万，咱们装修就不用借钱赊欠了。我说你是猪脑子呀，不给人家十五万你能买到这房？张小妮说他们又不缺钱……我噗地笑了，说你刚满月呀，你咋这么蠢，这世上谁不缺钱？谁嫌钱多了？那些贪官缺钱？他们不照样……我把后半截话咬掉了，我想说那些腐败分子缺钱么，弄出来哪个不是几百万上千万甚至几个亿？但不能说了，左邻右舍可都是官员干部。我说别的都不说了，小虎不要说二小、五中，就是上个中等学校，得花多少钱？上二小、五中，你背上钱也未必办得成，省下了多少，你咋不想这？张小妮说这我也知道，可我心里就是不平么。我懒得再说，闷着头干活，张小妮说你咋不说了？你跟我争嚯，你教训我嚯。我说争个屁，教训个尿，不平？你啥时候平过？这社会就是个大斜坡。张小妮说争么，你跟我争嚯。我说自己跟自己争去，你不是老这么解决问题么。张小妮说可我想跟你争么，争一争心里就舒坦了，边争边干活来精神。我说争一争你心里舒坦了，有劲了，我心里不平哩，我越争越没精神。张小妮说可……我打断说可个尿，干活。我说的是实话，我心里也督烦，不想想这些事。

住进湖景水郡，我们才发现小区的软环境优越得更是超乎我们的想象。比如说物业吧，一是收费低，相当于同档次小区的四分之一，跟我们租住过的城中村一个水平，享受的却是星级服务。二是态度好。来收这费那费的包括保安，笑容可掬，毕恭毕敬，都有奴婢气质了，他们不叫领导不开口，他们会说领导要是不方便，改日我再来。三是服务到位。你拉东西进来，保安会帮你送到家里，尽管你拿得动，真正体现了业主就是上帝就是衣食父母。四是正规。进大门保安"啪"一个军礼，指挥停车，那手势就像国务活动中的战士，显然是经过专业训练的，收费的各种收据发票一应俱全，全是正式的。这足以让我们鄙夷以前的那些小区了。我们以前租住的几个小区，物业谁跟我们这么客气过，口口声声说业主是上帝，真正的上帝是他们。遇了事找他们，他们极不耐烦地说等着，一等数日，就是不见上门来，再去找，重蹈覆辙；来收费一副追债的口气，手头不方便他们会坐着不走逼你，你口气重了，他们口气比你还重，骂架一样，哪有什么发票收据，你要就让你拿纸来随便写，你不要不给你，有时还冒充收第二遍；保安开大门慢条斯理让你等上半天，你发几句牢骚，他们比你牢骚还大，饬起来他们敢和你动手，他们就像地头蛇，得罪了他们，有你吃的苦头；你拉东西进门就像进入敌占区，盘三问四，想方设法刁难你，得罪下他们，他们会下夜功在你的车身划一道口子，会扎烂你的轮胎，找他们，他们说交那点费不包含看守管护车辆的费用。当然，处好了，也是极给方便的，比如没车位了，他们会拔掉禁止车辆进入的桩牌让你停进去，甚至让你停在草坪上。

至于住户，人人满面春风，平易近人，问候祝福，谦和有礼，就像待客交友，让人倍感轻松。住进来几个月了，我们没听到一回争吵，更别说打架，只有一次一个家伙大约喝醉了，在楼下耍酒疯似的高声叫骂，操你妈，操你八辈祖宗，打压老子，做人别太张狂，小心哪天进去了。不过才吼了几句就给人拖进屋偃旗息鼓了。这在我们以前住的小区，根本算不上什么，也就是几句牢骚罢了。在以前的小区，争吵打架那可是日常生活的一部分，父子吵，夫妻吵，邻里吵，都觉得声低就是输，有些人觉得日子寡得，生活无趣，就会挑起事端，专门跟人吵架消遣。

不过，压力也很快浮现出来。要说压力，买房时我们也想到了，湖景水郡住的都是政府部门的干部领导，压力自然会有，我们有思想准备，反正不在一个锅里搅勺子，好处了近着点，不好处远着点，所谓交不起躲得起嘛，躲还能有多难呢。可住进来才发现不是那么容易的事。压力从日常生活中时时处处点点滴滴自然而然地溢出来。比如说装束。以前我们的服饰鞋包之类的都是不过百元的货，皆在东环批发市场购置，一买几件一打，现在不行了，虽然小区没有像那些五星级酒店，标明衣冠不整者不准入内，但他们的服饰鞋包之类对于我们是一种暗示，一种挤压。官员总是代表着品位与时尚，我们虽然不能说向他们完全看齐，也不能穿得太差了，真正的品牌货是买不起的，假冒品牌质地太差，做工粗糙，一眼就看得出好歹来，好在如今什么品牌都有 OEM 产品，也就是俗称的贴牌货。贴牌货也不便宜，但我们也得强撑着跟随了。当然更不能穿着糊了油污和泥尘的服装进出了，我们得带一身衣服，到了干活的地方换上，干完活时换掉，这简直是脱了裤子放屁。更让人难以忍受的是即使干活弄了一身的泥水、汗水，你也得把好衣服换上去，回来再洗澡洗衣。

他们几乎都戴表。以前我觉得戴表完全没有必要，手机看时间不比手表准？可是他们都戴表，我想这其中肯定有什么缘由。上网查"为什么要戴表"，回答是戴表是身份尊贵的象征，手表能提升个人的品位、魅力与自信，还说富玩车，贵玩表。我也想戴块手表，在电梯里我偷眼端详人家腕上的手表，一款能看见内脏的手表，那些小齿轮转得多么精致。找到名表专卖店一问价，差点一个屁蹲坐在地上。我也才知道这世上竟然有几十上百万的表。张小妮嘲笑我说跟人家比是蚂蚁跟大象比哩，好歹买上一块得了。我说戴个不上档次的还不如不戴。好在不久发生了"表哥"事件，有些人腕上的表不见了，有些人腕上的表换了，一看就没有一块上档次。

女人衣着讲究时尚品牌，首饰是以玉、钻为主，黄金只是个点缀。张小妮没有多少首饰，四大件，镯子、项链、戒指、耳环，都是黄金的，说实话我们都是农村人的思维，既是买首饰，又是聚财，准备着日子过不下去典当度荒，能存得住将来传给儿孙，因此图重，大而笨拙，都戴上就像个土豪。不要说我们为装房子欠了七窟窿八眼睛的债，就是不买房装房，也不敢奢望再添置一套，张小妮倒也不贪，只想买一个玉石镯子。玉石镯子从几百到几百万不等，便宜的看上去就像玻璃的塑料的，我们逛了许久，稍能看上眼的最便宜也要七八千上万，实在囊中羞涩，我说随便买一个，没人拉着你的手细看。张小妮说戴个便宜货还不如不戴。得，她又把我的话给我还回来了。张小妮的包也都是贴牌货，虽然比冒牌货好一点，但提上一两个月，提手与边子就磨损厉害，只能再换，可要真正提上他们提的包，那是不敢想的。

更让我们窘迫的是我们的车。我们的车是长城皮卡，是为了干活的需要，什么货都拉，砸碰得坑坑洼洼，漆皮脱落得就像患了牛皮癣，停在二三十万四五十万的车中间是那样的猥琐，简直就像个小丑。我们办了进门证的，就插在前窗玻璃缝里，还是不止一次被保安拦住。我指指进门证，保安看了我又看证，看了证又看我，一脸狐疑，尽管最后还是"啪"给我敬一个军礼，挡杆高高抬起。我们不能怨保安势利，住在这院里谁开漆都碰得掉光了的皮卡？连我自己都觉得不好意思。被保安拦住的遭遇一次又一次重复，显然这皮卡已经不适应我们的生活环境了，我提出换车。张小妮看着我，我说把皮卡卖了再添几个，现在买车也能按揭……张小妮说换么，换奥迪、奔驰、宝马，还是保时捷？我说别抬杠。张小妮说添几个，按揭，你就记着按揭，背了多少贷款了，再按揭供得起？小虎眼看要上学，学不上了？你爹你妈你弟不供了？我说车迟早要换的，儿子上学不得接送？拿皮卡接送，儿子能答应？并举例说张旺开皮卡接了一回儿子，儿子死活不上学了。张小妮说你能换多高级的车？就是换了车你就能跟人家比？人家是公家的车接送，你那是公车？人家是司机接送，你有司机？人家娃的爹是处长、厅长，你是处长、厅长？啧啧啧，自己的半斤八两掂不清？跟人家比。张小妮就是这么的能说，就是这么的善于诘问。我就不想纠缠了，说好了好了不换了行了吧。张小妮撇嘴冷笑说不换了行了吧，要我说你就不该提，连想都不该想，一天想啥哩，也不……我明白张小妮要借机释放压抑的情绪，在感受压力这方面，女人永远比男人敏感，赶忙打断说我尿泡自己照照。说完便出门。车又被保安挡住了一回，我干脆把车放在外面一个停车厂，走了回来。

更让我发怵的是忽然就有人捉住你的手摇着问这说那。住进去不久的一天，我就给吓了一跳。一进小区大门，一青年远远地就伸着双手，猫着腰小跑着冲我而来，说蒋主任，您出国啥时间回来的？一路顺利吧。我往身后看看，没人，再回头时右手已被青年双手攥住，像摇铃铛一样摇着，青年说看您气色这么好，一路定然快乐无极限。我操，已是华灯初上，天光朦胧，他竟然看得清我气色这么好。这让我毛骨悚然。我无法应答，只能像吞了滚烫的年糕呃噢啊嗯地满嘴打滚。好在这青年往上推推啤酒瓶底般的眼镜，终于看清我的本来面目，尴尬一笑说呀，不好意思，把您认成无委办的蒋主任了。这么说着一只手松开我的手，拍着我的手说您这件衬衣跟蒋主任的一模一样。呃，原来是撞衫了。

我长吁一口气，抽手正要匆匆逃离，青年又说您在哪个处？这更让我发毛，无法应答，好在这时有人喊张秘书，张秘书。这位张秘书立刻说李厅招呼我，我先过去了。说着，就像排球运动员训练左右移动，仄着身子横移着步履边走边说领导，您住几号楼几单元几零几，改日拜访您。我虽惊慌失措，但还清醒，怎么能告诉他详细地址，尽管我知道这是一句常用的客套话，可万一他是认真的呢？现在我是不怕一万，单怕万一啊，何况秘书这样的角色可是这世上最认真的人。倘若他真来拜访，麻烦可就大了。我故作感冒咳嗽起来，边咳边说我——在——我把每个字拖得很长，声音压得很低，就像个地下工作者，好在张秘书已远，我慌张地遁逃而走。

进了电梯，还好没人，我长出一口气。我抹去头上的汗水，抖抖衫子，每次受惊吓我都会出汗。从虚惊中解放出来，心情平稳下来，我想竟然还有这么个办，是哪几个字呢？吴伟办、武威办、无围办、无为办、无伪办？这几年对政府机构的部门单位我也知道不少，但这个"办"还是第一次听说。我忽然想到父亲曾说过那些年有个"割尾巴"运动，我以为是把猪羊牛的尾巴割掉？父亲说不是猪羊牛的尾巴，是资本主义尾巴。我说啥叫资本主义尾巴？父亲说资本主义尾巴就是资本主义尾巴，你问得怪不。那时候我还小。后来，我才知道父亲说就是猪羊牛不让多养，按人口给指标养，超了指标就要当资本主义尾巴割掉。

上网一查，嘿，还真有这么个单位，但与当年的"割尾巴"风马牛不相及，是"无委办"，全称是"无线电管理委员会办公室"，职责是管理当地空中无线电波秩序，保证公众通信安全畅通，查处非法无线信号等等。我想见见那个蒋（或姜或江）主任，是不是跟他长得很像，仅仅因为撞了一件衫子把我们互相认错这未免太牵强了。但很快我就打消了念头，万一他与我握手攀谈，那岂不是自己把指头往磨眼里擩，躲都来不及哩。你还别说想啥来啥，几天后，我就见到了那个蒋（或姜或江）主任，原来是一个都已谢顶满脸褶子的老头，我非常失望，也非常恼火，这张秘书啥眼神么，妈的如果不是眼神真不好，那就是故意要吓我。不过，确实是与蒋主任撞衫了。这件衬衣就不能再穿了。这是我衣着里比较奢侈的一件，"花花公子"品牌，真品几千块一件，我当然是买不起的，我买的是贴牌货。即使是贴牌货，对于我来说价格也不菲，一件六百多块，不能穿了实在心疼啊，好在我弟正读博，熨一熨当礼物送他，也让他提提档次。

自住进湖景水郡，这样的状况会经常遭遇到，认错人倒也罢了，最让我发毛的是被那些高背手、大背头叫住，问现在在哪个厅哪个局哪个处的。我不明白他们是眼神不好、记性不好，还是以这种方式揶揄提醒那些忘恩负义的人，也不明白他们为什么这样爱关心别人。按说重复受到一种惊吓，正常反应是习以为常，然而每次遭遇这种状况，我就紧张，越来越怕了，我怕露了底引来麻烦，老朱的话对我们来说就是圣旨，我们的孩子上不了二小五中就是咒语，我们得谨言慎行。因此进小区我都是提着一口气，蹑手蹑脚，行动迅捷，就像一个入侵者遁形。想想，我们可不就是一个名副其实的入侵者。

一天，我在电梯里听他们谈论工资。根据他们说的情况，抛开工作性质的差异不说，在收入上我们还是占优势的，我心理平衡多了，心情大好，一进家门我手舞足蹈地和张小妮说起来。张小妮一撇嘴说你收入比人家高？你比人家过得好吗？人家抽"中华""苏烟"，你抽得起？人家那表那镯子多少钱，戴得起么？对门的宝马X3多少万，你上网查的不知道多少钱……这话茬，我知道张小妮又要发泄，忙截住说对对对，人家还耍小姐包二奶养小三小四哩，那可不是几个钱能养得起的。这么点开心的事都要泼冷水，谁说女人是幻想型动物，她们是最现实的物种，我只能这么打断张小妮了。

平日只要提到小姐、二奶、小三这类的词，张小妮立刻会脱开正争吵的主题攻击这些丑恶现象，当然还要捎带上我，她会比出剪刀手说让我知道你有这些毛病，我就给你剪掉，再为你守寡。当然不是我有什么把柄让她抓住了，而是她要借机敲打我，她认为男人不耳提面命地时刻敲打就会学坏。我也会和张小妮就此争论，张小妮会像公鸡越斗越勇。可今日张小妮却不纠缠这个话题，说听人家说了个工资你就觉不着了，这么好的房子人家是分来的，你不是走了狗屎运能住进来？人家一分钱不掏一转手就挣了十几万，这钱你挣得上？花钱住进来了还偷偷摸摸跟做贼似的。我说对对对，你说得太对了。张小妮说这都不说了，我们就当个亏吃。人家有病国家给看，你呢？你爹你妈吃药哪个月不得几百？人家一天坐在办公室里喝茶看报就把钱挣了，有病有事工资一分不少，退休国家养着，你呢？苦得就像个土行孙，病倒了不干活谁给你一分钱？跟人家比，现在挣不下钱，老了吸风屙屁，有个病等死啊。

女人的思维是放射型的，张小妮越说我越觉得自己处境凄凉，心里就越泼烦，吼道别说了。张小妮还在地上转圈，我知道她还在组织话语。是啊，半年了，恒久压抑谁逮住机会谁不想好好释放释放。我说别转圈了，我头晕。张小妮吼道我不转圈我才头晕哩，跟人家比，背上桑叶走高桥，找蚕（找残）哩。我也知道跟人家比不了，说工资无非是为了缓解压力，结果说成了这样，张小妮会一直唠叨到上床睡着，那对我来说就是一种虐待，只能躲出门来，然而，出来后，我才发现这不是在锦绣，我没处可走，院里干部三五成群的，只能又窝回屋里来。

最大的压力当然来自于对门。俗话说远亲不如近邻，近邻不如对门，哪天不见几面？对门住着一对夫妻，与我们年龄相仿。他们很般配，我甚至觉得他们就是天生的一对金童玉女，出双入对，显得很恩爱。不过他们与我们每次相遇面对时他们从不秀恩爱，他们永远保持着矜持的姿态，腰身笔直，头颅高扬，脖子长挺，目不斜视，一脸端庄，连呼吸都是矜持的，倘若拍摄下来，完全跟复印出来的一样，你不能不感叹把矜持拿捏到炉火纯青的地步那是需要修为的。这是干部的日常姿态，权势越大的干部越是矜持。不可否认，矜持有着凛凛冷傲，显得优越高贵。正如鲁迅在《一件小事》中说的，这一切"渐渐地又几乎变成一种威压，甚而至于要榨出皮袍下面藏着的'小'来"。他们的矜持对我们形成一种无形的威压。张小妮认为对门的矜持是装逼，说谁装不出来，说着做矜持状。我说你没人家的气质、修养，一看就是装出来的。张小妮一脸沮丧。当然还有他们的时鲜的衣着装饰，我敢说他们是时尚的代言人，穿着几乎不重样，而且都是品牌货。人配衣裳马配鞍嘛。但这我不能说，我怕张小妮条件反射，糟蹋钱。

不过，我们从猫眼里看到的他们则是另一番情景了（因为院内、电梯里相遇有限，我们经常从猫眼里偷窥）。他们归来总是女的开门，男的会在后面做小动作，在女的屁股上拍打摸捏。那真是个好屁股，圆丢丢的，微微上翘，而且她喜欢穿紧身衣裤，这使得她的屁股就更有型了，拍打中颤巍巍的，真像网上说的肉蒲团。男的会从后面搂住女的，就像一只狗屁股一撅一撅的，女的屁股也一撅一撅的很配合。男的就把手从她的裤腰伸进手去，女的回过头来，艳红的嘴巴一张一翕，发出暧昧的呃啊与喘息，他们吻到一起，拥着进屋。因此与在电梯面对面相比，我们更喜欢通过猫眼里观察（或者说偷窥）。只要对门有动静，我们无论在做多么重要的事都会停下来，屏声静气通过猫眼偷窥。受对门的感染，我们归来，我也等张小妮开门，也学那男的在背后做一些动作，被张小妮呸了一脸，骂了流氓，又恶狠狠地踩了我一脚。锥子一样的高跟踩在我的大脚趾上，我的大脚趾肿得像香肠，半个月才消。有一次，张小妮很放肆地说你说她会叫床吗？我说床肯定叫吧。张小妮说肯定不会叫的，她那么矜持，整日拿做得就像唱戏的戏子，怎么会叫床呢？日死怕都不吭声，哪像我们这号人，叫起床来鬼哭狼嚎。两人一样矜持，张小妮矛头直指女的，显然她是受了刺激，产生了嫉妒。

当然，偷窥让我们看到了他们家太多的访客，大包小包提着，逢年过节对门更是门庭若市，我们却门可罗雀，这让我们很受伤。我能捂在心里，张小妮却要表达出来，声高理大，咄咄逼人。我指指墙说让人家听到，人家用指头抠个壕壕咱们得当深沟大壑地翻哩。张小妮当然明白深浅，声音弱了，叹口气说多累啊，一种表情持续得太久了会拉僵皮肤，会早早老掉的。

不过，我以为我们很快就会互相走动。在以前我们租住过几个小区，不出三天我们就与对门熟了。我们有过卖烤红薯的对门，有过卖酿皮的对门，他们会给我们烤红薯、酿皮，我们给钱，他们不收，说对门嘛，当然对门的水暖也都是我免费修理的。他们会喊王师傅，过来滋两盅，我也会喊老张，老李，过来整两盅，都不客气，坐下来踏实地喝。遇上事，说一声，也都放下手里的活计去帮忙；回了老家，带来土特产，也都是要互相送送。逢年过节，像亲戚一样互相走动请饭。对门嘛。

我们已经充分地向对门示好，时髦地说就是伸出了橄榄枝。每次同坐电梯，我们冲他们颔首微笑，到层后我总是把住电梯门让他们先出，他们提着大包时，我会帮他们提。有几次，我甚至想说家里水暖电要有问题，给我说一声，但考虑到会暴露身份，舌头又把话卷了回去。我承认这是有一点下贱，他们不是七老八十了，但也不是我自甘下贱，这是长期卑微的生活养成的习惯，毕竟人家是有身份的人，而我们总是有求于他们这样的人，或者应该说他们手里攥着我们这样的人许多生活的权力利益，就像他们这样的人总是对我们说"别犯到我手里"，我们不得不这样做。

我想他们很快会在某天敲响我们的门。这让我们期待，也担忧，因为他们肯定会像突然握住我的手的那些人一样，问我是哪个厅哪个局哪个处之类的话，我们将如何应答？回答不出来就等于是泄密。我和张小妮挠着脑袋，想不出破解之法，我说只能到时随机应变，不行就实话实说了。我想除了挚友亲朋，对门是这世上最亲近的人，人一辈子能有几个对门？百年修得同船渡，千年修得共枕眠，据此来说，能对门住也是前世几百年修来的缘分，想必他们也不会出去张扬。再说五年后我们的户口才能转进来，住着对门，多么漫长的五年，怎么可能包藏得住呢。因此，我们的期待大于担忧。期待互相走动，倒也不是我们抱有什么样的企图，人嘛住在对门哪能互相不走动。当然关系处好了日后有事也会互相帮助，比如他们的水管漏了，下水堵了，线路烧了，我也都能修，官再大，这些事总还会遇上的。当然我们的事肯定比对门要多要大要难缠。

然而，大半年过去了，对门一直没来敲门——敲门声响起过几次，都是敲错门的。一人或两人大包小包提着，打量我两眼忙说领导，对不起，领导，对不起，便急速退了出去。他们在楼道里打电话说舒处长，不好意思，您是几号楼几单元几零几？有时是在问李处长。张小妮扒在猫眼上说你猜他那包里提的是不是钱？我一把将她扯到客厅说你吓死人了，让人家听到了把你卖到妓院去。张小妮气哼哼地逼问我，有人给你送吗？有人给你送吗?！听人家说了个工资，就觉不着了。

人家不来敲我们的门，我们去敲人家的门当然是不合适的，人家敲了我们的门我们才能敲人家的门，人家不敲我们的门就意味着人家也不愿我们去敲人家的门。这点自知之明我们还是有的。

大半年过去了，我们对对门一无所知，连名字都不知道，只拾人牙慧地知道男的是李处长，女的是舒处长。但不可否认，他们潜移默化地影响着我们。比如他们常带回菜花、茼蒿、木耳，我们就不再总是带土豆、豆角、茄子，尽管我们爱吃这些不爱吃那些；他们手里常捏着《读者》《青年文摘》《特别关注》，我们便不再往回拿那些只有酥胸美腿的美容美发和地摊杂志了，也改这类杂志了。最明显的变化是住进湖景水郡我们再没吵闹过。以前日常生活中因鸡毛蒜皮的事，我们争争吵吵也是常事，张小妮又认死理，有时我们就吵得很凶。现在不了，张小妮只要有发飙的迹象，我就指指墙说这楼房是框架的，墙体可都空心砖垒的，不隔音。张小妮咬咬嘴唇也就偃旗息鼓了。

对门对我们的影响，在张小妮身上体现得最为明显，她开始美容了。自生了小虎之后，张小妮便不在脸上花钱了，抹十多块钱一瓶的"大宝"，一瓶能抹半年。至于什么水、乳、霜、膜、露，她是从来不用，品牌更是不知道。她认为只要把日子过到人前头，没有愁苦的事，就是把人活漂亮了，那就是美。现在她对"美"的标准发生了本质性的变化。以前起得迟了，两把洗了脸，连眉毛嘴唇都不描画就出门了。现在是早早起来，光一个描画就得半个小时。夏日出门必带伞——以前她也带伞，不过是只有下雨天才带伞，现在她也买了遮阳伞，她也知道了伞不仅遮阳避雨，而且是女人的饰品。冬日出门必戴口罩。她问我跟对门谁的年龄大。我笑笑说这还用问。张小妮立马神色黯然，呼吸不匀，我可不想没事找事，忙说我的意思是当然是你青春美貌了。张小妮狠狠地掐了我一把说宁可相信这世上有鬼，也不能相信男人那一张破嘴。

张小妮由痴迷韩剧转为痴迷美容网站，什么青春是从脸上流逝的，再好的底子如果不加以呵护，等你的就是黄脸婆。什么如今谁敢逆潮流从容淡定，素面朝人，大家都像是隐姓埋名一般在脸上做足了功夫。什么别抱怨男人花心，该抱怨你不花容。凡鼓舞女人花钱美容的话语，张小妮皆深以为然了。"女人嘛，对自己下手要狠一点"，小品中宋丹丹一句台词，成为张小妮的口头禅。而当她看到一套化妆品上万时，就神情黯然了，但她还是买了一套三百多元的化妆品。

张小妮开始讲究睡眠质量了。张小妮说熬夜是女人最大的天敌，皮肤对睡眠的依赖是无可替代的，水嫩的皮肤是经不住失眠这个魔鬼蹂躏的，熬一晚做十次美容都补不回来，要做个水嫩的女人，最重要的是睡眠要深，如果睡眠不好，再好的保养也补不了失眠造成的亏损。网上的这些话语成了圣旨。要说张小妮的睡眠质量是很高的，入睡快，睡眠深，一挨枕头就着，没心没肺的，一觉睡七八个小时，尿都憋不醒来，早晨眼一睁就往厕所疯跑，一泡尿能尿出长河决堤的声响。弱点是倘若被扰醒，再要入睡就是一个艰难的过程。她警告我，我睡着了要把我弄醒，小心我骗了你。

有天夜里，张小妮被蚊子欺负醒来。更深人静之时，一只蚊子就是一场战争，何况还不止一只，"嗡嗡嗡"的声音就像是"二战"时的轰炸机群，带着俯冲下来的呼啸，整个卧室就成了烽烟弥漫的战场。张小妮消灭了两只蚊子，以为入侵者完全被消灭了，努力了半天才拾起睡眠，"嗡嗡嗡"的轰炸声卷土重来。张小妮皮肤嫩，属于疤痕性皮肤，被蚊子叮咬必然坐疤，多日不退。以前张小妮是不理会这些的，脸上、胳膊上、腿上到处都是蚊虫叮的包，现在是坚决不能容忍了。张小妮狂怒地翻坐起来，蚊子却没了踪影。蚊子是何等狡猾啊，张小妮提着苍蝇拍子狂拍窗帘、墙壁、衣架、灯罩、厨柜，她要打草惊蛇把"狗日的"惊出来。蚊子被拍出来，她没打住，又销声匿迹了，她继续狂怒地拍打。

我当然被拍醒了，有些恼火，说你发什么神经，三更半夜的。张小妮拍着床头说长尾巴着哩，进门没说快点把门关上，把蚊子放进来了还说我。这是要生事，我忙闭眼假寐，高挂免战牌。张小妮还在找蚊子，握着苍蝇拍，眼放绿光，满脸怒容，像一只被激怒的公鸡在卧室转圈。我哪能睡着，看看表，已是三点多钟。我知道张小妮这一夜又完了。

张小妮终于转累了，沮丧地坐在床沿两眼发痴，呆若木鸡。我说睡吧，别折腾了，它不知躲在哪里正看着狼狈的我们窃笑哩。张小妮说你睡你的，管得宽不？我怕张小妮崩溃爆发，笑笑说你又生气，生气毒药，对皮肤保养最为不利。这是她的话，经常挂在嘴边以警告我别惹她生气。张小妮恨恨地说能不生气么。张小妮扔了苍蝇拍干脆做起美容来，先弄了一杯柠檬蜂蜜水"咣咣咣"地喝了，又活了藻，开始往脸上拍水。张小妮已经走火入魔了，逮个空闲就往脸上拍水。在这静夜，"啪啪啪"拍水声可是惊涛拍岸啊，尽管卫生间的门是关着的，声音依然夸张地传出来。睡是睡不着了，我躺着吞云吐雾。张小妮敷了面膜出来，说半夜三更的，不睡觉抽烟。我说你拍得楼板都动弹，睡得着么。张小妮说还不怪你，睡不着活该，以后进出尾巴夹紧点。我张张嘴，还是咬住了话。

　　张小妮的痴迷美容当然影响到了我们的性生活。三十如狼，四十如虎，我们正是如狼似虎的好年纪。以前做爱我们精力集中，专心致志，做得风生水起。张小妮痴迷于做爱，甚至不要脸地说只要有吃有喝，咱们就只干一样活，做爱！我说你就是个荡妇。张小妮答对，哪个男人不是希望女人客厅是贵妇，厨房是主妇，床上像荡妇。现在张小妮对做爱很是轻慢了，说这事干得太勤了，人衰老得快，得节制，长寿之道讲的都是戒色，你看和尚尼姑最长寿，想想挺有道理的，兴奋起来皮肤要受多大的拉力，皮肤就像皮筋，拉得次数多了就没弹性皱了，你说人身上哪个地方老得最快，眼睛，为啥，因为眼睛一天眨呀眨的要眨多少回，四周的皮肤都拉得没弹性了，全是鱼尾纹，我们要减少做爱次数，不能由着性子来。还开导我说你不是老想长寿么，男的也一样，色是刮骨的刀。我说胡说，古人说男人要寿，采阴补阳，女人要美，采阳补阴，做爱对女人来说是最美容的。张小妮说那说的是跟不同的人做。她竟然像上学时排了个值日表，严格执行。做爱时，张小妮也不再精力集中专心致志了，更不叫床了。要说张小妮叫床很浪的，有些放肆，很鼓舞人的。我表扬她说女人叫床那是对男人的肯定、奖赏，会让狗熊变成英雄。我说你不叫床多没意思，多么寡味，你不叫床就像半扇猪。张小妮指指墙壁努努嘴。我说做爱不叫床，就像吃肉不吃蒜，效果减一半，叫了就像广告说的我好你也好。张小妮说你不是喜欢矜持么？我不叫床不就像她一样矜持了？这有挑事的意味了，我说别挑事。张小妮说你说虚了？扒在门上，口水都流出来了。我忙说矜持的人都是闷骚的，其实最色最浪，叫起来就像挨刀子一样。

　　与对门唯一的亲密接触是一个晚上，十二点了吧，我已睡着，门被敲响了，声音很重，惊得我心扑通扑通狂跳。从猫眼一看，是李处长，靠墙根坐着，用脚踢我家的门。我拉开门，一股浓烈的酒气扑得我连续打了几个喷嚏。李处长不断重复着一句话：狗日的，我要你好看。

　　我心里熨帖啊，你也有不顺意的时候。我搀扶他起来，敲响了对门。舒处长穿着睡衣，脸上依旧是风云不惊的矜持，她说给你添麻烦了。我说远亲不如近邻，近邻不如对门。把李处长搀到沙发上躺下，李处长还重复骂着那句话，舒处长说谢谢你，谢谢你。说着往门口走，这是送客，我很知趣地退出来。

　　第二天，李处长敲开了我家的门，提着一盒茶叶，两条烟，说新茶，喝喝。我惶恐地说这么客气做啥，对门嘛。李处长说喝多了，胡说八道的让您笑话。我说你没说什么呀，我喝多了那才叫胡说八道哩。我当然不能说他说了什么，这点常识我还是有的。

　　这件事让我有了寄托，或许我们会因此互相走动了。然而，在电梯里碰见后，他们还原如初，又矜持成了那样。我明白了，他们是不会敲我们的门的，我们之间永远都不会走动，他们这些人，即使是住了对门，走动也讲究门当户对。我真正明白物以类聚，人以群分的含义。中学就过一句话：鸡犬之声相闻，老死不相往来。报纸曾用这句话形容过城里人的生活，我一直疑惑不信，现在彻底信了。

第二年五一节后的一天，对门彻底破坏了在我们心里优越高贵的印象。那天我们又同乘电梯，同梯还有一个谢顶之人，楼层显示是"7"。我想一定是个大领导。那年我给一家单位的办公大楼做水暖，工头对我说七楼一定要万无一失。我说为啥？他说七楼办公的全是领导。我说领导应该住八楼呀，8是发么。工头说你懂个屁，没听过七上八下，他们迷信着哩。

对门夫妻俩完全没了见我们时的矜持，而是跟我们见了他们一样，躬腰驼背，头颅下落。他们的目光一直依附在秃头的身上，脸上始终洋溢着我面对他们时的媚笑，都有些哈巴模样了，他们一口一个主任叫得暧昧肉麻，舒处长还拍拍秃头的肩膀，似乎要拍掉那主任肩膀上的落发——其实根本没有落发。

七楼到了，李处长点头哈腰像我为他们把着电梯门一样把着电梯门，舒处长一直把秃头送到电梯外，直到那秃头进屋了才依依不舍回到电梯里。电梯门关上了，他们立马又换上矜持冷傲的面孔，比戴面具还快。电梯到楼层后，他们站着不动，等着我为他们把电梯门。可今天我没有为他们把门，不是我不想给他们把门，而是我的胳膊被张小妮死死抱住。他们竟呆痴痴地站着，不可否认，从住进来我坚持不懈地这样做，已经给他们养成习惯了。我还是挣脱开来把住电梯门，可还不等他们矜持地移步出门，张小妮却先跨出门去了，甩得风吼。

一进门，张小妮一脚踢在我小腿上，疼得我吼叫你干什么？这就是你说的气质，修养，狗屎，我呸！张小妮狂拍沙发，吼开了，妈的，在别人跟前下贱得跟孙子一样，在我们这些人跟前装啥逼，以后别像哈巴狗一样把电梯门，夹死狗日的他们。我忙说你别吼叫，小心人家听到了。张小妮吼着说我就是要他们听到。

事实上我也发现他们是在装逼，而且是只对我们装逼。因为在小区里他们脸上布满和我们一样的笑意，跟人拍拍打打说说笑笑，亲和得有些腻歪，玩笑开得也很粗俗，只有与我们面对才矜持起来。那也不是矜持，而是从骨子里溢出来的轻慢、不屑、冷傲和优越感。就拿同乘电梯来说，我把着电梯让你们先出，这是礼节，我不是你们的亲朋好友，更不是你们的下属，我们没有任何关系，你就是敷衍也该说声谢谢，可他们从未说过谢谢，出电梯门连头都不回一下，就像我是黑社会中的那些小瘪三，这是我必须做的。

妈的，装逼谁不会，老娘给他们装装，让他们好好看看。张小妮狂躁得像一只被激怒的公鸡，在地上转来转去。这让我感到可怕，人的两大本性——从善如流和疾恶如仇在张小妮身上还没有泯灭，跟谁好那是掏心掏肝，厌恶谁那是咋看都不顺眼，无缘无故都会捎言带语，因此她有许多好友，也有许多仇人，而在这世界上，女人远比男人容易崩溃，比如失恋，跳楼、割腕、喝药……自杀的多是女人，张小妮不是弱势群体，她会失去理智，会绝地反击，只要觉得有理，她可不愿委屈自己，捎话带语骂大街，甚至登门问罪吼骂，她都做得出来。

我警告张小妮说你别生事。张小妮说你不气？在我们跟前装成那个尿样，你不气？我说我的奶奶，你跟人家生啥气，人家是有恃无恐，咱们是有恐无恃啊。张小妮说你有点骨气好不好，别那么下贱行不行？你到底怕啥？我们不犯法，他能把我们关了？横吃了竖咽了?！我说咱们的户口还没办进来，弄出事来老朱到时不管，小虎上学咱们找谁去？背上钱都办不进去，别把小虎上学的事坏了。

张小妮重重地坐在沙发上，长叹一口气说妈的，跟我们无冤无仇的，我们又没指望他们活着，在我们跟前装啥逼？我笑笑说啥无冤无仇的，他们就是装装……逼。张小妮说你说他们过的人上人的日子，在我们这些人跟前装逼，有意思么？！我说他们习惯了，你看那些来咱们店铺里检查、验收工程的，哪个不是装逼货？那都是些小干部，他们可都是大处长哩，知道处长有多大吗？在县上就跟县长一样大。

没过两天，张小妮进大门时被保安叫住了，要看进门卡。张小妮说前面进去了两个人你们都没看，为啥偏要看我的？保安说抽查。张小妮说为啥偏偏抽查我，故意刁难我？保安说我们一视同仁，请您配合我们的工作。张小妮掏出进门卡砸了过去说拿着好好看吧。然后径直走了。张小妮一进门就骂开了，妈的，连看大门的都在老娘跟前装逼，查了老娘的进门卡你们就比别人高贵了。

保安把进门卡送来了，像日本人一样给我们道歉说给领导添麻烦了。张小妮说为啥不查别人偏偏查我？不是刁难是啥？保安说对不起，我们没有刁难的意思，我们一视同仁，我也是为了大家生命财产的安全……我也来气了，几乎把他们推出门去。

保安走了，我抽了几根烟，平缓了心情对张小妮说你跟保安发什么脾气，你没听人家说一视同仁。张小妮说屁，一视同仁，我跟他们有啥区别，分明是看人下菜碟子，都想在我们跟前装逼。我说你这有些神经过敏了。张小妮跺着脚说查你你试试，那么多人围着你看哩，我是贼吗？住到这龟孙地方窝囊透顶了。张小妮把仇恨发泄在苹果上，"咔嚓咔嚓"咬得汁液四溅。

　　为了扑灭张小妮心里燃烧的火焰，我恶狠狠地说妈的，有啥了不起的，我儿子将来也是处长、厅长、省长。张小妮噗地笑喷了说你小声点，这话像骂人话哩。

　　张小妮拿着遥控器一个台一个台地按，显然事情还没过去，忽然她坐到我对面来，看着我，我说你别这么看着我，看得我毛骨悚然。张小妮压低声音说你说他们是不是知道咱们的隐私了？我说不是隐私，是底细，隐私是男女之间的事，老纠正不过来。张小妮说不管隐私还是底细，你说他们是不是知道了？

　　这话倒提醒了我，我拍着脑袋说肯定知道了，这是分配房，他们都是政府的，哪套房子分配给谁能不知道？张小妮说政府有这么多人？几十栋楼哩。我说政府是个大单位，听说光办公厅系统就一千多号人哩。政府真能养人啊。张小妮说着"霍"地站起来，我就说么，都在我们跟前装逼。

　　张小妮又开始转圈，转了几十个圈猛然站定说不行，得避着他们。我说避啥避，他们就是在我们跟前装装逼，未必会为难我们，不管咋说他们也是干部么。张小妮说我是怕哪天给逼急了忍不住……我吓了一跳说奶奶，你可千万不能失控，跟他们生事，那是自己把头往胶锅擩。张小妮说所以我说要避着，能不碰面就不碰面，千万不能把小虎上学的事坏了。我说怎么避？张小妮说早出晚归，就像高峰错车，与他们不闪面，他们就想不起我们了。我说有道理，有道理。张小妮说妈的，熬到小虎上了学再说。我说你想啥哩，小虎上了学也不能胡闹！张小妮说我知道，咱们还跟人家生啥事，要是在锦绣，他们敢在我跟前装逼，我早就蹬着门槛骂了，妈的，咱们要翻身只能靠小虎了。

　　于是我们早晨六点半就出门了，晚上七点半再回家，进小区我们提着一口气，左顾右盼，直扑楼门，快速进梯，直扑家里，电梯没人，那就是万幸。张小妮噗地笑了说还挺刺激的，你说我们像不像电视的那些地下工作者？我叹口气说还地下工作者，就像做贼！张小妮说对对，像做贼，太准确了。叹口气又说，你说这是啥事么，回家就像做贼。我们也不从猫眼里偷窥了。不过我很有些失落，从内心上讲，我还是希望能够与他们互动，对门嘛。

早出晚归很有效，不但与对门相遇的次数大大减少了，一周都不见一面，与小区其他人见面也少了，各种意外也就少多了。然而，我们的心情沉闷郁结，不开心了。

我们开始怀念在锦绣的日子。

物以类聚，人以群分，一类人有一类人的欢娱，欢娱，那是需要一种氛围、气息、语境、风俗、态度的。我们在锦绣租住了8年，那是我们的生活圈子，我们生活在社会底层，但我们有我们的欢娱，树下，棋摊，小酒桌，酸黄瓜，煮花生，毛豆，吃烟，喝酒，打麻将，掀牛九，谝传，抬杠，论理，说事，有着不可言说的欢娱与轻松。我们分享快乐，分担不幸。人是绝对不能少了欢娱的，尤其是生活在底层的人，欢娱是人抵御悲苦的精神动力。

说实话，在锦绣我认为自己也算是个人物，比上不足，比下还是有余的。在锦绣我们虽然遇到各种各样的事，但我们从没有这样的压抑，对生活充满了信心，心里阳光着哩。我喜欢跟人较劲，跟人较劲让我充满奋斗的欲望与动力。我跟师傅较劲，我成了师傅；我跟长山较劲，先长山娶上了媳妇；我跟李让较劲，先李让开了店铺。现在我们的小日子过得还不错，弟弟考上了博士，父母我能保证每年接他们到城里来做体检，能保证他们对症吃药。我的手艺在锦绣方圆已有名气，是有名的王师傅了，除了揽些零碎活，一些公司水暖工程也会找我。师傅的话说得没错，好手艺就是金饭碗，抵得上公务员。是啊，现在除了公务员，谁没有下岗之忧呢。看看我那些上了大学的同学吧，许多人都还是边打工边考试——真是杀不死的戏子，考不死的学生，忙得就像公交车，日子灰头土脸，生活一团乱麻，我敢说买房这样的事，对于他们还只是个梦。我会过一段时间做个东，招呼大家吃吃喝喝，当然请客除了有显摆的意思，也是为自己长精神，人有了比对才有精神啊。关于幸福，网络、微信里有许多关于幸福的格言，说幸福是这样那样的，大都是说幸福是很容易得到的，甚至有这样的说法，"即使你处在痛苦中，你依然可以将痛苦定义为是一种幸福"，如果说幸福就像许多格言说的，在锦绣我们是有幸福感的。

住进湖景水郡，我们的幸福感被破坏了，我没了底气，短了精神，我什么都不是，我周围全是高高在上的人，我没了较劲的对象，沦落成一个弱小的入侵者，小心翼翼地，现在我被禁锢在房间内，进出都不自由，活得压抑了，郁闷了，忧伤了。在锦绣，我们能找到自己的位置，在湖景水郡，我茫然无措，我有了一个家，但失去了一个世界。

事实上，我觉得他们没有我们这些底层人的欢娱，他们见了面永远是那么的客气，这客气有着彻骨的阴寒，有着拒人千里的冷漠，我们抬杠抬冒了骂架打仗，一场酒前嫌冰释，他们不会。

光阴似箭，岁月如梭，是啊，谁不怨时光飞逝人生苦短，可于我和张小妮觉得时光流逝得太慢，在期盼小虎入学的时日里，时光于我们简直就是母鸡抱窝，蜗牛爬坡，一日长于一年的煎熬啊。终于熬到了小虎上学的那天，我忐忑不安地给老朱打电话，老朱倒很讲信用，接了，并痛快地给校长打了电话，小虎很顺利地报上了名。我感动啊，编了一个很长的信息发给老朱，把感恩的话说尽了。可第二日就有了麻烦，学校要小虎的健康证。我说什么健康证？班主任艾老师说就是记录吃糖丸、打预防针的小本儿。倘若不是小虎念书，我还不知道孩子要免费享受这么多的福利。张小妮在老家生下小虎，喂到断奶，小虎就一直跟着爷爷奶奶生活，老家哪里有这样的待遇。我只能再给老朱打电话，老朱真好，尽管他很不耐烦地说你咋这么多事，还是一个电话就把事情搞定。我感叹当官真好啊。小虎如愿以偿入学了，我们心里悬着的一块磐石落了地，又一次体验了梦想成真的狂欢盛宴。

不过时光于我们还是慢啊，小虎虽然上学了，但还要再熬几年，房子才能正式归到我们名下，我们的户口才能落进这座城市，到那时我们会乞求时光慢下来，慢下来，享受梦想成真以后的好日子，我们不企求与他们平等相处，但至少不用像个入侵者提心吊胆。

中秋节有假了，而且从早晨就下雨，我决定请大家过天阴。要知道让小虎上二小、五中对于我们来说只是梦想，我们从未想过这梦想能成真，现在梦想成真，这么大的事办成了，当然得请大家好好过个天阴。

过天阴当然要征得张小妮的同意。为了控制花钱，除了日常零用钱，能刷卡消费的我们都刷卡消费。为了互相监督，短信通知都留对方的手机号码，这样进钱出钱，对方就知道了，控制花钱这招很有效，不信你试试。

张小妮就说你大方点，订个好一点的地方，别老抠抠索索的。

我很有些诧异，中奖买房，张小妮也没这么大方过。

　　我立刻就招呼大家，张小旺说你是政府大院的人了，出进跟领导点头哈腰，眼里还有我们这些人？老顾说微服私访呢吧？我说帮领导体察民情，领导忙得日理万机哩。大家就都笑了。

　　李让说是王子，还是皇冠？这是两家五星级酒店，我捣了李让一拳，李让立刻抱着腔子嗷嗷叫着说进了政府大院，拳头这么硬，我要告你欺压百姓，你得赔偿。大嘴说馅饼又掉狗嘴里了，这次几百万？前两天说的那个中大奖的是你？我又捣了大嘴一拳，说长相忆酒店。大嘴说酒店的菜花花肠子多，不及老陈菜馆的实在，给你省点，但酒不能低，咋也得喝个五十元以上的。李让说大嘴，你是他亲家呀，老陈菜馆档次太低，酒我想的是茅台，人家现在是政府大院的人。大嘴说别跟他较劲了，我知道他在那里面过的啥日子，我是在里面干过活的，受气着哩。大家都咬住这话题就说开了。是啊，谁没有感受呢。

　　酒我选了"五粮春"，他们都心疼说就是个意思，喝上那就能成干部了？我豪情万丈地说酒盯着一千元造。他们说这么大方，看来是把张小妮给弄舒坦了。张小妮的抠门可是闻名的。我说这是张小妮的意思。他们说就是不一样啊，住进那里面，有官太太的气魄了。

　　我说过我们的酒场是我们发表意见吐尽胸中块垒的地方，喝点酒后，大家一个个竞相成了意见领袖。国际国内，奇闻逸事，社会焦点，花边新闻，无不涉猎。评说，诅咒，吼骂，诉求，那是一种释放，一种发泄，发泄出来后，都觉得生活还是美好的，还是有奔头的。

　　酒喝至一半，大嘴说没到里头去看看舒雯？我说舒雯是谁？大嘴说你背心改裤头装尿啊。我说我有啥装的，真的不知道。大嘴说还有谁，你对门呀。我猛然想起来说你是说舒处长，她咋了？大嘴说你、你、你真不知道？我没好意思说早出晚归的事，只说好些日子没见着了。大嘴说那么大的事你不知道？进去了！我说啥？进去了？"进去了"我当然知道，成了热词了，社会上广为流传，人们都拿这话开玩笑哩。大嘴说进去都两个月了，你真不知道？

我呃了一声。改为早出晚归后，我们确实再没碰过面，我还纳闷，就是意外碰上也该有几回。不过对门有段时间是没了迎来送往的声音，明显沉寂了。因为张小妮对对门越来越满腔仇恨，我们都不提对门，也就谈不上关心了。

我说难怪好久没见他们了，出啥事了？大嘴说对门出了这么大的事，都进去两三个月了你不知道？我说啥对门，老死不相往来，你当像咱们锦绣的对门，没听说过灯下黑。大嘴说真不知道还是吓得不敢说？我不信你一点信息都没听到。我说真不知道，小区里也没听人说这事。大嘴说肯定说了，那是没在你跟前说。我苦笑了一下说谁在我跟前说呀。大嘴说这我能理解，你虽然住进去了，你不属于人家一伙的么。我说你咋知道的，你跟她熟悉？大嘴说她家房子就是我们公司装修的。我说你们老板给你说的？大嘴喊了一声说屁股底下擩橡子高抬我，学会耍笑人了，老板是啥人，连见面都难，给我们说这事？我说以前咋没听你说过？大嘴说别看我嘴大，该把的话把得住，我把得来轻重，说出去就是灾难，那些人要弄咱们这些人，啧啧啧，你都想不到你出啥事哩，拿指头抠个壕壕，咱们这些人当沟地翻哩。

大嘴端一杯酒"滋——滋——"地咂，他开始卖关子了。大嘴就这毛病，紧要三关就夹住了。不过遇上老顾，他就卖不了关子，因为他一卖关子，老顾就断了他的酒，他就急了。老顾在头上拍一巴掌说有屁快放，别憋坏了机关。大嘴说老板喝酒给副总说了，副总喝酒又跟我们工头说了，工头喝酒跟我们说了。我说到底咋回事？大嘴说他们厅长进去了，把两个人的事交代了，舒处长就进去了，结果把我们老板也牵连了，舒处长家房子我们公司是免费装修的，几十万哩，现在我们老板被限制外出，随传随到哩。舒处长别看是个处长，在那个厅当大半个家哩。老顾说废话，两个人都睡到一起了，还不当家图个尿。

张秀说那女的看上去挺正经的。张秀是大嘴的徒弟，也是大嘴的表弟。大嘴说别人眼窝里有水，你眼窝里有屎啊，你当是个好东西，说是跟好几个领导不干净哩，笑话多哩，说有一次两个领导碰上了，还互相点头哩。张秀说胡诌哩，她给你说的？大嘴说进去一审，啥都交代了，那里面审人手段多着哩。李成说那狗日的领导不仗义，跟人家好了，还把人家咬进去，不说谁知道？大嘴说你知道啥，把她交代了是计谋，作风问题判刑轻，再说把她供出来就是希望那些跟她有关系的大官保她哩。张秀说能保得了？大嘴说以前保得了，现在保不了了，都像龟孙一样往后缩，形势还看不出来，一个都跑不了，一窝子端了好几个。

我说电视报纸咋没报道？大嘴说还正查哩，缠的事多，一时半会儿能弄清楚？又说在里面自杀过一回，没得逞。弄了不少钱，怕有几百万哩。我说那男的呢？也进去了？大嘴说男的倒没进去，玩失踪哩。张秀说不玩失踪，还有脸待？大嘴说那男的也不是好东西，在家吃软饭，在外养小三，说是两人你干你的，我干我的，互不干涉哩。李让啧啧啧说看人家这日子过得。

这消息于别人也就当个新闻，说过了听过了，继续喝酒，可于我却不一般，就像肩负重担长途跋涉，一下子卸了，身子一下轻松了，这顿酒喝得舒畅啊，我站起来说且等我直直腰，撒泡尿，好好打一关。大嘴说换个酒吧，这酒不经喝，太费钱。我说屁话，就这酒，今儿谁不喝醉不准回家。大嘴说借酒浇愁呀，你们是不是有事，对门最容易搞到一起了。

出了门，我跟张小妮打了个电话，把事情详说一遍，让张小妮也轻松轻松。张小妮说我早就说过那狐狸精一看就是闷骚型的，这么多人我估计都弄上艾滋病哩。我说那男的也不是好东西，说在外面包二奶养小三哩。张小妮说那当然了，自己的田让人家都种了，不包不亏得慌。我说就是，就是，秃头络腮胡，一亏又一补，这世界也公平哩。挂了电话，撒了尿，继续喝酒，雨下得很大，满世界都是水，真是好雨啊。

张秀说要说那女人长得漂亮哩。大嘴说屁话，不漂亮领导能看上？你当领导像你，揭起尾巴是个母的就行？张秀说你比我也强不到哪里。大嘴说不是她进去了咱说她的不是，给她家干活受的那气，不懂装懂，指手画脚，整天吊着一张脸子，给比她大的领导干活，也没她那么难伺候的，装乎劲儿大哩，把咱们没当人看过，就像是个多大的人物。李成嘻嘻一笑说人家能把大领导放倒在床上，可不就成了大人物了。

酒正喝到好处，艾老师打来电话，要我立马到学校去。我心里咯噔一沉，肯定是小虎又打架了。才上了一个多月，小虎已经打了两回架了。小虎从老家领出来，完全是个土猴子，一口土腔土调。湖景水郡的房子买下后，我们也想到了，身上的土能洗掉，可土腔土调土习惯却不是一日两天能改掉的，二小这样学校的学生非富即贵，一起上学，会遭人家学舌耻笑。因此一住进湖景水郡，我们就把小虎接来，本打算是让小虎上幼儿园的，可报不上幼儿园，好不容易找到一家收的，一月要三千块，而且一交一年。表妹说花那钱做啥，放到我那里我带着。表妹在万达广场"乐乐乐"打工，"乐乐乐"就是为方便带着孩子购物的家长而建的儿童游乐园。张小妮说那能行吗？表妹说你当幼儿园给娃教啥哩，就是让娃耍，只要娃不哭不闹不受伤就行了，耍还没我这里耍得好，不就是把土腔土调土习惯改掉吗，我普通话说得不行？参加培训考试拿了优秀哩。表妹上了个专科学校，一直考幼师就是考不上。表妹不能说不尽心，但小虎在乡下长到七岁，不到一年的时间，口音哪能彻底改变，而且他就喜欢说老家话，普通话说得疙疙瘩瘩，就像个老外，土习惯当然也没改掉多少。这就引起同学的嘲笑，小虎哪里受得了嘲笑，就以拳头说话。

小虎第一次打了同学，我去后，艾老师说小虎是不是在乡下长大的？我说是跟着爷爷奶奶长大的。老师说怪不得。听得这话我很不高兴，但脸上依旧赔着笑。艾老师看出我不高兴，告诉我她也是农村出身，去年才考上老师的。我说艾老师，你给我说这做啥。艾老师笑笑说我的意思是我没有偏见，我很同情小虎。我差点就落泪了。

小虎打这个同学是因为这个同学鼓动一帮孩子嘲笑小虎，叫小虎野种，黑卵，臭虫，土鳖，屎壳郎，土八路，小虎给逼急了，大打出手。小虎把那同学摁住骑在身上打，好在艾老师及时出现。那家长打闹到了学校，是艾老师连说带劝拦了回去。我回家教训小虎，小虎却说我爷爷说了，人不犯我，我不犯人，人若犯我，我必犯人，爷爷说这是毛爷爷说的。我说别听你爷爷的，打人是不对的，是犯法的。小虎说爷爷说了，人善被人欺，马善被人骑，到了城里你不厉害，鸟都往你头上拉屎哩。说是说不通的，打也打不下了，才抽了一巴掌，就撒泼打滚，背了包往车站跑，要回家去找爷爷，小虎牛劲大，把衣服都撕扯了。

第二回小虎打了朱豪。起因是朱豪对小虎说对不起。小虎没理，朱豪说我都说了对不起，你为啥不说没关系。小虎说我为啥要说没关系？朱豪说我说了对不起，你就得说没关系。小虎说我不说你能把我咋样。朱豪说土鳖，屎壳郎。小虎说这阵子你该给我说对不起。朱豪不说，小虎一拳就把朱豪的鼻子打烂了，说这阵子我给你说对不起，你给我说没关系。艾老师说起小虎打架的经过都笑得不行了。艾老师说家长来了，我把过程说了，他们也笑了。我说城里人咋都这样，娃打个架也找学校，娃不打架让大人打架，再说一年级娃能打个啥？艾老师说城里人把孩子叫啥，小皇帝，小公主，格格，少爷，惯得不得了，我们当老师的都小心翼翼地。

有娃在学校，老师的话就是圣旨，我不敢耽误，说喝着等我，打的往学校而来。见到艾老师，我鞠了个躬。我每次这样，艾老师就会笑，可这次艾老师没笑，满面愁云说小虎这次闯下大祸了。我忙问闯下啥大祸了？但心里并不以为然，一个才上小学的娃能闯多大的祸，觉得小学老师一直和娃打交道，自己的胆子也小了，说起事来总是上纲上线的。艾老师说小虎把李光明的鼻子打得喷血，眼圈都打青了。我说我回去就收拾他，老师你别生气。艾老师叹口气说不是我生气不生气的问题，是家长很生气，校长很生气。我说我……艾老师摇摇头说这李光明是李局的儿子，你得有个心理准备……那家人难缠。我说孩子打个架么，李局多大的人物，不至于……艾老师说别把他看得那么有素质，跟我们校长发过火的，他老婆更没素质，不讲理，一切都是别人的错，去年就来学校大闹过一回。我说去年？他儿子去年就上学了。艾老师说李光明三年级了。我说小虎才一年级，咋就跟他打起来了。艾老师说小虎上次打的朱豪是李光明的邻居，马仔么，随从么，李光明是老大么。我呃了一声说屁大点孩子就知道拉帮结派的。艾老师说你当像咱们乡下，我给你透个实话你千万别乱说，我们校长丈夫的处长就是李局长给提拔的。

正说着校长进来了，脸阴得要下雨，校长说你就是王小虎的家长？我忙点点头说校长……校长一挥手打断我的话说你儿子怎么这么粗鲁野蛮。这话我不爱听，一个校长怎么能这么说学生，他们一起嘲弄小虎，就是文明的？再说打架的事一个巴掌拍不响，小虎打人，可他们也打小虎了。可我怎么敢跟校长犟嘴，赔着笑脸说校长我一定……校长又一挥手说你考虑给儿子转学吧。我几乎要哭了，说校长……校长说什么也别说，转学吧。说完掉头就走，我掏出手机给老朱打电话，校长回头说老朱不会接你的电话的，我跟他说过了，他的意思也是让你给儿子转学。

老朱果然不接电话，我一阵眩晕，只觉酒往头上直涌，我说校长……校长一挥手说什么也别说，明天就办转学手续，说个实话，你儿子不适合我们这个学校。我大大地打个酒嗝，说就是因为我儿子打了李局的儿子你让我儿子转学？你是……校长又一挥手，我一拍桌子爆发了，吼一声说把你的手放下，别打断我的话。校长惊诧地看着我，她脸都扭曲了。我说你只看见我儿子打了李局的儿子？我儿子头上的疙瘩、满身的青块难道是他自己打的？再说孩子不打架，难道让大人打架？为这逼我儿子转学，你至于吗？校长脸色铁青，手指颤抖地冲我点着。我说我儿子不适合你们这个学校，咋个不适合，你给我讲个子丑寅卯出来。校长气坏了，哆嗦着说你、你……我说我咋了？不要说打了李局的儿子，就是打了李局、张厅又咋样？妈的。我的酒劲发挥出来了。

校长大概是心脏不好，她捂着心口坐在一把椅子上，口里只叫着你……你……你……这当口一个婆娘携裹一股香风扑进来，手指直剁着校长说这么野蛮的坏尿怎么收进来的？也不审查符合不符合入学条件？啥素质的人都往进收，你们二小成了啥？想必这就是李局的老婆了。要在平时，"坏尿"这个词会让我有亲切感，这是老家的话。关系好这个词就是褒义词，表示亲密，关系不好这个词就是贬义词，是恶毒的骂人话。她应该也是老家一带人，网络上说追踪三代，谁的故乡不在农村？

不等校长说话，李局老婆大概看出来了，她的手指又剁着我的额头说，说，你儿子是怎么入的学？我的酒劲彻底发作了，"啪"打开李局老婆的手吼道把你的臭手给我拿开。这太出乎李局老婆意料，她短暂呆愣，忽然爆发，吼道楚春晓，这个野尿是咋入的学？校长站了起来，说孙处长……我一挥手打断校长的话，手指直指李局老婆说一个三年级学生伙上几个到一年级班里来打人，你还有理得不成了？为了孩子打架你跑到学校里来指手画脚？你咋就这么文明？我儿子是野尿，坏尿，你儿子也不是好尿！李局老婆浑身颤抖，嘴唇乌青说你……楚春晓，给我开除他。我说到学校发号施令，开除我儿子，你算个甚么玩意？李局老婆歇斯底里地说查他的底细，怎么进来的，妈的，腐败到这程度了。

我说查我的底细？还是把自己的底细兜紧了，小心被人家查出问题。李局老婆嘴唇哆嗦着说我、我要告你诽谤。我说告我诽谤，去告吧，你男人官大，把我抓起来判了杀了，这么大的孩子就知道拉帮结派，跟谁学的？李局老婆转身要走了，我吼道站住，我告诉你，我儿子要在二小上不了学，我就把事情的经过贴到网上去，让人们评论评论，我他妈的就不信了？老子就是个平头百姓，光脚的怕你个穿皮鞋的？

李局老婆走了，我撵上去说告诉你儿子，我儿子野蛮人，你们是文明人，打不过就别惹野蛮人，少叫我儿子野种、黑卵、臭虫、土鳖、屎壳郎、土八路，毛主席说了，人不犯我，我不犯人，人若犯我，我必犯人，我就是这么教我儿子的。李局老婆走远了，我还吼道妈的，还口口声声文明野蛮，骂我儿子坏尿、野尿，你他妈的什么素质？两个孩子打架，大人出来争狠耍歪？

我骂了个痛快淋漓，回到酒场，他们说我们还当你忙得日理万机不来了。我说再提几瓶酒来，继续喝，今儿不醉，谁他妈也不能回家。他们说就是不一样了，这口气。这一折腾，酒醒了不少，心里便不安起来，又喝了一阵，正要给艾老师打电话，艾老师电话来了，说你到没人处说话。我忙到外面，艾老师说校长说了，不开除小虎，那家长也说了，不再追究。我说谢谢你。艾老师说他们的意思你别往网上知发，就当这事没发生过。我听得艾老师身边有人，知道是校长，就故作愤怒地大声说我看在你面子上，不跟他们计较，要不是你，我豁出去了，小虎不在你们学校念，我也要让人们说说这个理，有这么欺负人的。艾老师说那谢谢你。

痛快，真是痛快，这是几年间最痛快的一天。雨越下越大，天地让雨丝联系起来，好好下吧，好好清洗清洗这个世界。

酒场散了，我给艾老师打电话问说话方便吗？她说她已经回到宿舍里了。我说艾老师，咱们也算半个老乡，给你说实话，我哪敢跟他们起事，我咋敢拿小虎的前途赌气，逼得我没办法了，也是喝了点酒，你放心。

然而，痛快是那么短暂。小虎不愿去学校了，只能连哄带吼地送到学校，在校门口小虎无精打采，磨磨蹭蹭不愿进校门。小虎有心事了，问咋了，不说，再问，还是不说，我只能去找艾老师。艾老师长叹一口气，说他很孤独。停顿了一会儿艾老师又说同学都孤立小虎，取笑小虎，小虎就像个笑话，就是他啥话不说，啥事不干，同学都笑他，一进教室他们就笑，他前头走同学就跟在后面笑。我明白了，小虎现在的处境跟我们的处境一样，甚至比我们更糟糕，大人来得还会含蓄些，孩子来得则更直接。我说学校就、就一点法子没有？艾老师说能有啥法子，你念过书吧，学生要孤立一个人，老师能有啥法子？我在班里讲过多少次了，也罚站了不少人，起不了多大作用，管得住课堂，管不了课外，他们串通几个班的学生孤立他取笑他。

　　我长吁一口气，艾老师说这么下去对孩子不好，换个学校吧，所谓名校，是为那些有准备的孩子开设的，你看看这学校的学生，非富即贵。我盯着艾老师，艾老师说你千万别想多了，没有人说过要小虎转学，这只是我的想法，供你参考。不久的一天，我正在一家工地干活，又接到艾老师电话，艾老师说小虎怎么没来上学，你是不是转走了？

　　小虎就是这么失踪的。

白衣苍狗

1

打造"西大门"的构想是梅志远在年夜饭上提出的。

自从在大饭店吃年夜饭成为一种时尚盛行开来之后，梅家就自觉地加入到这一行列中来了。其实梅家的年夜饭最没吃头，不是饭菜不好，主要是气氛不好。梅志远盛气凌人地坐在上面，板着一张面孔不说话，说话也是颐指气使，其他人就吃得沉默寡言，就是几个在外上天入地的孩子坐到桌前也敛手敛脚悄无声息。因此，即使是年夜饭时间也长不到哪里去。才起了几道热菜，几个孩子就叫嚷着去大厅抽奖，看演出。梅志远皱皱眉头说："去吧，去吧，我和史国谈点事。"魏淑花说："大闸蟹霸王虾还都没上呢。"梅志远瞪了老婆一眼说："他们都吃腻歪这些了。"

史国最怕和梅志远单独待在一起，烦闷压抑，浑身发紧。可他只能坐下来。他揣摩梅志远要和他谈他和梅惠媛的事。自结婚到现在，他和梅惠媛一直陌如路人，虽然没有大吵大闹的冲突，甚至看上去有些相敬如宾，但两人从不一同参加亲友召集的活动，从不出双入对逛街购物，更不在人前亲昵交谈，生活过程中缺乏不离不弃的细节，梅志远自然是看得明白。

梅志远抽了一支烟叼在嘴里,史国忙打着火机点了,梅志远吸了一口气悠悠吐出来,说:"今年工作上有什么打算?"

史国长长吁出一口气来,大年三十晚上谈工作是有些滑稽,可他和梅志远单独待在一起,谈工作却是最轻松的最适合的。

史国说:"穷县么,想做个啥都不容易,省市两级给蛇县确立的目标还是想围绕着特色农业、设施农业、劳务输出做文章。"

梅志远摇摇头说:"蛇县归根结底是个靠天吃饭的地方,十年九旱之地,农业并不是优势,天不下雨谁也没有办法,再努力也是很难出成绩的,你还有力回天?而且,特色农业、设施农业、劳务输出,农业上该做的都已做了多少年了,可以说是无路可走。"

史国也点了支烟,梅志远接着说:"有个短信你看过没?若要想升官,国道两边贴瓷砖,这话的出发点是在讽刺,但不能不承认这是可行的,为什么要在国道两边贴瓷砖,因为来来往往的人一眼都能看见,李桃、周原、天峰、柳县等县市也都是农业大县,可哪个是靠农业引起上面重视的?建设了那么多园区,起了那么多高楼大厦,楼新了,路宽了,地绿了,领导耳目一新,当然心情舒畅,虽然都在强调农业,但农业至少缺乏观赏性嘛。"

史国点点头。

梅志远说:"京藏高速公路穿过蛇县,今年全线贯通,这对蛇县是个大好机遇,应该在这方面多动动脑筋啊,比跑田间地头更能取得短时间的成效。农业不是一年两年就能显示出效益来的,就是你有想法,也没时间。如今的形势啊已不是一步一步往前走,而是要跳着往前蹦。"

史国苦笑一下说:"蛇县是边穷之地,财政收入两千多万,吃饭都保不了,每年七八月份开始就为工资跑来跑去,东挖西借的,又没资源、工业、特色产业，招商引资实在是不容易，去年一年招商引资连一千万都不到，费用倒花了几百万。"

梅志远摆摆手说："不能站在蛇县的高度谋蛇县的发展，要站在全省甚至全国的高度去谋划，省委、省政府提出在全国重塑新形象，就是站在全国甚至是全球的高度去谋划的，要是站在全省的高度，还用提重塑新形象么？谁不知道自己的锅大碗小？"

鲍鱼捞饭上来，史国说："我去叫他们。"

梅志远摆摆手说："叫什么叫，他们都吃烦了，别管他们。"

梅志远边切鲍鱼边说："上次我从蛇县回来就一直在思考，对蛇县，我倒有一个思路。"看了一眼史国说，"打造全省西大门！"

史国说："打造全省西大门？"

梅志远用刀子敲敲盘子说："你不要把嘴巴张那么大，好像多么不切实际似的，我给你说提出打造全省西大门不是毫无根据，一是蛇县是全省最西边的一个县，是从西进入我省的第一县；二是全省东、南、北三大门都已发展起来了，虽然都有资源依托，可蛇县是西大门，没资源就不发展了？三是京藏高速穿越蛇县全境；四是西部大开发，中央明确在未来十年将加大对西部的投资力度，蛇县是国家级贫困县，国家级贫困如今也是资源；五是蛇县是革命老区、根据地，红色旅游资源富集，现在中央对这方面很重视；六是省委书记提出来的重塑全省新形象提升全省竞争力的号召，蛇县提出打造西大门正是对省委书记提出的发展思路的最好最快的响应。"

史国说："打造全省西大门，这不是个小……"

梅志远打断他的话说："以前说人有多大胆，地有多大产，现在说只有想不到，没有做不到。你的观念还没有转变，思想还没有放开，我再重申一遍，不要老站在蛇县的高度来看待这事，要跳出蛇县看蛇县，跳出蛇县谋蛇县，对蛇县来讲，打造西大门确实是个老虎吃天的大事，可西大门不是蛇县的西大门，是全省的西大门，那是要举全省之力来建设，上面要重视，资金、项目会源源不断而来，蛇县还愁什么？我告诉你，现在那些小打小闹的项目不一定让领导动心，往往是那些看上去有些天方夜谭的想法却容易引起领导重视，就像时下流行的一句话所说：按套路出牌，成不了赢家。更为重要的是打造西大门是在书记提出重塑全省新形象提升全省竞争力的思路中。"

史国听得是频频点头。

梅志远说："你抽空到李桃县去看看，李桃县和蛇县的条件差不多，还没有蛇县是全省西大门这样的优势，可这几年发展多快，就是把住党委、政府加强城镇化建设，推动县域经济快速高效发展的脉搏，没有在农业上磨缠，而是走城市建设立体开发招商引资之路，发展县域经济这一创新之举，很得领导赞赏。领导赞赏就能要风得风，要雨得雨，什么项目资金都能争取到，李桃县顺风顺水，官员也顺风顺水，鲤鱼跳龙门，嗖嗖嗖地往上蹿，大市、大厅局都有从李桃县提拔的干部，马太效应就呈现出来了，别人争取不到的项目，李桃县能争取到，别人要不来的资金，李桃县能要来。最近李桃县的书记要到云水市做副市长，而且要进市常委班子，一个偏僻地区的县委书记直接进入首府市委常委当市长是很少见的。"

史国说："你是说郑柏，他去了还不到两年吧。"

梅志远说："对呀，他一上任就提出把李桃县打造成西部什么狗屁基地，吹嘘在西部大开发中要把整个西部的资金、项目吸纳过来，谁都知道那是有些胡吹冒料，一个李桃县有这么大的魅力么，可就是这不切实际的提法与领导的心思很吻合，领导高度评价说就要有这样争天下第一的精神。基地才奠基，郑柏人就升了，领导欣赏么。"

史国"噢噢"地应着。

梅志远说："我研究了李桃县这几年的发展，有一条经验值得借鉴，以土地换发展，无偿向开发商提供土地。从县上来讲，土地就是最好的资本，盘活后就是资金，大家都在拿土地招商引资，谁开发谁受益，谁种树谁乘凉。如今老板们圈地成风，你看那些发展速度快的市县哪个不是靠盘活土地吸引投资？李桃县最黄金的地段现在都成私人的了。"

史国自言自语地念叨："以土地换发展，以土地换发展。"

梅志远说："你有个同学，叫葛兆北是吧，兆北集团的老总，集团很有实力，现在是省工商联副会长，我们吃过几次饭，此人很有头脑。李桃县的情况你好好和他谈谈，李桃县起步时，兆北集团全方位进入，发挥了很大作用。他在我跟前提起过你，可我从来没听你说起过他，你们不常联系？"

史国挠挠头说："那人，人品不怎么样。"

梅志远拍着餐桌说："你怎么还是这个观念？不要把人一棍子打死，要以发展的眼光看人，人是会变的，尤其是人有钱以后。不是有人提出要清算第一桶金么？最后为啥不提了，如果追究第一桶金，那就是洪洞县里没好人。你看这几年的公益慈善事业，私营企业做了多少？"

史国说："那倒是。"

梅志远说："党委、政府的思路很明确，重塑全省新形象，提升全省竞争力，你要在这方面多下功夫研究研究，不要一天老往乡下跑，往乡下跑能解决发展的问题？跑得多了，没有举措，解决不了实际问题，反给人家摆谱作秀的感觉。"

史国斟满一杯酒，双手递给梅志远，梅志远接过抿了一小口说："按我对当前形势把握看，打造西大门这个构想一提出，是能把领导们的目光吸引过来的，书记有一次明确地讲，要让人们一进我省境内立刻有耳目一新之感，现在对东、南、北三大门的打造都已完成，唯西大门还荒凉落后着，这正是机遇。换届明年上半年该拉开序幕了，这一年对你尤其重要。打造西大门的事，要抓紧运作，春节期间能推的应酬就推一推，深入思考思考，得有一个整体的思路，一上班你到形象工程搞得好的省市县去考察一下，然后，高调提出这一构想，力争在苟远山回来之前奠基开工，这个意思你明白吗？"

苟远山是蛇县的书记，正在中央党校学习，再有半年就回来了。

史国点点头说："我这就安排让相关部门在春节期间好好想想，准备准备。"

梅志远却说："他们能想个啥？再说以蛇县提出来，没有高度，缺乏说服力，没人会重视，领导也未必动心。"想想又说，"这样吧，三天年过了，年初四你拜访一下孟云长，孟云长这个人你知道吗？"

史国说："不知道。"

梅志远长叹一声说："到一个地方，首先要把一个地方的人脉梳理清楚，那也是资源。按说你在蛇县当官，这样的人物首先是要知道的，他就是蛇县人。孟云长现在活跃得很，呼风唤雨的，他背景很深，他小女儿孟雪跟阎副省长不是一般关系。"

史国有些诧异，说："这阎副省长不是空降的京官么，他们怎么就有了关系？"

梅志远说："孟雪北大毕业后在阎副省长所在的部委工作过，后来下海办起了自己的规划咨询设计公司，这几年省里的一些大规划都是在那里做的。"

史国噢了一声，梅志远又说："孟云长这人军人出身，要说没什么真才实学，但这几年也浪得许多虚名头衔，手上笼络了一批各方面的学者、专家、名流，很能影响决策，打造西大门说得好就是民生工程，说不好就是形象工程，要找一个好的说法，就需要这些学者、专家、名流的鼓与呼。"

2

要想在换届前取得政绩，打造西大门的构想无疑是短时间最能见效的。史国不能不佩服梅志远的老谋深算。大年初三这天，史国决定和葛兆北接触接触。一方面想了解李桃县的情况。想了解李桃县的情况，他可以通过考察学习的形式，不过通过葛兆北会了解得更全面，背后运作的优惠政策远比公开的要多，这是从李桃县领导班子里了解不到的；一方面是想探探葛兆北和梅志远的关系到了什么程度。他怀疑梅志远提出打造大西门的构想和葛兆北一起谋划过。如果这一构想付诸实施，大规模建设工程就会上马，葛兆北机遇就来了。虽然梅志远是他的岳父，也未必会把所有实情告诉他，何况他和梅惠媛的关系是那样的状况。他给梅志远打电话要葛兆北的手机号，梅志远说你怎么连他的手机号都没有，等我从手机里翻出来给你发过去。像梅志远这样的人物，储存的电话号码都不是一般关系。梅志远没有把葛兆北的手机号码发过来，葛兆北却把电话打了过来。显然梅志远跟葛兆北通过电话，这就已经说明葛兆北与梅志远不是一般关系了。

在史国记忆中，葛兆北留下了太多不堪的阴影。上高中时经常爬女生厕所墙偷窥，多次被捉，后来又钻进女生宿舍，企图强暴一个女生，被学校大会宣布开除。开除后，和一帮混社会的小青年纠集在一起，提着铁棍、板刀，靴子里插着匕首、改锥，一身像从泥浆里滚爬出来的牛仔衣，整天围着校园向学生和老师寻仇，收取保护费。不过，那时的葛兆北就不是一般的混混，他把学生和老师进行了等级分类，分欺负、出气和报仇几种，根据学生和老师的年龄、性别、身高、体重制定了详细的收费价目表，还单独将校长、班主任和体育老师单列出来，收取费用要高出一倍、两倍，更有意思的是还设有帮助学生清理情敌的项目。收费价目表还是油印出来的，在学生中大量散发，在教室、院墙及路旁的树木上到处张贴，弄得学校人人恐慌，谈葛兆北而色变，许多学生包括老师被敲诈勒索，史国也被敲诈勒索过好几次。女生更是不敢单独出门，好几个女生被强奸了的传说沸沸扬扬。史国考入大学那年，全国"严打"，葛兆北逃回村子瓦店，几年后又成了村霸，当了村长，却又因强睡了一位军嫂，判刑三年。服刑期间，结识了一个盗墓者，刑满出来，神出鬼没地盗起墓来。周边的墓几乎都让他盗了。瓦店是有些历史的，能追溯到春秋战国时期，修建污水处理厂时，挖出了一个大墓群，考古界为之震动，污水处理厂只能另行选址。盗墓就是掘祖坟啊，民愤极大，影响恶劣，人说他连自家先人的墓都盗了。同学间曾有这样的说法，葛兆北见个土堆都要挖几锹。公安部门的几次专项打击，捉住不少人，就是没捉住他，也没人咬出他来。盗了几年墓，葛兆北承包了一家煤矿，几年后又把这家煤矿变更在自家名下，据说都是凭借从古墓中挖出的老货打通了关节。煤就是黑金，十几年时间，葛兆北就把事做大了，组建了兆北集团。如今的兆北集团已是如日中天，涉足煤炭、石油、天然气、房地产、化工、运输、宾馆、餐饮等行业，不要说在云水市，就是在全国，葛兆北也是声名赫赫的企业家了。自毕业之后这些年，史国与葛兆北虽然没有交往，但因为同学这层关系，关于葛兆北的传闻他还是时有耳闻。说葛兆北有十几个情人，还包养着一个俄罗斯的，一个日本的，一个韩国的，还说他捧红了哪位歌星，跟哪位主持人这长那短的。有个传说更为详细，说一个非常走红的歌星来省里举办演唱会，他和一个煤老板打赌说一定要睡了这位歌星，两人打了一千万的赌，结果他掏了两百万把这位歌星睡了，还赚了八百万。据说那歌星还说了这样的话，你得到我的身体，但没得到我的心。葛兆北却说傻逼，谁稀罕你那颗烂桃子，老子是为了利润才睡的你。这个传说，人们更像励志故事一样广为传颂，多是这样感慨：看人家这利润赚的。史国也觉得奇怪，从毕业到现在，二十多年了，在云水市的大街小巷、应酬场所邂逅的同学多了，包括一些远走天涯海角觉得这辈子都不可能再相见的同学，可他和葛兆北一直活在云水市，不说刻意找寻，就是偶尔的邂逅也该有一次两次，可他们却没一次相逢，想起来有些不可思议。

因为中间隔着这么多不堪的往事，见到葛兆北，史国并没有显出太大的热情。要是另一个二十多年未见的同学，他们会叫着绰号你捣我一拳我捣你一拳，会骂骂咧咧说上三天三夜，可跟葛兆北只能是你来我往的一番吹嘘客套之后，就有些无话可说了。因为涉及过去互相都会尴尬，不能涉及过去，就跟新相识一样，可谈的话就很少了，没话找话实在是有些无聊和沉闷，葛兆北显然也有同感，说："咱们先去李桃县看看吧，李桃县的今天可以说是我的一部作品，你也好对我有个全新的了解，看完回来咱们细谈，如何？"

史国说："好是好，可现在正放假哩，去了没人，我还想和他们座谈座谈。"

葛兆北说："没关系，虽然许多领导家都安在云水市，可我给了他们电话，重要领导都在去往县上的路上，其实座谈不座谈也无所谓，这几年李桃县领导走马灯似的换，李桃县的崛起现任领导未必有我知道的多，你想知道的我都知道，他们不告诉你的我也知道。"

史国说："那好吧。"

葛兆北说："坐我的车吧。"

史国说："我还是开我那辆吧。"

每逢放假，史国一般是自己开车回家，让司机在家休息。他不想坐葛兆北的车，从蛇县到李桃县三个多小时路程，两个人坐在一辆车上总得说些啥，可要说又没啥说的，拧巴，不得劲。

葛兆北说："你那广本就像老牛车，啥时才能到，全耗在路上了。"

史国只能上了奔驰越野。上车没话找话说了几句，葛兆北说："睡一觉吧，为官的和经商的一样，应酬奔波的，啥都不缺，就是缺觉，一觉醒来就到了。"说完就闭上了眼睛。

史国明白葛兆北也是觉得三个多小时路程无话找话说的尴尬与疲惫，才有了睡觉一说，这葛兆北如此善解人意，变化确实挺大的。

郑书记、牛县长在高速出口接了他们。史国觉得不好意思，说大过节的劳烦人家。葛兆北却说没事的，我到李桃县他们都是这样接待。葛兆北这么一说，史国心里坦然了。

十年前史国到过李桃县。不过，这几年的李桃县他也不陌生，领导在李桃县的活动很密集，省报、省台的宣传铺天盖地的，每隔几天就有。但进入李桃县城，史国还是吃惊了，实景毕竟比电视画面、报纸文图更有视觉冲击力。大广场、宽马路，一个小县城，竟然也有二十余栋十层以上的高楼，大片大片的新型住宅小区很亮丽，两大工业园区虽然运转企业不多，但像公园一样漂亮。兆北大厦十二层，宾馆四星级。酒宴结束，郑书记、牛县长还陪着他们逛了夜景，两边山顶上几柱射灯纵横交错，路旁的街灯、楼顶的霓虹灯让李桃县呈现出迷人的都市气息，却又比都市多了几分山城的神秘。不过，人还是太少了，本是节日期间，街面上几乎看不到人影。寒风穿越街巷，发出空寂寥远的声响。

第二日回去途中，两个人话就多起来，葛兆北说："前年我去过蛇县，常务副县长刘贵请去的，我们深度地谈到了蛇县的发展，而且规划都出来了，万事俱备，只欠东风，刘贵就等挤走了县长吕方州他扶正后推进实施，没想到吕方州前脚走你后脚就来了。"

葛兆北让司机靠路边停了车，从后备箱拿出一卷规划图。在葛兆北的讲解下，史国暗自佩服，这个规划其实就是围绕打造西大门而做的，很大气，很完美，很阔绰，但有一点他不明白，就是为什么规划重心不是向西，而是向东，外行都会看出这是这个规划的"死穴"。蛇县是一座历史老城，在古代是战略要地，背依蛇山而筑，城就建在山根下，向东只能是向蛇山根靠，那就是说要围绕着老城区谋发展，人口稠密，空间小，难度大。

史国说："西边人烟稀少，有大面积的空闲荒地，又靠近高速公路，拆迁难度也小，为什么规划却是向东发展？"

葛兆北说："看来你对蛇县和刘贵还不是真的了解，刘贵的兄弟姐妹诸多亲戚家都安在西边，这几年押宝一样又买下了不少旧房，等着拆迁补偿哩。"

史国说："他也想得太简单了，规划出来肯定是要论证的，肯定是过不了关。"

葛兆北说:"刘贵没那么简单啊,你看这半截城墙,虽然塌得都快看不出样子来了,却是国家级重点文物保护单位,向西发展必须要越过城墙,有了这半截城墙说法就有了,提出恢复历史名城打造历史名城的口号,把城市规模限定在老城墙之内,再说一个只有三万居民的县城要那么大面积干啥?国家也提倡县城不宜盲目扩展么,至于论证么都是县上操控之下,学者也好专家也罢,吃人家的饭难道还要砸人家的碗么?"

又说:"有一个很有意思的短信,我给你说说,一人说牧师祈祷时我可以抽烟吗?牧师说不行!另一人说牧师抽烟时我可以祈祷吗?牧师说可以。一切都在于一个说法,这世上没有困局,只是没有办法。"

史国说:"这个规划肯定得修改或者重做。"

葛兆北说:"那是当然了,如今是你主政,是要站在打造西大门的高度,这个高度就是全省的高度,不过重做倒未必,整体框架不动,向东改为向西,其中的局部规划和细节调整改动就可以了。"

史国明白了,打造西大门梅志远显然是跟葛兆北一起谋划过的。

史国说:"如果要向西拓展,这老城墙该怎么办,推倒显然是不可能的,确实还是一道障碍物。"

葛兆北说:"这不难,一切都在于一个说法,可以建古城墙遗址公园,更好地保护起来,这上面还会拨专款的。"

史国笑笑说:"对打造西大门你有什么想法?"

葛兆北说:"打造西大门单纯地提出来有形象工程之嫌,省上搞还可以,自己的事么,可要争取国家的支持就有难度了,但要是综合老城区改造、县域经济、革命老区、历史名城、改善民生这些元素，争取国家的支持就容易得多，当然我们还可以提炼更多元素。"

史国盯了葛兆北一眼，葛兆北正盯着他，说："这是对我另眼相看？老同学，商人是在政策的夹缝中生存，就得研究政策，还得研究官员，政策是死的，官员是活的，我对政策研究得不比官员少，不比官员浅，官员研究不透政策，最多是罢官，照样吃公家饭，商人要是政策研究不透，会破产，只有讨饭。"

分手的时候，史国说："这样吧，上班后你到蛇县来，我们好好谈谈。"

葛兆北说："好，老同学，不管打造西大门的构想能否被推进，我保证在蛇县先期投资一个亿，为了你。"

史国笑笑说："一个亿？为了我？那你还不如把一个亿直接给我。"

葛兆北也笑了，说："如果一个亿不够，我还可以增加，我说的是实话。"

史国说："老同学，我问你一个可能不该问的话，凭你现在的实力，为什么不在大城市发展，偏对蛇县有这么大兴趣？蛇县是国家级贫困县，一分钱恨不能掰两半花，没多少油水可捞。"

葛兆北说："咱们是老同学，不打诳语，我实话告诉你，一是你需要政绩，二是我需要利润，三咱们是老同学，四是大城市竞争激烈，利润薄。这就是我们的结合点。至于国家级贫困县，那是最好的资源，不是包袱，国家现在经济实力雄厚了，重点向解决贫困问题发展问题倾斜，西部大开发就是一个证明。越是贫困的地方利润越大，因为有最优惠的政策，政策里面有黄金，那利润是不可估量的。"

停顿了一下，葛兆北又说："不过，还有一个小秘密，没有人能猜想出来，我只告诉你，蛇县历史多悠久啊，建县都过了两千年，地下埋着的东西海了，说不定会突然挖出什么来，当然我现在不是靠这发财求发展，只是一种嗜好。"

史国把身子往后靠靠，葛兆北说："我被学校开除混社会的时候，你记得我设计了一张价目表，把学生老师分类按项收费，那一套我现在都用在商业上了，很实用，人永远是有等级之分的。"

史国心里说既然你自揭伤疤，那我就不客气，当然这得有个度，有些伤疤可以揭，有些伤疤永远都不可能揭，比如偷窥、强奸未遂这样的伤疤是不可揭的，就像永世绝密的档案。但敲诈勒索这个伤疤是可以揭的，这时揭这类伤疤反而有些情趣，就笑笑说："你还敲诈勒索过我的钱，不止一次，还记得不？"

葛兆北哈哈大笑，拍了史国一巴掌，说："你能提证明了你的坦诚，我们会合作得很好，我喜欢和坦诚的人打交道。我敲诈勒索过的同学很多，前两年，我给许多同学都说过，我以前敲诈勒索过谁，都可以找我来索赔，一万倍，只要来找我当面说我就认，我是真心的。可没有一个人来索赔，倒是有来借钱的，我从来都不让他们空手而归，我不管他们背后如何谈论我，背后人家连皇上都骂，咱算个老几，你说是吧。"

临分手时，葛兆北说："蛇县的当务之急是建一个高档宾馆，蛇县太偏远，领导来一趟不容易，年龄又大，总是让他们披星戴月赶到河山市去住宿终归不好，你得让领导们住下来，才能够和他们亲近，才有表现的机会，才有项目和机遇。我给你说一晚等于一百个白天，一点都不夸张。"

史国说："一到蛇县我就有这打算，一直在招呀引呀的，可就是没人愿来投资。"

葛兆北说："为什么不联系我呢？我来建一个四星准五星的宾

馆，建成蛇县的地标性建筑，标新立异。"

从李桃县回来的第二天，史国准备去拜访孟云长。梅志远打电话一联系，孟云长去了北京女儿家。梅志远说："县上也是初七上班吧，你迟去上一天，以蛇县的名义请政协领导吃个饭，给领导们宣讲宣讲打造西大门的事，我想这事以政协提案的形式上报，胜算更大。平时这些老爷们很难凑齐，这个在那个不在的。春节假满第一天上班，大家都在，因为要去看望慰问上班的人，重要的是一把手在，我让老孟初七赶回来，他对蛇县还是很有想法的。"

史国说："对打造西大门我现在还是有些模糊，跟政协领导们见了面说起来也不上口，那可都是些大领导，决策过大事的，说不好，思路不清，没有深度，印象会大打折扣。"

梅志远盯着史国看了半天，说："有进步，继续说，还有啥想法？"

史国说："我觉得么这单独地提出打造西大门，有形象工程之嫌，我想出去考察一下，得给打造西大门和蛇县经济发展、民生事业找个结合点着力点，这样可能性会大一些。"

梅志远在地上踱来踱去说："你的思路开了，这样想就是进步，继续。"

史国说："李桃县我去看了一趟，确实变化挺大，可是起步早，一个县级架子，风头已经过时了，既然蛇县打造全省西大门，就该有大手笔，大气概，给人一种震撼，太仓促了怕是……"

梅志远说："好，好，大手笔，大气概，讲得好，再加一个：高速度。要抓紧时间，一上班就去考察，时间不等人，我还是那句话，在苟远山回来之前，一定要奠基开工，时间就是位置。"

史国点点头。

梅志远说："看样子去了一趟李桃县还是很有意义的。"

史国说:"李桃县几大工业园区建得倒是跟公园一样,可厂房都空置着,没有几家运转企业,我看报纸上说是引资多少多少,多少家企业,多少产值,都是胡吹冒料,跟宣传出来的大有出入。"

梅志远说:"你这观念怎么又倒回来了,企业运转不运转,只要落地就行,不要以为赔本赚吆喝只是在市场上有,官场上多的是,赚吆喝,赚彩头,你看看全省园区有多少,空置的有多少,可官一个升得比一个快。"

史国说:"那是,那是。"

3

从四川、陕西、山东、江苏、广东考察了一大圈回来,史国是眼界大开,思路大开,城镇化、工业化、现代化,要推进工业化,实现现代化,就必须推进城镇化。城镇是二、三产业的依托和载体,没有较高的城镇化水平,二、三产业就失去了生存的基础。加快城镇化进程,是优化城乡经济结构,转移农村人口和农业剩余劳动力,缩小城乡差别,提高人民生活质量,加快工业化进程的重大举措,是创造更多就业岗位、缓解就业压力的有效途径,是扩大内需、促进国民经济快速增长的持久动力……史国是装了一脑子,但让他最有收益的一句话是"把渔民变成市民",那蛇县为什么就不能"把农民变成居民"?归来考察队伍没有解散,史国带着在县内进行了一周的调研,为打造西大门的构想找到了一个强有力的支撑——移民进城,将打造西大门与县内移民结合起来,把七个乡镇的八个吃水困难的村迁移出来,把移民新区跟新农村建设结合起来。这一思路让他激动。蛇县虽然没有资源,但有一个优势,周边全是资源型城市，蛇县是个交通枢纽，大小车辆的都要经过蛇县，因此，汽车修理业、零配件业、五谷杂粮流通业、餐饮业相当繁盛，七个乡镇的八个吃水困难的村一共牵扯到六万多人，要消化移民中的有效劳力问题并不是太大，而西山脚下还有几万亩的荒地可开垦，可作为农民的安置土地。退后一步，他也有打算，即使是打造西大门的构想不能够付诸实施，移民工程也可以实施推进，他做了预算，每年扶贫投入到这些村的各种项目资金整合起来可以移两万多人，再上下打点打点，争取点资金，那么六万多人的移民问题，也可在三年内完成。

思路基本理清之后，史国回了趟省城，专门向梅志远做了汇报。梅志远听后，连说三个"好"，又连说三个"有进步"。

梅志远拍着手说："民生问题是中央提出的重中之重，移民是打造西大门的一个重要支撑，移民这个支撑找得好，找得好啊，这是打造西大门的重大突破口。"

史国说："现在不是鼓励农民进城吗？在蛇县经济开发区建设规划中我想大打农民创业园这个牌……"

梅志远摆着手说："停，别说了，把激情留住，今晚到桌子上给政协领导好好宣讲宣讲，既要高谈阔论，又要脚踏实地，一二三四五，思路一定要清晰，要简洁，要有激情，要有底气，要让他们感到你已经做了扎实的准备工作，不要给人家造成你是心血来潮，突然冒出来的一个想法。你要知道，你是梅志远的女婿，到蛇县做县长许多人对你还是有看法的，纨绔子弟，没有什么真才实学，凭借的是关系，靠的是背景。结束时，正式邀请省政协到蛇县去考察调研。"说着，从包里掏出一张纸，"我拟了个调研名单，你下午就好好研究研究这些人，他们都是能影响决策的人。"

史国看看表说："下午我还约了省扶贫办的要谈些事。"

梅志远拍着桌子，说："你不要把政协不当回事，那里面可是藏龙卧虎，他们曾经都是不小的领导，呼风唤雨的主儿，别以为他们到了政协就把他们不当回事，把他们哄高兴了，他们知道怎么造势，怎么推进，怎么影响决策，在官场，一些事情炒热了，尤其是外面热了里面才能热，领导才会重视。再说，他们的子女、提拔起来的干部个个都是重要岗位上的实权人物，掌握着项目、资金、位置。"

史国说："那好吧，我把那边推一下。"

梅志远说："你带东西没？"

史国有些奇怪，说："什么东西？"

梅志远说："土特产呀，蛇县不是产蛇么，去扶贫办办事不送土特产？先给今晚准备着吧，扶贫办的下次再补。人老了就怕死，养生整得一套一套的，在我跟前念叨蛇有许多养生的功能，档次高一点的养生系列产品给每个人准备上一套。"

蛇系列产品史国是带了，扶贫办是不能不送。梅志远走后，史国忙给办公室主任文耀打了电话，让再送一些最高档次的蛇系列产品过来，要快。文耀说省城有蛇县蛇系列产品专卖，你指定个地方我让他们送过去。

史国没有研究那些老同志，还是去了扶贫办。寅吃卯粮东挪西借南拼北凑一直是蛇县的现实，这时月正是青黄不接饥寒交迫的时月，等着扶贫款填窟窿。他得去扶贫办催催扶贫款。

从扶贫办出来，梅志远打来电话，说："半仙楼，六点开始吧。"

史国说："好，我这就订包房。"

梅志远说："你当这是蛇县啊，半仙楼这阵订，黄花菜都凉了，我已经订好了，你五点半就去安排菜，刘建军也去，不要抠门儿，这些老家伙吃得贼精贼精，烟酒从家里拿，到时间在一楼候着，我再说一次，别把政协不当回事。"

史国对着手机点头应着。挂了电话，心想这顿饭没有两万怕是出不来啊。烟酒虽然是从梅志远家往出拿，但钱还是要按酒店价付的。他给文耀打电话让将蛇系列产品送到"半仙楼"。五点钟，史国就到了"半仙楼"。点菜他是个外行，他得研究菜谱。刚把菜谱拿到手里，梅志远来了，对服务员说："你先出去吧，叫的时候你们再进来。"服务员出去后，梅志远对史国说："菜我已经让秘书长替你点好了，这些人你不了解他们的口味。有这样一句话，说点菜如选美。点菜是大有学问的，能显示一个人的学问、修养、品位、气质。更重要的是能从点菜看出你把他们当不当回事，这些老家伙大多患有糖尿病、前列腺炎、痛风等病，吃这不吃那的，他们会看你点菜时是否关照到了？倘若陌生的领导还好遮掩，倘若是熟悉的领导，那人家就会从点菜上看出你是否关注人家，研究人家。民政厅的张厅长不就是靠点菜上去的，还有个点菜厅长的外号？！"

梅志远掏出一份名单，说："调研组已经形成，都是有名望的人，刘建军带队，难得啊。"

政协主席得了病，一直在家看病疗养，刘建军代行其职，事实上就是主席了，重要的是他跟省委书记是同学，两个人关系很是要好，是个炙手可热的人物。

梅志远说："刘建军喜欢古玩，在全省的藏家中也是挂号的，蛇县是历史名城，地下东西不少，他这次能够参加调研组，也是冲着这去的。你回去在蛇县搜罗上一件两件的老古董，找个懂行的，货一定要老，别弄个假的仿的忽悠他，老家伙眼睛毒着哩，让他辨识出来反而坏了大事。唉，他也就这个爱好把他害了，中央来考察过几次，一考察对手就拿这说事，书记也没办法。"

梅志远指着名单说："孟云长你也拜访过了，但我还得提醒，这西大门能否立项，能否被省委纳入重点支持项目，阎副省长的态度相当重要，他分管这方面的工作，孟云长就显得至关重要了。"

史国给梅志远续了茶，又点了烟。

梅志远说："孟云长虽是蛇县人，这些年里勾外联的，孟家人命运都改变了，不要说他那个村就是蛇县也没啥人了，都在省城发展，不过他家的祖坟还在，听说老房子也在。调研期间，安排孟云长回一趟老家，你单独跟他商量，是把村子安排个视察点整个调研组都去，还是他想单独回去，听从他的安排，你得给准备点钱，让老孟访贫问苦式地衣锦还乡，要刻意抬高孟云长的身价，人啊越老故乡情结越重。接下来你就聘他为蛇县政府经济发展的顾问，让他联络人组成一个顾问班子。虽然行武出身，没多少学问，但他策划运作没问题，能号召来高水平的学者专家，重要的是能压住阵脚，让学者专家按照他的思路走下去。你别以为专家学者通情达理，吃了谁的嘴软，拿了谁的手短，他们个性很鲜明的，爱钻牛角尖，拗犟起来赛过牛驴，压不住阵脚，啥观点都敢讲，吃你的饭照砸你的碗，会起反作用。"

史国心里说真是难为老革命了，想得这么周到，这么缜密，是要死不少脑细胞的。

梅志远说："谈西大门构想的时候，你要上升到这样的高度。"说着掏出个纸条，看了一眼说，"重塑蛇县历史名城的历史地位，把蛇县打造成我省西部区域经济发展并辐射周边省市县的地区性中心。"

这么说着就到了五点五十，梅志远看看表说："你到大门口去迎接吧，秘书小李在一楼，你不认识的，他会给你介绍，你怎么连办公室主任、秘书都不带？"

史国说："没啥公事，只是想着回家跟您汇报，就没带。"

梅志远皱着眉头说："这难道不是公事吗？以后这些小细节要注意，带办公室主任、秘书就是身份，办事时人家看重这点。"

十几个人一一迎入雅座，史国自己在席口位置坐了。敬酒过了一轮，菜吃了几道，梅志远就挑起了话头，说："史国啊，把你的想法给领导们汇报汇报。"

史国就开始谈起来。史国的口才这几年练出来了，该拿腔就拿腔，该做调就做调，起承转合，有缓有急，抑扬顿挫，沉稳而富有激情，高调但不乏谦诚。史国一谈完，孟云长跳了起来，高喊一声："梅主席，你个老东西啊。"

这话冒失，许多人都一惊，看着孟云长，孟云长说："你梅家可是藏龙卧虎，选了这么厉害的一个女婿，送到蛇县，蛇县之福呀！"说着端起一杯酒，"我先喝杯酒润润嗓子。"一饮而尽，接着说，"你说东、南、北三个大门都在疯狂大肆地建设发展，只有西大门蛇县悄然无声，是的，东、南、北三大门都有资源，难道没有资源就没有希望么？这是我省发展的一大遗憾，什么叫和谐，什么叫均衡，什么叫成果共享？普天之下，莫非王土；率土之滨，莫非王臣，先祖早就告诫我们了。有一个故事，大家不知听过没，说是有一天老师上课，在黑板上挂上了一张大红纸，问同学们看到了什么，同学们异口同声地说黑点。因为这张大红纸的角上，老师点了一个黑豆大的墨点。老师就感慨地说这么大的一张红纸你们看不到，为什么偏偏就只看到了黑豆大的一个黑点。蛇县就是我省这张大红纸上的那个黑点，从西线入我省，一眼就看到这个黑点，这是一个不和谐的符号，史县长这一举措，就是要为我省抹去这个黑点，打造西大门，蛇县抓住了崛起的核心。"说着端着酒来到史国跟前，说，"实话说蛇县的事我已经憋了好几年了，说个狭隘的话，蛇县是我孟云长的故乡啊，再这么破衣烂衫地下去，我有何面目见蛇县父老乡亲？我如何叶落归根埋骨故乡。史县长，打造西大门，我们一定要鼓足干劲，力成此事，我先敬你一杯，先喝为敬。"说着，一仰脖儿喝了下去，还把杯底倒扣过来。

史国说："老领导，我喝三杯为回敬。"端起三杯酒咕噜咕噜喝了下去。

孟云长说："好，一看就是个作风扎实硬朗的人，我再陪一杯。"

梅志远说："老孟，不要逞能，前列腺会跟你闹革命的，意思到了就行了。"

孟云长说："为了故乡，就让扎扎实实闹一回吧，死不了。"

刘建军笑笑说："老孟，你这光着膀子耍大刀的风采可是多少年没目睹了。"

孟云长提着分酒器来到了刘主席前面，说："本性难移么，主席，问你个私密的问题，老婆没换吧。"

刘建军说："换不了了，和你一样，前列腺认生，不答应么，就认原配。"

刘建军不拿架子，大家都哈哈大笑起来。

孟云长说："那就好，蛇县的事就是你的事啊，夫人可是在蛇县插过队的，待了六年啊，蛇县有句话，一个女婿半个儿，你这半个儿得给蛇县出出力，我敬你一杯，你随意，我喝光。"

刘建军抓住孟云长的手说："老孟，一人一半。"

孟云长说："我干了，领导随意。"

史国忙端着酒杯过去，说："两位领导随意，我陪三杯。"

刘建军说："那都干了，老梅，你说呢?！"

梅志远说："谢谢主席，主席多少年没开过戒了。"

其他人就很知趣地端起酒杯。

因刘建军不喝酒，大家也都不好斗酒，史国只能是敬别人一杯，自己喝三杯地劝着酒，等到宴席散时，史国已经喝得立不住了，最后是梅志远搀回去的。

第二日，梅志远就把调研通知拿来给他了，说："有半个月的准备时间，回去精心准备，一定要准备充分，我给你交代的事，记清，办好。"

史国看看名单，上面并没有梅志远，就看看梅志远，梅志远显然明白史国的意思，说："该回避的还是要回避，有主席挂帅，我是个副主席再去，孟云长的位置就不好摆了，蛇县一定要给足老孟面子。"

史国感慨地想不是梅志远这个老官场，这事他是考虑不到这个份上的。

梅志远说："考察的点安排出来，给老孟传真过来让他看看，征求一下意见，以示尊重。"

4

回到蛇县，史国立刻把文耀叫到办公室，问蛇县文物的事。

文耀说："上面要整顿打击?"

史国说："整顿打击?"

文耀说："整顿市场，打击造假呀，蛇县文物走私造假全省闻名，上面一直说要整顿。"

这史国倒不是不知道，报纸上有大篇幅的专题报道，他看过，尽管说盛世收藏，周围也有许多人搞收藏，但他没兴趣，因不爱好收藏，也就没更深地关注。

史国说："跟这无关，有位领导爱好收藏，提出来了，你给弄几件，必须是真货。"

文耀抠抠头说："真货现在都不出世了，世面上倒腾的全是假的、仿的，不过高仿的就是专家也不一定辨认得出来。"

史国说："事关蛇县发展，必须是真货，人家可是行家里手，能不能弄到真货？花点钱。"

文耀想想说："能。"

史国说："那你就去弄，钱的事好说，千万别弄假了。"

文耀说："只要能办一件事，不用出钱，而且是真正的老货。"

史国说："办一件事，有多难？"

文耀说："不难，文化局副局长兼文物管理所所长朱长天手里有老货，他一直想当文化局长。"

史国"噢"了一声，说："我知道了，你去办吧，只要东西真。"

文耀说："不知道这位领导喜好哪方面的收藏？"

史国说："哪方面的收藏？"

文耀说："青铜器、玉、瓷器、钱币、字画还是别的啥。"

史国思谋了一下，说："我问问。"

史国要打电话问领导，文耀很明白自己不能站在这里，就说："那县长您问好了给我打电话。"

文耀出去后，史国就给梅志远打了电话，梅志远说："只要是老货就行，他不是专家，充其量也就是个收藏爱好者，人送外号古董通吃，还分什么类。"

史国叫来文耀说："只要是老货就行。"

文耀说："好，我这就去办。"

史国说："看来，你也精通收藏。"

文耀说："蛇县有两大宝，一是蛇，一是老东西。当城建局长那几年，许多领导都爱好这个么，市面上假的多，怕弄假了，好事变成坏事，也就略懂些皮毛。"

史国说："东西绝对不能出假，否则会坏了蛇县的大事。"

第二天，史国开了一天会，把一些常规工作促了促，第三天就往拐子乡刘安村来了。刘安村隐在山旮旯里，两千多口人，靠天吃饭的地方，不过刘安村有几口甜水井，水质好，吃水倒不存在问题。村长刘喜旺是一位六十多岁的老汉。一脸的皱褶，留一撮花白的山羊胡子。拐子乡的书记李启明解释说年轻人都出门打工了，就这老汉还算年龄小一点，又有点文化。史国拉着刘喜旺的手说如果把你们从这大山里迁出去，你们愿意不愿意？刘喜旺说迁到哪达？史国说迁到县城边上去。刘喜旺说那刘安人给县长大人磕头烧香哩，现在年轻人都出门嚷，就剩下老人、婆娘和娃娃了么，娃娃要念书，得到城里去，租房子呀啥的贵着哩，搬到县城省事省钱么，娃娃入个学也不求爷爷告奶奶的，那真是大恩大德。

村里有一座院落，红砖红瓦的，街门也是铁的，在大多数是土坯房和窑洞的村落显得很醒目。李启明说这就是孟云长的家。史国"噢"了一声，想起梅志远说孟云长老房子还在村里。史国说房子看上去挺新的。李启明说他庄院一直没卖，隔上几年就翻修一回。回去的路上，史国对李启明说孟云长回乡，村里的气氛要热烈隆重，要让大家对孟云长的到来表现出足够的热情，对孟云长的施舍表现得感恩戴德，刁野的村民那天最好监视起来，不要露面，绝对不能出现围访的事。李启明说围访？不会，这地方人忠厚老实，见了领导害怕哩。史国说不要麻痹大意，小心谨慎为好。

下乡回来，文耀就提着一个大包进来了，摆出来五件老东西。

史国说："用不了这么多，有两件就行。"

文耀说："县长，哪能送那么多，件件价格不菲，给一件就可以了，其余的是送给县长的。"停顿一下，又说，"朱长天出了两件货，有三件是我送县长的。"

史国说："我不要。"

文耀忙说："你现在是蛇县县长，以后找您求这东西的人物多着哩，放您这儿，以备不时之需。"迟疑了一下，又说，"其实县长该在这方面上个心，蛇县的古董是很丰富的，好多领导都钟情老东西哩，县长闲暇时把玩把玩也挺好的。"

史国想想说："那就先放着吧，这么多东西值不少钱吧。"

文耀说："市面上价格不菲哩。"

史国"噢"了一声，说："也没有鉴定证书啥的。"

文耀笑笑说："县长，这古董都能造假，鉴定证书还造不出来，这东西越有证书越假。"

史国笑笑说："也是，我很外行啊。"

文耀说："我没给朱长天说是您要的，我给他保证局长的事了，不然他不出货。"

史国说："他专心老东西就行了，还要当那个局长干啥？"

文耀笑笑说："人么，都脱不了俗。"

史国说："我知道了。"

文耀迟疑了一下，史国看了文耀一眼说："还有事吗？没事那我先走了。"

文耀出来站在树下思谋了一会儿，就悻悻走了。他原本想见了那五件东西，朱长天当局长的事，史国会说一句肯定的硬话。

史国将那五件东西一个一个摆弄着看，有两件青铜器，造型一模一样，只是一件大，一件小。有两件玉器，一件瓷器。史国觉得两件青铜器像酒壶，瓷器是一个盘，老大不小的。玉器图案很精美。

周末，史国带着这几件古董回到省城，打电话给文超，想让文超推荐一家古物鉴定所什么的，文超是各行业都会插手的人，再说既然蛇县出了许多做鉴定的，文超应该有熟悉的。电话通了，史国却又压了。他忽然想到文超和文耀是兄弟，说不定两人已经通气。文超又把电话打过来，说怎么通了又压了。史国寒暄了几句说老眼昏花么，给文耀打电话，眼一花把号拨错了。

史国来到了胭脂巷，胭脂巷是一条主巷，两边有许多不规则的小巷，就像一个练剑的人刺挑出来的，极不规则。老井巷是一条专门搞古董的巷子。走进"天眼店"，人家每件要 200 元的鉴定费。一听是蛇县那边口音，史国迟疑了一下，走了。报纸报道时说过这几年蛇县出了许多文物鉴定专家，都在省城开鉴宝店，蛇县出货，都会在货一出手就给鉴宝店打招呼，即使是假的，也没人会戳穿，这是潜规则。进了"拣漏馆"，每件也是 200 元的鉴定费，史国掏了钱，一老头举着个放大镜，打着刺眼的灯光一件一件看，边看边说好东西，难得，难得。史国说你先说这东西是不是真的？老头说东西是真东西，哪里收的？史国说家藏的。那老头说不会的，是蛇县？云台？还是张原？史国不接话茬，说这几件东西能值多少钱？老头说市场价应该在一百五十万左右，古董这东西岁古月久，有灵气的，所以讲个缘分么，遇上有缘之人，一件东西百十万也是有的。史国说那好，一百二十万卖你。老头愣了一下说我们是做这一行的，肯定出不了这么高的价。史国笑笑说那你能出多少钱？老头又一愣说我只鉴定，不收货的。史国说那你为什么店外打收古董的字牌，店名还叫拣漏馆？老头说拣漏是没错，可我们是小本生意，这样大价钱的漏只好忍痛割爱了。史国又走进"古缘"，也差不多是同样的一个老头，说的话大致相同，最后也是一样，他是生意人，不收货，等有缘人吧。

　　这不去鉴定倒好，一鉴定反倒闹心了。两家公司明明打着收古董的牌子，却不收购，说只有真正收藏的人才会出高价。这东西真假越发难辨了。不过有一点可以肯定，文耀不会哄他，从文耀谈吐中看出，文耀在这方面也是有些造诣的，要哄他也就不会跟他说那么多了，单怕别人哄了文耀。不过他想，蛇县文物造假连专家都输眼，要是刘建军都认出假的来，那就是假得不能再假了。文耀应该揣摸得出来这东西不是送给一般人的，想必他也不敢蒙他，朱长天尽管不知道是他要，但他却不敢给文耀假货，倘若他用了假，害了文耀，还想当文化局长岂不是很蠢？文耀说把局长的事已经答应了，那朱长天就该知道这东西送的不是一般人。而从刘建军这个角度讲，一是刘建军本就是二把刀，略识皮毛，二是刘建军判定他绝不敢给他送假东西，三是他是蛇县县长，没有人敢给他上假货。虽然不能确定这几件东西是真是假，但至少蒙刘建军该是没问题。又想起报道上说在蛇县收藏一行有一个术语叫杀家，就是指杀领导。一些领导收藏了才几天，就喜好自称专家，爱显摆，爱卖派，好像自己懂得多，研究有多深，他们最喜欢这种半瓶子醋，因为这种人一旦看上某件东西，就会卖弄皮毛知识，真正知底的人就会怂恿他，抬举他，目的就在于把货卖给他，杀的时候下手也重，一件三千多块钱的东西，卖过一百万。报道还指出，假货到了大领导这一层面，就会成为真货，因为没有人敢戳破，戳破伤了领导的面子，又伤了送货的人，自己还不落好，没有人干这蠢事。这么想着，史国心里踏实了些。

史国将那件大的青铜器壶和瓷盘准备给了刘主席。其余三件就自己收了起来。那天他本想让文耀按照价值把几件东西排个序，又怕文耀生疑，也就没问，完全是凭借自己的判断选的。文耀说得不错，是该在这方面上个心，官场收藏已经很热了。

省政协在蛇县调研议程安排出来后，史国就按照梅志远的意思给孟云长传真了一份，孟云长笑笑说："史县长，我还看？"

史国说："老领导，当然你得把关了，蛇县的事么。"

孟云长爽朗地笑着说："不愧是梅志远的女婿。"

孟云长看过后回电话说："很好，很好，只是有个小小的建议，刘安村就不要去了，山大沟深的路不好走，政协么都是些老同志，别把骨架给颠散了，再说又是我的老家，别落个以权谋私呀啥的说法，也对你的影响不好。"又说，"调研结束后我单独回去一趟就行了。"

史国说："我听老领导的。"

挂了电话，史国又给梅志远打了电话，把孟云长的话原原本本说了一遍，梅志远笑了，说："调研组下去，刘建军就是中心了，风头独占，他的衣锦还乡大打折扣，你还得准备一下，调研结束他还乡时，一定要和接待调研组一样隆重热烈，四大班子在县里的要全部陪同，电视台、报社也都带上。"

梅志远再次叮咛史国，说："调研组下去一定要招待好，最高规格的，不要像许多势利眼，对政协另眼相看，一定要和党委、人大、政府一个规格接待。"

5

刘建军带政协二十几位重量级领导赴蛇县调研考察的当晚宴请结束，史国就把两件东西送到了刘建军的房间。刘建军把两件东西仔细端详一遍，打开一个箱包，史国以为刘建军要往包里装，心里说这也太缺乏过渡了。可刘建军没有往包里装，却拿出一套工具来，放大镜、显微镜、激光笔、小型电子秤、小钢刀、小卷尺等，还有一双白手套。史国心里涌动起无限的感慨，也有了一份顾虑。

刘建军戴上白手套，观察起青铜器来，说："史国啊，这东西你可认识。"

史国笑着说："我是个外行，对这些东西一窍不通。"

刘建军说："这叫卣，是一种器皿，具体出现的时间至今是个未知数，在商和西周时期非常盛行。当时用来装酒用。所以外观上大部分是圆形，椭圆形，底部有脚，周围雕刻精美的工艺图案。商代多椭圆形的或方形的卣，西周多圆形的卣。西周卣承商代形制而有所变化，其中最有特色的是鸟兽形卣。鸟兽形有提梁的容酒器，一般统称为鸟兽形卣。最为有名的是虎食人卣，至今我国共发现两件，一件藏于日本泉屋博物馆，另有一件藏在巴黎。"

刘建军的一番讲解，史国出了一身冷汗，怕给认出假来，刘建军看看史国说："这东西是从哪里弄来的？"

史国说："蛇县有一个文物管理所所长，人们对古董还没有意识的时候，他的爷爷手里就开始收藏这些东西，到他也一直在收藏。"

刘建军说："史县长，你给我说实话，掏了多少钱。"

这下把史国问住了，不敢冒说，只能实话实说："他一直有个愿望，想当文化局局长，别人跟我讲过他的事。"

刘建军"噢"了一声，又是照，又是称，又是量的，之后说："这是个老东西啊，虽然年代不是太久远，但也是个好东西，要是稍微小一号，就更有价值了。"

史国说："主席，大的不好么？"

刘建军说："不是大的不好，是小的更好，以前这东西造得小，后来是越造越大了。"

刘建军又仔细观看那瓷盘，说："对瓷器你了解多少？"

史国说："我很不了解，只知道青花瓷好像很贵重。"

刘建军说："中国好的瓷器很多，宋代有'定、汝、官、哥、钧'五大名窑，倘若能有一件真品，都不得了啊。青花瓷固然名贵，可惜仿的太多了，鱼龙混杂。"

史国说："主席，这个像碟又像碗的是……"

刘建军说："它值钱就值钱在既不像碟子又不像碗，你看这碗有'宣德'字样，是一件明朝的东西，保存得这么新，没有一点损痕不容易啊。"

史国说："蛇县古墓非常多，大概都是从墓中挖掘出来的。"

刘建军说："对，蛇县地下的宝藏不是煤不是油，是古董啊。"

刘建军拿着器具将两样东西重新观察一遍，将两件东西仔细包好，说："开眼界了，好东西在民间啊。"

然后递给史国一根烟说："你爱好什么？"

史国笑着说："主席，我俗人一个，没什么爱好。"

刘建军说:"人还是得有个爱好,也是一种寄托,官做得再大,也有到头的那一天,没有爱好,做官做到一定程度是很空虚很无聊的,你得培养一个爱好。"又说:"我就爱好古董,古董是有灵气的,能陶冶一个人的情操。"

史国说:"谢主席指点。"

刘建军又打开两样东西仔细研究起来,边研究边说:"这个家伙也是个人才,叫什么名字?"

史国看着刘建军说:"主席,你说的是……"

刘建军说:"噢,就是那个文管所所长。"

史国说:"叫朱长天。"

刘建军说:"收藏这么多年,想必有不少见解,啥时有空闲了,好好跟他交流交流。"

史国说:"我明天就叫他来见你。"

刘建军说:"不必,不必,以后再说吧,别影响工作。"

刘建军打了个哈欠,看了一下表,史国起身告辞,刘建军说:"打造省西大门这个构想很宏伟,也很符合实际,我给老孟交代过了,他会尽力的,你跟他多交流沟通,完成后以省政协重点提案提交。"

史国说:"谢谢主席。"

刘建军说:"这两件东西你带回去吧,饱饱眼福就可以,君子不夺人之所爱,他也是个收藏之人。"

史国说:"主席,东西要是多了,也就不在乎一件两件的了,据说他家自留地里曾经挖出王侯的墓哩。"这是史国信口而来的。

刘建军"噢"了一声,说:"自留地可是大集体时代,那他可是得了不少宝贝的。"

从刘建军的房间出来，史国把给刘建军两件古董的情况给梅志远汇报了，梅志远说："那你就抓紧时间把那个所长提拔了，让他心安理得地接受，你不提拔，老刘怕他生事，这些年他学会谨慎了。"

回到房间，史国躺在床上，翻着蛇县机关电话号码本。股级以上干部在电话号码本上都有登记。翻阅的结果是位置都安排得满满当当，几百个科级岗位，史国硬没找出一个可调整的空位置来。苟远山的人事工作做得太扎实了。就想起梅志远告诉他人事上不能安排得太满，要留几个位置出来，以备不时之需，真是经验之谈啊。随便增设一个什么位置是不行的，上面控得非常严。况且，调整文化局局长祁华明还有一难，那就是得顾忌书记苟远山，因为祁华明是他来后不久提拔的，这还不到两年时间，必须有一个差不多的位置。遂就有些后悔把朱长天要当文化局局长的话原原本本说给了刘建军。说实话往往是没有退路的。朱长天的问题解决不了，刘建军怕引来不必要的麻烦，收得就不安心，甚至可能不收。不收肯定心不甘，反过来就会把气生在他身上，怪他事没做好。事情就麻烦了。

史国又翻了一遍电话号码本，希望在财政、建设、水利、教委、扶贫这些实惠的局、委、办找一个局长兼书记的，把书记腾挪出来，因为在局里局长说了算，书记兼不兼都无所谓。把实惠不多的局的局长放到实惠多的局去做书记，再把祁华明调整过去做局长，这样文化局局长的位置就空出来了。然而，一个萝卜一个坑，依旧是扎扎实实的，没有空地。

本就喝了不少酒，又翻电话号码本，翻得头晕脑涨的，史国就给文耀打了电话。

文耀正躺在床上。接待人是个累差事，尤其像接待这么高规格的团队，一天的奔波操心，人就像瘫了一样。可真正让他觉得累的是他心里装着一个事，就是几件文物的事。自史国来后，对他不错，从城建局的书记做了政办主任，正如段子所说的，是背心改乳罩，虽然是平调，位置很重要。按照惯例，党办、政办主任在下届就是县处级领导的热门人选。从目前的阵势看，史国在蛇县是要干满这一届的。书记苟远山已经两届了，年龄也到杠杠上，这届一满必走无疑的，史国极有可能要当书记。史国做了书记，对他无疑是个大好机遇。因此，史国提起文物时，他把这看成了一个信号。史国到蛇县一年多了，在他跟前没提古董，让他觉得有些奇怪，因为许多领导到蛇县都会迫不及待地提到古董，吕方州来了还不到一个月就开始敛古董了。他不会从清廉的角度去想，而是觉得史国城府很深。史国现在终于提了，不管是史国自己收藏还是进贡大领导，他只能大包大揽了。当然，他也收藏了一些东西，但不到关口是不会出手的。他去找朱长天。朱长天当文物管理所所长多年，收藏了不少东西。有人说他监守自盗，这也是事实。祁华明当了文化局局长就抓住这一点向朱长天索古董，朱长天给过几件，可祁华明太贪，西瓜皮擦沟子没完没了，朱长天不再贡献，祁华明就要挟要拿掉朱长天的副局长和文管所所长，还放风说朱长天就是个名符其实的盗墓贼，监守自盗，要收拾朱长天。朱长天也不示弱，说你先自己坐稳了再说，别当那局长是你家，人老几辈子地坐，你的那些烂事当别人不知道。两个翻了脸后，朱长天找到文耀说你给我去办，我愿意拿好东西真东西换他这个文化局长的位子。朱长天能找他说这样的话，是因为他们之间有层亲戚关系，朱长天的娘改嫁给了文耀的舅舅。那天史国让他去整几件古董，他立刻就想起了朱长天。这些年对古董文耀也是一直很上心的，在别人手里也能拿上货，却不敢保证货是真的，古董行里有爹娘跟前不说真话的说法，他怕把货弄假了，这事闪失不起。古董市场本就鱼目混珠，替领导办这种事本身就是刀刃上走路针尖上舐蜜的事，弄不好不落好反会招灾。曾有一位副县长，送给一位领导一件老东西，那领导找人鉴定，结果说是仿的。其实那东西确实是真的，是鉴定的人想收，把事情坏了，结果这位副县长被调整到市文体局做了副局长，还是最后一名副局长。史国不管是自己收藏还是为别人操持，弄假了都是吃不了要兜着走的。朱长天不敢哄骗他，一是朱长天有目的，而且很急近，这就会有所顾忌，二是他现在是政府办主任，又跟县长处得极好，大家也都看得明白，县长要办朱长天那点事，是很容易的。这两条是可以保证从朱长天这里拿到真货。朱长天拿出两件说全是真货。他说两件不行，我给你说文化局长你势在必得。其实，从副局长升局长，两件货是足够了，可是史国来蛇县对他确实不赖，他也从来没有表示过，这换届也马上要开始了。看得出史国没有收藏过，可没有收藏过不等于不喜欢古董，盛世收藏这句话的含义该是懂的，古董只会增值，而且一出手就是钱，除了傻瓜谁都懂，当然比收钱更安全。一旦出了事可以推说自己收的是赝品。甚至他想史国或许是打着领导的名义向自己索要也未可知，有些领导就是借办事为自己索要的。因此，他得让朱长天多出几件，一举两得。朱长天很痛苦地在地上转来转去，之后又拿出一块玉来，说就这三件，行就行，不行就算了。文耀说再来两件高仿的。说着推着朱长天进了地窖。朱长天说高仿的，有些高仿的比真的还上价哩。他就说难怪人家会在你头上踩你，知道你就是个没出息的货，你想真被他踩在脚下，监守自盗可不是个小罪名，祁华明心黑手辣，不定弄出啥事来，他跟书记的关系你也不是不知道。朱长天这才又挑出了一个瓷盘，一块玉器。他说你可别拿太假的东西充数，要是让人家弄清楚是假的，不要说是提拔，就是现在的位子也未必坐得住。朱长天说这你放心，就是鉴定也没问题，一是这几件东西有三件是真的，两件高仿的真正的专家也未必鉴定出来，即使是鉴定出来也是有价值的。二是从蛇县出去的东西到了省城，你也知道，没人打眼的，货一出手，我就会给那边打招呼的。文耀提着东西掂量时扫了朱长天一眼，看着朱长天痛苦的表情知道朱长天是出了血的。朱长天拿出一个本儿要文耀打了条儿的，说事成扯条儿，事不成东西可是要归还我的。文耀说我你还不相信。朱长天却说在我看来，只有老东西是可以信任，你们这些人是最不能相信的，嘴里跑马，李强拿了我的东西时话说得天花乱坠，到头来我的事没办成，他倒成了副县长，这都是担价钱的东西，不是我家地里长出来的，我是花了本钱的。文耀有些骑虎难下，打了条儿东西送出去万一谎下了，朱长天找不到史国头上，他要承担的，朱长天翻了脸可是六亲不认的，可朱长天已经被人涮过一次，谨慎得要命，不打条儿东西肯定拿不走，给史国又没办法交代。文耀再次将这五件东西一个一个掂量审视一番之后，有了信心，这几样东西不要说是弄个文化局长，找对门就是给弄个县长也是足斤足两的，朱长天是给祁华明逼急了才这么出血本的。文耀打了条儿，对朱长天说给你办事哩，难道我白担风险。朱长天说不会亏待你，事成我给你一件好东西。文耀说先给我一件，让我办事也有个动力。又赖了一件。文物提回家，文耀把一个陶罐留下了，凭陶罐的品相和朱长天拿时的神态，他感觉这东西是六件中最有价值的，他当然自己收藏了。把五件东西提给史国，文耀原本想着史国看到东西会给一句痛快话，五件东西啊，他都心疼啊。可谁知道史国在看了又看之后，没有给他一个准信，只说了句"我知道了"，这句话可以理解为我记着此事，可是什么时候解决呢？三月半年一年两年，都说不定。再有半年时间，书记苟远山从党校回来，人事就归苟远山了，要再解决就得费周折了，况且现任文化局局长祁华明是苟远山的人，提拔也才一年多时间。而像史国这样有背景的官员提升得都快，说不准眨眼间就走人了。这事越快越好，夜长梦自然就多了。文耀只能从古董的去处往好处想，他的判断是史国开始敛财了。这种人一旦有了再一就会有再二再三，就不会做一锤子买卖，只要他对这老东西上了瘾，就会贪得无厌，朱长天的事就不是问题，他的事也就没问题。这样当然好了。因此，他的心还是安的。可当省政协调研的文一来，文耀就明白这几件文物的去向了。按说，对于他这样的科级干部，对省级领导是雾里观花的，但对刘建军是有耳闻的，收藏的名声很大。可文耀就觉得麻烦了，这东西不是史国收藏，东西一送出手，对于史国这样地位的人来说，事情就等于了了了，别人的事会淡忘的，他太了解这个级别的领导了，而这几件东西说不定史国就是在为自己下一步铺路，或许史国下一步未必在蛇县继续待下去，有那么多的强县富县，他何必在蛇县待着呢……正这么辗转反侧地琢磨着，史国的电话来了。文耀接了电话，起身就往宾馆来了。

文耀来后，史国说："朱长天是要正科级，还是要局长？"

文耀说："要文化局长。"

史国说："他为什么非要当个文化局局长？"

文耀说："要说他本来对局长不局长的也没多大兴趣，可局长祁华明上任后，老向他索古董，他给了，可老祁有些贪，你说那东西又不是青菜萝卜一茬一茬地长，不给，老祁就老给他穿小鞋，还说要收拾他，他就发誓要夺了局长的位置。"

史国说："为赌一口气值得这么劳命伤财么。"把电话号码本扔给文耀说，"你给我出了个难题，我翻着这本子头都翻大了，竟然没有办法破解。你看咋办？这事这几天就解决了吧，让人家物有所值嘛。"

文耀心里的一块石头算是落了地，他只是粗略地翻翻电话号码本，说："其实调整祁华明也不必太在意他，有个位置就行。"

文耀停顿下来看着史国，史国拍着桌子说："往下说，卖什么关子。"

文耀笑笑说："他跟剧团的两名女戏子纠缠不清，前一段时间两个戏子还撕扯到他办公室去了，把办公室砸了个一塌糊涂。"

史国说："有这事？"

文耀说："有有，全县都摇了铃了。"

史国说："我怎么没听到？"

文耀笑笑说："这种事领导一般都是最后知道的，等领导知道那定然是有人告状要处理了。"

史国明白文耀在提醒他动文化局长是因为有人告状，这当然是免去一个官员的最好的借口了，心里一下子宽了，想自己做难了半天，文耀竟然一下子就解了，就说："那也总得有个位子，也好给那面有个交代。"他说的那面，就是指县委。

文耀说："位子倒有现成的，不用腾挪。"

史国说："我翻了半天没翻出位置来，你倒几眼就看出来了。"

文耀说："办公室就有个位置，督导室主任，也是正科级，我兼着的。"

史国一拍脑袋，说："对对对。"

史国抽一支烟出来，说："这老苟和祁华明是啥关系？"

文耀忙打着火机点了，说："老苟爱看戏么，尤其喜欢秋叶的戏。"

史国拍着脑袋说:"明白了。"

文耀走后,史国给苟远山打了个电话,把政协来调研的情况简单汇报了一下,苟远山又是一番虚套,史国又把文化局局长调整的事说了一下,他说:"两个戏子是不依不饶的,都打到单位上去了,搞得沸沸扬扬,告状信都写到上面去了,上面揪住不放,不调整怕会闹出事来。"

苟远山沉默了一会儿说:"那就调整吧,这个老祁啊,非让那半截肠子把他给害了不可。"

史国又给常委组织部部长打了个电话,让明天就回来一趟。组织部长说好好。

苟远山去中央党校学习,就把常委组织部部长安排到省党校学习,半年班。显然是怕他动干部力度太大了。这倒难不住史国,在省上学习,他可以随时打电话把他召回来,有背景谁都会买你的账。

6

史国在宾馆专门开了一间套房陪着调研组。考察组到的第二天晚上宴请结束,史国正准备去孟云长的房间,孟云长却到他的房间里来了。孟云长一进门就抓住史国的手说:"谢谢,史国,谢谢你。"

史国扶着孟云长坐下,说:"老领导,你太客气了,有啥不周之处,还需多担待。"

孟云长说:"你提供的材料我看了,要说通过打造省西大门带动八乡九村的搬迁,把解决九村人畜饮水和脱贫致富、新农村建设结合起来,这真是个好构想,必将成为现实,有我,你放心。"

史国说:"谢谢老领导夸奖。"

孟云长说:"要说蛇县,一百多个村中最贫困的村很多,刘安村不在其中,但你安排进去了,我明白你的良苦用心,这是给我孟云长长脸啊,我很感动。"

史国给孟云长泡了杯茶,递过去,孟云长说:"喝什么茶,整瓶酒来,咱们喝。"

史国说:"老领导,你有糖尿病,前列腺也不好,都是忌酒的。"

孟云长说:"没关系,其实我量大着哩,以前为工作,喝过二斤半,后来人们就叫我二斤半,不喝有些事办不了,有些钱要不来,官场就这样,我这身体的基础就是这么弄坏的,你可要注意。"

史国就叫服务员上"茅台",孟云长说:"不,喝苦荞,故乡的酒,虽然便宜,但货真呀!"

酒上来后,史国斟好酒,双手捧给孟云长一杯,说:"我敬老领导。"

孟云长说:"该我敬你啊。"

碰杯后,孟云长一仰脖子将酒灌进去,说:"我给你讲讲我和蛇县和刘安村的事吧。其实我老家不是蛇县人,我老家在陕西,老父亲呢是给人拉长工拉到了蛇县拐子乡的刘安村,扎下根来,一直到解放。解放后就地落了户,因为老家的情况还不如刘安村,那时候刘安村河水哗哗的,淹死过人,现在涸了,除非起暴雨发山洪才有水。我老家在沙漠边上,一场风沙,人都能活埋了,庄稼活得了?刚解放那会儿,我家成分好,老父亲也是个厉害人,从生产队长到民兵营长,后来当了大队长,就把弟弟和爷爷都搬了过来。那时间政策左,又是批斗又抓坏分子的,大队长么,总是要惹下人的。刘安村,90%都是刘姓人,剩下的10%是解放时落户下来的,有长工,有土匠,有铁匠,一盘散沙,形成不了气候。一个人再厉害也斗不过一群人，一个晚上，父亲给人家捉了奸。其实，要说也不是父亲欺男霸女。这个女的是老地主的女儿。父亲给地主拉长工的时候，地主么使唤人都扎实，怕来回路上费工夫，地主的小女儿老提着罐罐往地里送饭，天长日久的两个人就互相喜欢上了。地主思想顽固，觉得门不当户不对，也嫌家里穷，死活不同意。老父亲就采取熬的办法，可地主还没熬软，解放了。解放了，形势变了，地主松了口，可县上驻队的工作队队长对父亲说娶地主的女儿，你的成分会受牵连，老父亲就给吓住了，成分天大啊，从老地主一家的处境就看得清楚。这桩婚事也就了了，娶的娶了，嫁的嫁了。可父亲当了大队长，他们还是好到一起了，人么，想来也没错。一天，刘家人伙同社教队捉了奸，把父亲拿下了。

"要是和一个贫农女儿倒也不是啥大事，最多是个作风问题，可因为是地主女儿，就是路线问题了，阶级斗争新动向，上纲上线的，父亲就给押上了批斗台。父亲失了势，刘家人就得了势，找茬跟你打架生事，更多的是软欺负，往你家扔屎粪，对着你家大门尿尿，点你家柴火垛，鸡猪狗羊都跟着你倒霉，断你家一条狗腿，偷你家鸡，你家的公鸡踩了人家的母鸡都是要惹出事来的，有一回，他们把我家一头猪的一条腿活活地剁了，你说恶不恶。刘家河两岸的河滩地，每户有三亩，那时候有水啊，都指望那几亩地吃肚子。每到淌水，刘家人多势众，霸了水源，我家庄稼淌不上水，都旱死了，为了淌水，没少跟人家打架骂仗。你说吧，刘家人窝在一起，平时为鸡毛蒜皮吵架打仗，亲弟兄间拔刀的，父子断绝关系的，也是常事。可只要跟我家起事，都拧成一股绳。一村人欺负一家人，天天都有事，你说那是个啥滋味，难活啊，那时间我杀人的心都有啊。从懂事起我就发誓要离开这个鬼地方。

"我能有今天，转机来自于一次派饭。那时间驻队干部一来，饭派到谁家就是个大愁，那时候大集体，都磨洋工，庄稼种得粗陋，产量不高，粮食不够吃，平日里吃糠咽菜稀一顿稠一顿，野菜下来了，瓜果上来了，都能顶饭吃，瓜菜半年粮么，平时忙了一个馍一碗水也是一顿，把干部派到你家来，还能这么吃么，饭就得按顿做，不能日鬼凑合了。农民么见识短浅，有权有势来驻队的下来，争抢着往家里要，干部么，有权势，都有个妄想么，要是受了处分下来接受改造，推三阻四没人要。那年下来队上劳动改造的是停职反省的县委书记，派到了我家。县委书记在我们家一住就是一年。冬季征兵时，书记问我想不想当兵？我说不想。书记说都争着抢着当兵吃粮，出来好一点还有一份工作，你为啥不想当兵？我说当不上么，也就不想了。他给我写了个条子，说你去县上找武装部部长。我心想这么大的事，一张二指宽的纸条条，能成么？还是去找了，结果我当上了兵。在部队我扎扎实实干起，干到营级，最后转到地方，到了地方没背景就靠实干，一步一步地走了上来。有能力办事的时候，我把孟家人陆续搬离了刘安村，在我的帮衬下，他们也都争气，现在都在省城发展，蛇县也没啥人了。好多年我不与村里人来往，但我的家院子还在，我不处理，隔几年就翻盖粉刷一次，我要让它像一颗钉子钉在刘安村人的眼睛里、脑袋里、骨头里……"

孟云长站起来说："前列腺闹革命了。"说着便上卫生间去了，史国抹去头上渗出的汗水，在政界最怕的就是弄巧成拙啊。

史国让服务员重新沏了茶，对孟云长说："老领导，这刘安村的事我……"

孟云长端起酒杯在史国的酒杯上碰了一下，一饮而尽，说："史国啊，话才说了一半，你听我把话说完。富贵不归故乡，如衣绣夜行，人人心里都有这个情结。在台上那些年吧，我经常回老家，就是富贵还乡这种心理，我要让他们看看我如今的风光。我也希望他们能来找我，求我，事我会给他们不折不扣地办了，但他们得求我，看我的脸色。可是刘安村的人也很有骨气，多少年了没找过一回。我很受折磨啊，你不理解那种折磨。后来，随着年龄越来越大，我想得越来越多的是刘安人对我的好。我爷死了，是刘安人抬埋的，我奶死了，是刘安人抬埋的，我爹死了，是刘安人抬埋的，我娘死了，还是刘安人抬埋的，这埋人有讲究，家人死了是不能由自己的儿孙抬到坟坑里去的。我们弟兄姊妹们的婚事，刘安人都来出礼吃席，热闹过的，还要咋？就是我每次翻修老家的房子，他们也是过来帮忙的，给他们钱，他们笑着跑走了。我家坟圈里种的树，皮让羊啃了，他们用草绳一圈圈箍绑好了，那年刘安发洪水，祖坟让水涮了几个洞，也是他们把祖坟给我补了修了，水路也重新改过了，我当时是号啕大哭啊。我不再希望他们求我，看我脸色，只希望他们能来找我，就像找他们在城里的亲戚，坐在家里催着你逼着你给他们办事，只要他们说出来，就是天大的事，破了我这张老脸，倾家荡产，我都要给他们办了。我家邻居老尚，也是出身农村，只要他们村人去城里打工，转娃到城里上学，去医院看病，必定是要去找老尚家的，就是买个电视、电冰箱，都去找老尚，坐在老尚家里等着老尚给他们办。老尚在我跟前说简直烦死了，可老尚又得意地说他们也可怜，进了城两眼墨黑么，不找我又找谁，村里出来的人就我官大么，他们认我哩，我对他们是有责任的。他问我你们村的人咋不找你，我没法回答。

　　"前年清明，我回村在老房子里住了几天，有天中午，我听到吵架声，出门来看到老扁站在老强家门口骂：老强，你生了个啥儿子，你看你娃把我娃带出去弄成个残废了。这老扁和老强都和我是一起耍大的。他们两个从小就好，像亲兄弟，儿女们也处得好，没红过脸。小强和小扁都在城里打工，结果有个老板的肾坏了，就想换个肾，大夫说农民工的肾是最好的肾，没有受到城里的污染，而且只有农民工才愿意卖肾。老板就通过人找到建工队。建工队长找到了小强，小强一听一个肾人家一下就出到二十万，还管回家的车费，三个月的营养费和误工费，又听大夫说人有一个肾就足够了，就觉得是好事。决定卖肾，卖了肾就回家娶媳妇。结果，一化验检查，他的肾跟人家合不来，就觉得自己的命很不好，就把这当好事介绍给了小扁。小扁当然也想把肾卖了回家娶媳妇过日子，一化验，小扁那肾就像是专门给那老板长的，没有一点不投脾气的。半个月后，小扁一下子就拿了二十万回来。有了钱，啥事都不是事了，批房基、盖房子、娶媳妇，有钱么，一年内就都完成了，钱么也花了个差不多。可是这小扁干活没劲了，还经常生病，把药当饭吃，这还不要紧，要紧的是到城里打工，人家听他把肾卖得剩下一个了，不要，挣钱的路也断了。几年了，找不上活，地里又旱得没收成，日子过得艰难，眼看娃又大了，要念书。老扁本身就患有痨病，干不得重活，着急上火，小强清明回来上坟一进家门，老扁就堵在门口骂上了，老骂小，人笑老，他就骂老强，借骂老强就连小强也骂了，小强一肚子冤屈，说我是自己去卖肾，可肾和人家的肾不投脾气，闹不到一起，人家不要，才把好事让给小扁的，要是我的肾跟人家投脾气，哪里还轮得上他，我到现在不还打光棍？可这话老扁却是不相信，说肾，都那么个人肉疙瘩，有啥不一样的，还用不成，分明是进城学奸滑了，哄我们这些没进过城的人，不知从我娃的肾上吃了多少钱。我给老扁一根烟，说老扁，咋不找我，不就是找个活的事么？老扁看我，眼神竟是那样的。我把小扁带进城，给安排了一份正式工作，这险那险的什么待遇都有。可看着面黄肌瘦的小扁，我心疼啊，如果我不是那样的自私狭隘，他们有事找我，小扁也不至于把一个肾卖了。一个正青春年少的小伙子啊就这么成了半残人，这是往我脸上甩了一泡屎啊，我孟云长家乡的邻居把肾卖了啊，人会咋说？刘安村人不找我，却总以我为骄傲，我听到他们给人卖派说孟云长是我们刘安村出去的，大厅长，权势大着哩。

"那年秋上，刘大头来找我了。刘大头的父亲和我同岁，我们打过的架多了。这些年他带着个包工队，也干得不错，我心里还以为他在城里混机灵了，找我想揽工程啥的，可他黑着脸说大厅长，我只说几句话，就走，别怕我脏了你家的地方。让坐也不坐，站在那里冲我吼，人家村子又是修路，又是补助盖房，又是吃救济的，啥偏食都吃得上，刘安村是后娘养的啊？刘安村人到底把你咋了，把你家祖坟刨了，还是把你家月娃儿捏死了？你真的以为你从村子上搬走就真正走了么？去年刘安一带发了洪水，几道沟的路都冲断了，刘安就成了台湾，没路可走，小杂粮运不出去，娃念书都无路可走，是我掏的钱，带工程队把路修通的，人们却说是你把路修通的。大厅长，我没你见过的世面大，可有一点我懂，你官当得再大也有下台的一天，下台以后只有刘安村人知道你是谁。他把一只宰好的羊扔在了我家地上，说这是刘安村的羊，想必你好久没吃过了吧，你好好炖上一锅边吃边想吧。他走了。他那话说得好啊，你从村子上搬走了就真正走了么？你不理解，你从小是在城里长大的，只有在村子上生活过的人，才会有这样感受。"

史国没有想到孟云长说得还热泪盈眶。

孟云长端起酒杯一饮而尽，抓住史国的手说："想起来恍如隔世，唉，说多了，人老了容易发感慨，你别笑话。"

史国说："岂敢，我很感动。"

孟云长说："刘主席那边，你还该做做工作，我想梅主席已经给你交代过了。"

史国说："我已经安排了。"

孟云长说："考察调研结束时，我给你个运作程序，有许多项目没有实施不是项目不好，而是运作程序有问题，运作程序是决定成败的关键。"

<h2 style="text-align:center">7</h2>

五天时间里，看得扎实。刘建军讲了话，把此次调研上升到推动蛇县经济发展建设社会主义新农村实现小康目标构建和谐社会的高度。把调研组送上高速公路，史国就带领四套班子和市、县电视台、报纸的记者原班人马陪同孟云长去了拐子乡刘安村。

路上，史国塞给孟云长一万块钱，孟云长说："刘贵已经给准备了。"

史国迟疑一下，可递出去的钱又不能收回来，就说："多带点，村子大。"

车队一进刘安村，锣鼓喧天，"热烈欢迎"的口号声四面响起，一队小学生手捧一把把鲜花，在寒风中夹道欢迎，横幅打了好几条，上面是"热烈欢迎孟云长主席还乡视察指导工作"。

一入村口，孟云长就下了车，招手致意，还抱起一个小学生来，记者就是拍啊照啊。史国乘机拉过李启明说："你搞错了，孟云长不是主席。"李启明说："没错，这孟主席以前只做过副厅级调研员，横幅不好打，打厅长、调研员都不好，找来找去正好现在孟云长是什么协会的主席，主席嘛又没大小，村里人也不清楚，他们知道毛主席。反正孟云长在村里现在声名赫赫，你看老头子也没反对。"史国给李启明竖起了大拇指。

孟云长一家一家地走。访贫问苦，问寒问暖。一家一家发钱。把一个村子有人的家户都走了一遍，几沓子钱发光了，还把自己的钱夹子掏出来，大概有两三千都发出去了。

中午饭就在村长刘喜旺家吃的，一头小乳猪，全蛇，全羊羔，全土鸡。开席之前，孟云长让刘喜旺准备十只蓝边大老碗，说："喜旺啊，每样菜往这碗里装一点，村上有十几个老人，每人送一碗过去。"

离开村子时孟云长是洒泪故土依依惜别。回到县城，孟云长说："我给你准备了个路线图，一是高调提出打造西大门和县内移民，快速形成以打造西大门和县内移民为抓手，推动国家级贫困县蛇县扶贫攻坚战略的领导班子。二是请党委、政府政研室、政府参事室前来就蛇县这一规划进行调研。三是请文化专家、历史学家就蛇县建县有两千多年的历史及其重要地位进行整理挖掘，确立优势。四是请国家一流规划设计公司进行规划设计，尽快做出高规格大气概的规划来，规划要站在全省的高度。五是邀请省内外国家级专家进行研讨论证，在北京开研讨论证会，营造声势。六是在电视、报纸等各大媒体对调研报告、蛇县历史、文化传承、专家观点进行广泛宣传，要连篇累牍大篇幅黄金时段系列报道，开展舆论攻势。政研室、参事室调研、论证、研讨，看上去有些重复，但这是必须的重复，车走车路，马走马路，各有各的渠道，影响的范围各不相同。"

史国说："蛇县曾经有过一个规划，我觉得还不错，我让人取来。"

孟云长说："啥时做的？"

史国说："前年吧。"

孟云长说："那规划我见过，前年的规划又如何能跟上眼下的形势？如今是一年一个形势，过一年就是老皇历了，再说前年你还没来吧？用别人的规划说起来好像你是在完成他人的设计，又如何能体现你的思路，也不好听。"

史国点着头说："老领导点化得对。"

孟云长说："规划设计要请北京的大公司来做，北京人才多啊，规划设计大气、科学、全面，这几年省里的市里的规划设计都是请北京国家一流的公司来做的，多数规划都是一次通过的。"

史国知道老东西又在为女儿谋事，就说："那还得请老领导帮忙请一下，我不熟悉。"

孟云长说："我参与得多，倒是熟悉几家公司，你就交给我吧。"

史国说："老领导，大恩不言谢。"

孟云长说："你听过这么一句话没？一个成功领导的背后，站着一群记者，新闻宣传一定要跟上，别小看媒体的力量，可以影响领导决策的。"

史国说："老领导，我代表全蛇县人民正式邀请您为蛇县总设计师。"

孟云长说："总设计师不敢当，跑腿没问题，这样吧，书记不在，你还要主持全盘工作，有些常规性工作也脱不开身，你从班子里给我派个熟悉蛇县能代表蛇县能干会跑的人，必须你出面的时候你出面。"

这句话引起史国的警惕，蛇县班子里"熟悉蛇县能代表蛇县能干会跑的人"，孟云长是在问他要刘贵？从孟云长还乡刘贵给准备了费用，就说明他们关系不一般，史国就试探说："老领导，刘贵你……"

孟云长一拍史国的肩膀说："史国啊，我还以为你会在我跟前连刘贵这个名字都不愿提，没想到你还真推荐刘贵。"

史国张张嘴，孟云长说："大度，大气，你是做宰相的料啊，做官就要有这样的胸襟。我知道你刚来跟刘贵有许多不愉快，但那都是可以理解的，刘贵到了这个年龄，想必他的处境你也能理解，他不创造机遇，就该退二线了，你来一年多，刘贵百般不配合，也吃了苦头，说实话他不是针对你的，是针对县长这个位子的，谁来做这个县长，他都会这样'配合'，你明白我说的意思么？他是在为自己创造机遇。"

史国说："明白，明白。"

孟云长说："吕方州被挤对得跑调动的时候，刘贵来找过我，我本来打算帮他，可是消息传出你要到蛇县，我就不能帮他了，你是谁呀，梅志远的女婿，我们多少年的关系了？这几天他陪着我很颓废，想单独请我吃个饭，我明确告诉他，如果说你和史县长一同请，我就吃，否则就算了。"

史国心领神会，也顾不了许多，忙说："我这就给他打电话。"

孟云长说："好。"

史国打完电话，孟云长说："打造西大门一旦决策实施，定然要成立个经济开发区做依托，会设正处级和副处级职数，让刘贵跟着出点力，他面临的问题也就可以解决了。人么你总得让他有点希望，要说这刘贵对蛇县是有贡献的。"

史国说："对。"

孟云长说："其实刘贵这家伙要是用好了，你就会轻松多了，那是一员虎将，冲锋陷阵没问题，打造西大门需要他。这些年啊就他还把我当蛇县人。现在好了，你们之间冰消雪融，我也了了一桩心愿。"一拍桌子又说，"这是双赢啊，不，应该说是三赢！一是对你这是一个大大的政绩，明年换届就十拿九稳了；二是刘贵的问题也得以解决，常务副县长兼了管委会主任，换届时运作运作，政治生命就能够延长；三是我总算能为蛇县为刘安村办件事，也算功德圆满。"

史国说："晚上你看蛇县还要请谁？"

孟云长说："就我们三个，再不要叫任何人。"

刘贵来后，坐到桌上，孟云长挠着头说："有句诗叫什么相逢一笑什么来着？"

史国看看刘贵说："'度尽劫波兄弟在，相逢一笑泯恩仇'，是鲁迅最著名的诗句了。"

孟云长说："对对对，相逢一笑泯恩仇。"

酒喝起来后，三个人都说"一切尽在酒中"，喝掉了三瓶，都说了一大堆醉话。

隔几日葛兆北来了，就说到规划设计的事，葛兆北笑了说："要说这规划设计吧，都是你抄我我抄你，说高雅一点是借鉴，说平庸一点是模仿，说低俗一点就是剽窃，大同小异，要说那份规划稍作修改完全可用的。"

史国说："我也这样想，可老孟说规划设计一定要请北京的大公司来做，高规格，高水平，大气派。"

葛兆北咯咯咯地笑着，史国说："你怎么是这种笑声。"

葛兆北说："这事就该这么笑，做那份规划时他也是这么说的。"

史国说："那份规划也是他请人来做的？"

葛兆北说："我告诉你孟雪的活干得也就那样，东拼西凑的，费用可不是小数目，你要有心理准备，别一谈费用把你吓个坐蹲。"

史国说："不至于把整个蛇县都装进腰包吧。"

葛兆北说："不过羊毛出在羊身上，有他给你操心这事，规划会变成现实，你就放手干吧，他这人才学不高，但就会成事。"

史国说："当然能成事了，有他女儿，谁敢不让他成事？"

临走的时候，葛兆北说："你不该让刘贵跟着老孟跑啊。"

这史国何尝不明白，可他别无选择。

8

上下三千年，纵横三百里，三千年建城史，两千年置县史，从蛇山到坟丘，从老树到古寺，从文物到文化，从方言到乡戏，从一块碎瓦到一截断垣，从一双绣花鞋到一截裹脚布……蛇县没有资源，但周围市县有煤炭、石油、天然气、石材等大量的资源，上千平方公里的资源圈，蛇县就是这个资源圈的核心、枢纽……专家、学者展开他们丰富的想象力、联想力，旁征博引，引经据典，历史名城、资源核心、流通中枢，蛇县定位脱颖，优势凸显。一切都按照孟云长的设计程序走了一个过程。北京的论证研讨会部、委、办都有响当当的人物参加，规格之高，反响之大，在蛇县历史上虽不能说绝后，但是空前的。史国目睹了孟雪的风采与能耐，高规格的会议让她组织得大方得体，滴水不漏。阎副省长在相关部、委、办都有熟人捧场，均表示大力支持，有的甚至说老阎在那里嘛，自家事儿。几场研讨会下来，蛇县简直就成了一个聚宝盆。蛇县所谋之事上升到了省委、省政府战略。三个多月时间，打造西大门、建设蛇县经济开发区开工典礼，省四套班子在省的领导悉数参加，规模空前，气势磅礴。

随着建设工程的紧锣密鼓的上马，沉寂的蛇县一下热闹了起来。书记、省长、主任、主席，四套班子领导今儿你来了，明儿他来了。只要工程一奠基开工，你就是大功告成。梅志远说得没错，政绩已经握在手里了，不少领导对史国的开创性工作给予了充分肯定。

兆北集团成了建设的主力军，专门成立了一套班子进驻蛇县，五十台大型挖掘装载机整队轰隆隆开进县城，简直就是一种展示。只要是兆北集团承揽的工程开工，无论工程大小，都会有省级领导出席。史国真正懂得了一句话：一个大人物背后至少有一个老板，但一个老板背后站着绝对不止一个大人物。梅志远、孟云长，甚至是阎副省长、李全副主任、刘建军副主席都和葛兆北仿佛前世就相识一般熟悉。给予葛兆北的优惠政策，基本上是按照李桃县的模式。史国知道葛兆北依然会跑马圈地，得寸进尺。不过史国并没有由着葛兆北的性儿，对于过分的要求依然有所回绝。城东那块地，史国打算要开发一个现代农贸市场。蛇县一带是豌豆、荞麦、土豆、小米、糜子等小杂粮的主产区，也是牛、羊、猪、鸡、兔的流通区。现在城市患富贵病的越来越多，吃杂粮和山货的人就越来越多，很有市场。可葛兆北想开发住宅区，史国否决了。可是，葛兆北要想得到是绝对能得到的。没过几天，梅志远给史国打电话，站位很高地说建什么农贸市场，不要以为是山城就老抓住农贸不放，那块地方你就交给葛兆北去开发。之后又缀了一句，刘主席也是这个意思。他也就只能作罢。

蛇县热了，表现在媒体上。中央媒体、地方媒体、电视台、都市报，三天一拨，五天一批，一窝蜂地来，省报上《金蛇狂舞》《蛇山，哦，蛇山》等连篇累牍的系列报道，省电视台做了一个"魅力四射西大门"系列报道。史国领略了记者的威力，有些领导直接在报纸上批示了，批示的报纸经过多次复印传真到了史国的案头。史国安排办公室专门成立简报小组，对领导视察、专家建议、媒体报道、领导批示及时以简报的形式上报下达，对省委、省政府两办的简报进行转发、评论。

《蛇山风雨起苍黄》，又是朱大头的杰作，还配了《蛇山之韵》的评论。史国读完，想起老孟"一个成功领导的背后，站着一群记者，媒体代表着一种力量"的话来，就给朱大头打了个电话。朱大头已经带着几个记者来过好几趟了，都不凑巧，他在陪省领导视察、现场办公。现在一切都按部就班了，能抽出闲暇了，该邀请朱大头过来好好陪陪，表达谢意。

朱大头来了，还带着理论部主任叶大魁，一个头发雪白的老头，朱大头说："用大领导的话讲啊，理论是灯塔，你得整几篇理论文章，理论文章可是领导干部的门面、招牌、实力。"

史国说："得了吧，还理论文章，我肚里那点墨水你还不知道？"

朱大头说："过分的谦虚就是骄傲，我看你每次讲话整理润色，就是一篇好文章。"

史国想想说："那我收拾出来请叶主任看看，水平有限，叶主任不要笑话。"

朱大头说："你哪有时间整理润色，让叶大主任给你整理润色。"

史国说："怎么好劳驾叶大主任。"

叶主任说："能为史县长效劳也是我叶某的荣幸。"

朱大头说："叶大主任是咱省理论一支笔，不白整理润色，润笔费是必须的。"

史国说："这还用说，那有劳叶主任了，我敬一杯。"

酒宴散后，史国到朱大头的房间，泡了两杯茶，两个人一人躺了一张床，点了支烟，史国说："我想和你探讨探讨这头条的问题，你得给咱多上几个头条，领导重视头条。"

朱大头笑了，说："你说一年三百五十六天，中央、国务院、省委、省政府、各大厅局就要占掉一大半，全省这么多的市县，你掰着指头算一个县还能有几个头条？"

史国说："少给我来这一套，有的县我看头条很多，周原、李桃半年都上了六个头条，有些县一年都上不了一个头条，不但头条多，而且整版整版的专版也多。"

朱大头说："看出名堂来了，知道为什么头条多的县市专版多？"

史国说："为什么？"

朱大头说："因为专版是收钱的，而一般做两个专版会奖励一个头条。"

史国说："明白了，为啥我们这穷地方请个记者都难，而那些富县记者扎堆，你们这是腐败，搞有偿新闻。"

朱大头说："别上纲上线的，你知道省报现在的运行体制么？改革后，财政断奶，自负盈亏，就靠广告、专版，不挣钱我们喝西北风啊。记者都有创收任务的，像我们这些部门主任任务就更重了，我给你说报社今年在蛇县下达了五十万的创收任务，指标是下达到我们部门，完成不了是要受罚的。"

史国说："五十万？！抢人啊，现在我的手里连看的钱都没有，锅都快揭不开了，别看今年蛇县这项目那工程的投资很多，看上去轰隆隆的，可没有一分钱是蛇县说了算的。"

朱大头说："知道蛇县穷，我力辩才定了这个数的，像柳县、河岸、周原这样的县都是一百五十万的任务。"拍了史国一掌，"这钱是给报社，你当我装到自己口袋里。"

史国说："要是装到你的口袋里，我砸锅卖铁也得给你凑足了。"

朱大头又拍了史国一掌，说："这话让我感动啊，就冲这句话，我给你支个招，你给参建公司打招呼，让他们做专版，一个专版八万，做七八个专版就够了。按说这些单位的专版不在这五十万任务的范围内，是我们的资源，也有五十万的任务，要我们去争取的，不过这是软性的，我可以跟上面搪塞解释，都在你蛇县的地盘么。"

史国沉吟了一会儿，说："那些公司都是大爷，背后站着老大的人物，牌大得很，听我的？"

朱大头说："就是央企，不还在你的一亩三分地上，不听话，还难不住他？"

史国说："我给你说，来头都不小，动不动就是领导批示、电话的，手里都握着尚方宝剑。"

朱大头说："你给他们打电话算是抬举他，不听话，我们来收拾他们。"

史国说："你收拾他们？"

朱大头说："当然了，找找问题还不容易，欠薪的坑民的违规的腐败的，在他们身上随便找，没有找不出问题，一顿饭我们都能给他整出事来，你想想倘若三天两头有人来查这问那的，有村民来挡呀拦呀的，他们还干个屁！能按合同时间完成任务？你听说过这句话没，一个成功领导的背后，站着一帮记者，一个倒霉领导的背后，也站着一帮记者，这话不仅适用于官场，也适用于商界，记者有唱黑脸的，也有唱白脸的。"

史国跳起来，给了朱大头狠狠一拳，说："大头，你说你头咋就这么大呢，原来这里全装的是干货啊。"

朱大头说："头条是总编亲自签发的，专版的事解决了，话就好说，我保证给你四至五个头条，不包括大领导下来视察调研的。"

就又说到理论文章的事，朱大头说："这老家伙我给你带来，就是让他给你整几篇理论文章，你别小看，许多领导的理论文章都是他操刀的，这次让他给你整上两至三篇吧。"

史国说："那我得怎么答谢人家呢？"

朱大头说："钱啊，一万吧，再给弄上两条中华两瓶茅台。"

史国说："一万……"

朱大头说："不要说是给你操刀，就是发一篇文章也得这个数，理论版是热门版面，就掌握在他手里，领导批字的稿件排队，一年都发不完。"

史国说："好，那你呢？帮老同学这么大的忙，连篇累牍的……"

朱大头摆摆手说："咱们是老同学，你把报社五十万的任务完成就行了。"

史国给文耀打了电话，文耀送来五万块钱和烟酒，史国交给文耀说："给叶主任一万，其余是给你和部下的慰劳费。"

朱大头走后的第三天，史国读到的却是一篇批评报道，虽不是省报，却是影响很大的都市报，篇幅老大，报道的是拆迁过程中的矛盾，立场明显是站在民众一边，甚至对一些规划提出质疑。史国读后，觉得这篇报道是夸大了矛盾，显然是在挑事。史国叫来了宣传部部长，拍着报纸发了一通火。宣传部部长解释说他们来拉过专版，我也是帮他们跑过，可是那些企业不愿做专版上广告，都盯着省报。记者们围绕着建设一边搞宣传报道，一边拉专版广告，都围着史国，史国实在顾不过来就全权交给宣传部部长去协调。史国拍拍脑袋说妈的，都是大娘养的，哪个都怠慢不起啊，这样吧，县上挤点钱出来，都照顾照顾吧。

《新起点，新机遇，新跨越，推进蛇县经济社会又好又快发展》的理论文章出来后，史国接到了十几个肯定表扬的电话，其中有刘建军、孟云长等，朱大头打来电话说省委常委、宣传部长还做了批示，要求理论版多发这样的好文章。梅志远打来电话，高度表扬。

9

半年的时间里，省级领导几乎都来过蛇县指导视察，但有一位领导一直没来过，那就是常务副省长周天明。政治就是这么敏感，许多人也注意到了，就有了说法：周天明是不会来的。为什么呢？阎副省长和周天明两人在争常务副省长时有了矛盾，周天明当了常务副省长，组织上为了平衡，阎副省长进了省委常委，可两个人的矛盾并没因此化解，反而在一些事上不断摩擦，越发纠结，二人的不和已经不是不互相支持，而是互相掣肘，互相拆台，这次阎副省长主抓的打造省西大门，建设蛇县经济开发区成功立项实施，而周天明力推的南部大通道工程搁浅，两人的矛盾又升了一级，周天明怎么会到别人战场给别人造势？

然而，周天明来了，大张旗鼓、声势浩大地来了。不过时间很短，只一天的时间，十点钟到，调研到十二点半，午休起来，又调研两个小时，开了座谈会，肯定了工程进度，做了重要指示，吃

长给史国暗示过什么。因为有孟云长，蛇县配备管委会班子阎副省长肯定是知道的，刘贵任主任显然是孟云长在背后用力，而孟云长也拍着他的肩膀给他过暗示，否则史国会兼任主任。倘若阎副省长暗示过什么，形势可就不一样了，虽然周天明是常务副省长，分管人事，可阎副省长也是常委，人事上也说得起话，况且打造西大门、建设蛇县经济开发区，是阎副省长挂帅，而从阎副省长打造西大门成功实施和周天明力推南部大通道工程搁浅，就显示了阎副省长不是一般的手腕，何况还有梅志远。因此，也就没提醒史国。他没有想到史国不知道郑小雁，更不知道郑小雁是郑彦文的妹妹。倘若当时他清楚这一点，那他定然会提醒史国，自己放弃，不蹚这浑水。史国推荐了郑彦文，周天明那边也能落下好，换届时做书记就该没问题，他依然有机会。在蛇县得罪了刘贵，他唯一的靠山就只有史国了。保护了史国，就是保护了他自己。因此，文耀说县长，有些事看上去明明白白，但其实是隔着的。

曹辉表现得更为吃惊，说听说郑小雁给周天明把儿子都生下了。

史国站起来长长吁出一口气来说，明白了，要说这周天明跟保姆这长那短的，在省城也不是什么秘密，只是省城的传闻和蛇县的传闻侧重点不同，省城传闻的重点在周天明，没人关注这保姆的事，而蛇县传闻的重点在郑小雁，因为郑小雁是蛇县人，这跟在省城的人问省长，在村里的人问村长一个道理。

11

要说在蛇县对于这一结果一点都不吃惊的，只有刘贵。跟着孟云长跑的过程中，刘贵把关系用足用活了。孟云长对史国说，这些年也只有他刘贵把他当蛇县人，此话当然夸张了。要说孟云长在蛇县时他们并没什么交往，孟云长离开蛇县的时候，他还是锣鼓公社的一名小干部。和孟云长接触也就是近几年的事，这条线还是葛兆北牵的。葛兆北一直想买蛇县煤矿，开始是跟县长吕方州谈的，吕方州当然想卖，开了几次会，硬让他搅了局。看着是一块肥肉，吃不到嘴里，葛兆北又转向跟他接触，接触过几次，谈得很投机，他跟葛兆北说要买，等我把吕方州挤走。之后葛兆北邀请他去李桃县参观考察，并一起到南方发展比较快的城市进行考察观摩，两人就谈出了打造西大门这一宏伟构想。回来后，葛兆北把孟云长介绍给了他，说打造西大门要能够实施，此人有举足轻重的作用。自此，他只要一去省城，必是上门拜访或请孟云长出来坐坐，年头节下的拜访更是少不了。吕方州被他挤得手段难以施展，开始活动调走的时候，为讨孟云长的欢心，他邀请孟雪的规划设计公司进驻蛇县进行规划设计。规划费花去了几百万，就这还说是为家乡做事，少收了几十万。他咬咬牙，吕方州还没走，这笔钱没办法支付，别人的钱欠个一年两年三年甚至可以一直欠着，都不是个啥事，可孟雪的钱不好欠，只好先由葛兆北垫付。吕方州被挤走后，他还没来得及欢庆，瞬间就来了史国。这件事上他断定孟云长没帮他，孟云长与梅志远之间的关系他是知道的，也能理解。逢年过节，到省城开会办事，他依然是拜访孟云长，请老头子坐坐。吕方州被挤走后，没能如愿以偿升任县长，他就不得不做两手准备了，如果政治生命不能延长，他打算成立自己的公司，孟云长依然大有用途。他对葛兆北说规划费找你老同学去要吧。葛兆北说我去要算什么，难道是给我规划的？这是政府的事。他就说那这样吧，在蛇县不管和你老同学干什么勾当，我不坏你们的事，权当顶了规划费。史国来后，他是一直憋着一口气，县长的位置是他挤走吕方州腾出来的，却被史国坐了。他还是采取对付吕方州的办法想挤走史国，然而，这个家伙却是个生皮，毫不畏惧，几番较量之后，史国更绝，先是请税务局来查金蛇大酒楼，之后又是请纪委的进来，几记重拳确实砸得他有些发蒙。不是说他有事，一个官员有事没事不在于你真的有事没事，而在于有没有人盯着你，只要有人盯着你，没事都会弄出事来。他只能避其锋芒。但他不甘心啊，倘若这么容易就甘心了，他也就不是刘贵了。

随着打造西大门，建设蛇县经济开发区的运作展开，孟云长告诉他要成立管委会，到时你兼主任，从领导讲话、指示的精神和东、南、北三大门经济开发区的配置看，开发区肯定会升格，一升格就是副厅级构架，你的问题就一步到位解决了。这刘贵也是清楚的。但是，管委会班子推荐上去之后，一直没有下文，他就明白问题出在周天明那里了。周天明是常务副省长，又分管人事，且与省委常委组织部部长是老乡同学关系，人事上周天明当然占有先机，阎、周二人的不和是公开的，这也不是什么秘密。他现在的境况是首先必须把管委会主任抓到手，才有机会去谋别的。管委会主任虽说是正处级，但是个正处级的实职，对他来说意义重大，虽然常务副县长也是正处级，但这个正处级是虚职，组织部门看的是实职，硬杠杠。因此，他不能把鸡蛋装进一个篮子里，单一地靠在阎副省长身上，风险很大，必须脚踩两只船。脚踩两只船那就必须上郑小雁这只船。可郑小雁虽是蛇县人，这条路一直断着。尽管他知道郑小雁这几年在蛇县办过不少事，但人家从没找过他这个层面的人，郑小雁要办的事到了他这一层面就像是执行上级的决定一样，连问的资格都没有。至于郑小雁的哥哥郑彦文，他从骨子里也是看不起，除了一张嘴溜得滑顺，其实草包一个，而且嘴还像棉裤腰一样松，无论啥话到他耳朵里不出一天便满城风雨，更是恬不知耻，他妹子跟周天明那档子事本不是什么光彩的事，有点廉耻的人都会避讳，可他不但不避讳，反借此耀武扬威的，因此，一直没有发展这层关系。不过，要想接上郑小雁这条线，也用不着郑彦文，有葛兆北就可以了。葛兆北跟周天明的关系不一般，李桃县就是周天明抓出来的典型，像郑小雁这样的女子，能和比他爹还大的人钻一床被窝，他不相信什么感情，他断定是冲着权、钱去的，葛兆北就是一座金山，她怎么会不好好利用呢？而且说不定葛兆北和周天明的关系极有可能是葛兆北先打通郑小雁的关系才搭上的。他让葛兆北引荐郑小雁。不过引见之前，他对葛兆北说你们是同学，我们的关系你也明了，我声明我不是想对史国做什么，就是为了那个管委会主任。葛兆北却说此地无银三百两，我不掺和你们之间的斗争，再说你们也没冲突啊，他下一步谋书记，你谋县长，跟我解释反倒显得你有别的目的。

葛兆北约郑小雁，郑小雁爽然应约，当见到有他在场，立马矜持起来。到了上岛咖啡厅，酒、咖啡、茶点上了之后，葛兆北接了个电话就匆匆走了。这是他们商量好的借口。郑小雁坐得有些矫揉做作，一脸孤傲冷漠，目光不时瞟着窗外，几根指头就那样翘着，每个指甲上绣着一朵兰花。刘贵明白，像郑小雁这样在领导屋里做事的人，他这样来巴结的人见得多了，对他造访的用意心如明镜，摆谱拿架子他也能理解，不过心里还是不爽，暗骂装什么装，谁不知道你是个什么货色，表面上却只能堆着笑涎着脸说小雁，我代表蛇县先对你表示深深的感谢。郑小雁皱皱眉头说感谢我？刘县长这是笑话我。他继续说今年蛇县这么好的机遇，蛇县谁人不知是你小雁的功劳，这事一开始领导意见有分歧，关键时刻是你起了决定性作用啊。这种舔沟子话蛇县人叫灌米汤，他这些年说得多了，张嘴即来，蛮顺口的，也就不脸红了。这勺米汤灌得郑小雁的脸色活泛了，来了兴趣，说这、这咱蛇县人也知道？他心里说丢祖败姓的还真把自己当成人物了，却只能蚂蚱吃露水跟秆子上，顺着话茬继续吹捧，说知道，咋不知道，蛇县人可关注你了，在领导家里服务，又是研究生，领导的讲话报告都是你把关哩，有些重要思路都是你提出来。郑小雁端着的架子放下了，破例给他添了茶水。他也放松了一下，这些话在见到郑小雁之前他都是打了腹稿的，又说小雁，我可是你真正的娘家人，你说你回娘家也不找我，太见外了，以后无论啥时你回到蛇县，别人不在的情况下，我总还守在那里，能给你捧杯热茶吧，家里亲戚朋友有事，打个电话说一声，咱虽然是个副县长，大事办不了，小事总还能办一些。郑小雁说谢谢刘县长。他说蛇县人记恩，你对蛇县做的事蛇县会传扬你的名字，人活的就是个故乡么？你说是不？郑小雁说这话说得好，刘县长，我敬你一杯。他双手捧杯，碰过将大半杯红酒咕咚咕咚灌了下去，郑小雁笑笑说刘县长，红酒是需要品的，可不是这么喝的。他说虽然当了个副县长，一直在蛇县，骨子里还是个粗人么，喝起酒来就像饮驴一样。郑小雁扑哧笑了，掐起一张餐巾纸沾沾嘴唇，他却抓起餐巾纸抹了一下嘴，捏成一团扔在桌上，心里说你要表现你多么有品位多么贵族，那我就表现我有多么粗俗多么愚昧，给足你优越感，妈的。继续说咱蛇县的事你还要一如既往地多多关照呀。停顿一下，又说说个不当说的，咱蛇县这些年成了人家捞资历的地方了，你走了他来了，走马灯似的，哪个是来扎扎实实干事业的，远的不说就说吕方州吧，干了两年捞到了基层工作资历就升了副厅走了，在蛇县一件事没干，倒卷走了不少古董。你说派到蛇县来的倒是一个个比蛇县人能干噻，唉，蛇县的事业就这么耽误了，退后一步说，你说派别人来了，你倒把蛇县的干部交流出去也算，可没有，就像蛇县人都没什么本事似的，小雁，你是咱们蛇县出去的人才，这些事你不能不管，你得给领导进言，该说话的时候还是要说话的，多少年了蛇县没提一个正县级干部，蛇县的干部都憋气呀。郑小雁点着头作沉思状。他说这些话的目的就是为了过渡到自己的事上，那样就自然了，要一开始直接说自己的事，目的太直接她会警惕，倘若封了口，话头就再拾不起来了。见郑小雁并不反感，他接着说就像我吧，两届的常务副县长了，常务副县长有干两届的么？要是上面有咱蛇县人，干不满一届早就提升了，不说了，不说了，蛇县人说话直，你也别介意，还是那句话，蛇县有事找我，回娘家找我。说到这里，刘贵觉得话已经说透了，郑小雁也该心明了，再说下去就是车轱辘的废话了。其实要说说了半天的话都是废话，郑小雁何等精明的人，葛兆北把他引见给郑小雁的那一刻，郑小雁对他的心思就洞若观火了。郑小雁看了一下表，他就忙站起来说小雁，我知道你忙，不敢多打扰。郑小雁是自己开车来的，他上前拉开车门，把一个包放进车里说，小雁，一点心意。郑小雁提出包来说这样不好。他说你要不收就证明对蛇县对蛇县人没有感情，蛇县人民有求于你哩。郑小雁说那、这……他笑笑说有句话说恭敬不如从命。郑小雁笑笑说刘县长这话说得让人没退路。郑小雁把包重新放进车里，说你看差点把重要的事忘记了，把手机号留给我。互相留了手机号。目送郑小雁走后，他长吁一口气。第三天，郑小雁给他打了电话，说周书记下周要去蛇县，主要看拆迁安置，那些点不是在城关镇么，介绍情况时你安排我哥介绍，让他也露露脸，别老让书记露脸。他和郑彦文通了个气，让他好好准备准备介绍情况，又将镇书记派到省里去跑项目，让郑彦文顶上去。又过了一天，郑小雁打电话说你把简历发过来，发到我手机上。他兴奋起来了，郑小雁要他的简历就意味着要在周天明跟前"美言"了，郑小雁的"美言"起到效果可不是一般的效果，他就觉得自己的事基本已成定局，阎副省长那边有孟云长，自然不会有啥问题。周天明调研结束，常委组织部部长把史国再次推荐上报的名单告诉他时，他才发现这家伙江湖气太重，心里说在我身上你可以使江湖手段，在周天明那里还耍江湖手段，你也太二了。从郑小雁让他安排郑彦文露脸，他就明白郑彦文要做这个副主任，周天明调研时那样称赞郑彦文，等于把话都挑明了。然而，再次推荐史国竟然还推荐文耀为副主任，他没有反对，第一个举手赞成，心里却偷着乐。至此，他有了更上一层楼的想法。估计名单到了周书记案头，他立刻赶赴省城约出郑小雁，说唉，我对天发誓，彦文的事我是力荐了的，可史县长就是听不进去，去年提彦文当镇长他就百般刁难，说是年龄太小，工作经验不足，又没结婚，没结婚也成了理由，这分明是找碴么，我是据理力争，说现在乡镇就需要年轻干部，年轻就有活力有朝气有开拓精神，而且也需要有背景的干部，从上到下都在讲，关系就是生产力嘛，至于结婚不结婚那有啥？影响工作了？不要说国外，在咱中国，好多大领导都单身，干得不比谁出色？好在去年苟远山还在，班子里我还有几个得力的人，算是涉险过关，这次又是这样，苟远山上党校以后，史县长大权独揽，行事横着哩，干部都怕他，人家有阎副省长和岳父梅志远这背景么，他推荐的那个文耀是他同学的堂兄，任人唯亲么，草包一个，就会溜须拍马，舔沟子说好话的，小雁，你得相信我，你得体谅我，彦文的事我是尽力了，可官大一品压死人，人家有背景么。郑小雁嘴唇都咬青了，说老刘，我知道了，你回去等着吧。

12

送别史国的酒宴和迎接的酒宴如出一辙，还是由刘贵主持的，这也是常规。对于送行，史国一再表示不必了，可常玉贵说这怎么行，传出去说蛇县不地道，也说我常某不地道，我理解你的心情，要说这种事在官场也不稀罕，你又何必太在乎呢？你的承受力不会这么差吧，对你来说一切都是暂时的。他一想也是，这事还不是自己一个人的事，一切都是设定好的一个程序，只要你在这个链条中，你就得在程序里运行，送行这事往高里说还是组织上的事。能坐二十六个人的大桌，蛇县四套班子在蛇县的主要领导围桌而坐。书记当然坐主位，谁坐左边是个问题，左为上嘛。史国已经坐在了右边，刘贵坚持让史国坐左边，史国懒得移动，说坐吧，坐吧，不就一个位置么，刘县长何必这么认真。刘贵也懒得拉扯，干脆坐到席口去了，这时常书记说也对，今天的主角是你，我是主陪，他是副陪，按国际流行惯例，这么坐是合适的。——落座，常玉贵端起酒杯说我们先过去敬个酒，让他们先开席，过来咱们再好好陪陪史县长。

旁边还有一桌省发改委来的大员，是怠慢不得的。史国很知趣，说我就不过去了。常玉贵和刘贵再三邀请，史国很固执地拒绝了。常玉贵说那就请多担待担待。史国说理解理解。常玉贵和刘贵带着一帮子过去敬酒了，桌子上就剩下史国一个人了。史国笑笑，想到自己主持送苟远山的情景还犹如昨日，今日就轮到他了。不过，他没有苟远山那么颓废，洗澡、理发、剃须，换了新衬衣、新西装，连皮鞋、袜子都是新的，人就显得精神抖擞。

看上去今日主桌该是送他这桌，事实上谁都知道省发改委那桌才是真正的主桌。发改委的大老爷们手里攥着项目、资金。因此，说是去敬酒，其实，主要领导一时半会儿是回不来的。他已是明日黄花，没人在乎冷淡了他。果然，不一阵其余的人陆续回来了，主要领导一个未见归来。不过史国想，刘贵该会很快过来，他是不会放过这最后的一次扬眉吐气的机会。

再势利，面子上的事大家也还都得顾，一个一个轮流给他敬酒。酒敬到一半，刘贵过来了，说："这帮爷一个比一个能喝，常书记和李主席说他们先在那面顶上一阵，我来陪陪史县长。"

史国摆摆手说："不是县长了，叫主任合理。"

刘贵扫了桌子在座的一眼说："咋不陪史县长喝酒，我给你们说，史县长可是好酒量，是从酒厂出来的，底细我可是了解的。"

刘贵显然是在发号施令，史国笑笑说："对，刘县长说得没错，酒囊饭袋。"

张兵是副县长，说："早闻史县长是酒场英雄，一直想跟你划上几拳，总是没机会，今儿个放开，咱们划拳如何？"

史国看看张兵，没有说话，张兵左右看看说："先声明啊，你们都别乱分析，我没有任何意思，我行武出身，四肢发达头脑简单，最怕动脑子，也最怕别人分析，许多事情一分析，必有别的解释。我只是听说史县长酒量很大，一人灌翻过八人，我也是好酒量，说个大家不要记住的话，我是凭借酒量引起领导重视的。"

史国笑而不语。他不能判断这家伙真正的用意。其实要说分析，张兵是最爱分析的，但他老在别人跟前说自己行伍出身，四肢发达头脑简单。不过，此时挑战有往伤口上撒盐或者说落井下石之嫌，有失水准。可话又说回来，人在江湖，身不由己，官场即江湖。既有三十年河东，就有三十年河西。现在刘贵得势，在座的各位出什么状况也是可以理解的。

张兵瞟了一眼刘贵，笑笑，斟好了酒，说："三拳两胜一窝窝，咱们不代不赖，谁输谁喝，拳上见高低，注意，我可不是说权力的权啊。"

史国本想和张兵来几拳，可张兵瞟向刘贵那一眼让他完全明白这个自称"行伍出身，四肢发达头脑简单，最怕动脑子"的家伙正是一个落井下石的小人。张兵的手伸出来停在空中，史国没有理会，说："这样，我打个关吧，权当答谢这两年多时间大家对我的支持吧。"

张兵就将盛酒杯的盘和酒壶端起递了过来，史国看着递在跟前的酒盘，往日在座的哪一位敢让他斟酒？他不去接，倒想看看张兵要如何下台。就在这时，常玉贵回来了，其他人都像士兵见了首长唰地站起来，史国没有站起来，这些人已经跟他没关系了，也就没有必要拘泥于规矩。忽然，后背给人狠拍了一把，史国回头一看是韩国，高中同学。特能考试，从普通干部考上了副处，又从副处长一跃考上了发改委副主任。

韩国给大家敬酒一圈，说："老同学，到我们那边去吧，你还赖在这边干啥，那边更适合你啊。"说着扯着史国就走，边走边说："各位，你们吃。"

这话说得好啊，史国感激得几乎要涕零，他回身一抱拳走了。

13

时光还是流逝得很快，转眼过去了一个多月，梅志远没打过一个电话。史国几次调出电话号码，却也没有拨出去。梅志远不可能不知道他职位的变迁，只是梅志远给气坏了。他和梅惠媛结婚以来，梅志远对他攀龙附凤的认识始终没有改变，在他跟前始终表现出高高在上，盛气凌人的姿态，动不动用"你是我梅志远的女婿"之类的话告诫他，这次，梅志远定然是鼻子都气歪了。市政协安排他到省党校参加为期半年的青年干部培训班。去党校报到后，史国考虑要不要去见一趟梅志远。思前想后，还是决定不去见了。他不愿意看梅志远那张盛气凌人的脸，更不愿听梅志远那颐指气使的训。然而，周末，史国接到了梅志远的电话："到上岛来，维也纳厅。"

　　史国来到上岛咖啡，维也纳厅布满烟云，梅志远的一张脸阴得能拧出水来。服务员上了两杯咖啡一盘果品，问还需要什么，梅志远说："出去，不叫不要进来。"

　　服务员退出去后，梅志远从座位上跳起来拍着桌子狠狠说："郑彦文，郑彦文，郑彦文，周天明在你跟前提了多少次这个名字，秋风过了驴耳？你就脑子里没过一过？"

　　要说周天明调研走后，史国对周天明这一天的过程也是进行了详细的梳理，并没觉得有什么特别之处。周天明确实是赞扬了郑彦文。城关镇安排了三个点，介绍到了第二个点的时候，周天明拍着郑彦文的肩膀说小郑啊，情况很熟悉，思路很清晰，不错嘛，镇长镇长，一镇之长，能够站在民生的角度思考和解决问题，有想法，有实干精神。下午开座谈会的时候，周天明说那个小郑来了吗？来来来，往前坐，谈谈你下一步的思路。郑彦文谈完之后。周天明说不错，不错，蛇县还是有人才的嘛，蛇县要大发展，需要有这样的人才，人才就是生产力。在史国看来，这很正常，领导视察工作，对一个基层干部进行肯定、褒奖是常事，彰显他们重视基层的亲民之风，这种事他经常遇到，远的不说，就说自蛇县打造西大门，建设经济开发区以来，大领导视察调研中，动不动抓住一个基层干部问这问那表扬表扬，就是农民、工人的手也抓住摇半天的。

史国说："我以为他只是随口说的，领导常常会表扬基层干部，情绪好了，兴致高了，会多说几句。"

梅志远大拍桌子说："这是在表扬一个基层干部？从工地到会场，表扬一个毫不相干的基层干部，领导会这么卖力么？撇过周天明的表扬不说，报纸半个版宣传郑彦文，领导没有意图，一个小人物报纸舍得拿出那么大的版面宣传吗？"

周天明调研后的第三天，省报出了大半个版写郑彦文，史国给朱大头打过电话，说你们也真能编，除了名字是郑彦文，事迹没一件是他的，这样的人你们也报道？朱大头说那是周天明带的记者写的，时政部的记者常常抓住领导口中的典型报道是常事，没有事迹就得编，反正是正面报道，又不是反面报道，你大惊小怪什么。他也就没往心里去。

梅志远蜷起中指敲着桌子说："给你说过多少遍了，一个官员最重要的是悟性，什么叫悟性，就是察言观色，领会上意，上级领导下来，每一句话你都要仔细听，仔细想，官场处处有陷阱，毁了你的可能就是一件极小的事，很不在意的话。"

史国说："他要明说了，事我能不办？让人去猜？"

梅志远更加恼火，拍着桌子说："老天爷呀，你还冤枉得不行了，明说？你当是那些村长、镇长、局长啊，赔着笑脸围着你讲困难，求着你办事，那么大的领导，明说了还用你去办呀？愚蠢，愚昧，不可救药！"

史国辩解说："再说这郑彦文正科级才一年多，按组织上要求从副科级到正科级的年限也不够，又没什么突出业绩……"

梅志远粗暴地打断史国的话说："愚蠢，愚蠢，这么大一个人物提拔一个科级干部还要按规矩来啊，他们就是定规矩的，莫非你连破格提拔也不知道？这些年政治饭白吃了？"

梅志远点了根烟，抽了两口又搓灭，说："一个基层的领导干部，首要的是把领导研究透彻，让你研究领导研究人脉，周天明、郑小雁、郑彦文，这么重要的关系你都没弄清楚，你说你长这个猪脑壳整日琢磨些啥啊，熟悉每一位重要的经历就像熟悉自己的掌纹一样，给你说过多少遍？！"

事实上，梅志远知道的也仅限于周天明跟保姆这长那短的，至于这个保姆的情况也是一无所知，是事后才理清楚来龙去脉，倘若早知道他也就提醒史国了。可是，该对史国发的火还得发。

要说史国没研究过重要领导，那也是有点冤枉。史国在教委当主任期间，对重要领导关系信息也掌握了不少，亲戚、朋友、同学、情人、战友等。对于周天明，史国掌握的情况是这样的，不是本省干部，从外省交流过来，没在本省插过队支过边，不要说是在蛇县，就是在全省也没有什么亲戚朋友同学战友，关系很单纯。唯独这个保姆没有引起他的重视。

梅志远脸色铁青，在地上踱来踱去，说："你是我梅志远的女婿啊，你让我梅志远蒙羞啊，我梅志远从政三十多年，还没丢过这么大的人，出过这么大的洋相，我的女婿从一个县长让人家搞成了一个市政协的办公室主任，我敢断言在我省的历史上没有一个县长遭遇过这么差的'待遇'，你是开了先河，太让我长脸了！你给我闹了全省最大的一个笑话，这会在官场流传的！"

　　史国索性无语，悠闲地抽着烟，梅志远继续说："行百里者半九十，古人说得没错啊，我们绞尽脑汁忙来忙去，最终却为他人做了嫁衣，这嫁衣做得漂亮啊，死灰都可以复燃，何况是刘贵！不知人家如何乐哩。到政协去好好反省吧，给你这样一个位置，说明人家把气生大了，我给你说如果周天明不调走，或者出大问题，你这辈子就没有出头之日，人物越大心眼越小，宰相肚里能撑船，那只是个说法而已。"

　　梅志远摔门而去，史国坐在那里，笑了，梅志远气生大了，他有一种报复的快感。

　　来了一条短信："天上浮云似白衣，斯须改变如苍狗。"没有署名，电话号码没有显示名字，显然此人是游离在他的圈子之外，努力想想，没有想起此人，就把这首诗的下两句回了过去："古往今来共一时，人生万事无不有。"

粮票

　　"粮票"打来电话说新收了几张稀有票证，过来看看。我说好好。手机里存储了太多的人，除了重名的容易混淆，还有许多人没有深刻印象，加之记忆力减退，常常是来了电话盯着名字想上半天想不出是某人，应答不当常受人责怪，再记手机号码就细了，名字前加上单位名称，比如电视台张三，民政局李四，房管局王五，有绰号名字前加上绰号，比如大象赵六，野猪钱七，碎嘴孙八。"粮票"是摆票证摊点的老猴子，一个已年逾花甲的老头。这么大年龄了，该输入他的名字，但我问过他的名字，他说你就记老猴子吧。输入时又觉得老猴子不合适，毕竟是一个老人。再问他的名字，他笑了，说：多少年了，都叫我老猴子，以前叫我老猴子我跟人干过架，现在叫来倒觉得亲切哩，叫名字反不习惯，偶尔人叫了名字，迟疑半天才能想起叫的是我，名字就是个代号么。我想想就输入了"粮票"。

　　又搬了一次家，搬到北塔湖附近，实现了逐水而居的梦想。北塔湖有城市绿肺之称，沿岸人流如织，于是就自发形成了一个旧货市场。有几家旧书摊，散步时便在旧书摊翻旧书。旧书古朴，儒雅，不像现在的书过度装帧，十万字的书都能弄到二三百页大部头。遇上心仪的旧书便淘回来，日渐成了一门功课。曾淘到过商务印书馆一九六三年出版严群翻译的古希腊柏拉图的《泰阿泰德智术之师》，定价才一元一角，四块钱就淘到手了。要是现在出版的，至少三十五六元。也去各种古董摊上看看，只是看看，极少买东西。我不搞收藏，其因有二，一是没钱，二还是没钱，何况现在全民收藏，总觉得哪有那么多的老货，所谓古董皆是做旧的新物。某一天，冒出一个专营票证的摊点，摊主就是老猴子。他从前是在西塔摆摊，见这里市场红火又挪到这里来了。

老猴子的票证摊点让我大开眼界，从明清时期的借据、地契到当今的各种票证，涉猎广博。新中国成立以来的票证为最多，布票、粮票、肉票、烟票、酒票、糖票、醋票、油票、盐票、煤票、糕点票、棉花票、絮棉票、线票、肥皂票、火柴票、麻酱票、缝纫机票、自行车票、汽油票、煤油票、手表票、理发票、侨汇票、菜票、豆制品票、料票……种类繁多，五花八门，简直就是汪洋大海。正如票证下面垫着的灰布两边所写：方寸世界小，历史舞台大。

在老猴子的票证摊点粮票占比分量最大，全国通用粮票、军用粮票、各省市地方粮票、面制品票、餐券票、杂粮票、大米票、面粉票、细粮票、粗粮票、小米票……呃，这些散发着浓郁的历史气息的票证勾起了我深深的回忆，我说：给我整一套。老猴子惊讶地说：整一套？我说：粮票，全套的。老猴子噗地笑了，说：兄弟，一看你就是个外行啊，全套的？你知道全国有多少种粮票吗？就目前发现的有一万四千多种。又卖弄说：粮票是我国除人民币外发行量最大、种类最多、使用期最长、影响最大的无价票证，创下世界之最，不要说我，全国所有藏家加起来也未必能凑齐一套。我目瞪口呆了。

老猴子从一个袋子里掏出几本影集一样的本子，上面写着"票证时代——经典票证"，打开里面是经典票据影印件，剪贴有票据故事。老猴子指着说：这些票据我也只有影印件。我看时，觉得跟真的票证一样精致。他递给我一把小马扎说：坐下看。这是一本关于票证的图文并茂的书啊，想必他准备出书。果然他说：我准备出一本票证明代的书哩。一些冠以经典的票证在现在看来是那样不可思议。譬如：抗日名将彭雪枫家乡河南省南阳市镇平县 1965 年发行的一红一蓝两种油票，红色面额为伍分伍厘，蓝色面额为壹钱陆分伍厘。介绍说为了配合当时的社教运动而发行。社教干部下乡到农民家搭伙吃饭，除付钱粮外还要付油票，干部一月的食油定量为伍两，伍分伍厘由伍两除以三十天再除以三餐而得出，也就是说为一餐定量。壹钱陆分伍厘则为一天定量，在当时很多农民一家人一年到头吃不上二斤油，干部能有这样的定量已相当不错了。伍分伍厘油到底有多少？1 斤为 10 两，1 两为 10 钱，1 钱为 10 分，1 分为 10 厘。伍分伍厘为 1 斤的 180 分之一，也就是合 2.75 克，形象地说，还不到一啤酒瓶盖儿。农民将干部吃饭给的油票汇集起来，够 1 两了，再到公社粮站去将油买回家。该油票被吉尼斯纪录认定是世界上面额最小的油票，被中国历史博物馆所收藏。又譬如：最小面额的粮票是南京市 1960 年粮食局发行的壹钱粮票，供买卖油条、饼干等粮食制品找零之用；最大面额的粮票是 1967 年发行的一万斤的粮票；票幅最大的粮票是 1984 年广西粮食局发行的广西流动人口粮油定额供应卡，票长 17.3 厘米，宽 6 厘米；票幅最小的粮票是 1955 年浙江省印制的随证粮票，票长 0.9 厘米，宽 0.8 厘米，仅有小手指甲大小。再譬如，江苏省 1969 年印制发行的第一版壹两、贰两粮票，以南京长江大桥为票面图案，但大桥上的三面红旗和桥下诸多簇拥的红旗均是往东飘，显然刮的是西风，东风吹，战鼓擂，现在世界上究竟谁怕谁，不是人民怕美帝，而是美帝怕人民，这红旗往东飘，显然是西风强劲，东风不敌西风。粮票刚一开始发行，就被人看出重大错误，发出的全部收回，和存票全部销毁。

老猴子是个坦荡的人，或者说寂寞的人，还没问我姓甚名谁，就告诉我他的身世：我以前是农村的，我爹最大的愿望就是让成为一个吃粮票的，为此我爹把家传几代的一对镯子送了礼，那可是对真正的翡翠镯子，从我太爷手里传下来的老货，到我们家有一百多年了，放到现在最少上百万了，唉，人眼前头的路黑着哩。我成了个吃粮票的人，给安排到农具厂上班，没几年改革开放东风吹来，厂子迎着风就倒了，我下岗了，那段日子比农村人难过啊，干这干那的没干成一件，最后竟成了倒腾粮票的人，现在真正成了吃粮票的人了。看来老猴子吃粮票吃得不错，他递给我的名片上，头衔是票证收藏协会副会长，括弧常务。

"吃粮票的"，这话让我倍觉亲切，感慨万千啊。1955年第一套全国通用粮票发行，标志着票证时代开启，到1993年粮票彻底退出流通市场，标志着票证时代结束，近四十年间我国发行了数以万计的票证，到"文革"时期达到顶峰，票证范围之广、地域之宽、品种之全、时间之长、数量之多，为人类历史之最，可以说除了买红宝书、《毛泽东选集》、领袖像不用票，其他所有东西几乎都要票。社会由此划分为吃商品粮与吃农业粮两大阶层，界线分明，壁垒森严，有严格的世袭制度，绝大多数票证非城镇户口没有资格使用，城乡二元体制由此产生。

票证时代正是我的童年时代，在如此浩瀚的票证海洋中，在我家急需粮票的1972年以前，我知道的票证只有布票，困扰我的也只有布票。每年我也能分到布票，但我没有支配权。在我的印象中，童年时代的我几乎没穿过用布票扯回来的新布料做成的衣服，穿的都是爹、哥哥甚至是娘、姐姐穿得破旧不堪然后再进行拼贴缝纫的衣服。即使到了我放羊、喂猪、打柴、拾麦穗、挖草药够挣来扯布的钱的时候，依然如故，因为布票没处挣去，而我的上面有那么多的大人。每年分给我的布票都添补给大人们了，因此对布票我是爱恨有加。

至于票证时代最重要的票证——粮票，那时候只是我们精神世界的东西，寄托着我们的理想、愿望、目标、梦想、追求。在那个时候，吃粮票是农村人的终极梦想。用我们老埂坪人的话说，吃粮票就等于月月有个麦子黄。对于长期看老天爷脸色吃饭的老埂坪人来说，能月月有个麦子黄，那无异于鲤鱼跳龙门。然而，梦想终归是梦想，我们有过多么丰富的梦想啊，上九天揽月，下五洋捉鳖，去北京见毛主席，做董存瑞、黄继光、邱少云、雷锋这样的英雄等等，最终都湮灭在现实的尘雾中，生活在我们那样的自然条件下，有多少梦想可以成真呢，绝大多数梦想只是个梦罢了，吃粮票也只是我们许多梦想中的一个罢了，现实不允许我们生活在梦想里。因此，粮票之于我们的生活并没有实质性的意义，我们也并未有过切肤之痛。然而，到了1972年，我家对粮票有了切肤之痛，而我爹对我们弟兄们最大的梦想就是成为一个吃粮票的人。

1972年是农历壬子年，鼠年，也是个闰年。在我的记忆中，这一年自天气暖和起来，奶奶就不着家了，一直在浪门子（串门），只要有点亲戚包括她认下的几个干姊妹家都浪过来了。在李干奶奶家浪了半月，奶奶捎来话要回家。爹就让娘去找陶世宽请假。陶世宽是大队长，同时兼着老埂坪生产队队长。那时候出门是要给队长请假的。除了给自己请假，还得给小灰驴请假。小灰驴虽然在家里喂养，却是生产队的，尽管正是闲月，不拉粪犁地，可是要拉着它出门，就要给队长请假。娘眼睛一翻说我没男人了，让我抛头露面？爹说我懒得看他那副尿姿势，见了人拿做的样子。

从大姑家回来还没待上半月，奶奶又嚷着要去门栓家。门栓是我六爹。那时的六爹也三十好几的人了，有了三个娃，按说奶奶跟爹说起来该说你六弟，跟我们说起来该说你六爹，跟大哥的儿子兵兵说起来该说你六爷，跟别人说起来该说我家老六，可奶奶一说起六爹来，张口闭口"门栓"长"门栓"短的，不知底细的人还当门栓是她孙子哩。现在想来，奶奶对于六爹的记忆永远是停留在六爹几个月多的时候。

六爹是给奶奶卖了的。1942年的旷世大旱祸害的不止河南一省，覆盖面老大的，我们老埂坪也不例外。那时间爹兄弟姐妹九个，六男三女，一半都是半大的年纪，正如老埂坪的老话说，半大小子，吃死老子。才过了春天，家里喂牲口的草撺都给人吃光了，逃荒成了唯一的生路。逃荒要饭也需要一点盘缠以备不时之需，奶奶就和爷爷商量卖掉一个娃带点钱上路逃荒。爷爷是个老实木讷的人，说这跌了年成，娃娃卖不上价。奶奶气得翻了一眼，说日子好过，谁忍心卖娃娃。

六个儿卖哪个呢？让奶奶做难啊，哪个都是自己身上掉下来的肉疙瘩。奶奶让爷爷拿主意，可爷爷说：你想卖哪个就卖哪个。奶奶迟愣了一阵，说：咋是我想卖哪个就卖哪个？爷爷躲避着奶奶的目光不言喘。奶奶踢了爷爷一脚，说：这事上你也不做主，让我将来落难受啊。爷爷直接把头夹在两腿间不抬了。奶奶就把六爹卖了。那时间六爹才几个月，还吊在奶头上，因为饥饿本就没奶，还要带着逃荒，奶奶想带到路上肯定是个死，卖给人家能把命拉活。这也正符合来买娃的老肖的意思。买娃传宗接代托身养老自然是越小越好，小了没记性，感情上就少了牵绊。老肖是山东人，民国十八年的大灾荒逃到老埂坪来，在村巷支了个铁匠炉子，整日"叮哐""叮哐"地打铁，灾荒过了就在老埂坪落下了。老肖有一门手艺，婆娘却不生养，家里就两口人，日子不难。趁着饥荒年老肖想买个儿传宗接代托身养老。饥荒年有人卖娃娃，也便宜，是个划算的生意。

老肖两口子抱走六爹的时候，奶奶给六爹喂了最后一次奶，六爹吃得"咕儿咕儿"的，还哪有奶水，那是奶奶的泪水落在奶头上，六爹吞咽的是奶奶悲伤的泪水。老肖也看得难受，一再说就等于给我开门立户，儿还是你的儿么，你说我一个离乡人，在这老埂坪单门独户地讨生活，以后不仰仗你家也不好活。话是这么说，灾荒度过的第二年，老肖就悄无声息地回了老家。都知道老肖是山东侉子，可山东那么大，上哪里去找。我们家所有的亲戚出门四处探听，没有找到确切地址。这成了奶奶心里的一个痛，一提起来泪水涟涟，噎不成声。一直到多年后老肖得了病，估摸自己在这世上没多少时日了，良心上过不去，才带着一家人来认了门。这几年，六爹一年回来一趟。奶奶一直说要去六爹家住几天，可去六爹家不是件容易的事，一是路途遥远，一来回十天半月，二是路上搅销大，家里光阴也吃不消。

奶奶叫嚷几天了，爹说：年年见着呢么，几个娃你也都见过了，再不我打个电报让他两口子回来一趟，把娃都领上。奶奶瘪着一张嘴说：佛（我）是（系）做娘的，这世上有么（没）气（去）过儿地（的）家地（的）娘？佛（我）亏气（欠）着发（娃）哩，佛（我）

把发（娃）从奶头上揪哈（下）来卖咧，一岁多秋（就）么（没）了娘，谁知佛（我）发（娃）过地（的）个啥日子，佛（我）不气（去）看发（娃），发（娃）嘴上不说，心里寒凉哩，佛（我）系（死）咧也眯（闭）不上眼里。他是（系）佛（我）儿么。吃晌午饭，饭菜都上桌了，奶奶就是不坐到桌前来，我把米饭端给她，她一把打落在地，碗碎了几牙儿，黄澄澄的米饭扣在地上就像金黄的小麦摞，鸡呀狗呀立马扑过来争食，娘扑过去把扣在地上的米饭往碗里扒。于是就鸡飞狗跳的。爹把正扒着的米饭碗"哐"地蹾在桌上，狠狠地说：说话口风都收不住了，腿还长得很，你哪里不想去，天上有梯子你还上天哩。奶奶说：喜（你）娃莫贱眼佛（我），人都休（有）老地（的）一前（天）哩。越老越像个娃娃了，一点都不给人省事。爹嘟囔着捎着锹出门去了。其实饭刚吃过，还不到上工的时辰，高音喇叭唱起《大海航行靠舵手》人们才上工。爹是出去躲奶奶去了，人老了就像娃娃，但比娃娃更难缠。

奶奶喊了几天，见爹不理会，这个下午，奶奶便有了行动，挂着树杈削成的拐棍从院里骂到院外，从上庄骂到下庄，从村街骂到村外，逢人便说儿子如何忤逆不孝，最后竟爬上老埂岭坐在岭上骂，山谷沟壑里便全是奶奶的声音了。散工回来，爹铁青着脸坐在院里扳下鞋底，就像拿连枷捶粮食一样一下一下捶着院子说：真是老糊涂了，周围这么多亲戚你想走就走走，一点不给人省事。奶奶就在院里唠叨着骂，边冲着爹呸呸呸地唾唾沫。人们围了大门看笑摊。村里的人就是这么爱看别人家的笑摊。吃过晚饭，娘说：丢人不丢人噻，叫人家还说我做媳妇子的不是，就让她去一趟噻。爹说：去一趟，说得轻巧的，你当是去李家洼张家山，几千里路程哩，八十多的人了，是出门的岁数？又说：再说还不得我陪着去？两个人路费、店费、吃喝拉撒，啥不要钱，老六家现在也是一大家子人，上有老下有小的，光礼行（礼品）得多少钱，一趟得多少钱？老二可门进可门出，媳妇还八字没一撇呢，不能由着她来。娘幽幽叹一口气说：我看娘怕是辞路哩。我说：娘，啥叫辞路。娘抚一下我的头，说：人活一辈子，死前得把走过的路都走一遍，这就叫辞路。又说：走过的每条路上都连着亲戚啊，就像树的枝枝丫丫，人死如灯灭，死了就再也见不着了，临死前总得见一见。爹吓吓吓连吓了几口，用烟锅磕着炕沿说：胡说啥哩，娘刚健着哩，你看她走路都带得起土哩，爬那么高的老埂岭，骂人还吼得山动弹哩。娘说：娘今年多大年纪？八十三了，七十三八十四，翻年就是个大坎儿，你看今年到现在，这方圆沾亲带故的都走过来了，就剩老六家了，娘心里一直亏欠着老六，不去一趟就成了一块心病，万一……有个啥，后悔都来不及。爹挠着头说：过两天再说。娘说：瞌睡迟早要打眼睛里过哩，还过啥两天，明天准备一下，后天就动身，这份花销省不下，日后勺头上紧一紧。

第二日娘就开始准备了，这时候爹才醒过来，还不仅仅是个钱的事。去六爹家得经过宁夏、甘肃、陕西、河南、山东五个省，那时间交通很不便利，赶车跟赶趟撵舍饭似的，一来回顺了一站不误，路上也得十天，不顺就得半月，要是爹一个人，晒上几十个干粮馍，推一升炒面，煮一包鸡蛋，背个大水壶就是好日子了，可奶奶都八十三了，一天不连汤带水热热乎乎地吃喝两顿咋行？这就得有粮票。可粮票不是钱，有力气没处挣去，只有吃皇粮的人才有。村上没几个吃皇粮的，爹请了一天假，跑了整整一天，只借到三斤二两粮票。爹垂头丧气地回来了，躺在炕上一言不发。奶奶一直盯着爹，爹说：盯啥盯，没有粮票，哪里都走不了。奶奶"咯儿"一声，眼睛一翻就过去了。连喊带叫好不容易叫得醒转过来，奶奶却又像薅草一样一把一把薅自己的头发，薅着薅着，又"咯儿"一声，没有了黑眼仁儿。爹吓坏了，说：好了好了我的活先人，我再去借，再去借。爹出了大门，一闪身爬上了草摞。草摞紧挨着大柳树，大柳树树冠就像撑着一把大伞罩着草摞，草摞高出院墙，又透风，爹躺在绵软的麦草上呼呼睡去了。

事实上还有一家爹没去借。这就是大脑袋家。老埂坪就那么几个吃粮票的，还能冒过大脑袋家？应该说爹第一个想到的就是大脑袋，可从大脑袋家门口经过，爹没进去，跟大脑袋张口他觉得实在是太窝囊。

解放前，大脑袋和爹都是外爷家的长工，说起来在外爷家的十几个长工里，爹和大脑袋是最投缘的。人么投缘不投缘最重要看到了一起有没有话，能不能说到一起，对一些事的看法一致是否。他们在一起有话，能说到一起，对一些事的看法也是一致的。重要的是爹是长工头，指派一些活计，大脑袋从不挑三拣四，服从命令听指挥，这就是对爹最大的支持。爹娶了娘后，大脑袋跟人这么说过，把我叫大脑袋，要笑我呀，你看人家脑袋不大瓢子多，全谋算的是大事，神不知鬼不觉地把这么大的事做下了。那时候这话在爹听来分明是夸赞表扬，很长一段时间成为爹自我卖派的资本，他喜欢大脑袋在人前这么说，自己也喜欢给人转述这句话。

要说爹娶了娘，在当时那是个传奇，因为那时的外爷可是老埂坪方圆最大的地主，有名的白老爷，山地川地一千多亩，十对骡子的庄稼，八群羊，日子风光着哩。不过爹能娶到娘手段却是有些无赖，不是什么光彩历史，让人羞于启齿。呃，还是说说吧。爹十五岁上就在外爷家揽活，从打短工到拉长工一直干到长工头。耕、种、打、扬，干起活来从不躲尖溜滑，而且干活心细不惜力，有些唯美主义，总是把活干得漂亮，这很对外爷的胃口。外爷骂长工，常用一句话：你们挑葱的不像个挑葱的，卖面的不像个卖面的，就是小姐的身子丫环的命，咋不学学来福？来福是爹的名字。

外爷是个受尿。这是老埂坪人背后对外爷一致的说法。受尿是老埂坪一带特有的一个词，是指只会受苦却不会享福的人，是对一个人辛勤劳作的贬义形容。外爷白手起家，十四岁前没穿过鞋，有一回放羊差点冻死在雪窝子里，是远近有名的箍子。外爷发家没得横财，也没捡上狗头金，就是能下苦，能抠（应该说节俭吧）。即使后来骡马成群，家业盈厚，外爷还下地劳作，和长工同吃同劳动，隔三岔五还同住，一起谝传。外爷说一日不到地里出几身汗，晚上睡不着。子女下地劳作就更不用说了。他把一家人的嘴管得很紧，吃野菜，喝糊汤。有福不会享受，这可不就是个受尿。外爷才不管人们咋说，有一回他骂一个长工说：你说我是受尿，那你给我这个受尿拉长工，不是成了个大受尿？

正所谓惺惺惜惺惺，好汉惜好汉，外爷在农行里是欣赏爹的。平时歇缓，外爷会把吃着的水烟壶递给爹说来福，吃几口。熬了罐罐茶，会说来福，喝一缸子。拉出枣红马来，把缰绳甩给爹说来福，放一趟子。别的长工就没这待遇。被外爷看重抬爱，爹就对娘有了妄想。当然，爹也知道门不当户不对。门不当户不对也不是说外爷要把女儿嫁入官宦人家或者书香门第，外爷再富也还是个种地人的思维，娘没进过学堂，也像个长工一样常和长工一起干活。门不当户不对主要是我家太穷了。爹在弟兄六个中排行老四，除了大伯用大姑换了个媳妇，二伯三伯都还光棍一条。家里除了三孔窑洞，田地没一亩，牲口没一头，那是一个大穷坑。从娘的两个姐姐看外爷择婿的标准，有家有业，至少也得有几十亩地，两三头大牲口，四五十只羊。尽管这些爹看得清楚，想得明白，但还是存着妄想。一是外爷对他依赖。地里的事听凭他做主，就是下种捣茬开镰这些事也都是要和他商量，离不开他。二是娘不反感他。平时在地里一起干活，长工们会去惹娘，娘真急，捞起啥都往身上砸，过分了会翻脸，连哭带骂的，一些长工的脸都被抓烂过。爹惹娘娘却不恼，还"咯咯咯"地笑，急了会拧一把掐一把，再不就是拿土疙瘩丢一下。三是附近有实例。高台子刘四就一长工，还不是个长工头，不娶了东家的女儿。因此，爹就抱着小殷勤卖转帝王的想法，带着长工干活更上心了，像给自家干活一样，地里家里没明没黑地苦，外爷没操到的心他都操到了，惹得长工们背后当面辱没他，猪头就说狗日的想给老白当女婿，癞瓜瓜（蛤蟆）想吃天鹅肉哩。老蔫说当了老白家的女婿，就是牲口转世，苦死你个狗日的。这些话长工挂在嘴边说，外爷自然也是耳闻了。爹观察过外爷，却看不到一点意思，这让爹苦恼又无奈。

老埂坪是夹在老埂岭和野猪岭之间的一道山谷，被一条大沟劈为两半。外爷家的地一半在沟这边，一半在沟那边。这一年老天爷偏了几场雨，糜谷长了半人深。杂草也疯长，夺糜子的养分，因此说收成在锄头上。这天，爹去沟对面锄糜子。沟对面的糜子锄了几天，只剩下大半块地了，爹说再去个长工就是浪费，我一个人靠个晌。外爷就让娘去搭个手。锄到晌午，还有一亩多地，爹就说靠个晌锄完，省得再翻一回沟。一下暴雨两边山岭的水都往这沟里汇，因此这沟极深，一上一下足有十里路。过了端午，正晌午的太阳晒死牛，地里的土疙瘩挨到脚上就像烧红的炭疙瘩，实在受不了，两人便去沟崖下歇凉。

沟崖下很凉快，因为沟里走风。两人在沟崖下坐着，说些乱七八糟的话，后来爹就唱起来：

> 樱桃桃小口糯米牙，脸蛋蛋好像果子花。柳叶眉来杏核子眼，端溜溜鼻子一条线。黑丝头发赛墨染，不长不短三尺三。要问人美不美，赛过当年女貂蝉。

娘"咯咯咯"地笑，说：胡骚情。爹继续唱：

> 走路好像风摆浪，站下好像一炷香。老鹰飞过忘扇膀，羊羔羔路过忘叫唤。木匠一见走偏了线，石匠一见就丢了錾。病人跟前站一站，十分的病好了九分半。

娘呸了一口，骂道：嘴黏得也能唱出口，把人肉麻死了，你不害臊我还脸红哩。爹继续唱：

> 一阵阵狂风一阵阵沙，哥哥的心里如刀扎；前山的糜子后山的谷，哪达想起你哪达哭；想你想得手腕腕软，捏不住锹把端不住碗；想你想得泪花花闪，三天没吃下一酒盅饭……

娘啧啧啧地咂着嘴说：看把你娃可怜的。爹又唱：

> 干妹子你好来实在好么，哟喃喃；哥哥早就把你看中

了，哎哟看中了，哎哟看中么，哟嗬嗬；打碗碗花儿就地
开么哟嗬嗬，你把你的白脸脸掉过来，哎哟掉过来，哎哟
掉过么，哟嗬嗬；二道道韭菜缯了把把么，哟嗬嗬；我看
妹子胜过了，哎哟胜过了，哎哟胜过兰花花；你不嫌臊来
我不害羞么，哟嗬嗬；咱们二人手拉手，哎哟一搭里走，
噢一搭里走……

娘脸子红了，说：越唱越不要脸了，你再唱骚曲儿小心我翻脸。
我们老埂坪人把这样的曲儿叫骚曲儿。

应该说爹选的这些谣曲准确地传递着爹的心声。后来，我在
想，倘若就是这样的谣曲爹一直唱下去，将娘唱得心软泪涌，然后
他们就会相爱了，为了摆脱娘家嫌贫爱富的桎梏，娘毅然决然与爹
私奔，那么该多好。更好的是他们最后参加了革命，解放了全中
国。如果他们真的私奔，这绝对是有可能的，因为那年抗日战争刚
刚取得胜利，第二年共产党解放全中国的战争拉开序幕，内战就全
面爆发了，几年后解放了。

然而，爹忽然就不唱了，他浑身燥热，脑子混乱，他失控了，
一个老鹰扑兔，就将娘压了身子底下，娘大叫起来，连抠带咬，又
推又搡，怎奈爹双臂如椽，握住犍牛的双角能把牛扳倒。娘挣扎了
一气，把眼睛闭上了……

却说外爷带着几个长工打了一早晨窖，吃过晌午饭，还不见
两人回来，就提了饭和水往地里来了。也不排除外爷担心孤男寡女
做下出格的事，两个人平时打打闹闹的外爷也是看在眼的。外爷到
了地里，看不见两个人，心里就"咯噔"一下。来到崖边，他看到
了一切，气得整个人快要炸了，可他脑子清楚得很，事已经出了，

再吼叫已无济于事，重要的是事不能声张出去，他悄无声息地锄地去了。

娘抹着眼泪疯了一样从沟崖下上来，看到锄地的外爷她痴愣了片刻，连饭也没吃就回家去了。爹开始很害怕，害怕让他慌乱，慌乱让他恍惚，恍惚让他迷惑，在崖下他竟沉沉地睡去了，直到两只鸟啄头上的虱子把爹啄了醒来。上了沟沿，爹看到外爷将剩下的糜地快锄完了。他不知道外爷是不是已经知道了，迟疑了片刻，坐在地头把两罐饭吃完，去锄地了。来来回回几趟，爹和外爷擦肩而过，外爷虽没说一句话，但气定神闲，爹想看来老汉是不知道，心里安了些。

地锄完后，外爷说了声"回了"，就捎着锄前面走了。看不出外爷有什么异样，但爹心里还是不踏实，这事太大了。他一路磨蹭，直到傍晚才回到村子。村子很平静，没有出事的嘈杂。站在村巷想想，爹没回家，直接去了外爷家。一是想探探实情，二是要没事，他是长工头，还要给长工们派活计。虽说在一个庄子上住着，为了叫早派工不误活，外爷给爹安排了住处，备了铺盖，让他和长工们一起吃住。因此奶奶说这个儿给老白生下了。

长工们正在吃饭，爹随着长工吃了饭，大脑袋吃喝着砍牛腿，爹还哪有心思玩，趴在墙头往外爷家大院里看。长工们住的箍窑与外爷家大院隔着一道墙，爹个头高，趴在墙头能看到院里的一切。大院里很安静，很正常。爹靠着墙根蹲下开始吃烟。吃烟的过程也是个想的过程。爹就深刻地想娘是个女儿身，遭了这种事自然不愿声张，张扬出去就是把他砍了毙了，她就能和以前一样了？只能打掉牙往自己肚子咽。这么想着爹悬着的心也就放下了。天黑尽了，其他人解手撒尿地乱了一阵，都上炕睡觉了。爹去牲口圈里给牲口上了夜草，回来时娘的二弟也就是我后来的二舅来叫，爹问：啥事。
二舅说：过去说活儿。爹的心里就彻底宽了。进了街门，二舅说：
我爹在上房里等你哩。爹迟疑了一下，除了刮风下雨，说活儿都是
在院里，今儿咋就到房里去了。也只是想想，就往上房里来了，刚
进门，两腿一麻，就扑倒在地上。爹刚爬起来，腰里又一麻，就再
也爬不起来了。一拃厚的门板从身后"咯哑哑"关上了。埋伏在门
后的外爷甩了手中闩门杠，提起一根蘸了水的麻绳折成两股，就
像调教牲口一样虎虎生风抡起来。蘸了水的麻绳抡在身上不会伤
到骨头，但皮肉会肿起来，烈火烧灼一样疼痛。爹咬着牙没有叫
出一声来。

当外爷换了手再抽时，门被推开，娘从门外扑进来跪倒在外
爷脚下，说：爹，饶了他吧，会把他打死的。外爷说：打死就打死
了，他做下这牲畜不如的事就该往死里打，打死了到哪里都是赢官
司。娘说：爹，你把他打死了我咋活？这话外爷听明白了，抡了最
后一绳，把绳撂了。打的过程也是想的过程，把女儿嫁给爹以前外
爷是没有这个想法的，苦日子他过怕了，像他这样发起家来的有几
个？可现在女儿被糟蹋了，再嫁个好一点的人家，万一事露了，那
就是一辈子的话把，一淘气人家就会拿这事来揭短，过的就是个受
气的日子，光阴瞎好不在穷富，主要是看心宽不宽，这事堵着心咋
能宽。女儿扑进来的一句话，他听明白了，心里也就认下了这门
亲事。

外爷打爹那是下了杀心的，把女儿毁了呀，做下这种事他简直
恨死了。那时间的外爷还不到五十岁，下了大半辈子苦，正是浑身
是劲的年龄。因此，爹的伤势很重，麻绳蘸了水抡在身上那是比皮
鞭还要狠，而又是盛夏，爹只穿着薄如灰纸的麻布坎肩和短裤，身

上肿起指头胖的一道一道肉岭，就像肥沃的土地上爬满了皮条虫。爹几天起不了炕，外爷就让娘伺候着。几天里外爷跟爹进行了几次谈话，第一天外爷说：你个狗日的啊，放着人事不做要做驴事，你让我的脸往哪儿搁？巧凤的名声给你狗日的坏了，你说咋办？爹说：她要是成了我的女人，这事就像没事一样。第二天外爷说：你把这丢人败姓的事做了，就得遭受惩罚，你得给我白做三年长工。爹不言喘。第三天外爷说：巧凤让你个狗日的糟蹋了，唉，也是她娃的命，等秋后我把事给你们办了。爹不言喘。第四天外爷说：三年后，我给你打两孔窑洞，你就领着娘过自己的日子去。爹还是不言喘。第五天外爷又说：三年一眨眼就过去了，你也挣不回来个女人。爹开口了，说：有一条可得说清楚，我不招女婿。外爷怪笑了一声，说：我几个儿顶天立地的，还要招个外人进来添麻烦？爹看看外爷，说：成。外爷说：这事就烂到肚里去，再不要吐出来，要是事传出去，就是从你嘴里传出去的，到时候可别怪我手狠。爹说：我知道你是要脸的人，难道我就不要脸？秋后，外爷办了宴席，爹娶了娘。

在老埂坪发生强奸案之前，这样的事老埂坪人说糟蹋，谁谁谁被糟蹋了。解放后，老埂坪发生了个强奸案，案破了，老埂坪人也知道了强奸这个词，娘就老拿强奸这个词跟爹说事，两人常打嘴仗。娘说是强奸，爹坚决不承认，有一回给娘说急了，爹当着我的面说了一句少儿不宜的话：母鸡不咯咯，公鸡能上身，就是上了身也被撂了下来。把娘臊得脸红如花，直骂你是个人么，当着娃的面说这话，打到驴群里就差个尾巴。从爹和娘一辈子相濡以沫的生活看来，可以归类为爱情。爹能把娘糟蹋了，应该说是有感情基础的，如果没有感情基础，爹要得手并不容易。庄田里的活娘和长工一样干着，娘有的是劲，真正反抗起来，爹是不可能得逞的，再说娘要是拼命大叫，爹也会输胆的。

现在想起来，要不是爹先下手，娘怎么会嫁到我家呢？用娘的话说那时间我家穷得就剩下人了，一蹲一窝，一走一串。这话实实的。我们这门人长寿，那时候太爷太奶还活着，而奶奶又生得稠，除了卖掉的六爹，爹弟兄姊妹八个，可不就是一蹲一窝，一走一串。这分明是个火坑，吃够了苦的外爷能眼睁睁让女儿往里面跳？

爹明白外爷说白拉三年长工的话是气头上的话，老话说女婿外甥半个儿，女婿是外人，女儿总是自己亲生的，难道自己白面黄米的吃，看着女儿吞糠咽菜，自己绫罗绸缎的穿，看着女儿衣不蔽体？爹想三年后老汉会给他三五十亩，置一个像模像样的家。外爷家川地山地一千多亩，给他三五十亩不伤筋动骨。因此，这三年爹干活更卖气力，操心庄稼地里的活无微不至。可是三年满了，外爷却没让他们单锅另过，爹心里就不顺畅了，跟娘说：老汉对咱们到底是咋打算的，要白使唤我们一辈子呀。娘不言喘，爹又说：你去跟老汉哭噻闹噻，一千多亩土地，偏头拐角的薄地给我们三五十亩又伤不着他的光阴，这种不明不白的日子过到啥时候。娘呸了一口说：不明不白的日子？你还憋屈得不行了，我咋就不明不白地嫁给了你？爹说：你别抬杠噻，都睡到一个被窝里了，心该往一处想。娘说：我抬杠还是你抬杠，这三年你白苦了？一个人挣四个尻子屙哩，分出去另过早都饿得皮搭到墙上了，再说年头节尾的给你家老的没装粮，没换衣？不会算账啊，捂着心口窝子好好想想吧，给你工钱，你能办了这么多的事？爹当然不是不会算账，三年娘生了大哥和大姐，吃吃穿穿，有个头疼脑热，都在外爷家开销，单锅另过他一个苦力养活几口人虽说饿得皮搭到墙上有些夸张，但日子未必有在一起这么消停省心，这么再干几年把娃娃养大了当然是好。只是他觉得这样寄人篱下的日子虽然无忧无虑，可日子不能按照自己的想法过，干得再好也没有成家立业的感觉。还不仅仅是没有成家立业的感觉，虽然说的不是倒插门，可三年没开工钱看上去就是倒插门。那些长工的话他也受不了，本来长工就觉得他娶了娘是天上掉饼子掉到狗嘴里了，个个嫉妒得眼里冒火鼻口喷血，说话自然就尖刻了，倒插门的女婿拉磨的驴，这样的话就挂在嘴上。回到家爷爷是个闷葫芦，嘴秃，可奶奶伶牙俐齿的，说：我早就说生下个儿给老白家生下了。爹就气了，说：咋了，没往家里给你驮粮，还是没给你换衣？让你吃了上顿没下顿，还是净尻子出不了门？说话时捂着心口想一想再说。话是说出去了，可心情并没好起来。真正舒心的日子是别人没说法的日子，别人有了说法的日子就是不爽么。

要说外爷也不是想白使唤爹。外爷也想得明白，觉得不管事情咋出的，现在爹已是自己的女婿。女婿就不是外人，再开工钱惹人家笑话，也显见外。他给爹举下了五十亩地的念想，二十五亩山地，二十五亩川地，两头大牲口，人均一只羊。娘虽是个女娃，可在家里苦了一趟，他不会亏待的，三年满了他就把他们分出去。可三年时间娘生下大哥大姐，单锅另过，样样事儿自己要操心，就想等娃再长长吧，扒光阴也不在乎一年两年，等娃大点离了手脚出去扒光阴也不迟。当然，也是想着让爹再帮他几年，地置得越来越多，摊场铺得越来越大，我的几个舅舅虽然也老大不小了，可还顶不上力，再说长工带长工更顺溜，需要爹这么个长工头。当然，这些他埋在心底，没露口风。谁知道紧接着就闹起了土改，不久就轰隆隆地解放了，世事天翻地覆地变了一场，一切都归公了，白使唤女婿的话把也就落下了。不过，外爷倒也不觉得就亏欠女婿，一是女婿在家里没受亏待，二是如果刚结婚就把女婿另出去，五十亩地两头牲口解放时最低成分也是个地主。当然，因为受外爷的影响，我家的成分给定了个中农。

人活一辈子，总会跟人叫劲，就像风会跟墙叫劲，不管刮风不刮风，到了墙跟前，你都会听到幽幽的风声，那是墙拦下了一股风。鸡和自己的影子叫劲，追逐着自己的影子啄。狗和猫一辈子都在叫劲，狗见了猫就追撵，猫上了树就冲狗撒下一泡尿来。人要是觉得自己不幸，一定是来自于叫劲的那个人。起初爹只是和陶世宽叫劲。因为成分好，人又活套，陶世宽解放后当了生产队长，后来又当民兵营长、大队长，一路顺风顺水的，爹就觉得自己很是不幸。整个老埂坪大队的底子就是解放前外爷的家底子，他是长工头，陶世宽还是他带的长工，倘若不是成分把人害了，大队长应该是他的，哪有他狗日的风光。渐渐地就不仅仅是陶世宽，爹领导过的长工都凭着解放落下个好成分，一个个起来了，有了政治前途，胡麻子当了大队民兵营长，牛大拴当了会计，就连他半个眼睛都看不上的朱大肠也当了生产队长，爹就觉得自己很不幸。

中农这个成分很不得劲，往上是富农、地主，往下是贫农、佃户，中农夹在中间就像掉在半空里。用爹的话说是树梢上挂灯笼，上不着天，下不着地，攀不上力蹬不上劲呀。爹上过夜校，识下点字，比方说他对一家人的名字不仅认得，写得还是横平竖直的。以前按手印的，他都改成了签字。可他毕竟没读过书，记住的东西不多，记下的无外乎一句话的口号、最新指示、毛主席语录，能背诵几句毛主席诗词，因为开批斗会要喊要背，这是政治任务，马虎不得。再说这些东西短，就一两句，最长几十个字，又朗朗上口，容易记。但对于毛主席关于中农的一段论述，爹是背得滚瓜烂熟，几乎可以说倒背如流了。"中农是必须团结，不团结中农是错误的。

但是工人阶级和共产党，在农村中，依靠什么人去团结中农，实现整个农村的社会主义改造呢？当然只有贫农。在过去向地主作斗争、实行土地改革的时候是这样，在现在向富农和其他资本主义因素作斗争实行农业的社会主义改造的时候，也是这样。在两个革命时期，中农在开始阶段都是动摇的。等到看清了大势，革命将要胜利的时候，中农才会参加到革命方面来。贫农必须向中农做工作，把中农团结到自己方面来，使革命一天一天地扩大，直到取得最后的胜利。"多少年后，在毛泽东一九五五年写的《福安县发生中农社和贫农社的教训》一文的按语和《中国农村的社会主义高潮》中册第七百零一页我找到了这段论述，爹让我盯着他背，这段含标点224个字的论述，爹背得一字不差。

爹不止一次给人背过这段论述，没人愿听。可谁去理会这么长的论述呢，人们只记住了中农是团结的对象这一句。整个老埂坪大队，贫农佃户占绝大多数，他们都互相不待见，经常生事，谁团结你这个中农？不要说是团结你了，能给你不找麻烦就不错了。在生产队、大队，中农永远是靠边站的。但爹还是背，人们烦爹的喋喋不休，干脆把爹就直接叫了齐团结。

心气不顺爹常在娘跟前讨便宜：我这辈子算是倒了八辈子血霉，让老汉白使唤了几年，还把成分弄成了中农，成了人家团结的对象，你说这世上咋就有他这样的人。娘把手里的针线活砸向爹，说：不是我爹饶你娃，你娃早就成了孤魂野鬼了，齐海的儿子做了猪狗不如的事不让人家吊死了，你娃别不识好歹，便宜占了也就占了，要不然有你娃娶的女人？还不是光棍一条。爹说：我光棍一条？我要是贫下中农，那成分，挑着拣着娶哩。娘撇撇嘴说：也没见得那些成分好的都娶上了女人，你家老三老五还火柴秆秆没头头，个个光棍一根哩，老二不是拣了个讨饭的，还不打更的和尚抱着棒槌?！爹总被娘堵得无话可说，就自言自语地感叹：我这是替老汉受过呀，你说老汉那时候要给咱几十亩地，用不了几年我就能翻个大身，咱也过过那好日子，也不亏不冤，这倒好，好日子没过上，倒把成分弄成了中农，不然，哪有狗日的陶世宽的风光，我那时候是长工头，高背着手给他们派活哩。娘火了，一脚就踢在爹的干腿梁上，说：要是给你五十亩地，你现在就是富农地主，台上台下斗得你娃不消停，后悔了就离，离噻。爹提着腿转"哎哟哎哟"在地上转圈圈，说：日子寡淡得就剩下抬杠了，咋就急了呢?

要说这些年大脑袋还算爹的一个安慰。大脑袋也是贫农成分，却也和他一样。两人依然靠着墙根谝闲。大脑袋给爹分析过，说：中农紧挨着富农，再往上就是地主，哪个都祸害人哩，你外父又是大地主，你这中农很悬哪，往上一提那就是灾祸呀。这话戳到了爹的软肋，中农这个成分还不是蹭不上劲的事儿，而是站在灾难的边缘，往上一提可不就是灾祸，那是要上批斗台的。运动紧张的时候，成分往上提的人少了? 因此，爹活得就有些忍气吞声。

尽管如此，爹并没有放弃努力。陶世宽当民兵营长时谋算大队长，捉了周秃子的奸，夺来了大队长。陶世宽在老埂坪是寒姓，民兵营长捉大队长的奸那是要冒风险的，虽然说手下有民兵，可周秃子曾经是民兵营长，民兵都是周秃子手上的人，放了水让周秃子反过来咬一口，就永世不得翻身了。李上大队就出过这样的事，大队长捉支书的奸，结果用的人反了水，结果捉到了炕上的奸变成了做思想工作，大队长失了一着，最后给搞了一顶帽子戴了，押上了批斗台。陶世宽就选了爹。选爹是基于两个原因，一是爹弟兄六个，齐心协力，二是爹娶了娘，没有人知道爹是怎么打动了外爷，都觉得爹是个有计谋的人。陶世宽许愿他做了大队长就让爹做老埂坪生产队队长。爹就带弟兄几个死心塌地地帮陶世宽捉了周秃子的奸，可把周秃子拿下了，陶世宽却把老埂坪生产队长给兼了，给爹就找了"上面不批，还是成分上的事"的借口。爹说难道中农就没有出头之日，陶世宽说不仅你是中农，还有你外父是大地主。爹怀疑是给陶世宽要了，可把借口找到成分上，用爹感叹的话说就是鼻子大把嘴压了，啥话也说不出来了，只能吃个哑巴亏。现在的陶世宽可不是那时候的长工了，把陶世宽逼急了，像大脑袋给他分析的，把成分再往上一提，那可等于把门前的塌窖踩开了，灾呀难呀的就一起来了。

爹知道自己这辈子要想在老埂坪出人头地已没有指望了，除了自己的中农成分，还有外父的地主成分，这是压在身上的两座大山，孙悟空身上才一座大山就压了五百年哩。他就把希望寄托在我们弟兄几个身上，妄想着能有个出人头地的人物。

当然就我家的情况要想在老埂坪培养个出人头地的人物，爹明白是很难的，只能曲线救国向外走。向外走有三条路：招工，当兵，念书。招工，最直接，可是每次招工就一个两个名额，还不够队干们打架骂仗的，而且几年都不招一次。念书原本是最公平的，只要自己把书念下，考上谁也没办法，可大哥才一上高中，人家又不考了，改成推荐保送，一政审就给审下来了，这条路又断了。就只有当兵这一条路了。这些年爹是看明白了，当兵是这三条路里最好的一条路，因为老埂坪周围只要当了兵的，都成了公家人，吃粮票，月月有个麦子黄。回到村上来，也都是有头脸的人。

大哥十八岁那年，爹让大哥报名参军，但才填了个表就给"毙了"。大哥嗷嗷大叫着回来了。大哥还是政审给审下来的。爹就气呼呼地说当兵那就是个卖命的事，咋还要审么。可大脑袋的儿子小脑袋却验上了兵。要说验兵，从两个人身材个头上看，大哥更像个兵，身高一米八，虎背熊腰。而小脑袋才十六岁，又干又矮。小脑袋当兵被接走的时候，一村人都去看，军装太大穿不起来，袖子、裤腿都挽了几圈。小脑袋的娘说要把军装往小里改一圈，被人家骂了，说军装也是你随便改的？爹吼着说日他娘，这还有天理么？眼睛瞎了连秤都认不准尺子认不清了，哪个更像兵？哪个更能上阵杀敌？至此，爹才彻底明白，成分就是一堵墙，而且这堵墙你不知道它有多高。常言说中宁有个莫家楼，半截搐在天里头。这堵墙无疑比莫家楼还要高，上接天下接地，密不透风，想翻过去简直比登天还难。当兵这条路也彻底断了。大冬天的，爹在老风岗子上蹴了一个下午，把半截鞭杆都嚼成了木渣。遇事嚼木棍，爹经常是这么发泄的。爹想明白了一件事，看清楚了一个人。"毙了"这个词对爹的打击很大，就是大脑袋说的，分明有看笑摊甚至诅咒的意味。爹恍然大悟，大脑袋原来一直跟他叫着劲的。再回过头想他娶了娘大脑袋说的那番话、大脑袋给他分析中农成分的危险，就明白大脑袋是在看他的笑摊，而且带着一种威胁，也就明白这大脑袋跟他投缘完全是虚意逢迎，说穿了和他并不过心。活在这世上，总会有人跟你较劲，谁跟他心里叫着较劲，爹想过好多人，从没想到大脑袋头上，就感慨地说：大脑袋才是内奸工贼，棉花里藏着的针啊。又感慨说：这世上最可怕的就是别人跟你叫劲你却蒙在鼓里。

小脑袋转业回来在公社开上了车，成了吃粮票的公家人，月月有个麦子黄，大脑袋在爹跟前就有扬眉吐气的意思，经常拉住爹掏出纸烟点上说儿子这长那短的。爹知道大脑袋是在给他卖派，可他只能听着，背后跟人说起来，爹就跟人说开车的在过去就是个车户。后来小脑袋又给公社革委会主任开车，某一回还把李主任拉到家里来了。不久，大脑袋就当上了大队治安主任，人就抖了起来，衣服披起来了，说话嗓门大了，走路也摆方步了，牛哄哄的。大脑袋还常常把爹扯到家里，又是泡茶，又是递纸烟，闲暇时间还非要碰上几杯。每拿一样东西出来，大脑袋都会说儿子孝敬的，还压低声音说：李主任就喝这，就吃这。还说：别看我儿是个开车的，在过去就是个车户，那得逢给谁开。爹明白背后说的话有人送到大脑袋的耳朵里，大脑袋把话又撂了回来。

二哥十八岁，爹再次让二哥报名验兵。娘说：你别跌绊咧。跌绊这个词是我们老埂坪人表达有想法不认命挣扎拼搏的意思，比如我们老埂坪人对一个有想法不认命的人会说你跌绊了大半辈子，成了一件事么？爹说：我为啥不跌绊？这次他们让老二验兵，我啥话不说，要不让验兵，我倒要找他们理论讨个说法哩，朱长生成分也是中农，他的儿子为啥能当兵，我的儿子就不行，世事再不公也没不公到这地步。娘说：你跟朱长生比啥，人家老婆跟乔组长那关系你能比？娘说着瞪了我一眼说：出去给驴割草去，大人说个话你把耳朵伸得长长的，怕露了一个字？以后大人说话就自己出去，别等着人拿鞭杆往出赶。我翻了娘一眼就出去了，可我怎么会走远呢，我在后窗根下听。就听娘说：那乔组长跟人家婆娘明铺暗盖哩，把人家家都当自己家了，人家儿子能当不上兵？这还看不出来？爹说：狗日的在炕上把人验了，把兵也验了，这么验的兵，能杀敌保国？娘说：这是你管的事？毛主席都管不了。爹说：这么做还有我们这些人活的路么，我不管，有了这个比对，我看他们还能说出个啥来。娘说：你别胡跌绊咧嘞，丢那人做啥，安生过日子吧，往后看不如我们的人一层哩。

这次爹亲自带着二哥去报名。照样一报成分，就让人家"毙了"。爹没去找公社驻老埂坪的工作组，而是直接去公社找征兵工作组。人家开始不跟他理论，他就喋喋不休地说，咄咄逼人地说，追着撵着说。爹说：毛主席说了中农是团结对象，你们团结过么？又背毛主席那段话。可人家撇着嘴说：团结对象？啥叫中农，我告诉你，中农就是脚踏两只船的人。这下把爹给说住了，人家说得没错，中农往左就是富农地主，往右就是贫农、佃农，可不就像脚踩两只船。人家又说：团结对象？要是你们不合作呢？要是你们耍阴谋诡计呢？要是有一天你们枪口掉转过来呢？这话问不住爹，爹说：朱长生的儿子当兵你们就不怕他把枪口掉过来？人家说：朱长生是谁？爹说：你都不知道，他儿咋就当兵了？那人说：跟我们叫板是不？出去。爹一看人家要耍赖，就咬住不放，说：你不知道朱长生，那你问乔大年去。

话音刚落，一个声音从里间传出来，谁在说我呀。随着声音，乔大年披着军大氅走了出来，爹大吃一惊，他没想到乔大年会在这里。乔大年盯着爹说：你说我？爹结巴了，说：我、我没说你，是、是话说到你了。乔大年挠挠头说：你是老埂坪的吧？爹心里说啥记性么，你在老埂坪驻队、开会、劳动，打的照面说的话少了？爹赔着笑脸说：对对对，你还在我家吃过派饭哩。乔大年忽然大叫了一声说：对了，你是老白的女婿，白大地主的女婿。爹心里又咯噔一下，这关口他最怕的是提起外父了。乔大年"咯咯咯"地笑，这笑声让爹毛骨悚然，就像白日听到瓷怪子（猫头鹰）叫，那是不祥的叫声。乔大年说：你儿子也想当兵？爹蔫了，不敢再言喘了。乔大年说：你儿子都当了兵，那你说我们人民解放军成了啥？你是不是觉得自家的成分还低，想往上长一辈儿？这话太吓人，爹掉头就走。人往上长一辈儿都是好事，可这成分往上长一辈那是灾难。爹回来在村巷里就遇上了大脑袋，大脑袋说：别跌绊了。爹没理会。

因此，爹不打算去大脑袋家。就像电影里狼牙山五壮士，山穷水尽无路可走之时，宁可跳崖也不投降。

爹在草摞后面美美睡了一觉，醒过来脑子清亮了，又生了一个主意，他提了我家已经摔得到处是窟窿的破洋瓷脸盆"哐哐哐、哐哐哐"敲着出门了，一会儿村巷里就响起"收粮票了、收粮票了"的喊叫声。那时候干部驻到生产队来，在谁家吃饭是要付粮票和钱的。几十年后，爹说起来还常常感叹：那时间风气好，干部正，吃饭没有白吃的。干部下乡要是来工作组，就会办个灶，要是一个生产队住一个干部，那就派饭吃。最初派饭是派到条件好一点的人家，吃住到驻队任务结束。那时间干部驻队驻得实诚，说是三月就住三月，说是半年就住半年，开会劳动一天空都不拖，不像现在，下去打一头就算入村进户下过乡了。可是这样也容易出问题，一些干部就跟人家屋里女主人或小媳妇、大姑娘勾搭到一起，出过用敌敌畏药死驻队干部的事，影响很不好。于是就改为轮着吃，一户一天或一顿。这样家家都有粮票，但都不多，因为就我们老埂坪生产队来说也有七八十户人家，而整个大队几百户人家，干部驻一回队轮着也就在一家能吃一两顿饭，能有多少粮票。说是粮票能到公社粮站打粮，可是几两一斤的跑一趟不够费鞋的钱，麻烦，就全夹在《毛泽东选集》或红宝书里，在家里摞着。

爹就像个货郎子，敲着那破洋瓷盆子，一路叫嚷着收粮票，"一两就给一两米或面"。那时候爹并不知道，粮票不能直接打回粮，还需要钱。这么从村巷串了个过，一两二两的就收到了二十多斤粮票。收到粮票后，爹开心呀，二十多斤粮票，娘儿俩能吃到北京去。他以为去北京比山东还远。

爹想大脑袋一定在等着他去借粮票，现在肯定痛苦得快疯了。想到这里爹开心地就唱了起来：

> 送他南学把书攻，高文举读书一更天；梅英打茶润咽喉，高文举读书二更天；梅英磨墨膏笔尖，高文举读书三更天；梅英添油拨灯盏，高文举读书四更天；梅花篆字奴教全，高文举读书五更天……

然而，问题很快就来了。爹收粮票的时候，老顾家的粮票不知夹在哪里一时没翻出来，翻出来后又送过来。老顾翻着粮票看看说：全是宁夏粮票，在宁夏你才能吃多少。爹说：宁夏粮票到外面吃不上？老顾说：宁夏粮票只能在宁夏吃，要不咋叫宁夏粮票，到了外省人家认都不认。老顾老家在河南，爹娘年岁大了，一年一趟地回，当然是有经验了。爹说：那咋办？老顾说：到公社粮站去兑全国统一粮票。

公社粮站换粮票的办公室在窗户上开着一个小窗口，里面坐着个姑娘，爹想把头伸进去，可窗口太小，爹只能趴在窗台说，那姑娘说介绍信。爹说：粮票换粮票还要介绍信？那姑娘只说个要，就不再言喘了。爹只能回大队去开介绍信。介绍信递进去，那姑娘看过了又说：没有全国通用粮票。爹狠狠地剜了那姑娘一眼说：那你咋不早说，害得我白跑一趟。那姑娘却说：白跑了就白跑了。爹说：你娘没告诉你白跑了费鞋？"哐"，那姑娘把木头划板重重地划上了。爹就想人家欺他不是公家人才不给办，就去找文化。文化是个兽医，以前走村串户的劁猪骟牛，看驴医马，解放后公社成立了兽医站，就给弄到兽医站当了兽医，成了公家人，吃上了粮票。文化和爹一同到了粮站，那姑娘说：没有全国通用粮票。文化说：你给挤上十斤就够了。那姑娘说：没有。文化说：与人方便自己方便。那姑娘却翻了一眼，"哐"一声又把木头划板重重划上了。爹看看文化，文化说：还人大得不行了，你等着，我拿粮本给你取去。文化拿来粮本，敲开窗口说：取二十斤全国通用粮票。那姑娘一脸乌云说：没有。文化说：没有，你……那姑娘说：就是有，也得有介绍信。文化说：取粮票还要介绍信？哪门子规定？那姑娘说：取全国通用粮票得有介绍信。文化说：谁说的？那姑娘说：上面的文件。说完"哐"一声又把木头划板重重划上了。文化长叹一口气说：都怪我爹。爹说：这咋怪到你爹身上了？文化说：你说我爹为啥不让我学个医生，偏偏学了个兽医？要是个医生，她敢这样对我？遇个病疼死她。又说：日能个啥么，一脸的痘痘，要对我好点，我还给她娃一个偏方，一把抓了，美死个她。又说：要说这女娃长得不错哩，粉白粉白的。

爹想出一条可走的路，有这些宁夏粮票，买麦乳精，买炼乳，买红糖，买饼干，买罐头。这些东西营养高，而且再热的天也不馊不坏，娘吃上该是没问题。自己嘛推些炒面，晒点干粮，煮些鸡蛋，就是好生活了。爹怕遇上奶奶唠叨，又潜回窑里，给娘吩咐了。娘说：这些东西可都是冷的，娘这么大年龄了，胃一直寒，吃上怕不行，人老了就娇贵了，别吃坏了，出门在外，么远的路程。爹说没事，我背个篓子，篓子里装个电壶（暖壶），见馆子就进，装一壶开水面汤，师傅心好白装一壶当然好，不白装咱掏钱买，挡不住人。娘觉得这么也行。当下就开始发面做干粮，炒麦磨炒面。爹上工去了，找陶世宽给自己请了假，捎带着给娘请了一天的假。

第二日一早起来，娘边推炒面边烙干粮。中午吃过饭，爹在院里翻着晒干粮，驱赶着苍蝇。干粮里娘是揉掳了鸡蛋、猪油，苍蝇就嗡嗡的像赶集一样。大门外一声咳嗽，大脑袋进来了，阴沉着脸说：兄弟，我到底把你咋了？爹知道大脑袋话里的意思，笑着说：兄弟，这是哪里话说。大脑袋说：你是帽子改衩裤，装屁。说着就把一沓子用橡皮筋扎捆的粮票拍在正晒的干粮上，说：借粮票到我家弯着门儿走？爹说：去了，咋能不去呢，知道你家宝子是公家人，吃粮票，可你不在家，女人娃娃的不理事，也就没张口。顿了一下，又说，再说找了多少家，都没找上，你看张万禄、赵喜平，文化家，家里都有吃粮票的，还是干部哩，也都没粮票，说明这东西稀缺，我想兄弟家也不一定有噻。话爹还是要这样说的，你儿子当兵就能成了？我还没看在眼里哩，不就是个开车的么。

大脑袋掏了两根烟递给爹一根，又压低声音说：兄弟，你还是把我当外人啊，我给你说司机不如干部，那得看给谁开车，在李主任跟前说话，干部未必有宝子说话顶事，身边的人么，提包端茶杯的，通用粮票你找文化也没弄上吧，难弄着哩，你看这粮票，号码都没乱，我让他弄的。又一笑，说：李主任答应给宝子转干哩，这话兄弟知道就行了，别往外说。大脑袋的话当然也得这么说。二十斤，全国通用的，走到北京都能吃，我给你算过了，路上一来回十天，你和婶子一人一天一斤，二十斤够了。说完大脑袋跳起来说：还得去大队开会，最近形势紧张哩，流窜犯多，这个治安主任不好干哩。爹咬着嘴唇说：用不了这么多。大脑袋说：穷家富路，多带点，路上没这东西，再有钱看着是一碗饭干着急吃不到嘴里，你别怕还，想还你也没处弄去，给你了，这次用不完，下回用去，咱们多少年了，不就是二十斤粮票么，多大的事。大脑袋背着手走了，像怕是给追上似的，脚跟带起淡淡的尘雾。爹靠墙根蹴下去，按了一锅子烟吃起来。

我们兄弟姐妹都是第一次见到粮票，围成一堆你一张他一张地争着看稀罕。爹说：司机就是个轿夫脚夫，一个抬轿吆脚的，日能个啥。这话听来是有些扎耳，有些背恩弃义，人家可是一下就拿出来二十斤粮票。爹又说：下贱不下贱，人家不去借倒给人家送上门来了，世上有这号事？二哥可是听不下去了，说：人家把粮票送来了，你还说这样的话?！爹翻了一眼说：你懂你大个锤子（屎）。二哥说：就你懂得多？二哥是个睁眼豹，一贯看不上爹的为人处事，常常是三句话不投机，就和爹干起来了。爹说：你狗日的才过了几个闰腊月，老子吃的粽子比你娃吃的大米多。二哥说：吃得多了多拉几泡臭屎，还熏人哩。

娘怕父子俩干起仗来，插言打扰，拿着一张粮票眯着眼看着说：就这么二指宽的个票票，还没钱好看，把人做难成啥样子。我说：拿这东西进去就能吃饭不交钱了？爹说：想啥美事哩，不交钱？除非你娃嘴上抹石灰——白吃。我说：那要这东西做啥用？爹回复不上来了，就说：日他娘，以后咋也得培养个吃粮票的，拿个本本吃饭，天河的水干了也不怕。又说：你们几个狗日的都给老子争点气噻，出一个吃粮票的车户也行。尽管成分就像罩在头上的一朵云，永远走不出它投下的那坨影儿，就像马比风跑得快，但永远在风里跑一样，可该鼓的劲还是得鼓的。可二哥跟了一句：这是我们争气不争气的事吗？爹扳下鞋底就砸向二哥，二哥却接在手中，扔了回来说：就有本事扳鞋底砸人，还能做啥？说着极其蔑视地把鞋子扔了回来。二哥往回扔鞋子有些突然，爹没意识到去接，正扔在爹头上。鞋子是扔过来的不是砸过来的，没多大力气，爹也知道二哥不是要砸他，但他要往这方面靠，当着一家人的面，把鞋底扔到老子头上，尿泡打人不疼，臊气难闻，正好借题发挥，收拾这个平日里顶得他胸闷气短的逆子。爹跳下炕扑向了二哥，一拳就将二哥打了个坐蹲。二哥跳将起来，豹眼圆睁。娘立马扑过来横在父子两个中间，推二哥让二哥走，二哥却不走，摆出架势迎着扑上来的爹。娘踢了二哥一脚说：好我的先人，你跑了噻，非要把家里搅个鸡狗不宁啊。二哥这才一甩一甩大大咧咧出门去了，爹的鞋底也跟了出来，这次二哥没接住，砸在头上，二哥回转身扑过来，爹把头伸过来说：来来来，你娃来噻，老子给你支定，你来，小人犯上的个东西。二哥抓起爹的鞋盯着爹看了良久，挥着鞋对着爹比画了一下，就像民兵投手榴弹，跑了几步，趄了个架势一挥手，鞋"嗖"地飞出去，然后头也不回地走了。爹的那只鞋偏就架在果园里高大的钻天杨上。这可把我给害苦了，趴了一回最没意思的树，下来还受了爹一顿训：我才知道你狗日的咋这么费衣裳，大腿面子老像猫抓了，你狗日的天天当猴子练爬树啊。我心里说好心当成驴肝肺。

下午，爹就将半桩糜子送到大脑袋家，大脑袋说：兄弟，你这是做啥？爹说：粮票也是换粮的么，只能给你了。大脑袋没有说话，爹又说：宝子给李主任开车，可还得靠这票票儿吃肚子噻。又说：给你糜子，省得你们再掏钱打了。爹放下半桩糜子就回来，前脚进了院门，大脑袋后脚就跟进来，把半桩糜子扔在院里，掉头就走。爹一把拉住说：你这是做啥么。大脑袋沉着脸说：你咋这号人，二十斤粮票把我大脑袋吃穷了？再这样以后别来往咧。大脑袋走后，娘说：我说他不收，你偏偏要送，你看糜子又给送回来了，大脑袋这人还是不错的。爹说：呸，这是送粮来了，分明是显摆来了，我倒盼他狗日的收下哩。又说，日他妈，谁弄的粮票么，这日子，咋也得培养出一个吃粮票的啊。

果然从娘的话上来了。从六爹家回来，奶奶就睡了炕。来看过的人都说是累着了，八十多的人了，一来一去半个月，几千里的走路，不累得睡下才怪哩，缓缓就好了。可是两个月过去了，奶奶越来越瘦越来越小，家家户户都来看过说怕是不行了，脸上土都下来了。院子里老榆树上的最后一片叶子落去，奶奶"咯儿"一声，出尽了这人世间的最后一口气。

奶奶去世的第二年，爹抓住了一个机会。正月十五刚过，爹带着二哥去官印山相亲。这是爹为家里培养出一个吃粮票的走出的第一步。走这一步爹是费了脑子下了决心的。张富把这门亲事提到爹跟前的时候，爹是盯着张富看了半晌，说：日他妈，我齐福来就是再窝囊，也轮不到你来耍笑我。说完掉头就走了。张富靠墙根蹲着没动弹，话却追上来：我耍笑你？我不知道你是啥人？我自己的半斤八两掂量得清，再耍笑谁也耍笑不到你头上，看你是个明白人，才给你张这个嘴，好好好，就当我放了个屁，还没响。这话就像一根绳子把爹套住了。张富瞟了爹一眼，撇一下嘴，说：我给你说，别看英英这娃一条腿不顶当，来头大着哩，他舅在县里做大官哩，你知道是个啥官么？又瞟了爹一眼，撇一下嘴，说：县长！一个县人家都说了算哩，多少人都想攀这门亲哩。爹顺着这话回来了，又在张富身边蹲了下来，说：县长是她舅？亲亲儿的？张富说：可不亲亲儿的，这是给你们做媒哩，你当是倒腾买卖挖坑再不见面咧？爹往张富跟前挤挤，张富说：这棵大树能靠上，你一家日子光明着哩，你几个儿子，当兵、招工、当队干能算个啥事？爹在地上写着自己的名字，这是爹的习惯，说明他在思考。张富说：你舍一个儿子，得到的东西是你想都想不到的。

爹脑子快速转着，二哥的亲事他托过几个媒人给操心着，可没托过张富，再说张富也不是吃这碗饭的人，咋就忽然为儿子提起亲来？英英的舅舅真是县长，不要说瘸了，就是瞎了，想攀这门亲事的人也多的是。再说张富的儿子和二哥一般年纪，也火柴棍棍独杆杆，有这好事还不给自己的儿子占下了？想来想去觉得这事有点鬼怪，茬不顺，凡事茬不顺，定然有问题。可话又不能说得太白了，太白了就会伤人，爹就说：事是好事，只是贫窑寒家的，怕人家一看家寒心了，再说有那么大个舅舅，女娃肯定眼高哩，只怕是看不上咱娃哩。张富说：得，你也别费脑子琢磨了，给你实话实说吧，英英看上了你家老二，我才来提说这门亲事的。爹提了一口气，跟了一句：是人家托你来提亲的？张富说：人家没意思我敢张这个嘴？你家啥成分，啥光阴，把你儿子说给人家丫头，人家翻了脸我还活不？那不是头往胶锅里擩，用那话说我不是自掘坟墓？爹说：那是，可咋就托到你身上了，你跟那女娃家有亲戚？张富长吁一口气说：我要跟人家攀上亲戚，你想想还窝在生产队哩？就是窝在生产队，有陶世宽当的大队长？爹说：那他们咋找上你的？张富说：说个你不笑话的话，我摸不着天高地厚托人给我儿子提哩，可人家就回绝了，说人家娃已经有意中人了，捎带着托我给你家老二提说，我儿子长得不赢人啊。爹心里说你本就长得寒碜，小蒜头，肿泡眼，一双罗圈腿，啥虫拉啥屎，还怨儿子长得不赢人。张富说：你自己掂量吧，想好了，这两天给我回个话，人家女娃不是嫁不出去，处的对象稠着哩，门槛都快踢断了。说着起身要走，爹一把拽得又蹾下，装了一锅子烟，抽着后塞到张富手里。

爹还有问题，官印山离老埂坪远着哩，这女娃在哪里见的二哥？就说：你说人家丫头看上我家老二了？张富说：我哄你做甚？爹说：官印山离老埂坪远着哩，她在哪里见的我家老二？张富说：你家老二不是在天河口水库工地么，天河口水库工地不就在官印山底下，这女娃就在那工地上管伙食哩。这就两个木匠做活，投上铆了。张富跟陶世宽骂了仗，就给派到天河口水库工地做工去了。张富咂着烟锅说：你家老二有福气啊，人家丫头腿瘸咋了？有个做县长的舅舅，日子还愁么？你儿子不是想当兵么，还不是人家一句话的事，朱长生的儿子咋当的兵，不就是婆娘跟乔组长睡了觉么，你想想，乔大年才是个组长，这娃舅舅可是县长，比乔大年大多少倍？爹说：这话实实的。张富又说：说个你别见怪的话，你家里贫寒着哩，又刚刚抬埋了老人，如果这门亲事攀成了，我准保人家一分彩礼不要，还陪不少东西哩，你等于白捡一个媳妇子，我给你说就因为这娃腿瘸，那县长舅舅最心疼这娃。张富把烟锅塞回爹的手里说：英英的妹妹，公社干部来提亲人家都不应，为啥，就是人家舅舅是县长么，人家要嫁县上的干部哩。

张富走了，爹展开了激烈的思想斗争。数九寒天，爹在墙根下直蹴了一个中午。要说老二找对象不是难事，一是人长得排场，浓眉大眼，要个头有个头，要力气有力气，人都说长得像周总理哩。二是家里成分上虽说是中农，可比起富农和地主还是有优势的。三是齐家在老埂坪是大户，虽然不能出人头地，但别人想要个欺头也得掂量掂量。可是，结了这门亲家得的好处是瞎子都看得到的，张富话说得扎实，跟县长成了亲家，以后沾光的事多着哩。亲顾亲顾，无亲不顾。一人得道，鸡犬升天。老话都这么说哩。要是跟县长沾了亲，远的不说，日他娘，狗日的大脑袋敢把粮票拍在面前用那神情盯着我，用那口气跟我说话？不要说大脑袋、胡麻子、牛大拴、朱大肠，就是陶世宽也得看老子的脸色过日子。更重要的是这门亲事是人家提上门来的，能拒绝？敢拒绝？大比小比一个理，这就跟皇上选驸马，拒绝了那就是给脸不要脸，就是敬酒不吃吃罚酒。那些人有权要势的，最是要面子，伤了他们的面子就跟要他们的命一样，跟他们犯了心病，不说人家踩一脚就把你踩进地里去，连坟坑都不用挖了，就是把家里成分往上提一点，那就祸害大了，这辈子再别想翻身。娶这女娃对老二说来是亏了点，可是结婚后说不定女娃的舅舅一感念，弄到县城当个工人干部啥的吃粮票，再也不用整天背着大日头苦得像个土行孙，那他娃就把亏吃成福了。人啊，该吃的亏要吃的，吃亏是福。

　　经过激烈的思想斗争，爹说服了自己，决定走这一步。又担心娘不同意，娘怎么说也是白老爷的千金，沦落到儿子娶个瘸子，心里肯定不爽。但爹是拿定了主意，这事娘要阻拦也休想阻拦得住。到了晚上，爹把事跟娘一说，娘说：这事你倒不糊涂，我看要抓紧，你明儿就去趟官印山，把英英的舅舅是县长的事坐实了。爹大张着嘴，他准备了一段一段要和娘争辩的话没说出来，这让他觉得憋气，就很遗憾，准备好的那些话他觉得自己想得挺好的，挺有高度的。爹忽然在我的头上扇了一巴掌，说：你是秀才么，天天念书哩，知道啥是改朝换代？我说：这是反动话。

　　第二日一早，爹就动身去了官印山。到了官印山，他先向一个老汉打听县长的妹妹家怎么走。老汉看看他，顺手一指说台子上从东往西数第三家。走出一截，爹又向一个女人打听英英家怎么走？那女人抬起头看看他说台子上从东往西数第三家。这就坐实了英英家就是县长妹妹家。爹靠着一棵树吃了一锅子烟，就向着英英家来，他想看看英英除了腿瘸再有无毛病。媒人的嘴里能跑马，说话揽不住。爹打算装作过路讨水喝，进英英家看看。可快到英英家大门前了，爹又觉得不妥，大冬天的讨水喝？再说也不能保证送水出来的就是英英，即使是英英出来送水，亲事要成了，英英以后就是儿媳，认出来还说在背后搞调查，犯了心病可就不好了。因此，爹决定装成过路人，从英英家门口走个过，经过时能碰上那样最好，也算是缘分。没出十五都是年，走亲戚的还很多。经过英英家门口，正好就出来一拨人，一个女娃一瘸一拐地往大门外送客，爹想那就是英英了。爹放慢脚步边走边打量着英英，长得眉清目秀的，说话轻声细语的，笑起来像银铃儿一样，送客说的那些话也很得体，个头也不低，心里就踏实了，也生出感慨，这么好的一个女娃咋就把腿瘸了。

可回来的路上，爹还是发愁了，他知道二哥肯定不同意，一听是个瘸子准保炸锅。二哥觉得自己人长得好，又给人们说像周总理这么一捧，整日云里雾里趾高气扬的，眼光高着哩。去年托几个人提亲，前前后后过了七八个姑娘，一个都看不进眼里，不是嫌人家长得丑，就是嫌人家黑，再不就是嫌人家个头矬，不会说话，连笑都别扭。真把自己当成周总理了。二哥是个睁眼豹，外号偏种，又号二货。我们都叫他二货。比如，他骂我们时骂日你娘，羞你先人，还骂狗日的。这哪里是弟兄之间骂仗，简直就是仇人。娘抽过他，爹抽过他。可奶奶却惯他，说：你再骂啥都行，这么骂不对，不是连自己都骂上了？惹人笑话。可二货说：我再骂啥他们都当我没生气，跟他们骂着耍哩，只有这么骂，他们才能知道我生多大气了。等大了些，不这么骂我们了，却跟爹顶上劲了，看不上爹的为人处事，经常跟爹脸红脖子粗的。

　　从官印山回来，爹把情况跟娘一说，两个人沉默了一会儿，爹说：你先去跟老二说，狗日的正是搊着杵子打月亮不知天高地厚的年龄，我一说肯定荞面鱼儿见风就硬，怕话都搭不住。娘说：我看这事说也是白说，搁谁谁都不痛快，不能由着他，得硬往下拿。爹说：你先探个口风，英英面相长得俊样，像画儿上下来的人，除了腿瘸再没拨弹，他又是见过的，说不定喜欢上了呢。娘说：要是腿不瘸就好了。爹说：你二百五啊，腿不瘸，腿不瘸能轮到我们这些人，人家妹妹公社干部都不嫁，要嫁县上的干部哩。娘说：我就说的个，以为谁都混沌，就你清明。

　　二哥在自己的窑里躺在炕上，娘进去一说，二哥跳下来就走。娘撵出来问：你去哪达？二哥却冲着爹的窑里就去了。娘知道要坏事，跟着沟子撵进窑来。二哥一踏进窑门，双臂抱在怀里，一副大狗浇尿的样子，说：这就是你给我谋下的事？爹觉得这傲气要压一压，"呼"地坐起来，说：咋了？日你娘你给谁扎势哩？二哥说：我、我就配娶个瘸子么？爹说：那女娃就是腿瘸了点，再咋了，人长得天仙一样，差啥？二哥涨红了脸说：还天仙哩，一走路晃得世界都动弹哩。爹说：女人主要的是要贤惠，瘸就瘸点，又不碍事。二哥说：说得好听，你咋没娶个瘸子瞎子？爹拍着炕说：你狗日的放驴屁哩，这是跟老子说话？二哥说：你就是把天说得掉到地上，我也不要，要是她妹我就要。爹"嘎嘎嘎"地怪笑起来，说：我的天老爷啊，她妹子，别人都说你是个苕娃，二货，你还真是个苕娃，二货，你狗日的也真敢想啊，你当你是个啥东西？公社的干部都攀不上，人家要往县上嫁哩。二哥拿过爹的烟锅子按了一锅子烟"梆哧梆哧"嘬起来。二哥还不会吃烟，呛得咳出眼泪来，爹讨好地说：刚开始吃烟都这样，吃过几回就顺了。又说：你嫌瘸，人家有不嫌瘫的，提亲的把门槛都踢断咧。二哥说：那让他们娶去，反正我不娶。爹几乎都带着乞求的口气说：好我的先人哩，过了这个村可就没那个店了。二哥说：我又不是住店的。爹猛然提高声音说：你别跟老子抬杠。二哥也提高声音说：给我娶个瘫子也不怕人寒碜你小瞧你啊，你说你这辈子做过一回漂亮的事么？爹说：羞你先人去吧，你做的事就漂亮了，不跟人家找对象就别招惹人家，撩这个臊？二哥说：我招惹，我撩臊，她说的？爹说：你没招惹，没撩臊，人家咋请人提亲提到咱家门上来了？母鸡不咯咯，公鸡能上身？娘翻了爹一眼说：你、你听你说啥话？再找不出话了？二哥说：我招惹她不就是想打饭她给个偏勺，吃个饱饭么。爹只能强压着怒火说：女人么就像个画张子，看的就是个脸蛋儿。这话说出口，连爹都脸红，这是给自己儿子说话？可话逼着要往透里说，不这么说说不透。二哥把头夹在两腿间说：是娶女人哩，又不是买画张子在墙上贴，你说得好听。爹说：你狗日的当人家是随便招惹随便撩臊的，人家是啥人，掂不来轻重？二哥跺着脚说：就算我招惹我撩臊了，咋了？这是找对象，又不是做买卖，摸了动了人家的东西就得买啊！爹火了，说：你个驴日下的，老子说一句你能顶十句，一句话都听不进去？爹只要"驴日下的"一出口，我们就都知道爹把气生大了，就开始不讲理了。二哥跳起来走了，爹把话撂了出去：老子把你养大，还拿你没办法了，这家里老子说了算。二哥走到门口又回来了，爹要真的耍家长作风，不理睬他直接去把亲事订了，酒瓶一开一切就都麻达了，就说：毛主席都说婚姻自由，要讲自由恋爱，你们要强迫我认下这门亲事，就是违反毛主席的语录。二哥要用毛主席的话把事堵住，把爹压住。毛主席的话那就是圣旨。

要是别的事，爹早把鞋底扳下来砸过去了，早把手边的鞭杆抡过去了。二哥再是个睁眼豹，还不敢跟他动手。可这事不一般，要是人家不托媒人提亲，把利害摆清楚，二哥也到了听话想事的年龄了，不成也就算了，不攀高枝也活得下去，可人家托人把亲事提到门上来了，这事没有退路，只能成。因此，不是光吼骂抢打就能解决的，还得求着儿子，还得拿话往下压。拿话往下压，就得把话想好了。第二日上午干了一早晨的活，爹脑子没闲着，中午吃过饭，爹从箱子里摸出一包纸烟，来到二哥窑里，拆开烟递给二哥一根。二哥看着爹好一会儿，才接过烟，爹又给点了，平和地说：你也老大不小的了，该醒事了，咱家这中农成分人家本就不待见，还要受你外爷的牵连，靠咱自己是翻不了身，抬不起头的，人家骑在咱们头上拉屎撒尿咱们还得赔着笑脸，胡麻子、牛大拴、朱大肠、淌鼻子，还有陶世宽，在你外爷家拉长工的时候，爹是长工头，他们都是爹管着哩，叫他干啥就干啥，现在呢，人家一个个都乍狂起来。你看大脑袋给咱家粮票时那姿势，就像他娃是皇帝身边的太监。又说：你看你大哥和你，长是不比小脑袋魁梧，要个头有个头，要身板有身板，可当兵人家硬要小脑袋，不要你大哥么。成分压死人哩。又说：人家舅舅是县长，多大的官呀，掂不来？不要说胡麻子、牛大拴、朱大肠、淌鼻子、陶世宽，就是那乔大年、李主任，在他跟前算个啥？尿都不是。可在咱们这些人跟前，就像天神一样，来咱老埂坪，踏得老埂岭动弹哩。又说：你不是想当兵穿军衣戴军帽么？你不是想招工吃粮票么？娶了英英，招工、当兵、吃粮票还不像咱家的事一样，尽咱挑哩，就说当兵，凭你这身板，这长相，努力干干说不定还当将军哩，不是有部电影就是从奴隶到将军么，回来就是个吃粮票的人，看他们的脸色，受他们指派，拿大脑袋家的粮票？毛主席咋说来着，要奋斗就会有牺牲。人要成大事，就得有牺牲，就要吃得下眼前的亏。

这些话中有一部分是爹想好和娘争论的，现在用上了。二哥自己抽了根烟咬上，爹又殷勤地给点上，又说：你娶了英英，人家舅舅说了，结婚后就把你招到县城当工人当干部哩，那可是月月都有个麦子黄哩，你狗日的把骨头都换了，闲月了把爹和娘接到城里浪去，村里人咋看你娃哩。这话当然是爹编出来的，不过他也是这样认识的，县长呢么，还不把自家亲戚都安排得好好的。爹又说：娶了英英，明年征兵老三就能走了，老四认得字多，将来你也帮得上忙，他们有了出息，咱家里是个啥气数？不要说大脑袋、陶世宽，就是乔大年、李主任，打在咱眼里磨都不磨，看这些狗日的脸色过日子，他们等着看咱父子的脸色度日吧。这么说着爹激动起来，他续了根烟说：英英除了腿瘸点，可那脸蛋、腰身我敢说没比得上的，娶女人等于接财神哩，她生得就是一副享福的相，眉心里的痣主富贵，旺夫相。又说：人家能看上咱，这是咱的命，咱的福分，多少人想攀这高枝哩。最后感慨地说：结了这门亲，老子也把老佝偻着的腰往起直直。

爹觉得自己的话说得是很到位了，以为二哥听进去了，谁知二哥跳起来说：你别费脑子了，是我招惹下的事，我去解决。说着就出门去了。爹连鞋都顾不上跋，净脚追出来跺着脚说：你个驴日下的，这事没有退路啊。这亲事是人家提上门来的，咱敢拒绝呀，人家啥人啊，一脚就把你踩进地里，连坟坑都不用挖了。二哥头都不回说：你怕你就往后站，我不让你为难，过两天去工地我就把话给她回死了，让她断了这念想，他们把我押了，判了，毙了，我认命。爹吓了个坐蹲，头皮就麻酥酥的，他连追的精神都没有了，只是两手拍得尘土乱冒，说：狗日的个你啊，你得背重啊，别给家里惹祸，该吃的亏要吃啊，人家把家里成分往上提一点，那就祸害大了，一家人这辈子再别想翻身。

晚上散工回来，娘把二哥堵在窑里，才说了两句，就给二哥戗了回来。娘说：都说咱娃长得像敬爱的周总理，把娃心说高了。爹趴在炕头上吃烟，说：别羞他先人了，说他像周总理就自个儿把自个儿当周总理？还心高了，那人家要说他像毛主席，他狗日的还想天天站在天安门城楼上招手哩，找得见天安门么？搋着杵子打月亮不知天高地厚的苕娃、二货。爹这么说着，忽然给了我一个耳刮子：狗日的没一个省事的，全听进去了，出去给人说去！

张富等不及了，找上门了，说：咋回事么？人家等回信哩。爹赔着笑脸，抽了根纸烟递给张富，说：宽限两天，一定给准你信。张富说：咋，你家老二不同意？爹说：不是，不是噻，是脑子还没转过弯来，人总得把脑子里的弯转过来。张富说：转不过弯来？他都这么大的人了，瞎事好事掂不来，这弯还用转?！爹说：不管咋说那女娃腿子瘸着，他脑子总还是有个弯的，再宽限几日。张富说：不是我宽限不宽限，提亲的多得都招架不住，催回话哩。爹说：这我晓得，还用你说？一家有女百家求，人家是啥人家，提亲的能少？就这两天给你话。张富说：做不了儿子的主？爹说：做得了，可总还得民主一下。张富笑了说：看把你家高级的，还民主一下，像搋驴一样搋上几回，啥事也没了。爹赔着笑脸塞给张富一包烟，把张富送出门来，说：肯定转得过弯来，宽限我一两天。张富说：倒像是我逼你哩，明摆着的好事么。爹说：谁说不是噻。

送走了张富，爹靠着墙根蹲下去。眼看着天气转暖了，天河口水库工地就要开工，一开工二哥就得上工地，事就更麻达了，必须在几天内拿下。可咋么往下拿？爹没有了主意。就在这爹急得像热锅上的蚂蚁当口，二哥遭遇了打击。二哥去找朱梅，却被朱廷喜和女人堵在了大门外。朱廷喜的女人也是白家的姑娘，跟娘是堂姊妹，虽说血脉上远了点，但跟娘处得比较近，我们叫姨，朱廷喜我们叫姨夫。要说二哥和朱梅处对象跟娘和姨有关联的，娘和姨说过亲上结亲的话。姨夫对二哥说：朱梅不在。二哥问：朱梅去哪达咧？姨夫说：去县上相亲去了，她姑给管了个对象，是个邮递员，吃粮票的。二哥掉头就走，姨夫说：娃，知道门当户对吗？你也老大不小了，我家是贫农，你家是中农，这你总拎得清吧，以后别缠着朱梅了。二哥走出老远，姨又撵出来说：让你爹请人给人说小花吧，你们两家合适着哩，那娃是过光阴的人，你们也……二哥回头说：门当户对，是不？姨夫撂过来一句话：对，中农对中农，成分上谁也不吃亏，以后受气也受的是一个气。

到现在我也不知道娘是不是找过姨和姨夫，因为后来朱梅并没有嫁给一个邮递员，而是嫁到了李家洼。一直记着要问娘，可后来忘了。不过，从第二天晚上娘的好心情看，娘应该是找过的。因为娘宰了只鸡连炖带爆的，捞了几方子腌猪肉炒了，打了烫面饼子，还让爹开了一瓶酒。我去叫二哥时，二哥正蜷缩在炕兄旮里，雾腾腾地冒着，地上撂了一地的烟屁股。他学会吃烟了。

菜端上桌，爹斟好了酒，说：喝点酒吧。二哥抓起酒盅就灌了下去。爹给二哥搛菜、添酒、点烟，二哥呛着了，爹忙给捶背，我觉得爹真是下贱啊。爹嘴没闲着，话还是前面说过的那些车轱辘话，关键的话三五遍地说，二哥只是一杯接一杯地灌酒，最后，二哥把头高高仰起来，长长吐出一口气，又把头高高仰起来，又长长吐出一口气，如此三番，最后二哥的头深深地垂了下去再没抬起来。爹把二哥搀回窑里睡下，回来问娘：你说他是喝多了，还是把话听进去了？娘说：我又不是娃肚里的蛔虫。爹说：你说狗日的要还没听进去，脑子里的弯转不过来咋办？娘说：唉，娃也可怜，实在不行，就算了吧。爹声音幽幽地说：一遍遍那么长出气哩，脑子该是转过弯，不撬了。

第二日一早爹正扫院，二哥起来往大门去了，到了大门口，回过头来说：你去定亲吧。爹撂了扫帚便去找张富，张富说：我这就去回话。下午张富回来说：人家说亲事定了，就想择日子把事办了。爹说：我也是这么想的，省得半路上杀出个程咬金。张富走的时候，爹一把拉住张富的手，说：谢谢，真是谢谢你，娃结婚时让把你这大媒人好好谢一下。张富说：不用了嗫，以后能帮忙让我娃当个兵招个工就感激不尽了。爹说：看你说的，你是恩人，事成了那能算个啥事么，包在我身上了。张富说：你知道不，我也捏一把汗哩，你说人家让咱办个事，要是办不成可咋办。爹说：是怪吓人的。

爹带着二哥去官印山，相亲、定亲，连嫁娶的日子都一并说定了。爹提出的唯一要求就是日子放在奶奶的一周年满后。英英爹说：这规矩咱知道。从英英家出来，二哥扯开长腿顺着土梁子带起一道尘埃走了，把爹蹽了个有远没近。爹翻了几架梁，才看到二哥头朝下躺在坡上，爹上气不接下气地说：你跑个屎！把疯药吃上了咋的？二哥大放悲声，号哭起来，爹说：你哭个屎？是福是祸掂不清？像个男人不？二哥大吼一声说：你管屎人家，人家哭一阵子都不行？你走，走啊！爹说：也对着哩，就这么头朝下躺着，好好哭一起子，把脑子里的水挤出来，人就清明了。爹先走了，到了远处又说：能干大事的人，都是吃得了眼前亏的人，淮阴侯还有胯下之辱哩。淮阴侯就是韩信。爹应该是从秦腔戏文里知道的。

爹先回到家，跟娘叙说了一遍，娘说：彩礼没说？爹说：没说，人家看上咱娃，啥都没要，让咱们看着办。娘说：人家不说彩礼，你就装糊涂？你咋能这么做事。爹说：他家姑娘瘸着，咱那么好的儿子，还咋好意思说彩礼。娘说：女娃不收彩礼是多没面子的事，不结亲是两家，结了亲就是一家，该给人家顾面子还是要顾哩。又说：不管咋说彩礼得给人家预备下，家里也得收拾收拾。爹说：抬埋娘拉下的债还没着落，有啥收拾的，凑合过吧，这么好的儿子娶个瘸子，当是啥赢人的事。娘说：这事上你不给人家长面子，还以后跟人家咋处亲戚，终归以后咱们求着人家的事多。爹跳起来说：难怪人都说你脑子比我好，我一直不服气哩，是得表现好一点，老三明年就验兵哩。娘说：当兵不当兵的不说，这是一辈子亲戚，再说太寒酸了，人家笑话咱。爹趿着鞋往外就走，娘说：你做啥去。爹说：借钱，还能做啥去。第二日爹就给英英家送去了三百元的彩礼。这也是那时候老埂坪最高的彩礼。

奶奶一周年过了，二哥娶回了英英，一家人都扬眉吐气，爹的身板直挺了许多。从村巷走过，能听到爹高声大嗓地说话。爹在娘跟前感叹说：人啊……娘却说：你拿稳点，这事不是啥光彩的事。只有二哥蔫头耷拉的，不再是活蹦乱跳的了，话也少了，屁也少了，也不爱好打扮了，头发也乱蓬蓬像个鸟窝。二哥当然不去天河口水库工地做工了，就在队上参加劳动。歇缓的时候，二哥总是坐在背人的沟谷里，愁眉苦脸地吃烟，经常挂在嘴边的一句话是会学电影里的蒋介石骂一句"娘稀屁"，不知道骂谁。

一家人摩拳擦掌地等着秋上的验兵，都觉得时间过得太慢。然而，正收麦子的时候，出了大事，英英的舅舅被打倒了。出了啥事，没人能说得清，有说写了黑材料，有说反了毛主席路线，有说骂了上面的大领导，有说站错了队，还有人说搞了破鞋，说啥的都有。后来，说是又给关进牛棚了。老埂坪人就明白了，说肯定干了牲口不如的事，要不人咋会关进牛棚，牛棚不就是关牲口的么。任何一种说法对于我家都不重要，重要的是他把我一家给闪下了，而且闪得这么彻底，就像是和人耍一样。这让爹觉得自己就像一个赌徒，将赌本全押了上去，孤注一掷，结果输得身无分文，连衣服都给人扒光了，用他的话说这是净沟子（屁股）推磨，转着圈圈丢人。

爹得知这个消息时，就像屁股下压着弹簧，从炕上一个蹦子跳到了地上。爹使劲拍着巴掌说：他咋是这号人，不知道一人当官，全家光荣啊。我纠正说：爹，是一人当兵，全家光荣。爹想想说：那就是一个当官，全家享福，一人得道，鸡犬升天，你说有他这么不负责任的人么？晚上，爹守着灯长吁短叹地对娘说：你说他这人做过那么大的官，啥道理他不懂，对自己不负责，对亲戚也不负责，有他这么做事的么？娘说：再大的官也不是神仙，有不犯错误的？爹说：迟不犯错误，早不犯错误，偏偏赶在这时候，我看是存心的。娘说：唉，也不能怨人家，难道他自己就想犯错误了？这都是命啊。爹说：唉，这人真是害人没个深浅，你说老二岂不要亏一辈子？娘说：话可不能这么说，英英要针线有针线，要茶饭有茶饭，就是腿子有点毛病，还识下不少字哩，脑子很机敏的，知道自己的舅舅是个官儿，也知道自己的腿瘸着哩。爹说：这还要人教啊，自己的长处短处都不知道那不成了瓜子、苕子了？！娘说：可有些人就不知道，白月梅知道吗？一点都觉不着，不是嫁了陶世宽她吃屎都撵不上热的。爹说：猪不知道自己身黑，驴不知道自己脸长，这样的人有几个？娘说：唉，英英这娃心好得很，知道疼人哩。爹说：她腿子不好，心再不好还活人不活人？娘说：你可别在英英跟前说啥。爹长吁一口气说：我是苕子，二货，英英有啥错。一夜叹息啊。

　　谁也不知道二哥啥时从代销店提回来一瓶酒的，把自己圈在窑里灌醉，扇了英英一个嘴巴，把英英推出门来，自己呼呼大睡。娘教荞荞做针线，荞荞嫌娘全是老花样儿，去找英英誊花样儿，英英的针线有许多新花样儿。一进窑洞却闻到一股浓烈的酒味，一看哥哥醉成了一摊烂泥，喊了几声嫂嫂，没人应，屋里屋外找了几圈，也没找见，忙过来给娘说了。娘觉得事情不妙，英英如果是回娘家，按规矩没另家自然是要给婆婆说，再说那么远的路，要回娘家该要二哥去送的。娘立马紧张起来。娶了英英，二哥整天心事重重的，娘一直担心会出事。娘对我和荞荞说：快出去找呀。我出了大门，碰上蒜头鼻，就问看见我二嫂没？蒜头鼻说：顺着河谷走了。娘推了我一把说：快撵啊，往河谷老榆树下撵，脱了鞋撵哇。我就扒了鞋提在手里顺着河谷撵。

　　英英真就在河谷的老榆树下。她正把红布裤带往那树枝上搭哩。正是多风的季节，河谷的风很刁钻，她往上一扔裤带，风就吹到一边去了，搭不到树枝上。我嘻嘻笑着说：你看，老天爷都不让你把裤带搭到树枝上嚟。英英不理会我，边哭边往树枝上扔裤带，我一把把英英的裤带扯在手里，英英就提着裤子跺着脚哭，哭得山野动弹。我不知道该说啥，就那样看着英英哭。忽然我"嘿嘿嘿""咯咯咯"地笑起来，我笑啊笑啊，又跺脚又拍手的，英英不哭了，瞪大眼睛看着我，我依旧笑啊笑啊，英英打着哭嗝说：你笑啥？我说：你、你两只手提不住一条裤子，你害羞不害羞。英英忙低头去看，裤子都掉到脚腕子上了，脸红了，"扑哧"笑出声来。

　　这时娘和荞荞赶来了，娘一把就将英英揽在了怀里。英英抵在娘的怀里放声号哭起来。娘也哭起来。娘搂抱着英英边抹眼泪边骂二哥。山岭、河谷就一片号哭之声。人都聚过来，娘说：娃，咱回家去哭，在这里哭惹人家笑话，有多少人在看咱家的笑摊哩，不正随了小人的意？英英立马止了哭声，站了起来，说：娘，我们回去吧。爹一脚踢开二哥住的窑洞的门。二哥酒气熏天呼呼大睡。爹提了一桶水，把二哥浇他个落汤鸡，二哥一个激灵醒了，还没反应过来，爹手中的鞭杆已经落下来了。二哥又展展地躺在炕上，啥也不顾了，吼着说：你打死我吧，你们打死我吧。

晚上，娘对爹说：今晚我和英英睡，你过去和那狗食睡。爹临出门时娘又说：别像头猪只顾睡，好好开导开导，别这狗食再想不开出个啥事。爹说：谁出了事埋谁，还能把活人埋了。娘说：给他说人活一辈子几十年哩，不是一天两天的事，这么大了，还在脚背上看事。爹去了不久又回来，说：英英话比我说得好，这娃脑子不简单哩。娘又去了，把我们驱鸡赶狗一样赶走了，贴着门缝听。许久娘回来了，边做针线边说：女人是男人的福气，我一直担心老二脾气不好，以后闯祸哩，这媳妇娶对了，棍棒打人睡着哩，舌头打人跪着哩。

一年一度的征兵到了，三哥抱着侥幸的希望和撞运气的想法直接从学校去公社报名，可表刚填了一半，又让人家"毙了"。

1976年老三高中毕业，就回家务农了。一同回家务农的还有英英的舅舅，这个被国民党抓壮丁当了兵，战争失败后又参加了解放军，参加了解放战争、抗美援朝，转业到地方做了县长的老军人、老官员，从牛棚放出来连政府门都没进，就回老家种地去了。爹和娘两个人去看了一趟，完全是个农民了，一顶麦秸草帽，赤褐色皮肤，趿着鞋，一尺长的烟杆，混在人堆里跟人抬杠乱谝。娘说：一点都看不出来当过县长，跟咱们一模一样。爹说：他原本就是个种地的，也是长工头哩。

1977年，高考恢复，这无疑又鼓舞了爹的希望。爹逼着老三去参加高考。老三说我才不去丢那个人哩，就我还考大学？爹说：老子供你念书，十几年的书白念了。老三说：你当学校整天就是念书，不是参加批斗会，就是劳动锻炼，勤工俭学，好好上过几天课？爹说：三猴子、喜春都去考哩。老三说：考也是白考。爹硬把老三送到了学校，当然是白考了。翻年，爹就拉着驴驮着铺盖和口粮把老三送进了学校复读，老三倒精神百倍，然而，依然是白考了。1978年到1979学年，老三倒是扎实实习一年，然而，依旧落榜，分数差得很大。1979年秋季开学，我也上了高中，爹送我和老三去学校，老三说：一百个人才收几个，我哪有那能耐，我不是读书的料。爹说：以前没好好学，你这才复读了一年，再复读一年，等于把高中重上了一遍，有希望的，你看三猴子、喜春都去复读哩。那时间高中是两年。老三说：爹，人都叫我转脑子……爹说：谁再叫你转脑子，老子揍死他狗日的。我噗地笑了。因为爹骂老三转脑子是最多的。

老三之所以被叫转脑子，是因为他经不住人三套两套的把真相露出来。譬如有一回，我们一起偷了老不死的瓜，老不死的过七十了，撵不上我们，就找上门来骂。老不死的眼神不好使，没盯住是谁进了瓜地，因为我们偷瓜也是讲策略的，有把风放哨的，有在外面接应的，有用干骨头把狗哄走的，并不都一起进瓜地，那时候我们就知道不能把鸡蛋装进一个篮子里的哲理。老不死的对娘说：反正就是你几个儿子干的。娘就给老不死的装了两碗黄米。老不死的没儿女，就靠种点瓜换吃穿熬岁月。老不死的走了，娘知道审是审不出来，她用了策略，知道老三容易套出话来，就从老三着手，娘把老三的头揽进怀里，边分着头发捉虱子边说西瓜没熟，不如葫芦，才槌头大有啥吃的，等到熟了，那才蜜甜蜜甜。老三果然说虽然不甜，可是脆得很，这阵了就吃个脆劲。娘在老三的额头戳了一指头说：娘吃个啥惦记着你娃，你吃个啥就没想着娘，娘白疼你了。老三就跑到草摞跟前，从草摞里掏出两个瓜来，递给娘说：娘你吃，可脆了，是根瓜子，有甜味哩。你说是不是转脑子。结果娘是人赃俱获，娘一把扫帚打得老三鬼哭狼嚎。你挨了打就挨了，一个人担了就得了，供了别人你的打也省不下，可他还要把我们咬出来，谁出的主意，谁在把风放哨，谁在外面接应，谁用干骨头把狗哄走。结果我们都被揍了一顿。背过娘我们都声讨他，他还有理，说是大家一起干的，为啥要我一个人替你们背了。你说是不是转脑子？二哥说要是给国民党反动派抓了，不用灌辣椒水、上老虎凳，几个糖就成了叛徒。从此，三哥又多了个外号：叛徒！

　　1979 年，中国打了一仗，对越自卫还击战。老埂坪有了自己的英雄，李大卫壮烈牺牲在老山前线。老埂坪大队部变成了灵堂，全大队的男女老少都戴了白花，箍了黑袖箍，默哀、祭奠，寄托哀思，表达决心，"学英雄，见行动""缅怀英雄，报效祖国"等标语在村巷里刷了一遍又一遍，可是在这年征兵中并没有体现出来，战争笼罩在人们头上的阴影还未散去，英雄的荣耀掩饰不了战争的残酷，那是以牺牲为代价的。老埂坪大队报名参军显得有些萧条，当然这萧条是指队干们的儿子没有一个报名的。平头百姓的儿子还是很踊跃的。尽管高考恢复了，改变身份多了一条路，但是三年老埂坪还没考出去一个人，百分之几的录取率用人们的话说那是千军万马过独木桥，当兵依然被老埂坪人看成是改变命运走出这片土地的一条重要途径，这些年老埂坪吃粮票的几乎都是通过当兵吃上的，这是一条眼见的光明大道。

要不要让老三报名，爹有些难以决断，倒不是怕报不上名，这时间运动也没了，批斗会不开了，成分似乎也不重要了。可既然要打仗，就会有牺牲。娘说：把利害说明白了，他都多大了，书也比别人多念了几年，自己能想事了。我说：我也能当兵了，我也报名。爹看看我说：你不急，先让你三哥报名。话音才落，老三从学校回来，进门就说：爹，我要当兵。爹没有说话，三哥说：我去公社武装部问过了，现在不讲成分了，谁都能报名，今年报名的人不多哩。爹说：你娃可想好，这不是说着耍的。三哥说：我想好了。爹说：大卫那娃……三哥一摆手，豪气干云，说：打仗哪有不牺牲的，毛主席说要奋斗就会有牺牲，我这就去报名了。三哥出去后，爹长出了一口气，说：都把老三叫转脑子，这脑子不转么，想事清亮着哩。

娘呜呜咽咽地哭，爹说：你号啥。娘哽咽着说：万一娃出去有个三长两短的，你说……爹说：只能往好处想了，就是牺牲了，也是光荣的，保家卫国的英雄。娘抹了眼泪，说：你得去趟大脑袋家。爹只是抽烟。这时候大脑袋已经成了大队支书。这当然和小脑袋有关系，虽然小脑袋并没转干，用爹的话说依然是个车户，但已是多年的车户了，关系四通八达的。娘说：不去不行，我看往他家跑的人多多的。爹说：你去一趟吧。娘说：我去说？我是寡妇？让我出头，你脸往哪里搁？爹说：日他妈，他啥上都压着我一头啊。爹准备了礼行，正要去大脑袋家，大脑袋却来了，说：让老三当兵去吧，这个名额我给你家老三了，谁也休想抢去。爹却并不感激，反而觉得大脑袋心怀叵测，要把儿子送上战场。

老三验上了兵，爹说：一定要争取入党提干，立功转业，要是复员回来就还是种地养猪，跟没当兵一样。爹还像四个兜的干部一样，拍拍老三的肩膀，说：咱家有没有一个吃粮票的，就看你了。又深有感触地说：你看小脑袋，一个车户，回来也踏得老埂坪动弹，车户也是人物啊，要不然大脑袋能当大队支书？那就是当兵当出来的出息啊。老三当兵走后不久，老埂坪包产到户了，在分地分牲口的时候，爹和大脑袋的关系又经历了一次考验，外爷家和我家分的地和牲口都不好，为此，爹和大脑袋吵了一架。爹让我给三哥写信，告诉三哥一定要立功，一定要转业，不能复员，哪怕是当个车户也行。又在我头上狠拍一巴掌说爹心里真正指望的是你。

老三当兵是在甘肃酒泉。到了部队上，老三很想上前线，真枪实弹地打上一仗，杀几个侵略者。入伍不久他就和几名战士申请过上前线，可团长告诉他上前线不是申请的，而是要听上面调遣，何况战争结束了，再说打越南鬼子，用不着我们去，兄弟部队就把狗日的打回去了。老三盼望着战争，可没有战争爆发。老三当的兵每天除了训练，主要是垦荒种地，就跟个农民一样，这垦荒种地咋立功，后来，他发现养猪能立功，周盼望就是靠养猪立的功。周盼望养猪立功他是从广播上听来的。老三便报名去养猪了。老三觉得自己养猪那是轻车熟路。贫不离猪，富不离书。养猪一直是家里的主要副业。我们兄弟姐妹小时候名下都有一头猪，谁的猪谁喂。有母猪有肉猪。母猪主要是下崽卖钱，肉猪留一头年跟前杀了割年肉，腌到缸里细水长流吃一年，其余的到年关都卖了。开始养猪了，老三才明白以前在家养猪哪里叫养猪，只能叫喂猪，无非是把田野里的草割回来往猪圈一撒就了事，等猪壳郎长起来，秋上粮食打了，用衣子和瘪粮食充到年跟前。部队喂猪除了用饲料，喂法上也大有不同，一天喂几次，饮几次水，这都是有科学讲究的，时间规定得非常严格，比人吃饭还要准时。因此猪三四个月就能长家里喂一年的猪的斤两。老三喂猪很上心，他想就是入不了党，提不了干，转不了业，学一门养猪的手艺也是值得的，复员回家他就办个养猪场。

老三当兵三年，喂猪两年半，就这么回来了。老三没有吃上粮票，用爹的话说就带回了一身猪粪味，好长时间爹动不动就长出一口气。老三对爹说：爹，你别老这么长出气，其实三年兵我也学下不少东西。然后跟爹大谈特谈养猪，爹又长出了一口气，说：尿，养猪还要当兵去学呀，在家里猪还没喂够？老三说：爹，我半年能把猪喂一年那么大。爹说：你就是一天把猪喂得骆驼大，我也不稀罕呀。老三说：爹，我还学会了开汽车，拿到了驾照。爹说：你有汽车开？就是当个车户，也得有车开，没汽车开顶个尿用，老子要的是坐汽车的。爹对老三是失望极了，说话一点都不客气。老三是个好脾气，嘿嘿一笑，把一百多斤粮票放在爹的面前，还幽默地说：这些都是全国通用粮票，够你走遍全中国。爹他一把将粮票抛得如雪花飞舞，咬牙切齿地说：粮票，这粮票没根啊，老吃上一辈子。事实上这个时候，老三和我都知道父亲不是需要粮票，而是需要一个吃粮票的人，因为村子跟这个社会有着千丝万缕的关联，总得有个人打点村子以外的事情。爹是恨铁不成钢啊，吼着说：你还不如牺牲在战场上，当个英雄。娘连呸几口说：咋说话哩，口里连个遮拦都没有。脾气再好的人也是有脾气的，老三的耳朵开始动了，这是他发脾气的信号，果然把门狠狠地踹了一脚，说：我报名上战场上了，国家不打仗了，你让我咋办？我想挑起战争还得有那个能耐，当英雄也得有运气。三哥出去了，爹叹息一声说：人家都叫转脑子，真是个转脑子，还长了脾气。老三却又进来了，摆出的架势让爹怯懦了，他往炕旮旯里溜溜。老三又把门狠狠踹了一脚，说：你不是转脑子么，有本事咋不去发动一场战争，给你儿创造立功的机会？站着说话腰不疼。老三气势汹汹走了，娘"咯咯咯"地就笑了，说：你往旮旯溜啥。爹忽然在我头上狠拍一巴掌说：爹只有靠你翻身了，咋也得给老子考个大学回来呀，就当可怜可怜爹。

其实还有老五。

我们老埂坪人对女人的评价体系中，能生娃是第一位，而会生娃也占重要一项。什么是会生呢？就是花生，就是一个儿一个女或一个女一个儿地生，开一朵花结一个果。这样以后的日子就从容了，嫁一个娶一个，娶一个嫁一个，互为补充，家里就不会太紧张，娶个媳妇子还能缓口气。而许多家庭则都是用你的泥疙瘩填我的墙窟窿，也就是说用女儿的彩礼包媳妇子的彩礼。倘若家境不好，实在困难，就直接换亲，一个女儿换一个媳妇，日子也没有过不去的火焰山。娘是生一个儿，生一个女，每个隔两岁，很有规律。生了我，娘生了妹妹荞荞，后来，又小产了一个，又生了个妹妹，才生了老五。老人们说越生越疼（疼爱）。老五是最小的，因此，一家人都惯，就像个耍头（玩具）。老五嘴头子利索，外号常有理，你跟他说理说不住他，指派他做活，他会有各种理由对付你，用爹和娘的话说就是个嘴精，啥事都拿嘴对付哩。因此爹一点都不看好，对我说那是个逛山，指望不上，从小就吃嘴撇脚后跟的，遇事就知道嘴张得像窑门一样号。正说着，老五哭着进来给爹告状，谁谁打他了。爹很没好气地吼了一声：滚。老五哭着说：我找娘去。爹就趁机说：你看么，就知道个号么，人打你你打他么，就知道告状，三岁看老死哩，老话都说得没错，长大能有个啥出息？

三哥退伍后，培养出一个吃粮票的最后一线希望爹就全寄托在我身上了。爹对我的读书还是很有信心的。我从念书起，就没丢过前三名，各类奖状贴满了家里三面墙。爹对我说：状元不状元的咱不说，重要的是考上。我已经参加过应届高考了，没有考上，爹并没有灰心，相反倒是增添了信心，因为我离分数线差了五分。爹说好事多磨，哪有一次就成功的。

然而，解名尽处是孙山，贤郎更在孙山外。我进入了这样的轮回，连续三年高考失败，我已经精疲力竭了，一次一次的失败让我蒙羞，更伤自尊，也让我越来越不自信，书念得我都感到恐怖了。复读，学生需要一种耐力，家长更需要一种耐力。一年一度开学，他拉着驴驮着我的铺盖卷儿和口粮袋子送我去学校。那时候，这是路上极常见的一种情形，爹拉着驴，驴背上驮着铺盖卷和口粮袋，驴后面跟着无精打采的儿子，毕竟那是一条改变命运的唯一之路。铺盖卷儿和一周的口粮就是再重，我也背得动，我已经是二十岁的大小伙子了，尽管老埂坪去镇中学有六十多里地，一天的时间我也走得到，我宁愿自己背着去，也怕和爹一同走这一趟，在念书的事上，他说不出话来，就如同在种庄稼这事上我插不上话一样，一路的沉默，一路的压抑。而我们这样出村的时候，总会有人问还念啊。这句话包含了太多的意味，因为许多同学都已经放弃了。我说：爹，我背得动，我自己去吧。他不说话，拉着驴在前头走。我知道他也知道我背得动，也知道我能抵达学校，每年暑假也正是庄稼成熟时节，地里的活还在等着他。可他不会让我一个人走，他是通过一趟一趟送我去学校在对我表达一种决心和愿望。他偶尔扫过我的目光坚定如铁，会让我感受到一种刻骨的力量。

怎一个"熬"字了得啊。熬煎，难熬，苦熬，燋熬，煎熬，打熬，车熬，炮熬，熬煮，熬炙，烹熬，熬夜，熬眼，熬盐，熬刑，熬稃，熬心，熬然，熬汤，熬审，熬肉，熬活，熬锅，熬谷，熬磨，熬炼，熬累，熬困，熬波，熬愁，熬茶，熬不住，熬不过，熬日头，熬头儿，熬出头，熬月子，熬白菜，熬豆腐，熬锅肉，热熬翻饼，熬寒耐霜，焦熬投石，熬油费火，熬心费力，熬清受淡，熬清守淡，熬枯受淡，熬姜呷醋，熬更守夜，熬肠刮肚，熬熬煎煎，死熬活熬……所有与"熬"字有关的词语都可以用来形容复读生和他们的家长。

1983年落榜，我已经打定主意不念了。我已经二十二岁，在这片土地已超越了男大当婚的年纪。我的许多同学都已陆续放弃，回家打牛后半截扒光阴去了，有的已经结婚有了孩子。我确信我的命并不比他们好，我们都是一棵树上结的果子，一棵藤上结的葫芦，虽有大小之分，但本质上没有差异。我相信村里人那种宿命的说法，读书做官都出在坟里。这可以说成是一种风水说，也可以说是传续吧。我坐在山梁上眯着双眼看过我家祖坟，没有青烟缭绕，无比沉寂。我认命了。我也能理解在我复读过程中，爹所承受的巨大压力。这是这几年他专心致志做着的一件事，而我年年落败，让他一无所获。而在老埂坪方圆这片土地上，没有一双手是多余的。清朝大臣左宗棠经过这片土地，说"贫瘠甲于下"，1972年联合国的人来这里看过，给出了"世界上最不适宜人类居住的二十二个地方之一"的评语，我们老埂坪人有一句话说"猫儿吃糨糊总在嘴上抓挖"，很形象地描述了在这片土地上生活的状态。十年九旱，每一份收成都需要付出更多的艰辛猎取。只要我不复读，爹身上的重担就会落地，他就解脱了，然后腾出心思，积财聚力为我娶媳妇。老话说儿子欠老子一副棺材板，老子欠儿子一个媳妇钱。这也是他生活中的一件大事。土地承包后，又随着改革开放，彩礼是一涨再涨，倘若我高中毕业就回家娶媳妇，将为家里节省两个媳妇的钱，这账我也是在心里算了。如果爹是在做生意，那这个生意他赔大了。

开学的日期又近了，一个风清月明的夜晚，我看到爹佝偻着身子，半蹲在院里老桃树下吃烟，袅袅青烟在如水的月光中散开，我提了件衫子走过去，披在爹的身上，嗫嚅了半天说：我不复读了，回家种地吧。这话就像一根针刺到了打盹的鹰隼身上，他的双眼放射出一道金光刺向我，我颤抖了一下。他身子一斜，鞋"嗖"地就砸向我，准确地砸在我的脑门上，鞋壳郎里的土尘唰唰落在我的脸上。这是他最拿手的经典动作，连贯流畅，完全像个经过专业训练的运动员。这是他从羊、牲口、鸡、猪、狗身上练出来的，也是从我们弟兄们身上练出来的。只要他抓个东西在手，砸啥一砸一准。而鞋在爹的身上具有砖石一样的功能。我们兄弟哪个没有被他的臭鞋底砸过。那可是很疼的。爹的吼声也随鞋砸过来：驴日的，看你那出息，庄稼不成还年年种哩，像你这个尻样还种地哩，吃屎都撵不上个热的。

然而，这一年我考上了。每年看榜时爹都会给我十块钱，说中了，就打十块钱的酒回来，没中别糟蹋钱。我终于用带着父亲汗味的十块钱打回了酒。爹喝醉了酒，拉着我的手直叫我兄弟，说兄弟啊，人争一口气，佛念一炷香啊，兄弟啊，你让爹这辈子没白活呀！

我大学毕业的时候，市场经济已经热火朝天，只要你有钱，啥都能吃上，粮票已经退出了人们的生活，而这个时候，一种庄稼——"农民工"在城市的土壤中扎根生长，农民进城的大门已经洞开，"吃粮票"彻底消失在农民工进城踏起的尘埃中。两三年后，政府宣布粮票彻底退出市场，标志着近四十年的票证时代结束了。

　　我毕业的第二年，参要拾掇一处地方，因为老五到了结婚的年龄。老五我带到县城复读已经两年，参不再抱希望了。他已经过了六十，为老五结婚置家是他一生中最后一件大事。拾掇一处地方就需要宅基地，参跑了两趟，没有批下来。我虽然成了吃粮票的人，但只是一个老师，一个孩子王，一点力都出不上。参自然受了打击，但他已经很有些温良恭俭让了，不像以前那么失望痛苦，牢骚满腹，长吁短叹，他对我说：没事的，我给你三哥说了，他那院子给老五。他一脸认命的平和，或许对我有一种绝望，绝望都是无声无息的。毕竟参对我的最终希望是我出人头地后，能够打点我家乃至整个齐家在老埂坪以外的事，能像个人物，左右一些事情，毕竟人们不是只生活在一个村庄里，而是生活在整个社会中。然而，我却成了一个匠人——老埂坪人把老师称为教书匠。我说：老五就是考不上，也不会在村里待，现在都进城打工了。参说：待不待是他的事，我得给他有个交代。

　　不过，老二和老三给父亲争了气。先说老二。老二一家还是很有出息的，当然不是靠了英英的舅舅。英英的舅舅再没回到城里去，就在家里种地。他的两个儿子也都是普通工人，一个在陶瓷厂，一个在洋灰（水泥）厂。一进入市场经济，两个厂子就倒闭了，分给他们不少的陶瓷制品和水泥板材，他们来村上推销过，连送带卖的。打工潮涌起，老二就进城打工，英英说我也进城去。老二说你看打工的都是男人，哪有女人，再说你这腿子也不方便，进城能做个啥。英英说你看这年年旱，待在家里也做不了啥，我去看看，实在找不上活干，我再回来。英英进城就再没回来，先是在建筑工地给人做饭，后来开了一家杂货铺子，一门心思供两个娃在城里念书。两个侄儿书念得很好，都成了大学生，老大还读成研究生。有一回说起高考的艰辛，英英说：你要是在城里念，第一年就考上了，城里就是教得好，认真负责。这是后话。英英教子很成功，相夫也很成功，老二性格改变得都有些夸张，不再像以前那样倔强暴躁，言语粗俗，三句话不投机就豹眼圆睁，气粗如牛。他竟有些绵柔腼腆，言语金贵了，说话前总是嘿嘿一笑，说话总是"英英说了"。荞荞骂怕老婆的货，他就嘿嘿地笑。爹说：英英是玻璃脑子，比你还精。娘说：女人是男人的福祸。我想到了一句话：女人是男人的学校。

最风光的要算老三。老三在家里窝了一年，就到冈山煤矿给人开卡车拉煤，这一拉就是三年。攒下点钱，回来要办养猪场。爹要三哥先娶媳妇，老三说：我暂时不想结婚，就想养猪。爹说：结婚后再养猪。老三说：娶了媳妇就没钱养猪了。爹说：你的钱留着养猪，用你妹给你换个媳妇。老三说：你别胡整，让我妹嫁她喜欢的人，我的媳妇你别愁。爹说：你连个轻重缓急都拎不清？老三说：是你拎不清还是我拎不清？爹说：儿子欠老子一副棺材，老子欠儿子一个媳妇，我给你把媳妇娶了，把我的事了了，你哪怕整日跟猪睡哩，我也懒得管你。老三说：我的媳妇猪会给我下，不用你操心。爹愣了片刻，就火了：日你娘，几年兵白当了，脾气还大得不行了，敢跟老子抬杠了！老三耳朵又动了，说：把家给我另了，我的事不用你管。爹说：日你娘去，当老子不敢另。这样，老三没结婚就从家里另了出去。老三在自己的土地上建了一个大猪圈，养了三十头猪。人有三年旺。老三养猪的三年，风调雨顺，干涸多年的天河谷都有了水。老三把地种了葵花，因为有猪粪，那葵花盘长得磨盘一样，秋后大车往外拉。两年后老三的养猪场挂牌，养了一百二十头猪，十几头母猪。既卖猪肉，又卖猪娃子。老三把大哥大嫂叫过去帮他养猪，用爹的话说老大两口成了老三的长工。后来老三买了一辆桑塔纳。那时候草鞋镇公社已经改为草鞋镇乡，书记乡长还坐的是帆布篷的北京吉普。路不行，桑塔纳总是被土梁托住或土沟壕窝住，老得人推呀抬呀的，可老埂坪人喜欢抬喜欢推，因为老三在路上只要遇到走着的人，都会停车带上。爹说：你就是把飞机开上，也是个养猪的，更像个猪贩子，只不过是大一点的猪贩子。再后来老三把养猪场办到了县城，养猪一千多头，母猪二百多头。这一年，老三把一家的户口转为城市户口，办的时候他回家对爹说：你不是一辈子想吃个粮票么，把你和我娘的都办成城市户口。爹把鞋砸到了老三头上说：你真是个转脑子，吃粮票就是个妄想，就是个追求。老三说：不懂意思就不要用词，吃粮票就是个妄想，那你还追求个啥，我教你那是个理想。老三给我们学说的时候，咯咯咯地笑着说：你没见爹脸都气紫了，吼着说念书人欺负没念书的人造罪哩。后来大脑袋的儿子小脑袋退休了给三哥做了办公室主任，爹才觉得老三是把事业给干大了。他去了趟儿子在县城的养猪场。走进养猪场，爹以为是走错了，这哪里是养猪场，哪里是猪圈呀，都是钢架，水泥墙，还镶了瓷砖，比住人的地方还高级，而且没有熏人猪窝味。小脑袋陪爹看猪场，小脑袋又是递烟，又是递水的，一口一个叔叫得爹都脸红了。爹感慨地说：这比老埂坪人住得高级么。小脑袋嘿嘿笑着说叔，你不够先进了吧，没听说猪睡钢丝床，牛住小康房，我们公司是现代化公司。

在"粮票"的影响下，我成了一位票证爱好者，各类票证收藏了几大本。爹和娘来城里，我翻出来给爹看，给爹讲，爹感慨地说国家弄了这么多的票票，咱们就只使唤个布票，你说活得可怜不。

图书在版编目（CIP）数据

行行重行行 / 季栋梁著 . -- 北京：作家出版社，2018.10
（文学宁夏丛书）
ISBN 978-7-5212-0205-2

Ⅰ . ①行… Ⅱ . ①季… Ⅲ . ①中篇小说 – 小说集 – 中国
– 当代 Ⅳ . ①I247.5

中国版本图书馆CIP数据核字（2018）第198052号

行行重行行

作　　者：季栋梁
责任编辑：桑良勇
装帧设计：意匠文化·丁奔亮
出版发行：作家出版社
社　　址：北京农展馆南里10号　　　　邮　　编：100125
电话传真：86-10-65930756（出版发行部）
　　　　　86-10-65004079（总编室）
　　　　　86-10-65015116（邮购部）
E-mail:zuojia@zuojia.net.cn
http://www.haozuojia.com（作家在线）
印　　刷：三河市北燕印装有限公司
成品尺寸：152×230
字　　数：244千
印　　张：21
版　　次：2018年10月第1版
印　　次：2018年10月第1次印刷
ISBN 978-7-5212-0205-2
定　　价：42.00元

"文学宁夏"丛书书目

《眼欢喜》　　　　　石舒清　著

《我们心中的雪》　　郭文斌　著

《行行重行行》　　　季栋梁　著

《父亲与驼》　　　　漠　月　著

《一条鱼的战争》　　金　瓯　著

《换骨》　　　　　　李进祥　著

《蛇吻》　　　　　　张学东　著

《嘉依娜》　　　　　了一容　著

《头戴刺玫花的男人》马金莲　著

《核桃里的歌声》　　阿　舍　著

《稻草人》　　　　　赵　华　著

《塔海之望》　　　　杨　梓　著

《西域诗篇》　　　　杨森君　著

《篝火人间》　　　　单永珍　著

《山歌行》　　　　　马占祥　著

《知秋集》　　　　　钟正平　著

《在一座大山的下面》梦　也　著

《守护风沙中的一盏灯》郎　伟　著

《张贤亮的文学世界》白　草　著

《话语构建与现象批判》牛学智　著